COLLECTION FOLIO

Mika Waltari

Sinouhé l'Égyptien

I

Traduit du finnois
par Jean-Louis Perret

Olivier Orban

Titre original :

SINUHE EGYPTILÄINEN

Mika Waltari, un des plus célèbres écrivains finlandais contemporains, est né en 1908 à Helsinki. Fils d'universitaires, il publie son premier roman, *La Grande Illusion*, en 1928. Ses romans suivants peignent l'ascension de la classe bourgeoise et des intellectuels de son pays : *L'homme et l'idéal*, *L'âme et la flamme*, *Jeunesse ardente*, *Ville de la peine et de la joie*. Puis *Un inconnu vint à la ferme* décrit le monde paysan. Viennent ensuite des récits historiques qui ont connu un succès mondial : *Sinouhé l'Égyptien*, *L'Étrusque*, *Johannès Angelos*, *Les secrets du royaume*, *Les ennemis de l'humanité*.

LIVRE I

Le bateau de roseau

1

Moi, Sinouhé, fils de Senmout et de sa femme Kipa, j'ai écrit ce livre. Non pas pour louer les dieux du pays de Kemi, car je suis las des dieux. Non pas pour louer les pharaons, car je suis las de leurs actes. C'est pour moi seul que j'écris. Non pas pour flatter les dieux, non pas pour flatter les rois, ni par peur de l'avenir ni par espoir. Car durant ma vie j'ai subi tant d'épreuves et de pertes que la vaine crainte ne peut me tourmenter, et je suis las de l'espérance en l'immortalité, comme je suis las des dieux et des rois. C'est donc pour moi seul que j'écris, et sur ce point je crois différer de tous les écrivains passés ou futurs.

Car tout ce qui a été écrit jusqu'ici l'a été soit pour les dieux, soit pour les hommes. Et je range alors les pharaons aussi parmi les hommes car ils sont nos semblables, dans la haine et dans la crainte, dans la passion et dans la déception. Ils ne diffèrent en rien de nous, même si on les range mille fois parmi les dieux. Ils sont des hommes, semblables aux autres. Ils ont le pouvoir de satisfaire leur haine et d'échapper à leur crainte, mais ce pouvoir ne leur épargne ni la passion ni la déception. Et ce qui a été écrit l'a été sur l'ordre des rois ou pour flatter les dieux et pour induire frauduleusement les hommes à croire ce qui n'est pas arrivé. Ou bien à penser que tout s'est passé différemment de la réalité. Que la part de tel ou tel dans les événements est plus grande ou plus petite qu'en vérité. C'est dans ce sens que j'affirme que du passé le plus reculé jusqu'à nos jours tout ce qui a été écrit l'a été pour les dieux ou pour les hommes.

Tout recommence et il n'y a rien de nouveau sous le soleil, l'homme ne change pas, quand bien même ses habits changent et aussi les mots de sa langue. En effet, les hommes tourbillonnent autour du mensonge comme les mouches sur un gâteau de miel, et les paroles du conteur embaument comme l'encens, tandis qu'il est accroupi dans le fumier au coin de la rue ; mais les hommes fuient la vérité.

Moi, Sinouhé, fils de Senmout, je suis las du mensonge, aux jours de la vieillesse et de la déception. C'est pourquoi je n'écris que pour moi, et j'écris seulement ce que j'ai vu de mes propres yeux ou constaté comme vrai. En ceci je diffère de tous ceux qui ont vécu avant moi et de tous ceux qui vivront après moi. Car l'homme qui écrit, et encore davantage celui qui fait graver son nom et ses actes dans la pierre, vit dans l'espoir que ses paroles seront lues et que la postérité glorifiera ses actes et sa sagesse. Mais il n'y a rien à louer dans mes paroles, mes actes sont indignes d'éloge, ma sagesse est amère au cœur et ne plaît à personne. Les enfants n'écriront pas mes phrases sur les tablettes d'argile pour s'exercer à l'écriture. Les hommes ne répéteront pas mes paroles pour s'enrichir de ma sagesse. Car j'ai renoncé à tout espoir d'être jamais lu et compris.

Dans sa méchanceté l'homme est plus cruel et plus endurci que le crocodile du fleuve. Son cœur est plus dur que la pierre. Sa vanité est plus légère que la poussière. Plonge-le dans le fleuve : une fois ses vêtements séchés, il est le même qu'avant. Plonge-le dans le chagrin et la déception : dès qu'il en sort, il est tel qu'avant. J'ai vu bien des bouleversements durant ma vie, mais tout est de nouveau comme naguère, et l'homme n'a pas changé. Il existe aussi des gens qui disent que ce qui arrive n'est jamais semblable à ce qui est arrivé, mais ce sont là de vaines paroles.

Moi, Sinouhé, j'ai vu un fils assommer son père au coin d'une rue. J'ai vu des pauvres se dresser contre les riches et des dieux contre des dieux. J'ai vu un homme qui avait bu du vin dans des coupes d'or se pencher dans sa misère pour boire à la main l'eau du fleuve. Ceux qui avaient pesé l'or mendiaient aux carrefours et leurs femmes se vendaient pour un bracelet de cuivre à des nègres peints, afin de procurer du pain à leurs enfants.

Ainsi il ne s'est rien passé de nouveau sous mes yeux, mais tout ce qui est arrivé arrivera aussi à l'avenir. De même que l'homme n'a pas changé, il ne changera pas non plus à l'avenir. Ceux qui me suivront seront semblables à ceux qui m'ont précédé. Comment donc pourraient-ils comprendre ma sagesse ? Pourquoi souhaiterais-je qu'ils lisent mes paroles ?

Mais moi, Sinouhé, j'écris pour moi, parce que la connaissance me ronge le cœur comme un acide et que j'ai perdu toute joie de vivre. Je commence à écrire durant la troisième année de mon exil, sur le rivage de la mer orientale d'où les navires appareillent pour le pays de Pount, près du désert, près des montagnes où jadis les rois prenaient la pierre pour leurs statues. J'écris parce que le vin m'est amer au gosier. J'écris parce que j'ai perdu le désir de me divertir avec des femmes et que ni le jardin ni l'étang aux poissons ne réjouissent mes yeux. Pendant les froides nuits de l'hiver, une fille noire réchauffe ma couche, mais je ne tire d'elle aucun plaisir. J'ai chassé les chanteurs, et le bruit des instruments à cordes et des flûtes me blesse les oreilles. C'est pourquoi j'écris, moi, Sinouhé, qui n'ai que faire de la richesse et des coupes d'or, de la myrrhe, du bois noir et de l'ivoire.

Car je possède tous ces biens et rien ne m'a été ravi. Mes esclaves continuent à redouter ma canne, et les gardiens baissent la tête et placent leurs mains à la hauteur des genoux en ma présence. Mais le domaine de mes pas est limité et aucun navire ne peut aborder dans le ressac. C'est pourquoi moi, Sinouhé, je ne sentirai plus jamais le parfum du pays noir par les nuits printanières, et c'est pourquoi j'écris.

Et pourtant, naguère, mon nom était inscrit dans le livre d'or du pharaon, et j'habitais dans le palais doré à la droite du roi. Ma parole avait plus de poids que celle des puissants du pays de Kemi, les nobles m'envoyaient des cadeaux, et des colliers d'or ornaient mon cou. J'avais tout ce qu'un homme peut désirer, mais je désirais plus qu'un homme ne peut obtenir. Voilà pourquoi je suis ici. Je fus banni de Thèbes la sixième année du règne de Horemheb, pour être abattu comme un chien si je m'avisais de rentrer, pour être écrasé comme une grenouille entre des cailloux si je mettais le pied hors du domaine qui m'est fixé pour résidence. Tel est l'ordre du roi, du pharaon qui fut une fois mon ami.

Mais que peut-on attendre d'autre d'un homme de basse extraction qui a fait effacer des noms de rois dans la liste de ses prédécesseurs pour y substituer ceux de ses parents ? J'ai vu son couronnement, j'ai vu poser sur sa tête la tiare rouge et la tiare blanche. Et six ans plus tard il m'exila. Mais selon le calcul des scribes, c'était la trente-deuxième année de son règne. Tout ce qui a été écrit jadis et maintenant n'est-il pas mensonger ?

Celui qui vivait de la vérité, je l'ai méprisé pendant sa vie à cause de sa faiblesse, et j'ai réprouvé la terreur qu'il répandit dans le pays de Kemi à cause de sa vérité. Maintenant, sa vengeance est sur moi, puisque moi aussi je veux vivre dans la vérité, certes pas pour son dieu, mais pour moi-même. La vérité est un couteau tranchant, la vérité est une plaie inguérissable, la vérité est un acide corrosif. C'est pourquoi aux jours de sa jeunesse et de sa force l'homme fuit la vérité dans les maisons de joie et s'aveugle par le travail et par une activité fébrile, par des voyages et des divertissements, par le pouvoir et par des bâtiments. Mais vient un jour où la vérité le transperce comme un javelot, et ensuite il n'éprouve plus de joie à penser ou à travailler de ses mains, mais il est seul, au milieu de ses semblables il est seul, et les dieux ne lui apportent aucune aide dans sa solitude. Moi, Sinouhé, j'écris ceci dans la pleine conscience que mes actes ont été mauvais et mes voies injustes, mais aussi dans la certitude que personne n'en

tirera une leçon pour lui-même, si par hasard il lit ceci.
C'est pourquoi j'écris pour moi seul. Que d'autres
effacent leurs péchés dans l'eau sacrée d'Amon ! Moi,
Sinouhé, je me purifie en écrivant mes actes. Que
d'autres fassent peser les mensonges de leur cœur sur la
balance d'Osiris ! Moi, Sinouhé, je pèse mon cœur avec
une plume de roseau.

Mais avant de commencer mon livre, je laisserai mon
cœur clamer sa plainte, car voici comment mon noir
cœur d'exilé lamente son chagrin :

Quiconque a bu une fois l'eau du Nil, aspire à revoir
le Nil. Aucune autre eau ne peut étancher sa soif.

Quiconque est né à Thèbes aspire à revoir Thèbes,
car il n'existe pas au monde une seule ville pareille à
Thèbes. Quiconque est né dans une ruelle thébaine
aspire à revoir cette ruelle ; dans un palais de cèdre, il
regrette la cabane d'argile ; dans le parfum de la
myrrhe et des bons onguents, il aspire à l'odeur du feu
de bouse sèche et à celle des poissons frits.

J'échangerais ma coupe en or pour le pot d'argile du
pauvre, si seulement je pouvais de nouveau fouler la
tendre glèbe du pays de Kemi. J'échangerais mes
habits de lin pour la peau durcie de l'esclave, si
seulement je pouvais entendre encore murmurer les
roseaux du fleuve dans la brise du printemps.

Le Nil déborde, tels des joyaux les villes émergent
de l'eau verte, les hirondelles reviennent, les grues
pataugent dans le limon, mais moi je suis absent. Que
ne suis-je une hirondelle, que ne suis-je une grue aux
ailes puissantes pour voler à la barbe des gardiens vers
le pays de Kemi ?

Je construirais mon nid sur les colonnes bigarrées du

temple d'Amon, dans l'éclat fulgurant et doré des
obélisques, dans le parfum de l'encens et des grasses
victimes des sacrifices. Je bâtirais mon nid sur le toit
d'une pauvre cabane de pisé. Les bœufs tirent les
chariots, les artisans collent le papier de roseau, les
marchands crient leurs denrées, le scarabée roule sa
boule de fumier sur la route pavée.

Claire était l'eau de ma jeunesse, douce était ma
folie. Amer et acide est le vin de la vieillesse, et le pain
au miel le plus exquis ne vaut pas la rude miche de ma
pauvreté. Années, tournez-vous et revenez ! Amon,
parcours le ciel de l'ouest à l'est, pour que je retrouve
ma jeunesse ! Je ne puis changer un seul mot, je ne puis
modifier aucun acte. O svelte plume de roseau, ô lisse
papier de roseau, rendez-moi mes vaines actions, ma
jeunesse et ma folie.

Voilà ce qu'a écrit Sinouhé, exilé, plus pauvre que
tous les pauvres du pays de Kemi.

2

Senmout, que j'appelais mon père, était médecin des
pauvres à Thèbes. Kipa, que j'appelais ma mère, était
sa femme. Ils n'avaient pas d'enfant. Aux jours de leur
vieillesse ils me recueillirent. Dans leur simplicité ils
dirent que j'étais un présent des dieux, sans se douter
des malheurs que ce présent allait leur causer. Kipa
m'appela Sinouhé d'après une légende, car elle aimait
les contes et elle pensait que moi aussi j'étais parvenu

chez elle en fuyant les dangers, comme le Sinouhé
légendaire, qui, ayant entendu par mégarde dans la
tente du pharaon un secret terrible, prit la fuite et se
sauva dans les pays étrangers où il vécut de nombreuses années et eut toutes sortes d'aventures.

Mais c'était seulement un produit de son imagination enfantine, et elle espérait que je saurais fuir les
dangers pour éviter les échecs. C'est pour cela qu'elle
m'appela Sinouhé. Or, les prêtres d'Amon disent que
le nom est un présage. C'est peut-être la raison pour
laquelle mon nom m'entraîna dans des dangers, des
aventures et des pays étrangers. Mon nom me valut de
connaître des secrets redoutables, des secrets des rois
et de leurs épouses, des secrets qui peuvent apporter la
mort. Finalement, mon nom fit de moi un banni et un
exilé.

Mais l'idée de la brave Kipa en me baptisant n'est
pas plus enfantine que de s'imaginer que le nom exerce
une influence sur le destin de l'homme. Mon sort eût
été le même si je me fusse appelé Keprou ou Kafran ou
Môse, j'en suis convaincu. On ne saurait cependant
nier que Sinouhé fut banni, tandis que Heb, le fils du
faucon, fut couronné sous le nom de Horemheb avec la
Double Couronne comme souverain du haut pays et du
bas pays. C'est pourquoi chacun est libre de penser ce
qu'il veut du présage des noms. Chacun puise dans sa
croyance une consolation aux revers et aux maux de sa
vie.

Je suis né sous le règne du grand pharaon Amenhotep III, et la même année naquit Celui qui voulut vivre
de la vérité et dont le nom ne doit plus être prononcé,
parce que c'est un nom maudit, bien que personne ne

le sût alors. C'est pourquoi une grande allégresse régnait dans le palais à sa naissance, et le roi offrit de riches sacrifices dans le grand temple d'Amon, et le peuple aussi se réjouissait, sans se douter de ce qui allait arriver. La grande reine Tii avait attendu en vain un fils, bien qu'elle eût été la grande épouse royale pendant vingt-deux ans et que son nom eût été gravé à côté de celui du roi dans les temples et sur les statues. C'est pourquoi Celui dont le nom ne doit plus être mentionné fut solennellement proclamé héritier du pouvoir royal, dès que les prêtres l'eurent circoncis.

Mais il naquit au printemps à l'époque des semailles, tandis que moi, Sinouhé, j'étais venu au monde l'automne précédent, au plus fort de l'inondation. Mais j'ignore la date de ma naissance, car j'arrivai le long du Nil dans une petite barque de roseau calfatée avec de la poix, et ma mère Kipa me trouva dans les joncs du rivage près du seuil de sa maison où m'avait déposé la crue. Les hirondelles venaient d'arriver et gazouillaient au-dessus de ma tête, mais j'étais silencieux et elle me crut mort. Elle m'emporta chez elle et me réchauffa près de l'âtre et elle souffla dans ma bouche jusqu'à ce que j'eusse commencé à vagir.

Mon père Senmout rentra de sa tournée chez les malades en apportant deux canards et un boisseau de farine. Il entendit mes vagissements et crut que Kipa avait trouvé un chaton, aussi se mit-il à lui adresser des reproches. Mais ma mère dit :

— Ce n'est pas un chat, j'ai reçu un enfant ! Réjouis-toi, Senmout mon mari, car nous avons un fils !

Mon père se fâcha et la traita de chouette, mais Kipa

me montra à lui, et mon dénuement le toucha. C'est
ainsi qu'ils m'adoptèrent et firent croire aux voisins
que Kipa m'avait mis au monde. C'était une fausse
vanité et je ne sais si bien des gens les crurent. Mais
Kipa suspendit la barque de roseau au plafond au-
dessus de mon berceau. Mon père prit son meilleur
vase de cuivre et le porta au temple pour m'inscrire
parmi les vivants comme son fils et celui de Kipa. Il
procéda lui-même à la circoncision, parce qu'il était
médecin et redoutait le couteau des prêtres qui laissait
des plaies purulentes. C'est pourquoi il ne permit pas
aux prêtres de me toucher. Mais il le fit aussi peut-être
par économie, car comme médecin des pauvres il était
loin d'être riche.

Certes, toutes ces choses m'ont été rapportées par
mon père et par ma mère, je ne les ai ni vues ni
entendues ; mais je n'ai aucune raison de penser qu'on
m'ait menti. Pendant toute mon enfance, je crus qu'ils
étaient vraiment mes parents, et aucun chagrin n'assombrit mes jours. Ils me dirent la vérité lorsqu'on
coupa mes boucles d'enfant et que je devins un
adolescent. Ils le firent parce qu'ils redoutaient et
respectaient les dieux, et mon père ne voulait pas que
je vécusse toute ma vie dans le mensonge.

Mais jamais je ne pus savoir d'où j'étais venu, ni qui
étaient mes vrais parents. Je crois cependant le deviner
pour des raisons que j'exposerai plus tard, bien que ce
ne soit qu'une supposition.

Ce que je sais avec certitude, c'est que je ne suis pas
le seul qui ait descendu le fleuve dans un berceau
calfaté à la poix. Thèbes avec ses temples et ses palais
était en effet une grande ville, et les cabanes des

pauvres s'étendaient à l'infini autour des temples et des palais. Au temps des grands pharaons, l'Egypte avait soumis bien des pays, et avec la grandeur et la richesse les mœurs avaient évolué, des étrangers avaient afflué à Thèbes comme marchands et artisans, y édifiant aussi des temples à leurs dieux. Tout comme le luxe, la richesse et la splendeur régnaient dans les palais et dans les temples, la pauvreté accablait les cabanes hors des murs. Bien des pauvres abandonnaient leurs enfants, et mainte femme riche dont le mari était en voyage confiait au fleuve le fruit de ses amours illicites. J'avais peut-être été abandonné par la femme d'un marinier qui avait trompé son mari avec un commerçant syrien ; j'étais peut-être un enfant d'étrangers, puisqu'on ne m'avait pas circoncis à ma naissance. Lorsque mes boucles d'enfant eurent été coupées et que ma mère Kipa les eut enfermées dans un petit coffre en bois avec ma première sandale, je regardai longuement la barque de roseau qu'elle me montrait. Les roseaux en étaient jaunis et brisés, tout salis par la suie de l'âtre. Il était ficelé avec des nœuds d'oiseleur, c'est tout ce qu'il révélait de mes parents. C'est ainsi que mon cœur reçut sa première blessure.

3

A l'approche de la vieillesse, l'esprit aime à voler comme un oiseau vers les jours de l'enfance. Dans ma mémoire, mon enfance brille d'un éclat merveilleux, comme si alors tout avait été meilleur et plus beau qu'actuellement. Sur ce point, il n'y a pas de différence entre riches et pauvres, car certainement personne n'est si pauvre que son enfance ne renferme aucun éclat de lumière et de joie, lorsqu'il l'évoque dans ses vieux jours.

Mon père Senmout habitait près des murs du temple, dans le quartier bruyant et pauvre de la ville. Non loin de sa maison s'étendaient les quais d'amont où les bateaux du Nil déchargeaient leurs cargaisons. Dans les ruelles étroites, des gargotes à bière et à vin accueillaient les marins, et il y avait aussi des maisons de joie où parfois les riches du centre de la ville se faisaient porter dans leurs litières. Nos voisins étaient des percepteurs, des sous-officiers, des patrons de barques et quelques prêtres du cinquième degré. Ils formaient, avec mon père, l'élite de ce quartier pauvre, de même qu'un mur émerge de la surface des eaux.

Notre maison était vaste en comparaison des masures de pisé qui bordaient en rangées désolées les ruelles étroites. Nous avions même un jardinet de quelques pas où poussait un sycomore planté par mon père. Des buissons d'acacia le séparaient de la rue, et un bassin de pierre, sorte d'étang, ne se remplissait d'eau que lors des crues du fleuve. Il y avait quatre pièces dans l'une desquelles ma mère préparait les aliments. Nous prenions nos repas sur la véranda où l'on accédait aussi de la chambre de consultation de mon père. Deux fois par semaine, ma mère avait une femme de ménage, car elle aimait la propreté. Une lessiveuse venait chercher le linge une fois par semaine pour le laver au bord du fleuve.

Dans ce quartier pauvre, agité et envahi par les étrangers, et dont la corruption ne me fut révélée que durant mon adolescence, mon père et ses voisins représentaient les traditions et les vieilles coutumes respectables. Alors que les mœurs s'étaient déjà relâchées en ville chez les riches et les nobles, lui et ses voisins restaient inébranlablement attachés à la vieille Egypte, au respect des dieux, à la propreté du cœur et au désintéressement. On eût dit qu'en opposition à leur quartier et aux gens au milieu desquels ils devaient vivre et exercer leur profession, ils voulaient souligner par leurs mœurs et leur attitude qu'ils n'étaient pas des leurs.

Mais pourquoi raconter ces choses que je n'ai comprises que beaucoup plus tard ? Pourquoi ne pas évoquer plutôt le tronc rugueux du sycomore et le bruissement de ses feuilles, tandis que je me reposais à son ombre contre l'ardeur du soleil ? Pourquoi ne pas rappeler mon meilleur jouet, un crocodile en bois que je tirais par une ficelle sur la rue pavée et qui me suivait en ouvrant sa gueule peinte en rouge ? Les enfants des voisins s'arrêtaient pleins d'admiration. Je me procurai bien des biscuits au miel, bien des pierres brillantes et des fils de cuivre en permettant aux autres de jouer avec mon crocodile. Seuls les enfants des nobles avaient de pareils jouets, mais mon père l'avait reçu en cadeau d'un menuisier royal qu'il avait guéri d'un abcès qui l'empêchait de s'asseoir.

Le matin, ma mère me menait au marché. Elle n'avait pas grand'chose à acheter, mais elle pouvait consacrer le temps d'une clepsydre à marchander une botte d'oignons et toute une semaine au choix d'une paire de chaussures. On devinait à ses paroles qu'elle était dans l'aisance et ne voulait que la meilleure qualité. Mais si elle n'achetait pas tout ce qui charmait son regard, c'est qu'elle désirait m'élever dans un esprit d'économie. C'est ainsi qu'elle disait : « Le riche n'est pas celui qui possède de l'or et de l'argent, mais celui qui se contente de peu. » Elle parlait ainsi, mais ses bons vieux yeux admiraient au même instant les lainages colorés de Sidon et de Byblos, minces et légers comme la plume. Ses mains brunes et durcies par les travaux caressaient les bijoux en ivoire et les plumes d'autruche. Tout cela n'était que vanité et superflu, m'assurait-elle et aussi à elle-même. Mais mon esprit d'enfant se révoltait contre ces enseignements et j'aurais bien voulu posséder un singe qui passait ses bras au cou de son maître, ou un oiseau au brillant plumage qui criait des mots syriens ou égyptiens. Et je n'aurais rien eu à objecter à des colliers et à des sandales à boucles dorées. C'est seulement beaucoup plus tard que je compris que la chère Kipa aurait passionnément voulu être riche.

Mais comme elle n'était que l'épouse d'un médecin des pauvres, elle apaisait ses rêveries par des contes. Le soir, avant de s'endormir, elle me racontait à voix basse toutes les légendes qu'elle connaissait. Elle parlait de Sinouhé et du naufragé qui rapportait de chez le roi des serpents un trésor fabuleux. Elle parlait des dieux et des sorciers, des enchanteurs et des anciens pharaons. Mon père bougonnait parfois et déclarait qu'elle me farcissait l'esprit d'inepties et de fariboles, mais dès qu'il avait commencé à ronfler, elle reprenait son récit, pour son propre plaisir autant que pour le mien. Je me rappelle encore ces étouffantes soirées d'été, quand le lit brûlait le corps nu et que le sommeil ne venait pas ; j'entends encore sa voix basse et endormante, je suis de nouveau en sûreté près de ma mère. Ma vraie mère n'aurait pu être plus douce ni plus tendre pour moi que la simple et superstitieuse Kipa, chez qui les conteurs aveugles ou estropiés étaient toujours sûrs de trouver un bon repas.

Les contes me divertissaient l'esprit, et ils trouvaient un contrepoids dans la rue vivante, foyer des mouches, lieu imprégné d'innombrables odeurs et puanteurs. Parfois, venant du port avec le vent, l'arôme salubre du cèdre et de la résine envahissait la ruelle. Ou bien une goutte de parfum tombait de la litière d'une femme noble qui se penchait pour réprimander des galopins. Le soir, quand la barque dorée d'Amon descendait sur les collines de l'occident, de toutes les vérandas et de toutes les cabanes s'exhalait l'odeur du poisson frit qui se mélangeait aux effluves du pain frais. Cette odeur du quartier pauvre de Thèbes, j'appris à l'aimer dès mon enfance sans plus jamais l'oublier.

Pendant les repas sur la véranda, je reçus aussi les premiers enseignements de mon père. D'un pas fatigué il traversait le jardinet, ou bien il sortait de sa chambre, les habits fleurant les remèdes et les pommades. Ma mère lui versait de l'eau sur les mains, et nous prenions place sur les escabeaux, tandis que ma mère nous servait. Sur la route passait une bruyante troupe de marins ivres de bière qui frappaient les parois de leurs bâtons et qui s'arrêtaient pour faire leurs besoins sous nos acacias. Homme prudent, mon père ne protestait pas. Mais quand les hommes s'étaient éloignés, il me disait :

— Seul un misérable nègre ou un sale Syrien fait ses besoins dans la rue. Un Egyptien les fait à l'intérieur.

Il disait encore :

— Le vin est un don des dieux pour réjouir le cœur, si on en use avec modération. Une coupe ne fait de mal à personne, deux rendent bavard, mais quiconque en consomme un plein pot se réveille dans le ruisseau, dépouillé et couvert de bleus.

Parfois, un violent parfum pénétrait jusque sur la terrasse, lors du passage d'une femme au corps paré d'étoffes transparentes, les joues, les lèvres et les cils peints, dans les yeux un éclat humide qu'on ne voit jamais dans ceux des femmes décentes. Tandis que je la contemplais avec fascination, mon père me disait d'un ton sérieux :

— Prends garde aux femmes qui te disent « joli garçon » et cherchent à t'attirer chez elles, car leur cœur est un filet et un piège, et leur sein brûle plus fort que le feu.

Est-il étonnant qu'après cet enseignement j'aie ressenti de l'horreur pour les cruches de vin et pour les belles femmes qui ne ressemblent pas aux autres ? Mais en même temps j'y rattachais tout le charme dangereux de ce qui effraye.

Dès mon enfance, mon père me permit d'assister à ses consultations. Il me montra ses instruments, ses couteaux et ses pots de remèdes, en me disant comment les utiliser. Pendant qu'il examinait un malade, je restais près de lui et lui tendais une tasse d'eau, des bandages, des onguents et des vins. Ma mère, comme toutes les femmes, n'aimait pas voir les blessures et les abcès, et jamais elle n'approuva mon intérêt enfantin pour les maladies. Un enfant ne comprend pas les douleurs et les souffrances, avant de les avoir éprouvées lui-même. Le percement d'un abcès était pour moi une opération passionnante et je parlais avec fierté aux autres garçons de tout ce que j'avais vu, pour susciter leur admiration. Dès qu'arrivait un client, je suivais attentivement les gestes et les questions de mon père, jusqu'au moment où il disait : « La maladie est guérissable » ou « Je vais vous soigner ». Mais il y avait aussi des cas qu'il estimait ne pas pouvoir guérir ; il écrivait quelques mots sur un morceau de papyrus, et il envoyait le malade à la Maison de la Vie. Puis il poussait un soupir, hochait la tête et disait : « Pauvre diable ! »

Tous les malades de mon père n'étaient pas des pauvres. Des maisons de joie on lui apportait parfois, le soir, des hommes aux vêtements de lin fin, et les capitaines de navires syriens venaient le trouver pour un abcès ou pour une rage de dents. C'est pourquoi je ne fus point étonné lorsqu'un jour la femme de l'épicier entra chez mon père avec tous ses bijoux. Elle soupira et gémit, elle énuméra toutes ses peines à mon père qui l'écoutait attentivement. Je fus très déçu quand il prit un morceau de papier pour écrire, car j'avais espéré qu'il aurait pu guérir cette malade, ce qui nous aurait valu bien des friandises. Ce fut à moi de pousser un soupir, de secouer la tête et de dire : « Pauvre diable ! »

La femme malade eut un sursaut et jeta à mon père un regard apeuré. Mais mon père recopia pour elle

quelques caractères anciens et quelques dessins d'un
vieux papyrus usé, il versa de l'huile et du vin dans une
coupe, puis il fit macérer le papier jusqu'à ce que
l'encre se fût dissoute dans le vin ; il décanta la potion
et la tendit à la femme en lui recommandant d'en
prendre dès qu'elle aurait mal à la tête ou à l'estomac.
Quand elle fut sortie, je jetai un regard étonné à mon
père. Il en fut confus, il toussota un peu et me dit :

— Il y a bien des maladies que l'encre utilisée pour
un puissant grimoire peut guérir.

Il n'en dit pas davantage, mais au bout d'un moment
il ajouta à mi-voix :

— En aucun cas ce remède ne peut nuire au malade.

A l'âge de sept ans, je reçus le pagne de garçon et ma
mère me conduisit au temple pour assister à un
sacrifice. Le temple d'Amon à Thèbes était alors le
plus imposant de toute l'Egypte. Du temple et de
l'étang de la déesse de la lune, une avenue bordée de
sphinx à tête de bélier se dirigeait à travers la ville
jusqu'au temple, dont l'enceinte était formée de murs
puissants et qui était comme une ville dans la ville. Au
sommet d'un pylône haut comme une colline flottaient
des oriflammes bigarrées et les statues géantes des rois
montaient la garde de chaque côté de la porte de
cuivre.

Nous entrâmes par la porte et les marchands de
Livres des Morts commencèrent à solliciter ma mère et
à lui soumettre leurs offres en murmurant ou en criant.
Elle m'emmena voir les ateliers des menuisiers et les
statuettes sculptées d'esclaves et de serviteurs qui,
grâce aux incantations des prêtres, travailleraient dans
l'au-delà pour leurs maîtres, sans que ceux-ci aient

besoin de remuer les doigts. Mais pourquoi parler de
ce que chacun sait, puisque tout est restauré et que le
cœur humain ne change pas ? Ma mère paya la somme
demandée pour pouvoir assister au sacrifice, et je vis
les prêtres aux vêtements blancs immoler et débiter en
un tournemain un bœuf qui portait entre les cornes un
sceau de contrôle attestant qu'il était immaculé et sans
un seul poil noir. Les prêtres étaient gras et leurs têtes
rasées étaient luisantes d'huile. Près de deux cents
personnes assistaient au sacrifice, et les prêtres ne leur
accordaient guère d'attention, ils discutaient entre eux.
Quant à moi, j'examinais les images guerrières sur les
parois du temple et j'admirais les colonnes gigantesques. Et je ne compris pas du tout l'émotion de ma
mère qui, les yeux pleins de larmes, me ramenait à la
maison. Elle m'ôta mes souliers et me donna des
sandales neuves qui étaient malcommodes et qui me
firent mal aux pieds jusqu'à ce que je m'y fusse
habitué.

Après le repas, mon père posa sa grosse main habile
sur ma tête et caressa timidement les boucles tendres
de ma tempe.

— Tu as sept ans, Sinouhé, dit-il, tu dois te choisir
une carrière.

— Je veux devenir soldat, répondis-je tout de suite.

Je ne compris pas sa mine déçue. Car les meilleurs
jeux des garçons dans la rue sont militaires, et j'avais
vu les soldats s'exercer et lutter devant leur caserne,
j'avais vu les chars de combat sortir de la ville pour des
manœuvres, avec leurs roues bruyantes et leurs pen-
nons flottants. Il ne pouvait exister de carrière plus
honorable et plus brillante que le métier des armes. Un

soldat n'a pas besoin de savoir écrire, c'était pour moi
la raison principale de mon choix, car mes camarades
m'avaient raconté des histoires terribles sur les difficultés de l'écriture et sur les cruautés des maîtres qui vous
arrachaient les cheveux si on avait le malheur de casser
sa tablette ou de briser son style.

Mon père n'avait probablement pas été très doué
dans son enfance, sinon il serait parvenu plus haut que
le rang de médecin des pauvres. Mais il était consciencieux et ne nuisait pas à ses malades, et au cours des
années il avait amassé de l'expérience. Il savait aussi
comme j'étais sensible et entêté, et il ne protesta pas
contre ma décision.

Mais au bout d'un moment il demanda à ma mère
une cruche, entra dans sa chambre et y versa du vin
ordinaire.

— Viens, Sinouhé, me dit-il en m'entraînant vers le
rivage.

Je le suivis avec étonnement. Sur le quai, il s'arrêta
pour observer un chaland d'où des porteurs suants, le
dos voûté, sortaient des marchandises emballées dans
des toiles cousues. Le soleil se couchait derrière les
collines, sur la Ville des morts ; nous étions repus, mais
les hommes déchargeaient toujours, les flancs haletants
et couverts de sueur. Le surveillant les excitait du
fouet, et tranquillement assis sous un auvent un scribe
inscrivait chaque charge.

— Voudrais-tu être comme eux ? demanda mon
père.

Cette question me parut stupide et je n'y répondis
pas, mais je jetai à mon père un regard étonné, car

vraiment personne ne pouvait désirer devenir semblable à ces porteurs.

— Ils triment de bonne heure le matin jusque tard dans la soirée, dit mon père Senmout. Leur peau est tannée comme celle du crocodile, leurs mains sont rudes comme les pattes du crocodile. C'est seulement à la nuit tombée qu'ils peuvent regagner leur cabane de pisé, et leur nourriture est un morceau de pain, un oignon et une gorgée de cervoise aigre. Telle est la vie des débardeurs. Telle est aussi celle du laboureur. Telle est celle de tous ceux qui travaillent de leurs mains. Tu ne les envies sûrement pas ?

Je secouai la tête et le regardai avec surprise. Je voulais devenir soldat et non pas coltineur ou creuseur de limon, arroseur de champs ou pâtre crasseux.

— Père, dis-je en marchant, la vie des soldats est belle. Ils habitent dans la caserne et mangent bien ; le soir ils boivent du vin dans les maisons de joie et les femmes leur sont bienveillantes. Les meilleurs d'entre eux portent une chaîne d'or au cou, bien qu'ils ne sachent pas écrire. De leurs expéditions ils ramènent du butin et des esclaves qui travaillent pour eux et qui exercent un métier pour leur compte. Pourquoi ne serais-je pas soldat ?

Mais mon père ne répondit rien, il pressa le pas. Près de la grande voirie, dans un essaim de mouches qui tourbillonnaient autour de nous, il se pencha pour jeter un regard dans une cabane basse.

— Inteb, mon ami, es-tu là ? dit-il.

Un vieillard rongé par la vermine, dont le bras droit était amputé près de l'épaule et dont le pagne était roidi par la crasse, sortit en s'appuyant sur une canne. Son visage était décharné et sillonné de rides, il n'avait plus de dents.

— Est-ce... est-ce vraiment Inteb ? demandai-je doucement à mon père, en jetant un regard effrayé sur l'homme.

Car Inteb était un héros qui avait combattu dans les campagnes de Touthmosis III, le plus grand des pharaons, en Syrie, et l'on racontait bien des histoires sur ses prouesses et sur les récompenses qu'il avait reçues.

Le vieillard leva la main pour un salut militaire et mon père lui tendit la cruche de vin. Ils s'assirent par terre, car Inteb n'avait pas même un banc devant sa maison, et d'une main tremblante il porta la cruche à ses lèvres et but avidement le vin sans en répandre une seule goutte.

— Mon fils Sinouhé voudrait devenir soldat, dit mon père en souriant. Je te l'ai amené parce que tu es le seul survivant des héros des grandes guerres, afin que tu lui parles de la vie magnifique et des exploits du soldat.

— Par Seth et Baal et tous les autres diables, cria le vieux avec un rire aigu en clignant les yeux pour me voir mieux. Es-tu fou ?

Sa bouche édentée, ses yeux éteints, son moignon de bras et sa poitrine ridée et sale étaient si effrayants que je me cachai derrière mon père et le pris par la manche.

— Enfant, enfant ! s'exclama Inteb en pouffant de rire. Si j'avais une gorgée de vin pour chaque juron que j'ai proféré contre ma vie et contre la triste destinée qui fit de moi un soldat, je pourrais en remplir le lac que le pharaon a fait creuser pour amuser sa femme. Je ne l'ai pas vu, parce que je n'ai pas les moyens de me faire transporter au-delà du fleuve, mais je ne doute pas que ce lac se remplirait et qu'il resterait encore assez de vin pour saouler toute une armée.

Il but de nouveau une forte rasade.

— Mais, dis-je en tremblant, le métier de soldat est le plus glorieux de tous.

— Gloire et renommée, dit le héros Inteb, c'est tout simplement du fumier, du fumier pour nourrir les mouches. Toute ma vie j'ai raconté des histoires sur la guerre et sur mes exploits pour soutirer un peu de vin aux badauds qui m'écoutent bouche bée, mais ton père est un honnête homme et je ne veux pas le tromper. C'est pourquoi je te dis, enfant, que de tous les métiers celui de soldat est le plus affreux et le plus misérable.

Le vin effaçait les rides de son visage et mettait de l'éclat dans ses yeux de vieillard. Il s'assit et se serra la gorge de sa seule main.

— Regarde, enfant, ce cou maigre a été décoré de quintuples colliers d'or. De sa propre main le pharaon les a passés à mon cou. Qui peut compter les mains coupées que j'ai entassées devant sa tente ? Qui fut le premier à monter sur les murailles de Kadesh ? Qui se lançait comme un éléphant furieux au milieu des rangs ennemis ? C'était moi, moi, Inteb, le héros ! Mais qui m'en sait gré maintenant ? Mon or s'est dissipé aux quatre vents des cieux, mes esclaves ont pris la fuite ou sont morts de misère. Mon bras droit est resté dans le pays de Mitanni, et depuis longtemps je serais un mendiant de carrefour si de bonnes âmes ne m'apportaient du poisson séché et de la bière, afin que je raconte à leurs enfants la vérité sur les guerres. Je suis

Inteb, le grand héros, mais regarde-moi, enfant. Ma
jeunesse s'est enfuie dans le désert, dans la faim, dans
les tourments et dans les fatigues. Là-bas la chair de
mes membres a fondu, là-bas ma peau s'est tannée, là-
bas mon cœur est devenu plus dur que le roc. Et ce
qu'il y a de pire, c'est que dans les déserts sans eau ma
langue s'est desséchée et que je suis malade d'une soif
éternelle, comme chaque soldat qui revient vivant des
expéditions dans les pays lointains. C'est pourquoi ma
vie a été comme un gouffre mortel depuis le jour où j'ai
perdu mon bras. Et je ne veux pas même mentionner la
douleur des blessures et les tourments causés par les
chirurgiens quand ils plongent ton moignon dans
l'huile bouillante, comme ton père le sait bien. Que ton
nom soit béni, Senmout, tu es juste et bon, mais le vin
est fini !

Le vieillard se tut, haleta un moment, puis il s'assit
et retourna mélancoliquement la cruche. L'éclat sauvage de ses prunelles s'éteignit, et il fut de nouveau un
pauvre malheureux.

— Mais un soldat n'a pas besoin de savoir écrire,
osai-je murmurer.

— Hum ! grommela Inteb en regardant mon père.

Celui-ci enleva rapidement un bracelet de cuivre de
son poignet et le tendit au vieillard qui poussa un cri.
Un gamin sale accourut, prit l'anneau et la cruche pour
aller acheter du vin.

— Ne prends pas du meilleur, lui cria Inteb. Prends
le moins cher, on en a davantage !

Il posa sur moi un regard attentif.

— Tu as raison, dit-il, un soldat n'a pas besoin de
savoir écrire, il doit seulement savoir se battre. S'il

savait écrire, il serait un chef et il donnerait des ordres
au soldat le plus brave. Car tout homme qui sait écrire
est bon pour commander aux soldats, et on ne confie
pas même une troupe de cent hommes à un chef qui ne
sait pas griffonner des signes sur du papier. A quoi bon
les chaînes d'or et les décorations, lorsqu'on est sous
les ordres d'un plumitif ? Mais il en est ainsi et il en
sera toujours ainsi. C'est pourquoi, mon garçon, si tu
veux commander à des soldats et les conduire,
apprends d'abord à écrire. Alors les porteurs de
chaînes d'or s'inclineront devant toi et des esclaves te
porteront en litière au combat.

Le gamin sale revint avec la cruche remplie. Le
visage du vieux s'illumina de joie.

— Ton père Senmout est un brave homme, dit-il
gentiment. Il sait écrire et il m'a soigné quand je
commençais à voir des crocodiles et des hippopotames
aux jours de bonheur et de force, et lorsque je ne
manquais pas de vin. Il est un brave homme, bien qu'il
ne soit qu'un médecin incapable de bander un arc. Je le
remercie !

Je regardai avec inquiétude la cruche qu'Inteb allait
manifestement avaler, et je tirai mon père par la
manche, car je craignais déjà que sous l'influence du
vin nous ne dussions nous réveiller dans le ruisseau.
Mon père regarda aussi la cruche, poussa un léger
soupir et se détourna. Inteb se mit à chanter d'une voix
éraillée un hymne guerrier syrien, et le garçon nu et
bronzé par le soleil éclata de rire.

Mais moi, Sinouhé, j'abandonnai mon rêve de
devenir soldat et je ne protestai pas lorsque mon père et
ma mère, le lendemain, me conduisirent à l'école.

4

Mon père n'avait pas les moyens de m'envoyer dans les grandes écoles des temples où les enfants des nobles, des riches et des prêtres du degré supérieur, et parfois leurs filles, recevaient leur instruction. Mon maître fut le vieux prêtre Oneh, qui habitait non loin de chez nous et qui tenait sa classe dans sa véranda délabrée. Ses élèves étaient des fils d'artisans, de marchands, de marins et de sous-officiers que des parents ambitieux destinaient à la carrière de scribe. Oneh avait été autrefois comptable des dépôts de la céleste Mout et il était fort capable d'enseigner les rudiments de l'écriture à des enfants qui auraient plus tard à inscrire le poids des marchandises, la quantité de blé, le nombre du bétail et les factures du ravitaillement des soldats. Il y avait des dizaines et des centaines de ces petites écoles dans la ville de Thèbes, la grande capitale du monde. L'enseignement ne coûtait pas cher, car les élèves devaient simplement entretenir le vieil Oneh. Le fils du charbonnier lui apportait, les soirs d'hiver, du charbon de bois pour sa chaufferette, le fils du tisserand s'occupait des vêtements, le fils du marchand de blé le ravitaillait en farine, et mon père lui donnait, pour apaiser ses douleurs, des potions de plantes médicinales macérées dans du vin.

Ces relations de dépendance faisaient d'Oneh un maître indulgent. Un élève qui dormait sur sa tablette devait, en guise de châtiment, apporter le lendemain une friandise au bonhomme. Parfois, le fils du marchand de blé lui remettait une cruche de bière, et alors nous ouvrions l'oreille, car le vieil Oneh se laissait aller à nous raconter des histoires merveilleuses sur l'au-delà et des légendes sur la céleste Mout, sur Ptah le constructeur de tout et sur les autres dieux qui lui étaient familiers. Nous pouffions de rire et pensions l'avoir induit à oublier les leçons difficiles et les ennuyeux hiéroglyphes pour toute la journée. C'est seulement beaucoup plus tard que je compris que le vieil Oneh était plus sage et plus compréhensif que nous le pensions. Ses légendes, qu'il vivifiait avec son imagination pieuse, avaient un but déterminé. Il nous enseignait ainsi la loi morale de la vieille Egypte. Aucune mauvaise action n'échappait au châtiment. Impitoyablement chaque cœur humain serait une fois pesé devant le tribunal d'Osiris. Tout homme dont le dieu à la tête de chacal avait décelé les méfaits était jeté en proie au Dévoreur, et ce dernier était à la fois un crocodile et un hippopotame, mais bien plus redoutable que les deux.

Il nous parlait aussi du revêche passeur des ondes infernales, de Celui-qui-regarde-en-arrière et sans l'aide duquel aucun défunt ne peut parvenir dans les champs des bienheureux. Ce passeur regardait toujours en arrière et jamais devant lui, comme les bateliers du Nil. Oneh nous apprit par cœur les formules propitiatoires destinées à ce passeur. Il nous les fit reproduire par des signes et écrire de mémoire. Il corrigeait nos fautes avec de douces réprimandes. Nous devions comprendre que la plus petite bévue pouvait compromettre toute vie heureuse dans l'au-delà. Si l'on tendait au passeur un passeport entaché d'une seule erreur, on restait sans pitié à errer comme

une ombre d'une éternité à l'autre sur la rive du fleuve
sombre ou bien, pis encore, on tombait dans les affreux
gouffre des enfers.

Mon camarade le plus doué était le fils du commandant des chars de guerre, Thotmès, qui avait deux ans
de plus que moi. Dès l'enfance, il s'était habitué à
soigner les chevaux et à lutter. Son père, dont la
cravache s'ornait de fils de cuivre, voulait faire de lui
un grand capitaine et, pour cela, exigeait qu'il apprît à
écrire. Mais son nom, celui du glorieux Thotmès, ne
fut pas un présage, comme le père l'avait cru. Car une
fois à l'école, le garçon ne se soucia plus du lancer du
javelot et des exercices des chars de guerre. Il apprit
facilement les signes d'écriture et, tandis que les autres
peinaient à la tâche, il dessinait des images sur sa
tablette. Il dessinait des chars de guerre et des chevaux
cabrés sur leurs jambes de derrière, et aussi des
soldats. Il apporta de l'argile à l'école et se mit à
modeler selon les récits d'Oneh une image très drôle du
Dévoreur qui, de sa gueule grande ouverte, se préparait à engloutir un petit homme chauve dont le dos
voûté et le ventre proéminent étaient ceux de notre bon
maître. Mais Oneh ne se fâcha pas. Personne ne
pouvait se fâcher contre Thotmès. Il avait la large face
des gens du peuple et leurs jambes trapues, mais ses
yeux avaient toujours une expression de malice conta-
gieuse, et ses mains habiles façonnaient des animaux et
des oiseaux qui nous amusaient énormément. J'avais
recherché son amitié à cause de ses relations militaires,
mais notre intimité subsista en dépit de son peu
d'ambition pour la carrière des armes.

Au bout de quelque temps, il se produisit brusque-

ment un miracle. Ce fut si net que je me souviens
encore de cet instant comme d'une apparition. C'était
par une fraîche journée de printemps, les oisillons
gazouillaient et les cigognes réparaient leurs nids sur
les toits. Les eaux s'étaient retirées et le sol verdoyait.
On ensemençait les jardins et l'on plantait. C'était un
jour de folles aventures et nous ne tenions pas en place
dans la véranda vermoulue d'Oneh. Je dessinais distraitement des signes ennuyeux, des lettres qu'on grave
sur la pierre, et aussi les abréviations correspondantes
du style ordinaire. Et soudain une parole oubliée
d'Oneh ou un phénomène inexplicable en moi rendit
vivants les mots et les caractères. De l'image sort un
mot, du mot une syllabe, de la syllabe une lettre. En
associant les lettres des images on formait des mots
nouveaux, étranges, qui n'avaient rien de commun
avec les images. L'arroseur le plus obtus peut comprendre une image, mais seul un homme sachant lire
peut déchiffrer deux images conjuguées. Je crois que
tous ceux qui ont étudié l'écriture et appris à lire
comprendront l'événement dont je parle. Ce fut pour
moi une véritable aventure, plus passionnante et plus
captivante qu'une grenade dérobée à l'étalage d'un
marchand, plus douce qu'une datte sèche, délicieuse
comme l'eau pour un assoiffé.

Depuis ce moment, il n'y eut plus besoin de
m'encourager. Je me mis à dévorer le savoir d'Oneh
comme le sol boit l'eau des inondations du Nil.
J'appris rapidement à écrire. Puis j'appris à lire ce que
les autres avaient écrit. La troisième année, je pouvais
déjà épeler de vieux textes et dicter à mes camarades
des légendes didactiques.

A cette époque aussi, je constatai que je n'étais pas pareil aux autres. Mon visage était plus étroit, mon teint plus pâle, mes membres plus fins. Je rappelais plus un enfant noble qu'un fils du peuple parmi lequel j'habitais. Et si j'avais été vêtu différemment, je suis certain qu'on aurait pu me prendre pour un de ces garçons qui passaient en litière ou que des esclaves accompagnaient dans la rue. Cela me valut des ennuis. Le fils du marchand de blé me prenait par le cou et me traitait de fille, si bien que je devais le piquer de mon style. Sa présence m'était déplaisante, car il sentait mauvais. En revanche, je recherchais la compagnie de Thotmès qui, lui, ne me touchait jamais.

Un jour il me dit timidement :

— Veux-tu me servir de modèle pour un portrait ?

Je l'emmenai chez nous et sous le sycomore de la cour il modela dans l'argile une figure qui me ressemblait, et il y grava mon nom. Ma mère Kipa nous apporta des gâteaux, et elle prit peur en voyant le buste et dit que c'était de la sorcellerie. Mais mon père déclara que Thotmès pourrait devenir artiste royal, s'il réussissait à être admis dans l'école du temple. Par plaisanterie je m'inclinai devant Thotmès et mis mes mains à la hauteur des genoux, comme on le fait en saluant les grands. Les yeux de Thotmès brillèrent, mais il soupira et dit que malheureusement son père voulait absolument le mettre à l'école des sous-officiers des chars de guerre. Il savait déjà écrire assez bien pour un futur chef militaire. Mon père s'éloigna et nous entendîmes Kipa bougonner longuement dans la cuisine. Mais Thotmès et moi nous

nous régalâmes des biscuits qui étaient bons et gras. J'étais parfaitement heureux alors.

5

Puis vint le jour où mon père prit son meilleur habit et mit à son cou le large collet brodé par Kipa. Il alla dans le grand temple d'Amon, bien qu'au fond de son cœur il n'aimât point les prêtres. Mais sans l'aide et l'intervention des prêtres rien ne pouvait réussir à Thèbes ni dans toute l'Egypte. Les prêtres rendaient la justice et prononçaient les jugements, si bien qu'un homme effronté pouvait en appeler d'un jugement du roi au tirage au sort du temple pour se disculper. Tout l'enseignement qui ouvrait les carrières importantes était entre les mains de prêtres, c'est eux aussi qui prédisaient les crues et l'importance des récoltes, et ils fixaient ainsi les impôts dans tout le pays. Mais à quoi bon exposer longuement ce que chacun sait ?

Je crois que mon père dut se forcer pour entreprendre cette démarche. Il avait passé toute sa vie à soigner les pauvres et il s'était détourné du temple et de la Maison de la Vie. Maintenant, à l'instar des autres pères pauvres, il allait faire la queue dans la section administrative du temple en attendant qu'un prêtre hautain consentît à le recevoir. Je les revois, tous ces pères pauvres qui, dans leurs meilleurs vêtements, sont assis dans la cour du temple, en rêvant avec ambition d'une vie meilleure pour leurs fils. Bien souvent ils arrivent de très loin, par les barques du fleuve, avec leurs provisions, et ils consacrent leurs maigres ressources à suborner les gardiens et les scribes pour parvenir au prêtre oint d'une huile précieuse. Celui-ci fronce le nez devant leur puanteur, il leur parle brutalement. Et pourtant Amon a sans cesse besoin de nouveaux serviteurs. A mesure que croissent ses richesses et sa puissance, il doit augmenter le nombre de ses serviteurs sachant écrire ; mais malgré cela chaque père considère comme une grâce divine de pouvoir placer son fils dans le temple, alors qu'en réalité c'est lui qui y apporte, en la personne de son fils, un don plus précieux que l'or.

Mon père eut de la chance, car il n'avait encore attendu que jusqu'au soir lorsqu'il vit passer son vieux condisciple Ptahor qui était maintenant le trépanateur royal. Mon père osa lui adresser la parole, et Ptahor promit de venir en personne chez nous pour me voir.

Le jour fixé, mon père se procura une oie et du vin de qualité. Kipa cuisinait en bougonnant. Un merveilleux fumet de graisse d'oie sortait de notre maison, attirant une foule de mendiants et d'aveugles. Exaspérée, Kipa finit par leur distribuer des morceaux de pain trempés dans la graisse, et ils s'éloignèrent. Thotmès et moi nous balayâmes la rue devant chez nous, car mon père avait dit à mon ami de rester pour le cas où Ptahor aurait désiré lui parler. Nous n'étions que des gamins, mais quand mon père alluma les vases d'encens pour parfumer la véranda, nous nous sentîmes comme dans un temple. Je surveillais la cruche d'eau parfumée et je protégeais des mouches la belle serviette de lin que Kipa avait réservée pour sa tombe, mais qui devait

servir maintenant à essuyer les mains de l'illustre
visiteur.

L'attente fut longue. Le soleil se coucha, l'air
fraîchit. L'encens se consumait dans la véranda et l'oie
grésillait tristement dans la poêle. J'avais faim, et le
visage de Kipa, ma mère, s'allongeait et se durcissait.
Mon père ne disait rien, mais il n'alluma pas de lampes
lorsque la nuit tomba. Nous étions tous assis sur les
escabeaux de la véranda, et aucun de nous ne tenait à
voir le visage de son voisin. C'est alors que je sus
combien de chagrins et de déceptions les riches et les
grands peuvent causer aux petits et aux pauvres par
leur simple négligence.

Mais enfin apparurent des torches dans la rue, et
mon père bondit de son siège et se précipita dans la
cuisine pour y prendre une braise et allumer les deux
lampes. Je soulevai en tremblant le vase d'eau, et
Thotmès respira lourdement à côté de moi.

Ptahor, le trépanateur royal, arriva dans une simple
chaise à porteur avec deux esclaves noirs. Devant la
litière, un serviteur manifestement ivre brandissait une
torche. En geignant et en proférant d'aimables saluta-
tions, Ptahor descendit de sa chaise, et mon père le
salua en mettant les mains à la hauteur des genoux,
Ptahor lui posa la main sur l'épaule, soit pour montrer
qu'il jugeait cette politesse exagérée, soit pour y
trouver un appui. Il donna un coup de pied au porteur
de torche, en l'invitant à cuver son vin sous le
sycomore. Les nègres lancèrent la litière dans le
buisson d'acacia et s'assirent sans y être invités.

La main sur l'épaule de mon père, Ptahor gravit les
degrés de la véranda, je lui versai de l'eau sur les mains

en dépit de ses protestations, et je lui tendis la
serviette. Mais il me pria de lui essuyer les mains,
puisque je les avais mouillées. Ensuite il me remercia
amicalement et dit que j'étais un beau garçon. Mon
père l'installa dans le fauteuil d'honneur emprunté à
l'épicier voisin, et notre hôte jeta des regards amusés
autour de lui. Pendant un moment, personne ne parla.
Puis il demanda à boire, parce que sa gorge était sèche
après la longue course. Mon père s'empressa de lui
offrir du vin.

Ptahor le flaira et le huma d'un air méfiant, puis il
vida la coupe, avec un plaisir manifeste.

C'était un petit homme aux cheveux coupés court,
aux jambes torses, et sa poitrine et son ventre pendaient flasques sous la mince étoffe de son costume.
Son col était orné de pierreries, mais il était sale et
taché. Il puait le vin, la sueur et les onguents.

Kipa lui offrit des biscuits aux épices, des poissons
frits, des fruits et de l'oie rôtie. Il mangea par politesse,
bien que manifestement il sortît d'un banquet. Il goûta
de chaque plat et fit des compliments qui réjouirent
Kipa. Sur sa demande je portai aux nègres des vivres et
de la bière, mais ils répondirent à mes politesses par
des injures et demandèrent si le vieux pansu allait
bientôt partir. Le serviteur ronflait sous le sycomore et
je n'eus aucune envie de le réveiller.

La soirée fut très confuse, car mon père se laissa aller
à boire plus que de raison, si bien que Kipa alla
s'asseoir dans la cuisine, la tête entre les mains, en se
balançant tristement. Quand ils eurent vidé le pot, ils
burent les vins médicaux de mon père, et pour finir ils

se contentèrent de bière ordinaire, car Ptahor affirmait qu'il n'était pas difficile.

Ils évoquèrent leurs années d'études dans la Maison de la Vie, racontèrent des anecdotes sur leurs maîtres et s'embrassèrent en chancelant. Ptahor exposa ses expériences de trépanateur royal et affirma que c'était le dernier des métiers pour un médecin spécialiste. Mais le travail n'était pas pénible, ce qui était appréciable pour un paresseux comme lui, « n'est-ce pas, vieux Senmout ? ». Le crâne humain, sans parler des dents, de la gorge et des oreilles qui exigent des spécialistes, était à son avis la chose la plus facile à apprendre, et c'est pourquoi il l'avait choisi.

— Mais, ajouta-t-il, si j'avais été un homme énergique, je serais devenu un bon médecin ordinaire, et j'aurais donné la vie, tandis que maintenant mon sort est de donner la mort, lorsque des parents en ont assez des vieillards et des malades incurables. Je donnerais la vie, comme toi, ami Senmout. Je serais peut-être plus pauvre, mais je vivrais une vie plus respectable et plus sobre.

— N'en croyez rien, enfants, dit mon père. Je suis fier de mon ami Ptahor, trépanateur royal, qui est l'homme le plus éminent dans sa branche. Comment ne pas se rappeler ses merveilleuses trépanations qui sauvèrent la vie de tant de nobles et de vilains et qui suscitèrent un étonnement général ? Il expulse les mauvais esprits qui affolent les gens, et il extrait des cerveaux les œufs ronds des maladies. Ses clients reconnaissants l'ont comblé d'or et d'argent, de colliers et de coupes.

— J'en ai reçu des parents reconnaissants, dit

Ptahor d'une voix pâteuse. Car si je guéris par hasard
un malade sur dix ou sur cinquante, non, disons un sur
cent, la mort des autres est d'autant plus certaine. As-
tu entendu parler d'un seul pharaon qui ait survécu
trois jours à une trépanation ? Non, on m'envoie les
incurables et les fous pour que je les traite avec mon
trépan de silex, et d'autant plus vite qu'ils sont riches
et nobles. Ma main libère des souffrances, ma main
distribue des héritages, des domaines, du bétail et de
l'or, ma main hisse un pharaon sur le trône. C'est
pourquoi on me craint, et personne n'ose me contre-
dire, car je connais trop de choses. Mais ce qui
augmente le savoir augmente aussi le chagrin, et c'est
pourquoi je suis bien malheureux.

Ptahor se mit à pleurer, puis il se moucha dans la
serviette funéraire de Kipa.

— Tu es pauvre, mais honnête, Senmout, dit-il en
sanglotant. C'est pourquoi je t'aime, car je suis riche,
mais pourri. Je suis pourri, une bouse de bœuf sur la
route.

Il ôta son col de pierres précieuses et le passa au cou
de mon père. Puis ils entonnèrent des chants dont je ne
compris point les paroles, mais Thotmès les écoutait
avec ravissement, en disant que dans la maison des
soldats on n'entendait pas de chansons plus crues.
Kipa commença à pleurer dans la cuisine et un des
nègres vint soulever Ptahor pour l'emporter. Mais le
trépanateur se débattit, appela son serviteur et cria que
le nègre voulait le tuer. Comme mon père était
incapable d'intervenir, c'est Thotmès et moi qui
chassâmes le nègre à coups de bâton. Pestant et jurant,
les deux nègres déguerpirent en emportant la litière.

Ensuite Ptahor se versa la cruche de bière sur la tête, réclama de l'onguent pour se frotter le visage et voulut aller se baigner dans l'étang de la cour. Thotmès me chuchota que nous devions mettre les deux hommes au lit, et finalement mon père et son ami s'endormirent côte à côte dans le lit nuptial de Kipa, en se jurant une amitié éternelle.

Kipa pleurait et s'arrachait les cheveux et se répandait de la cendre sur la tête. Je me demandais ce que diraient nos voisins, car le bruit et les chants s'étaient entendus au loin dans le silence nocturne. Mais Thotmès resta tout à fait calme et affirma avoir vu des scènes bien plus violentes dans la maison des soldats et chez lui, lorsque les hommes des chars de guerre racontaient leurs anciens exploits et leurs expéditions en Syrie et dans le pays de Koush. Il déclara que la soirée avait été très réussie, puisque les deux hommes n'avaient pas fait venir des musiciens et des filles pour les divertir. Il réussit à apaiser Kipa et, après avoir nettoyé de notre mieux les traces du festin, nous allâmes dormir. Le serviteur resta à ronfler sous le sycomore et Thotmès vint dans mon lit, mit son bras à mon cou et me parla des filles, car il avait lui aussi bu du vin. Mais cela ne m'amusa point, parce que j'étais plus jeune que lui, et je ne tardai pas à m'endormir.

Je me réveillai de bonne heure en entendant du bruit et des pas dans la chambre à coucher. Mon père dormait encore profondément, tout habillé, avec le col de Ptahor, mais Ptahor était assis par terre, se tenant la tête et demandant d'un ton pitoyable où il était.

Je le saluai respectueusement, les mains à la hauteur des genoux, et je lui dis qu'il était dans le quartier du port, dans la maison de Senmout, médecin des pauvres. Ces paroles le rassurèrent et il me demanda de la bière. Je lui rappelai qu'il s'était renversé la cruche sur la tête, ainsi qu'on le voyait à ses vêtements. Il se leva alors et se redressa, il fronça les sourcils et sortit. Je lui versai de l'eau sur les mains, et il se pencha en gémissant, et me demanda de lui répandre de l'eau sur la tête aussi. Thotmès, qui s'était réveillé, apporta un pot de lait aigre et un poisson salé. Ptahor en fut tout ragaillardi, il se rendit sous le sycomore et réveilla son serviteur à coups de canne.

— Misérable pourceau ! dit-il. Est-ce ainsi que tu soignes ton maître et portes la torche devant lui ? Où est ma litière ? Où sont mes habits propres ? Où sont mes pilules ? Hors de ma vue, infâme pourceau !

— Je suis un pourceau, répondit humblement le serviteur. Que m'ordonnes-tu, ô maître ?

Ptahor lui donna ses ordres, et l'homme partit à la recherche d'une chaise à porteur. Ptahor s'installa commodément sous le sycomore, le dos contre le tronc, et il récita un poème où l'on parlait de l'aube et d'une reine qui se baignait dans le fleuve. Puis il nous raconta des histoires drôles. Kipa, après avoir allumé le feu, alla dans la chambre à coucher où nous entendîmes sa voix. Au bout d'un instant mon père, habillé de propre, apparut l'air tout contrit.

— Ton fils est beau, dit Ptahor. Il a la taille d'un prince et ses yeux sont doux comme ceux des gazelles.

Mais bien que je fusse un garçon, je compris qu'il parlait ainsi seulement pour faire oublier sa conduite de la veille. Il ajouta aussitôt :

— Que sait ton fils ? Les yeux de son esprit sont-ils aussi ouverts que ceux de son corps ?

J'allai chercher mes tablettes, et Thotmès aussi. Après avoir jeté un regard distrait au sommet du sycomore, le trépanateur royal me dicta une petite poésie que je me rappelle encore :

> *Jeune homme, réjouis-toi dans ta jeunesse,*
> *car la vieillesse a de la cendre dans le gosier*
> *et le corps embaumé ne rit pas*
> *dans l'ombre de sa tombe.*

Je fis de mon mieux et écrivis d'abord de mémoire en écriture ordinaire. Puis je traçai les images et enfin j'écrivis les mots vieillesse, corps et tombe de toutes les manières possibles, aussi bien en syllabes qu'en lettres. Je lui tendis ma tablette et il n'y trouva pas une seule faute. Je sentis que mon père était fier de moi.

— Et cet autre garçon ? demanda Ptahor en désignant Thotmès.

Mon ami était assis non loin de nous, il avait dessiné quelque chose. Il hésita avant de donner sa tablette, mais ses yeux riaient. Il avait dessiné Ptahor en train de passer son col au cou de mon père et de se verser le pot de bière sur la tête, et un troisième dessin montrait les deux amis chantant en se tenant par le cou. C'était si amusant qu'on pouvait presque deviner quel chant ils braillaient. J'avais envie de rire, mais je n'osais pas, car je craignis que Ptahor ne se fâchât. C'est que Thotmès ne l'avait pas flatté. Il était reproduit aussi petit et chauve, aussi cagneux et pansu qu'en réalité.

Pendant un long moment Ptahor ne dit rien, il

regardait attentivement tantôt les images, tantôt Thotmès. Mon ami prit peur et se dressa sur la pointe des pieds. Enfin Ptahor parla :

— Combien veux-tu pour ce dessin ? Je te l'achète.

Mais Thotmès rougit et répondit :

— Ma tablette n'est pas à vendre. A un ami j'en ferais cadeau.

Ptahor rit :

— Bien répondu ! Soyons amis, et la tablette est à moi.

Il regarda encore attentivement les dessins, sourit et cassa la tablette sur une pierre. Nous eûmes tous un sursaut, et Thotmès se hâta de demander pardon, pour le cas où il aurait offensé le trépanateur.

— Me fâcherais-je contre l'eau où j'ai vu mon image ? demanda doucement Ptahor. Mais la main et l'œil du dessinateur sont plus que l'eau. C'est pourquoi je sais maintenant de quoi j'avais l'air hier, et je veux que personne ne le voie. C'est pourquoi j'ai brisé la tablette, mais je reconnais que tu es un artiste.

Thotmès sauta de joie.

Après cela, Ptahor se tourna vers mon père et récita, en me regardant d'un air solennel, l'antique promesse des médecins :

— Je le prends pour le guérir.

Puis il dit à Thotmès :

— Je ferai ce que je pourrai.

Ayant ainsi retrouvé le jargon des médecins, les deux hommes rirent de satisfaction mutuelle. Mon père me mit la main sur la tête et me demanda :

— Mon fils Sinouhé, voudrais-tu devenir médecin comme moi ?

Les larmes me montèrent aux yeux et ma gorge se serra si bien que je ne pus répondre, mais j'acquiesçai de la tête.

— Mon fils Sinouhé, voudrais-tu devenir médecin, un médecin plus éminent que moi, meilleur que moi, maître de la vie et la mort, entre les mains duquel l'homme, quel que soit son rang ou sa dignité, remet sa vie en toute confiance ?

— Pas comme lui, et pas non plus comme moi, ajouta Ptahor qui se redressa et dont le regard se fit sage et perçant, mais un vrai médecin. Car rien n'est plus grand qu'un vrai médecin. Devant lui le pharaon est nu et devant lui l'homme le plus riche est semblable au plus pauvre.

— Je préférerais devenir un vrai médecin, dis-je timidement, car j'étais encore un enfant, je ne savais rien de la vie et j'ignorais que la vieillesse désire toujours transmettre à la jeunesse ses rêves et ses déceptions.

Quant à Thotmès, Ptahor lui montra le bracelet d'or de son poignet et dit :

— Lis !

Thotmès épela les images gravées et lut :

— Je veux ma coupe pleine !

Il sourit.

— Ne souris pas, vaurien, dit Ptahor d'un ton sérieux. Il ne s'agit pas du vin. Mais si tu veux devenir un artiste, tu dois exiger ta coupe pleine. Dans tout vrai artiste, c'est Ptah qui se manifeste, le créateur et le bâtisseur. L'artiste n'est pas seulement une eau ou un miroir, mais davantage. Certes, l'art est souvent une eau flatteuse ou un miroir menteur, mais malgré tout l'artiste est plus que l'eau. Exige ta coupe pleine, enfant, et ne te contente pas de tout ce qu'on te dira, mais crois-en plutôt tes yeux clairs.

Ensuite il promit que je recevrais bientôt une invitation à entrer dans la Maison de la Vie et qu'il ferait tout son possible pour que Thotmès fût admis à l'école des beaux-arts de Ptah.

— Enfants, écoutez bien ce que je vous dis, et oubliez-le dès que je vous l'aurai dit, et oubliez aussi que c'est le trépanateur royal qui vous l'a dit. Vous allez tomber entre les pattes des prêtres, et Sinouhé sera ordonné prêtre, car personne ne peut pratiquer la médecine, comme ton père et comme moi, s'il n'a pas été ordonné. Mais quand vous serez entre les pattes des prêtres du temple, soyez méfiants comme des chacals et rusés comme des serpents, afin de ne pas vous perdre et vous aveugler. Mais extérieurement soyez doux comme des colombes, car c'est seulement une fois qu'il est parvenu au but que l'homme peut dévoiler sa propre nature. Il en fut toujours ainsi et, il en sera toujours ainsi. Rappelez-vous bien cela.

Au bout d'un instant, le serviteur de Ptahor revint avec une litière de location et des vêtements propres pour son maître. La chaise à porteur de Ptahor avait été mise en gage par les nègres dans une maison de joie où ils dormaient encore. Ptahor donna à son esclave l'ordre de dégager la chaise et les deux nègres, il prit congé de nous, assura mon père de son amitié et regagna son quartier élégant.

C'est ainsi que je pus entrer dans la Maison de la Vie du grand temple d'Amon. Mais le lendemain Ptahor, le trépanateur royal, envoya à Kipa un scarabée sacré artistement gravé dans la pierre, pour que ma mère pût le porter sur son cœur, sous les bandelettes, dans sa tombe. Il n'aurait pas pu causer à ma mère une joie plus grande, si bien que Kipa lui pardonna tout et cessa de parler à mon père Senmout de la malédiction du vin.

LIVRE II

La Maison de la Vie

1

En ces temps-là, les prêtres d'Amon à Thèbes s'étaient arrogé le droit exclusif à l'enseignement supérieur, et il était impossible de commencer des études sans leur assentiment. Chacun comprend que la Maison de la Vie et la Maison de la Mort aient de tout temps été installées à l'intérieur des murailles du temple, comme aussi la haute école de théologie pour les prêtres des degrés supérieurs. A la rigueur, on peut admettre que les facultés de mathématiques et d'astronomie relèvent de leur domaine ; mais lorsque les prêtres eurent accaparé les écoles de commerce et la faculté de droit, les gens cultivés se demandèrent si le clergé ne se mêlait pas de questions qui relevaient du pharaon ou du fisc. Certes, on n'exigeait pas d'ordination dans la faculté de commerce et de droit, mais comme Amon disposait au moins du cinquième des terres d'Egypte et du commerce, et comme l'influence des prêtres était considérable dans tous les domaines, chaque personne désireuse de se vouer au commerce ou d'entrer dans l'administration agissait sagement en

se soumettant à l'examen de prêtre du degré inférieur
et en devenant ainsi un serviteur obéissant d'Amon.

La plus grande des facultés était naturellement celle
de droit, car elle donnait la compétence requise pour
toutes les fonctions, qu'il s'agît du fisc, de l'administration ou de la carrière des armes. La petite troupe des
astrologues et des mathématiciens menait une existence distraite dans les salles de conférences, en
méprisant profondément les adolescents qui affluaient
aux cours de comptabilité et d'arpentage. Mais la
Maison de la Vie et la Maison de la Mort vivaient à part
dans l'enceinte du temple, et leurs élèves jouissaient de
la considération craintive des autres étudiants.

Avant de franchir le seuil de la Maison de la Vie, il
me fallut passer l'examen de prêtre du degré inférieur
dans la faculté de théologie. Je dus y consacrer trois
années, car en même temps j'accompagnais mon père
dans ses tournées, pour profiter de son expérience.
J'habitais à la maison, mais chaque jour j'assistais à des
cours. Les jeunes gens ayant des protecteurs puissants
pouvaient passer en quelques semaines cet examen qui
comprenait, outre les éléments de la lecture, de
l'écriture et du calcul, seulement des textes sacrés à
mémoriser, ainsi que des légendes sur les saintes
triades et les saintes ennéades dont le couronnement
était toujours le roi de tous les dieux, Amon. Le but de
cet enseignement machinal était d'étouffer le désir
naturel des étudiants de penser par eux-mêmes et de
leur inspirer une confiance aveugle dans l'importance
des textes mémorisés. C'est seulement quand il était
aveuglément soumis à la puissance d'Amon que le

jeune étudiant pouvait accéder au premier degré de la prêtrise.

Les candidats à ce premier degré étaient répartis selon les études qu'ils se proposaient d'entreprendre ensuite. Nous, les futurs élèves de la Maison de la Vie, nous formions un groupe à part, mais je n'y trouvai pas un seul ami. Je n'avais pas oublié la sage recommandation de Ptahor et je me repliais sur moi-même, obéissant humblement à chaque ordre et faisant la bête quand les autres débitaient des plaisanteries ou raillaient les dieux. Il y avait parmi nous des fils de médecins spécialistes dont les visites se payaient en or, il y avait aussi des fils de simples médecins campagnards, souvent plus âgés que nous et qui, gauches et bronzés, cherchaient à dissimuler leur dépaysement et ânonnaient consciencieusement leurs leçons. Il y avait enfin des enfants de basse extraction qui avaient une soif naturelle de savoir et qui aspiraient à quitter le métier et la situation de leurs parents ; mais on les traitait très sévèrement et avec beaucoup d'exigences, car les prêtres nourrissaient à leur égard une méfiance naturelle, parce qu'ils voyaient en eux des gens mécontents de leur sort.

Ma prudence me fut utile, car je ne tardai pas à constater que les prêtres avaient parmi nous leurs mouchards. Une parole imprudente, un doute exprimé en public ou une plaisanterie entre copains parvenaient rapidement à la connaissance des prêtres, et le coupable était interrogé et puni. Certains élèves étaient roués de coups, d'autres étaient relégués du temple, et la Maison de la Vie leur était désormais fermée, aussi bien à Thèbes qu'ailleurs en Egypte. S'ils étaient

énergiques, ils pouvaient gagner les colonies comme
assistants des amputeurs des garnisons ou faire une
carrière dans le pays de Koush ou en Syrie, car la
réputation des médecins égyptiens s'était répandue
dans le monde entier. Mais la plupart sombraient en
cours de route et restaient des scribes modestes, s'ils
avaient appris à écrire.

Comme je savais déjà lire et écrire, j'avais de l'avance
sur beaucoup de mes condisciples plus âgés que moi.
Je me trouvais mûr pour entrer dans la Maison de la
Vie, mais mon ordination tardait et je n'avais pas le
courage d'en demander les raisons, car on y aurait vu
une rébellion contre Amon. Je perdais mon temps à
écrire des Livres des Morts qu'on vendait dans les
cours. Je me révoltais en esprit et devenais mélancolique. Beaucoup de mes camarades, même parmi les
moins doués, avaient déjà commencé à étudier dans la
Maison de la Vie. Mais peut-être, grâce aux enseignements de mon père, avais-je une meilleure préparation
qu'eux. Plus tard, j'ai pensé que les prêtres d'Amon
avaient été plus sages que moi. Ils voyaient en moi, ils
devinaient ma révolte et mes doutes, aussi me met-
taient-ils à l'épreuve.

Enfin on m'annonça que mon tour était venu de
veiller dans le sanctuaire. Pendant une semaine je
devrais habiter à l'intérieur du temple, avec interdiction d'en franchir l'enceinte. Je devais me purifier et
jeûner, et mon père se hâta de me couper les cheveux et
de convoquer nos voisins pour fêter ma maturité. En
effet, dès ce jour, j'étais un adulte, puisque j'étais prêt
à recevoir l'ordination, acte qui, en dépit de son

caractère insignifiant, me haussait au-dessus des voisins et de mes anciens camarades.

Kipa avait fait de son mieux, mais les gâteaux de miel ne me réjouirent pas le palais, et les grosses plaisanteries des voisins ne m'amusèrent point. Le soir, après le départ des invités, ma mélancolie gagna aussi Senmout et Kipa. Mon père me renseigna sur le mystère de ma naissance, Kipa précisa certains détails, et je gardais les yeux fixés sur le berceau de jonc suspendu au-dessus de leur lit. Les roseaux noircis et brisés me fendaient le cœur, je n'avais pas de père ni de mère au monde. J'étais seul sous les étoiles dans la grande ville. Je n'étais peut-être qu'un misérable étranger, peut-être ma naissance était-elle un secret infamant.

J'avais une blessure au cœur, lorsque j'entrai dans le temple, avec les habits d'initiation préparés par Kipa avec amour et sollicitude.

2

Nous étions vingt-cinq candidats à l'ordination. Après le bain dans l'étang du temple, on nous rasa la tête et on nous donna des vêtements grossiers. Notre ordinateur se trouvait être un prêtre assez peu consciencieux. Selon la tradition, il aurait pu nous soumettre à bien des cérémonies humiliantes ; mais il y avait parmi nous des fils de famille et aussi des hommes qui avaient déjà subi leurs examens de droit et voulaient entrer au service d'Amon pour assurer leur avenir. Ils avaient d'abondantes provisions, ils offraient à boire au prêtre et quelques-uns allaient passer la nuit dans les maisons de joie, car pour eux l'ordination n'était qu'une formalité. Moi, je veillais, le cœur blessé, et je ruminais bien des tristes pensées. Je me contentais d'un morceau de pain et d'une tasse d'eau, notre repas prescrit, et j'attendais avec une espérance anxieuse ce qui devrait se passer.

C'est que j'étais encore si jeune que j'aurais indiciblement voulu croire. Lors de l'ordination, Amon apparaissait et parlait à chaque candidat, disait-on, et j'aurais ressenti un soulagement inexprimable si j'avais pu me libérer de moi-même et percer le secret des choses. En compagnie de mon père, j'avais vu la maladie et la mort dès mon enfance, et mon regard était plus aigu que ceux des jeunes de mon âge. Pour un médecin, rien n'est plus sacré que la mort devant laquelle il doit s'incliner, disait mon père. C'est pourquoi je doutais, et tout ce que j'avais vu dans le temple depuis trois ans avait renforcé mon incrédulité.

Mais, me disais-je, peut-être que derrière le rideau, dans l'obscurité du sacro-saint, se cache un mystère que je ne connais pas. Peut-être Amon se montrera-t-il à moi pour apaiser mon cœur.

Telles étaient mes pensées, tandis que j'errais dans le corridor réservé aux profanes, en regardant les saintes images coloriées et en lisant les inscriptions sacrées qui racontaient comment les pharaons avaient offert à Amon des cadeaux immenses sur leur butin. C'est alors que je vis devant moi une belle femme dont la robe était du lin le plus fin, si bien qu'on apercevait sa poitrine et ses cuisses à travers l'étoffe. Elle était mince et droite, ses lèvres, ses joues et ses sourcils étaient peints, et elle me regardait avec une curiosité effrontée.

— Quel est ton nom, beau jeune homme ? me demanda-t-elle, en regardant de ses yeux verts ma tunique grise qui montrait que je me préparais à l'ordination.

— Sinouhé, répondis-je avec confusion, sans oser lever les yeux.

Mais elle était si belle et l'huile perlant à son front sentait si bon que j'espérais qu'elle me prierait de la guider dans le temple.

— Sinouhé, dit-elle toute songeuse. Ainsi, tu prends peur et tu te sauves brusquement, si on te confie un secret ?

Elle pensait à la légende de Sinouhé, et cela m'irrita, car on m'avait déjà assez tourmenté à l'école avec ce récit. C'est pourquoi je me redressai et la regardai en face. Et son regard était si étrange, si curieux et si brillant que je sentis mes joues rougir, et mon corps était en flammes.

— Pourquoi aurai-je peur ? Un futur médecin ne redoute aucun secret.

— Ah ! dit-elle en souriant. Le poulet pépie déjà avant d'avoir percé sa coquille. Mais as-tu parmi tes camarades un jeune homme dont le nom est Metoufer ? Il est le fils du constructeur royal.

Ce Metoufer était le camarade qui avait offert du vin au prêtre et lui avait donné en outre un bracelet en or. Je fus désagréablement surpris, mais j'offris d'aller le chercher. Je me disais qu'elle était peut-être sa sœur ou une parente. Cette idée me rasséréna et j'osai la regarder en souriant :

— Mais comment faire, puisque je ne connais pas ton nom et ne pourrai lui dire qui le demande ?

— Il le devinera bien, dit-elle en battant d'une sandale impatiente la dalle du corridor, ce qui m'amena à regarder ses petits pieds que la poussière n'avait point salis et dont les ongles étaient peints en rouge clair. Il saura bien qui le demande. Il me doit peut-être quelque chose. Peut-être que mon mari est en voyage et que je l'attends pour me consoler.

Mon cœur se serra de nouveau, en pensant qu'elle était mariée. Mais je répondis bravement :

— Bien, belle inconnue ! Je vais le chercher. Je lui dirai qu'une femme plus jeune et plus belle que la déesse de la Lune le demande. Alors il saura qui tu es, car certainement quiconque t'a vue une fois ne peut jamais t'oublier.

Effrayé de ma hardiesse, je me détournai, mais elle me prit par le bras en disant d'un air méditatif :

— Tu es bien pressé ! Attends un peu, nous avons encore des choses à nous dire.

Elle me regarda de nouveau, et mon cœur bondit dans ma poitrine. Puis elle tendit son bras chargé de bagues et de bracelets d'or et me caressa la tête :

— Cette belle tête n'a-t-elle pas froid, maintenant qu'elle n'a plus ses boucles ?

Et elle ajouta aussitôt :

— M'as-tu dit la vérité ? Me trouves-tu vraiment belle ? Regarde-moi mieux.

Je la regardai, et ses habits étaient en lin royal, elle était belle à mes yeux, plus belle que toutes les femmes que j'avais vues, et elle ne faisait rien pour cacher sa beauté. Je la regardais, et la blessure de mon cœur se cicatrisait, j'oubliais Amon et la Maison de la Vie, et sa présence brûlait mon corps comme le feu.

— Tu ne réponds pas, dit-elle tristement. Tu n'as pas besoin de répondre, car tu me trouves certainement vieille et laide, incapable de réjouir tes beaux yeux. Va donc chercher Metoufer, tu seras débarrassé de moi.

Mais je ne m'éloignais pas et je ne savais que dire, bien que je comprisse qu'elle se moquait de moi. Il faisait sombre entre les gigantesques colonnes du temple. Ses yeux luisaient dans le crépuscule tombant des lointaines fenêtres, et personne ne nous voyait.

— Tu n'as peut-être pas besoin d'aller le chercher, me dit-elle avec un sourire. Cela me suffira, si tu me réjouis et te divertis avec moi, car je n'ai personne avec qui m'amuser.

Je me rappelai alors les paroles de Kipa sur les femmes qui invitent de beaux garçons à se divertir avec elles. Ce fut si brusque que je reculai d'un pas.

— N'ai-je pas deviné que Sinouhé prend peur, dit-elle en s'avançant vers moi.

Mais je levai la main et lui dis rapidement :

— Je sais déjà qui tu es. Ton mari est en voyage et ton cœur est un piège perfide et ton sein brûle plus fort que le feu.

Mais je n'eus pas la force de fuir.

Elle montra un peu de confusion, puis elle sourit de nouveau et me dit :

— Tu crois ? Mais ce n'est pas vrai. Mon sein ne

brûle pas comme le feu, au contraire on dit qu'il est délicieux. Sens-le toi-même !

Elle me saisit la main et la plaça sur sa poitrine dont je sentis la beauté à travers l'étoffe mince, si bien que je me mis à trembler et que mes joues rougirent.

— Tu ne crois pas encore, dit-elle avec une déception affectée. L'étoffe te gêne, mais attends un peu, je vais l'écarter.

Elle ouvrit sa tunique et mit ma main sur son sein nu, et je sentis battre son cœur, mais sa poitrine était tendre et fraîche sous ma main.

— Viens, Sinouhé, dit-elle tout bas. Viens avec moi, nous boirons du vin et nous nous divertirons ensemble.

— Je ne dois pas quitter le temple, dis-je avec angoisse, tout en ayant honte de ma lâcheté, car je la convoitais et la redoutais comme la mort. Je dois rester pur jusqu'à l'ordination, sinon on me chassera du temple et je n'entrerai jamais dans la Maison de la Vie. Aie pitié de moi !

Je parlai ainsi, car je savais que je la suivrais si elle m'en priait encore une seule fois. Mais elle avait de l'expérience et comprit ma détresse. Elle jeta un regard autour d'elle. Nous étions seuls, mais des gens circulaient non loin de nous, et un guide expliquait à haute voix les curiosités du temple à des étrangers tout en leur réclamant des pièces de cuivre pour leur montrer d'autres merveilles encore.

— Tu es bien timide, Sinouhé, dit-elle. Des nobles et des riches m'offrent des bijoux et de l'or pour que je les invite à se divertir avec moi. Mais toi tu désires rester pur, Sinouhé.

— Tu veux sûrement que j'aille chercher Metoufer, dis-je tout désemparé...

Je savais que Metoufer n'hésiterait pas à quitter le temple pour la nuit, bien que ce fût son tour de veiller. Il en avait les moyens, car son père était constructeur royal ; mais j'aurais été capable de le tuer.

— Je ne sais pas, dit-elle en me regardant avec un sourire espiègle. Je désire peut-être que nous nous quittions comme de bons amis, Sinouhé. C'est pourquoi je te dirai mon nom, et c'est Nefernefernefer, parce qu'on me juge belle et que personne, après avoir dit mon nom, ne peut s'empêcher de le répéter deux fois et trois fois. C'est aussi la coutume qu'en se séparant les amis échangent des cadeaux, pour ne pas s'oublier. C'est pourquoi je te demande un cadeau.

Alors je connus de nouveau ma pauvreté, car je n'avais rien à lui donner, pas même un modeste bijou ou un bracelet de cuivre, que du reste je n'aurais pas osé lui offrir. J'avais tellement honte que je baissai la tête sans rien dire.

— Eh bien, donne-moi un cadeau qui me réchauffe le cœur, dit-elle en soulevant du doigt mon menton et en approchant son visage du mien.

Quand je compris ce qu'elle désirait, je touchai de mes lèvres ses lèvres tendres. Elle eut un léger soupir et dit :

— Merci, c'était un beau cadeau, Sinouhé. Je ne l'oublierai pas. Mais tu es certainement un étranger d'un lointain pays, parce que tu n'as pas appris à embrasser. Comment est-il possible que les filles de Thèbes ne t'aient pas encore enseigné cet art, bien que tes cheveux soient coupés ?

Elle enleva une bague de son pouce, une bague en or et en argent, avec une pierre verte non gravée, et elle me la passa à un doigt.

— Je dois aussi te faire un cadeau, pour que tu ne m'oublies pas, Sinouhé, dit-elle. Quand tu seras entré dans la Maison de la Vie, tu pourras y faire graver ton sceau, et tu seras l'égal des riches et des nobles. Mais rappelle-toi aussi que la pierre est verte, parce que mon nom est Nefernefernefer et parce qu'on m'a dit que mes yeux sont verts comme le Nil sous l'éclat du soleil.

— Je ne peux accepter ta bague, Nefernefernefer (et la répétition de ce nom me causa une joie indicible). Et je ne t'oublierai jamais.

— Petit fou, dit-elle. Garde la bague, puisque je le veux. Garde-la à cause de mon caprice qui me rapportera une fois un gros intérêt.

Elle agita son doigt menu devant mes yeux et dit d'un air mutin :

— Méfie-toi toujours des femmes dont le sein est plus brûlant que le feu.

Elle se détourna et s'éloigna, en m'interdisant de l'accompagner. De la porte du temple, je la vis monter dans une litière richement décorée, le coureur partit lui frayer la voie, et les gens s'écartaient devant elle et restaient à chuchoter après son passage. Mais son départ me plongea dans un affreux sentiment de vide, comme si j'étais tombé la tête la première dans une gorge profonde.

Metoufer vit la bague à mon doigt quelques jours plus tard, il me prit la main et regarda la bague :

— Par les quarante-deux babouins d'Osiris ! s'écria-t-il. Nefernefernefer, n'est-ce pas ? Je ne l'aurais jamais cru de toi.

Il me regarda avec un air de respect, bien que le prêtre m'eût chargé de balayer le plancher et d'accomplir les plus humbles besognes dans le temple, parce que je ne lui avais pas apporté de cadeau.

Je haïssais Metoufer en ce moment comme seul peut haïr un adolescent. Bien que je brûlasse d'envie de le questionner sur Nefernefernefer, je ne m'y abaissai pas. J'enfouis mon secret dans mon cœur, car le mensonge est plus exquis que la vérité et le rêve plus clair que la réalité matérielle. J'admirais la pierre verte à mon doigt, je me rappelais ses yeux et son sein frais, et je sentais l'odeur de son parfum. Ses lèvres douces touchaient les miennes et me consolaient, car Amon m'était déjà apparu et ma foi s'était écroulée.

C'est pourquoi, en songeant à elle, je murmurais : « Ma sœur. » C'était comme une caresse, car de toute antiquité ce mot signifie et il signifiera toujours : « Ma bien-aimée. »

3

Mais je veux raconter ici comment Amon m'apparut.

La quatrième nuit, c'était mon tour de veiller sur le repos d'Amon. Nous étions sept, dont deux, Môse et Bek, voulaient aussi entrer dans la Maison de la Vie. C'est pourquoi je les connaissais.

J'étais affaibli par le jeûne et par la tension d'esprit. Nous étions tous sérieux et suivions sans sourire le prêtre — que son nom reste dans l'oubli — qui nous menait dans le sanctuaire. Amon était descendu avec sa barque derrière la montagne occidentale, les gardiens avaient soufflé dans leurs trompettes d'argent et les portes du temple étaient fermées. Mais le prêtre s'était gobergé avec la viande des sacrifices, avec des fruits et des pains doux, l'huile ruisselait sur son visage et le vin lui empourprait les joues. Il souleva en riant le rideau et nous montra le saint des saints. Une énorme niche creusée dans le roc abritait Amon, et les pierreries de sa coiffure et de son col jetaient des lueurs rouges, vertes ou bleues à la lumière des lampes sacrées ; on eût dit des yeux vivants. A l'aube, sous la direction du prêtre, nous devions l'oindre et changer ses vêtements. Je l'avais déjà vu lors de la fête du printemps porté en procession dans une barque d'or, et les gens se prosternaient devant lui. Je l'avais vu lors de la crue naviguer sur le lac sacré dans sa royale cange de cèdre. Mais, pauvre étudiant, je ne l'avais vu que de loin, et son costume rouge ne m'avait pas fait une impression aussi forte que maintenant à la lumière des lampes dans le silence absolu du sanctuaire. Le rouge est réservé aux dieux, et en le regardant il me semblait que la statue de pierre m'écrasait de tout son poids.

— Veillez et priez devant le dieu, dit le prêtre qui se tenait au rideau, car il était mal assuré sur ses jambes. Peut-être qu'il vous appellera par votre nom, car il a l'habitude de se montrer aux candidats et de leur parler, s'il les en juge dignes.

Il fit rapidement de la main les gestes sacrés et

murmura les noms divins d'Amon, en laissant retomber la tenture et sans même se donner la peine de faire une révérence et de mettre les mains à la hauteur des genoux.

Puis il sortit et nous laissa seuls dans le parvis sombre dont les dalles glaçaient nos pieds nus. Après son départ, Môse sortit une lampe et Ahmôse pénétra sans gêne dans le sacro-saint et y prit le feu d'Amon pour allumer la lampe.

— On serait bien fous de rester dans l'obscurité, dit Môse.

Et nous nous sentîmes plus à l'aise, bien qu'un peu intimidés. Ahmôse avait du pain et de la viande, Mata et Nefrou se mirent à jouer aux dés en criant d'une voix si aiguë que le temple retentissait. Après avoir mangé, Ahmôse s'enroula dans son vêtement et s'étendit en pestant contre la dureté des dalles, Sinoufer et Nefrou ne tardèrent pas à suivre son exemple.

Moi, j'étais jeune et je veillais, tout en sachant que le prêtre avait reçu de Metoufer une cruche de vin et qu'il l'avait invité dans sa chambre avec deux autres fils de bonne famille, si bien qu'il ne viendrait pas nous surprendre. Je veillais, bien que je susse par ouï-dire que tous les candidats mangeaient, jouaient ou dormaient en cachette. Mata se mit à parler du temple de Sekhmet à la tête de lionne, où la fille céleste d'Amon apparaissait aux rois guerriers et les embrassait. Ce temple était derrière celui d'Amon, mais il n'était plus en faveur. Depuis des dizaines d'années, le pharaon n'y était plus retourné, l'herbe poussait entre les gros pavés de la cour. Mais Mata prétendait qu'il n'aurait rien à objecter à veiller là-bas et à embrasser la nudité

de la déesse, et Nefrou lançait les dés, bâillait et
déplorait de n'avoir pas eu l'idée de prendre du vin.
Puis, tous deux se couchèrent, et bientôt je fus seul à
veiller.

La nuit fut longue, et tandis que les autres dormaient, une profonde piété s'empara de moi, car j'étais
encore jeune et je me disais que j'étais resté pur et que
j'avais observé strictement tous les rites, afin qu'Amon
pût m'apparaître. Je répétais ses noms sacrés et je
prêtais l'oreille aux moindres bruits, les sens aux
aguets, mais le temple restait vide et froid. Vers l'aube
le rideau du sanctuaire bougea un peu, et ce fut tout.
Lorsque la lumière du jour entra dans le temple,
j'éteignis la lampe, en proie à une déception indicible,
et je réveillai mes compagnons.

Les soldats soufflèrent dans leurs trompettes, les
gardiens furent relevés sur les murs, et un murmure
indistinct me parvint des cours, comme la houle des
eaux lointaines dans le vent, si bien que nous sûmes
que la journée et le travail avaient commencé dans le
temple. Le prêtre finit par venir en toute hâte, suivi, à
ma grande surprise, de Metoufer. Tous deux sentaient
le vin, ils se tenaient par le bras, et le prêtre balançait à
la main les clefs des bons coffres et répétait avec l'aide
de Metoufer les paroles sacrées, avant de nous saluer.

— Candidats Mata, Môse, Be, Sinoufer, Nefrou,
Ahmôse et Sinouhé, avez-vous veillé et prié, comme il
est prescrit, pour mériter votre initiation ?

— Oui, répondîmes-nous d'une seule voix.

— Amon vous est-il apparu, selon sa promesse ?
continua le prêtre en nous regardant de ses yeux
fatigués.

Après un moment d'hésitation dans notre groupe, Môse dit avec prudence :

— Il est apparu selon sa promesse.

Et chacun répéta cette phrase, mais moi je ne dis rien, il me semblait qu'une main me serrait le cœur, car ce que disaient mes compagnons me paraissait sacrilège.

Metoufer dit avec impudence :

— J'ai aussi veillé et prié pour mériter l'ordination, car la nuit prochaine j'ai autre chose à faire que veiller ici. Amon m'est apparu, ainsi que le prêtre peut en témoigner, et il avait la forme d'une grosse jarre, et il m'a confié une foule de secrets sacrés que je ne puis vous révéler, mais ses paroles étaient douces comme le vin dans ma bouche, si bien que j'avais soif d'en entendre jusqu'au point du jour.

Alors Môse prit courage et parla :

— A moi, il est apparu sous la figure de son fils Horus, il se posa sur mon épaule et dit : « Sois béni, Môse, que ta famille soit bénie, afin qu'un jour tu sois assis dans la maison aux deux portes et que tu aies de nombreux serviteurs à commander. »

Les autres se dépêchèrent de raconter ce qu'Amon leur avait dit, et ils parlèrent tous ensemble, tandis que le prêtre les écoutait en riant. Je ne sais s'ils racontaient leurs rêves ou s'ils mentaient. Mais moi, je me sentais seul et désemparé, et je ne disais rien.

Enfin le prêtre se tourna vers moi, fronça les sourcils et dit sévèrement :

— Et toi, Sinouhé, n'es-tu donc pas digne d'être ordonné ? Le céleste Amon ne t'est pas apparu du

tout ? Ne l'as-tu pas même vu sous l'aspect d'une petite
souris, car il choisit à sa guise des milliers de formes ?

Il s'agissait pour moi d'entrer dans la Maison de la
Vie, aussi pris-je courage :

— A l'aube, j'ai vu bouger la tenture du sanctuaire,
mais je n'ai pas vu Amon et il ne m'a pas parlé.

Alors tous éclatèrent de rire, et Metoufer pouffa en
se tapant les genoux et en disant au prêtre :

— Il est bête.

Il tira le prêtre par sa manche qui était tachée de vin,
et il lui parla à l'oreille en me regardant.

Le prêtre me jeta de nouveau un regard sévère et
dit :

— Si tu n'as pas entendu la voix d'Amon, je ne
pourrai t'initier. Mais on va aviser, car tu es un jeune
homme croyant et tes intentions sont bonnes.

A ces mots, il entra dans le sanctuaire. Metoufer
s'approcha de moi, vit mon expression malheureuse et
me sourit amicalement :

— Ne crains rien.

Au bout d'un instant, nous sursautâmes tous, car
dans le temple retentissait une voix surnaturelle qui
semblait sortir de partout, du toit, des murs et d'entre
les colonnes. Cette voix disait :

— Sinouhé, Sinouhé, sacré dormeur, où es-tu ?
Présente-toi devant ma face et honore-moi, car je suis
pressé et n'ai pas envie d'attendre toute la journée.

Metoufer écarta le rideau, me poussa dans le sanctuaire et me fit coucher sur le plancher dans l'attitude
prescrite pour saluer les dieux et les pharaons. Mais je
relevai la tête et je vis que la lumière avait envahi le
sanctuaire. La voix sortait de la bouche d'Amon :

— Sinouhé, Sinouhé, espèce de porc et de babouin !
Etais-tu ivre, puisque tu dormais quand je t'ai appelé ?
On devrait te noyer dans la fange, mais à cause de ton
jeune âge je te pardonne, bien que tu sois bête et
paresseux, car je pardonne à tous ceux qui croient en
moi, et je jette les autres dans le gouffre infernal.

Je ne me rappelle plus tout ce que la voix dit en
criant, pestant et jurant, et je ne veux plus m'en
souvenir, tant c'était humiliant et amer pour moi, car
en écoutant bien j'avais reconnu dans le grondement
surnaturel de la voix les intonations du prêtre, et cette
constatation m'avait consterné et glacé. Je restai prostré devant la statue d'Amon, bien que la voix se fût tue,
jusqu'à ce que le prêtre, d'un coup de pied, vînt me
relever, tandis que mes compagnons apportaient de
l'encens, des onguents, des fards et des vêtements
rouges.

Chacun avait sa tâche déterminée. Je me rappelai la
mienne et je courus chercher dans le vestibule un seau
d'eau sacrée et des linges pour laver le visage, les mains
et les pieds du dieu. A mon retour, je vis le prêtre
cracher au visage d'Amon et l'essuyer avec sa manche
souillée. Puis Môse et Nefrou lui peignirent les lèvres,
les joues et les sourcils. Metoufer l'oignit et en riant il
passa son pinceau aussi sur le visage du prêtre et sur le
sien. Enfin, on déshabilla la statue, on la lava et la
sécha, comme si elle avait fait ses besoins, et on lui mit
des vêtements propres.

Quand tout fut terminé, le prêtre ramassa les
vêtements et les linges, car il les vendait par morceaux
aux riches visiteurs du temple, et l'eau servait à guérir
les maladies de la peau. Nous étions libres maintenant,

et nous pûmes sortir dans la cour au soleil, et là je
vomis.

Mon cœur et ma tête étaient tout aussi vides que
mon estomac, car je ne croyais plus aux dieux. Mais
quand une semaine se fut écoulée, on m'oignit d'huile
et on m'ordonna prêtre d'Amon, je prêtai le serment
sacerdotal et j'en reçus un certificat. Celui-ci portait le
sceau du grand temple d'Amon et mon nom, et il me
donnait accès à la Maison de la Vie.

C'est ainsi que Môse, Bek et moi nous entrâmes dans
cette maison. La porte s'ouvrit pour nous, mon nom
fut inscrit dans le Livre de la Vie, comme l'avaient été
jadis celui de mon père Senmout et celui de son père.
Mais je n'étais plus heureux.

4

Dans la Maison de la Vie, l'enseignement aurait dû
être surveillé par les médecins royaux, chacun dans sa
branche. Mais on ne les voyait que rarement, car leur
clientèle était nombreuse, ils recevaient de riches
cadeaux pour leurs services et ils habitaient dans de
vastes demeures en dehors de la ville. Mais lorsqu'on
amenait dans la Maison de la Vie un malade dont le cas
dépassait la compétence des médecins ordinaires ou
qu'on n'osait pas traiter, alors on appelait le médecin
royal qui faisait de son mieux devant les élèves. Ainsi,
grâce à Amon, le malade le plus pauvre pouvait
bénéficier des soins d'un médecin royal.

Car les malades de la Maison de la Vie payaient selon leurs moyens, et, quand bien même beaucoup apportaient un certificat attestant qu'un médecin ordinaire ne pouvait pas les guérir, les plus pauvres venaient directement à la Maison de la Vie et on ne leur faisait rien payer. Tout cela était beau et juste, mais je n'aurais pas voulu être pauvre et malade, car c'est sur ces misérables que les apprentis se faisaient la main, et les élèves les soignaient sans leur donner des calmants, si bien qu'ils devaient subir les pinces et le couteau et le feu sans anesthésie. C'est pourquoi on percevait souvent dans les cours de la Maison de la Vie les hurlements et les gémissements des pauvres.

Même pour un élève doué, la durée des études était longue. Nous devions apprendre la science des remèdes et connaître les plantes, savoir les cueillir au moment propice, les sécher et les distiller, car en cas de besoin un médecin devait pouvoir préparer lui-même ses potions. Moi et bien d'autres nous murmurions contre ce système, car nous n'en comprenions pas l'utilité, puisque dans la Maison de la Vie on pouvait obtenir tous les remèdes possibles déjà mélangés et dosés. Mais, comme on le verra plus loin, cet enseignement me fut très utile.

Nous devions apprendre les noms des parties du corps, la fonction et le but des différents organes. Nous devions apprendre à manier le couteau et le davier, mais avant tout nous devions entraîner nos mains à sentir les douleurs aussi bien dans les cavités du corps humain qu'à travers la peau, et il fallait aussi savoir lire les maladies dans les yeux des gens. Il nous fallait aussi pouvoir procéder à un accouchement, quand l'aide de la sage-femme ne suffisait plus. Il fallait apprendre à augmenter ou à calmer la douleur selon les besoins. Il fallait savoir distinguer les maux graves des bénins, les maladies provenant de l'esprit de celles provenant du corps. Il fallait filtrer la vérité dans les dires des malades et, de la tête aux pieds, savoir poser toutes les questions nécessaires pour obtenir une image claire de la maladie.

Il est donc compréhensible que plus j'avançais dans mes études, plus je sentais l'insuffisance de mon savoir. N'est-ce pas en somme qu'un médecin n'est prêt que l'orsqu'il reconnaît humblement qu'en réalité il ne sait rien ? Mais il ne faut pas le dire aux profanes, car ce qui importe avant tout c'est que le malade ait confiance en son médecin et en son habileté. C'est le fondement de toute guérison, sur lequel il faut bâtir. C'est pourquoi un médecin ne doit jamais se tromper, car un médecin faillible perd sa réputation et diminue celle de ses confrères. C'est pourquoi aussi, dans les maisons des riches où, après un premier médecin, on en appelle un deuxième et un troisième pour examiner un cas difficile, les confrères préfèrent enterrer la faute du premier plutôt que de la révéler au grand dommage de tout le corps médical. C'est dans ce sens qu'on dit que les médecins enterrent ensemble leurs malades.

Mais je ne savais pas encore tout cela alors, et c'est dans la conviction respectueuse que j'allais découvrir toute la sagesse terrestre que j'entrai dans la Maison de la Vie. Les premières semaines y furent dures, car l'élève le plus jeune est le serviteur des anciens, et il n'est pas de domestique subalterne qui ne lui soit supérieur. Tout d'abord l'élève doit apprendre la

propreté, et il n'est pas de besogne sordide qu'on ne lui
confie, si bien qu'il est malade de dégoût jusqu'au
moment où il s'est endurci. Mais il ne tarde pas à savoir
même en dormant qu'un couteau n'est propre qu'une
fois purifié par le feu et qu'un linge n'est propre
qu'une fois bouilli dans l'eau de soude.

Cependant tout ce qui se rattache à l'art du médecin
est écrit dans des livres, et je ne m'y arrêterai pas plus
longtemps. En revanche, je veux parler de ce que j'ai
vu moi-même et dont les autres n'ont pas écrit.

Au bout d'un long stage, vint le jour où l'on me
donna une blouse blanche après les purifications
rituelles, et je pus apprendre, dans les salles de
réception, à arracher des dents aux hommes forts, à
panser des blessures, à percer des abcès et à éclisser des
membres fracturés. Ce n'était pas nouveau pour moi,
et grâce à l'enseignement de mon père j'accomplis des
progrès rapides et je devins le chef de mes camarades.
Parfois je recevais des cadeaux, et je fis graver mon
nom sur la pierre verte que Nefernefernefer m'avait
donnée, afin de pouvoir imprimer mon cachet sur les
ordonnances.

J'abordai des tâches toujours plus difficiles, et je pus
veiller dans les salles où reposaient les incurables,
suivre les soins et les opérations des médecins célèbres
qui pouvaient sauver un malade sur dix. J'appris aussi
à voir que pour un médecin la mort n'a rien d'effrayant
et que souvent pour le malade elle est un ami pitoyable,
si bien que parfois le visage d'un mourant est plus
heureux que pendant les jours misérables de sa vie.

Et pourtant je fus aveugle et sourd jusqu'au moment
où j'eus une illumination, comme lorsque naguère,

dans mon enfance, les images, les mots et les lettres s'étaient mis à vivre pour moi. Un jour mes yeux s'ouvrirent, je m'éveillai comme d'un rêve et, l'esprit bouillant d'allégresse, je me demandai : « Pourquoi ? » Car la clef redoutable de tout vrai savoir est la question : Pourquoi ? Ce mot est plus fort que le roseau de Thoth et plus puissant que les inscriptions gravées dans la pierre.

Voici comment cela arriva : Une femme n'avait pas eu d'enfant et se croyait stérile, car elle avait déjà dépassé la quarantaine. Un jour, ses menstrues cessèrent, elle prit peur et vint à la Maison de la Vie, se demandant si un mauvais esprit était entré en elle et empoisonnait son corps. Comme il est prescrit, je pris des grains de blé et les enfouis dans la terre. J'arrosai quelques grains avec de l'eau du Nil et les autres avec l'urine de la femme. Je plaçai le tout à la chaleur du soleil et dis à la femme de repasser dans quelques jours. Quand elle revint, les grains avaient germé : ceux qui avaient été arrosés avec l'eau du Nil étaient petits, tandis que les autres étaient florissants. Ainsi, ce qui est écrit était donc vrai, comme je le dis moi-même à la femme étonnée :

— Réjouis-toi, femme, car dans sa miséricorde le puissant Amon a béni ton sein et tu auras un enfant, comme les autres femmes bénies.

La pauvre femme pleura et me donna en cadeau un bracelet d'argent, du poids de deux deben [1], car elle avait perdu tout espoir. Mais aussitôt elle me demanda si ce serait un garçon. Elle croyait que je savais tout. Je

---

1. Le deben ou tabonon pesait environ 0,90 gramme.

réfléchis un instant, je la regardai droit dans les yeux
et je lui dis :

— Ce sera un fils.

Car les chances étaient égales et j'avais du bonheur
au jeu en ces temps. Elle en fut encore plus réjouie et
me donna un autre bracelet d'argent, comme le
premier.

Une fois qu'elle fut sortie, je me demandai : « Comment est-il possible qu'un grain de blé sache ce
qu'aucun médecin ne peut élucider, avant que les
signes de la grossesse soient perceptibles à l'œil ? » Je
décidai d'aller poser cette question à mon maître, mais
il se borna à répondre :

— C'est écrit.

Mais ce n'était pas une réponse satisfaisante à mon
« Pourquoi ». Je m'enhardis à questionner le médecin-
accoucheur royal dans la maternité ; il dit :

— Amon est le roi de tous les dieux. Son œil voit le
giron de la femme où la semence a coulé. S'il permet la
fécondation, pourquoi ne permettrait-il pas à un grain
de blé de verdoyer dans la terre, si on l'arrose avec
l'eau d'une femme fécondée ?

Il me jeta un regard de pitié comme à un imbécile,
mais sa réponse ne me satisfit point.

Alors mes yeux se dessillèrent et je vis que les
médecins de la Maison de la Vie connaissaient seulement les textes et la coutume, et rien de plus. Car si je
demandais pourquoi il faut cautériser une plaie puru-
lente, tandis qu'on oint une blessure ordinaire et qu'on
la panse, et pourquoi la moisissure et les toiles
d'araignée guérissent les abcès, on me répondait :

— C'est ainsi qu'on a toujours fait.

De même, le manieur du couteau guérisseur a le droit de pratiquer les cent quatre-vingt-deux opérations et incisions qui ont été décrites, et il les exécute plus ou moins bien selon son expérience et son habileté, plus ou moins lentement, avec plus ou moins de souffrances pour le malade ; mais il ne peut rien faire de plus, parce que seules elles ont été décrites.

Il y avait des gens qui maigrissaient et dont le visage devenait tout pâle, mais le médecin ne pouvait découvrir en eux ni maladie ni défaut. Et pourtant ces malades retrouvaient la santé s'ils mangeaient le foie cru des victimes des offrandes, pour un prix élevé, mais personne ne pouvait expliquer pourquoi ; on n'osait pas même le demander. D'autres avaient des douleurs dans le ventre et leurs mains et leur visage étaient brûlants. Ils prenaient des purgatifs et des calmants, mais les uns guérissaient et les autres mouraient, sans que les médecins pussent dire à l'avance ce qui arriverait. Il n'était pas même permis de se demander pourquoi.

Je ne tardai pas à remarquer que je posais beaucoup trop de questions, car on se mit à me regarder de travers et des camarades entrés après moi me dépassèrent et me donnèrent des ordres. C'est alors que j'ôtai mon vêtement blanc, je me purifiai et je quittai la Maison de la Vie, en emportant les deux bracelets dont le poids total était de quatre deben.

5

Lorsque je sortis du temple en plein jour, ce qui ne m'était pas arrivé depuis des années, je constatai immédiatement que Thèbes avait changé durant mes études. Je le vis en suivant le chemin des béliers et en traversant les places, car partout régnait une nouvelle inquiétude et les vêtements des gens étaient plus chers et plus luxueux, et on ne pouvait plus distinguer à la robe plissée et à la perruque qui était un homme et qui une femme. Des tavernes et des maisons de joie se répandait la musique bruyante de la Syrie, et dans les rues on entendait sans cesse des mots étrangers ; les Syriens et les nègres riches se mêlaient avec effronterie aux Egyptiens. L'opulence et la puissance de l'Egypte étaient infinies, et depuis des siècles aucun ennemi n'avait foulé le sol du pays, les hommes parvenus à l'âge adulte ignoraient même tout de la guerre. Mais les gens en étaient-ils plus heureux ? Je ne le crois pas, car tous les regards étaient inquiets, tout le monde était pressé, chancun attendait du nouveau sans jouir du moment présent.

Je flânais par les rues de Thèbes ; j'étais seul et mon cœur était gros de bravade et de chagrin. Je rentrai à la maison et je vis que mon père Senmout avait vieilli, son dos s'était voûté et il ne pouvait plus discerner les signes sur le papier. Je vis aussi que ma mère Kipa avait vieilli et qu'elle haletait en marchant et ne parlait plus que de la tombe. Car, avec ses économies, mon père avait acheté un tombeau dans la nécropole à

l'ouest du fleuve. Je l'avais vu, il était en brique avec
des murs ornés des images et inscriptions habituelles.
Il était entouré de milliers de tombes semblables que
les prêtres d'Amon vendaient fort cher aux gens
respectables et économes, afin de leur assurer l'immortalité. Pour faire plaisir à ma mère, je lui avais rédigé
un Livre des Morts qui serait mis dans la tombe avec
mes parents, afin qu'ils ne s'égarent point dans leur
long voyage, et il était écrit sans la moindre faute, bien
qu'il ne portât pas d'images peintes, comme ceux
qu'on vendait dans la cour du temple d'Amon.

Ma mère me donna à manger et mon père me
questionna sur mes études, mais nous ne trouvâmes
rien de plus à nous dire ; la maison m'était étrangère et
étrangère aussi la rue avec ses habitants. C'est pourquoi mon cœur se serra. Mais je pensais au temple de
Ptah et à Thotmès qui était mon ami et qui voulait
devenir artiste. Et je me dis : « J'ai en poche quatre
deben d'argent. Je vais aller trouver mon ami, afin que
nous nous amusions ensemble en buvant du vin,
puisque je n'obtiens jamais de réponse à mes questions ».

C'est pourquoi je pris congé de mes parents, en leur
disant que je devais retourner à la Maison de la Vie, et
au soir tombant je gagnai le temple de Ptah et je
demandai au gardien l'élève Thotmès. C'est alors que
j'appris qu'il avait été chassé de l'école depuis longtemps déjà. Les élèves à qui je m'étais adressé et qui
avaient les mains toutes tachées de glaise, crachèrent
devant moi en disant son nom. Mais l'un d'eux me
parla :

— Si tu cherches Thotmès, tu le trouveras dans un cabaret ou dans une maison de joie.

Un autre ajouta :

— Si tu entends quelqu'un blasphémer les dieux, Thotmès ne sera certainement pas loin de là.

Et un troisième dit :

— Tu trouveras sûrement ton copain Thotmès partout où l'on se bat et se fait des plaies et des bosses.

Ils crachèrent de nouveau devant moi, parce que j'avais dit que j'étais un ami de Thotmès, mais ils agissaient ainsi seulement à cause de leur maître ; car dès que celui-ci eut tourné les talons, ils me dirent d'aller dans une taverne à l'enseigne du « Vase syrien ».

Je découvris cette gargote à la limite entre le quartier des pauvres et celui des grands, et sa porte s'ornait d'une inscription à la gloire du vin des vignobles d'Amon et des vins du port. A l'intérieur, les parois étaient couvertes de peintures gaies où des babouins caressaient des danseuses et des chèvres jouaient de la flûte. Par terre étaient assis des artistes qui dessinaient avec ardeur, et un vieillard contemplait tristement sa coupe vide devant lui.

— Sinouhé, par le tour du potier ! s'écria quelqu'un qui se leva pour me saluer, en levant la main en signe de grande surprise.

Je reconnus Thotmès, bien que ses habits fussent sales et déchirés ; il avait les yeux rouges et une grosse bosse au front. Il avait vieilli et maigri, et le coin de ses lèvres était tout ridé, bien qu'il fût encore jeune. Mais dans ses yeux restait quelque chose d'attirant et d'ardent quand il me regarda. Il pencha la tête vers moi, si bien que nos joues se touchèrent. Je connus ainsi que nous restions amis.

— Mon cœur est gros de chagrin et tout est vanité, lui dis-je. C'est pourquoi je t'ai cherché, afin que nous réjouissions ensemble nos cœurs avec du vin, car personne ne me répond quand je demande : « Pourquoi ? »

Mais Thotmès souleva son pagne pour me montrer qu'il n'avait pas de quoi acheter du vin.

— J'ai à mes poignets quatre deben d'argent, dis-je fièrement.

Mais Thotmès montra ma tête rasée, qui révélait que j'étais un prêtre du premier dégré. C'était là tout ce dont je pouvais me vanter. Mais je ressentis du dépit de n'avoir pas laissé repousser mes cheveux. C'est pourquoi je lui dis avec impatience :

— Je suis un médecin et pas un prêtre. Je crois avoir lu sur la porte qu'ici on offre aussi des vins du port. Goûtons-les, s'ils sont bons.

A ces mots je secouai les bracelets de mon bras, et le patron accourut et s'inclina devant moi en mettant les mains à la hauteur des genoux.

— J'ai des vins de Sidon et de Byblos dont les cachets sont encore intacts et qui sont adoucis par la myrrhe, dit-il. J'offre aussi des vins mélangés dans des coupes de couleur ; ils montent à la tête comme le sourire d'une belle fille et rendent le cœur joyeux.

Comme le patron continuait inlassablement à énumérer et à vanter sa marchandise, je me tournai vers Thotmès qui nous commanda un vin mélangé. Un esclave vint nous verser de l'eau sur les mains et apporta un plat de graines de lotus grillées, sur une table basse devant nous. Le patron y déposa les coupes bigarrées. Thotmès versa une goutte par terre en disant :

— Au potier divin ! Que le diable emporte l'école des beaux-arts et ses maîtres !

Puis il mentionna les noms de ceux qu'il détestait le plus.

Je suivis son exemple.

— Au nom d'Amon, dis-je, que sa barque coule éternellement, que la panse de ses prêtres crève et que la peste ronge les maîtres ignares de la Maison de la Vie.

Mais je prononçai ces paroles à voix basse, pour qu'aucun étranger ne les entendît.

— Ne crains rien, dit Thotmès. Dans ce cabaret on a tant rebattu les oreilles d'Amon que personne ne s'en formalise plus. Ici, tous les clients sont des enfants perdus. Je n'arriverais pas à gagner mon pain et ma bière si je ne m'étais pas avisé de dessiner des illustrations pour les enfants des riches.

Il me montra un rouleau de papyrus couvert de dessins, et je dus rire, car il avait dessiné une forteresse qui était défendue par un chat tremblant contre des souris, et il y avait encore un hippopotame qui chantait à la cime d'un arbre, tandis qu'un pigeon gravissait péniblement une échelle appuyée contre le tronc.

Thotmès me regarda et ses yeux bruns sourirent. Il enroula le papier et cessa de rire, car il me montrait maintenant une image où un petit prêtre chauve conduisait un pharaon comme on mène une victime au temple. Sur une autre, un petit pharaon s'inclinait

devant l'immense statue d'Amon. Voyant mon étonnement, il s'expliqua :

— N'est-ce pas juste ? Les parents aussi rient de
mes images, parce qu'elles sont folles. C'est ridicule
qu'une souris attaque un chat et aussi qu'un prêtre
mène un pharaon à la laisse. Mais ceux qui savent
commencent à réfléchir. C'est pourquoi j'ai assez de
pain et de bière, jusqu'au jour où les prêtres me feront
assommer par leurs gardiens à un coin de rue. C'est
déjà arrivé à d'autres.

— Buvons, lui dis-je.

Et nous vidâmes nos coupes, mais mon cœur n'en
fut pas réjoui.

— Est-ce faux de demander : « Pourquoi ? » dis-je
alors.

— Bien sûr que c'est faux, car l'homme qui ose
demander pourquoi n'a pas de foyer, ni de toit, ni de
gîte dans le pays de Kemi. Tout doit rester immuable,
tu le sais. Je tremblais de joie et de fierté en entrant à
l'école des beaux-arts, tu t'en souviens, Sinouhé.
J'étais comme un assoiffé près d'une source. Comme
un affamé qui reçoit du pain. Et j'appris bien des
choses utiles. J'appris à tenir un crayon, à manier le
ciseau, à mouler le modèle en cire avant d'aborder la
pierre, à polir la pierre, à marier les cailloux de couleur
et à peindre l'albâtre. Mais quand je voulus me mettre
à modeler ce dont je rêvais, pour la joie de mes yeux,
alors un mur se dressa devant moi et on me mit à pétrir
la glaise pour les autres. Car avant toute chose existe la
formule. L'art a son canon, comme chaque lettre a son
type, et celui qui s'en écarte est maudit. C'est pourquoi
celui qui dédaigne les formules ne saurait devenir un

artiste. Depuis le début des temps, il est prescrit comment on doit figurer un homme debout ou un homme assis. Depuis le début des temps, il est fixé comment un cheval lève les jambes et comment un bœuf tire le traîneau. Depuis le début des temps, il est prescrit comment un artiste doit travailler, et quiconque ne s'y conforme pas sera chassé du temple et privé de pierre et de ciseau. Oh, Sinouhé, mon ami, moi aussi j'ai demandé : « Pourquoi ? » Trop souvent j'ai demandé : « Pourquoi ? » C'est pour cette raison que je suis ici, avec des bosses au front.

Nous bûmes du vin, notre esprit s'allégea et mon cœur se délesta, comme si on avait crevé un abcès, car je n'étais plus seul. Et Thotmès reprit :

— Sinouhé, mon ami, nous sommes nés à une étrange époque. Tout bouge et change, comme la glaise sur le tour du potier. Les habits changent, les mots et les mœurs changent et les gens ne croient plus aux dieux, quoiqu'ils les craignent encore. Sinouhé, mon ami, nous sommes probablement nés au déclin d'un monde, car le monde est déjà vieux, puisqu'il s'est écoulé mille et deux mille ans depuis la construction des pyramides. Quand j'y pense, je voudrais baisser la tête et pleurer comme un enfant.

Mais il ne pleura pas, car nous buvions du vin mélangé dans des coupes bigarrées, et chaque fois que nous les remplissions, le patron s'inclinait devant nous en mettant les mains à la hauteur des genoux. Parfois, un esclave accourait nous verser de l'eau sur les mains. Mon cœur était léger et rapide comme une hirondelle au seuil du printemps, et j'avais envie de réciter des poèmes et d'embrasser le monde entier.

— Allons dans une maison de joie, dit Thotmès en riant. Allons écouter de la musique et regarder les danseuses, afin que notre cœur se réjouisse et que nous ne demandions plus : « Pourquoi ».

Je remis en payement un des bracelets, en recommandant au patron de le manier prudemment, car il était encore humide de l'urine d'une femme enceinte. Cette idée me divertit grandement, et le patron en rit aussi et me rendit un bon nombre de piécettes d'argent timbré, si bien que je pus en donner une à l'esclave. Le patron s'inclina jusqu'à terre devant moi et nous reconduisit à la porte, en nous invitant à ne pas oublier le « Vase syrien ». Il affirma aussi connaître bien des filles sans préjugés qui feraient volontiers ma connaissance, si j'allais les trouver en apportant une cruche de vin achetée chez lui. Mais Thotmès dit que son grand-père déjà avait couché avec ces mêmes Syriennes qu'on pourrait appeler grand-mères plutôt que sœurs. Telle était notre humeur après boire.

Nous rôdâmes par les rues. La nuit était venue et j'appris à connaître Thèbes où il n'y a jamais de nuit, car les quartiers du plaisir étaient aussi clairs la nuit que le jour. Devant les maisons de joie brûlaient des torches, et des lampes brillaient aux carrefours sur des colonnes. Les esclaves portaient des litières et les cris des porteurs se mêlaient à la musique et au vacarme des ivrognes dans les maisons. Nous passâmes dans le cabaret de Koust où des nègres frappaient du poing ou de massues en bois sur des tambours dont le sourd grondement se répandait au loin. De partout retentissait une musique syrienne bruyante et primitive, dont l'étrangeté rompait le tympan, mais dont le rythme captivait et échauffait.

Je n'avais encore jamais mis le pied dans une maison de joie et j'étais un peu intimidé, mais Thotmès me conduisit dans une maison nommée « Le chat et le raisin ». C'était un local petit et propre, on s'y installait sur des tapis mœlleux, l'éclairage était d'un beau jaune, et de jolies filles aux mains teintes en rouge battaient la mesure aux flûtes et aux instruments à corde. A la fin du morceau, elles vinrent s'asseoir auprès de nous et me demandèrent de leur offrir du vin, parce que leurs gosiers étaient secs comme la paille. La musique reprit et deux femmes nues exécutèrent une danse compliquée que je suivis des yeux avec un vif intérêt. Comme médecin, j'avais l'habitude de voir des femmes nues, mais leurs seins ne sautillaient pas, les petits ventres et derrières ne se trémoussaient pas avec autant de séduction.

La musique me rendit de nouveau mélancolique, sans que je susse pourquoi. Une jolie fille posa sa main sur la mienne et s'appuya contre moi, en me disant que j'avais des yeux sages. Ses yeux à elle n'étaient pas verts comme l'eau du Nil sous le soleil estival et son vêtement n'était pas de lin royal, bien qu'il découvrît sa poitrine. C'est pourquoi je bus du vin sans éprouver le moindre désir de l'appeler ma sœur et de lui demander de se divertir avec moi. Le dernier souvenir que j'ai de ce cabaret est le coup de pied du nègre dans mon derrière et la bosse que je me fis en tombant dans la rue. Il m'était arrivé ce qu'avait prédit ma mère Kipa. Je gisais dans le ruisseau, sans une piécette de cuivre dans ma poche, mes habits lacérés. Thotmès me

souleva et me conduisit au débarcadère où je pus me
désaltérer avec l'eau du Nil et me laver le visage et les
membres.

Ce matin-là, je rentrai à la Maison de la Vie les yeux
gonflés, une bosse douloureuse à la tête, et sans le
moindre désir de demander : « Pourquoi ? » J'étais de
surveillance dans la section des maladies d'oreilles, et
j'allai vite me changer. Mais mon maître me croisa
dans le corridor et m'adressa une mercuriale que je
connaissais par cœur pour l'avoir lue dans les livres :

— Que vas-tu devenir, toi qui passes tes nuits à
courir les mauvais lieux et à boire sans mesure ? Que
vas-tu devenir, toi qui fréquentes les maisons de joie et
effrayes les gens ? Que vas-tu devenir, toi qui causes
des blessures et fuis les gardes ?

Ayant ainsi accompli son devoir, il sourit et soupira
de soulagement, puis il me mena dans sa chambre et
m'offrit une boisson destinée à me purger. Je me sentis
mieux et je compris que les maisons de joie et le vin
étaient autorisés pour les élèves de la Maison de la Vie,
mais que je devais renoncer à demander : « Pourquoi ? »

6

C'est ainsi que la passion de Thèbes s'insinua dans
mon sang et que je me mis à préférer la nuit au jour, la
lumière tremblotante des torches au soleil, la musique
syrienne aux plaintes des malades, les murmures des

belles filles aux grimoires des textes jaunis. Personne n'avait rien à objecter, pourvu que mon travail n'en souffrît pas, que je réussisse mes examens et que je ne perdisse pas mon habileté manuelle. C'était admis pour les initiés, car peu d'étudiants avaient les moyens de fonder un foyer pendant leurs études. C'est pourquoi mes maîtres me firent comprendre que j'avais raison de me distraire et de me réjouir le corps. Mais je n'avais pas encore touché à une femme, et pourtant je croyais savoir que le sein féminin ne brûle pas comme le feu.

L'époque était troublée et le grand pharaon était malade. Je vis son visage émacié, lorsqu'on le porta au temple pour la fête d'automne, tout couvert d'or et de pierreries, immobile comme une image, la tête inclinée sous le poids de la double couronne. Il souffrait, et les médecins étaient impuissants à le guérir, si bien que les gens disaient que son temps était révolu et que bientôt l'héritier lui succéderait sur le trône. Or ce prince était un jeune homme de mon âge.

Dans le temple d'Amon, sacrifices et prières se succédaient, mais Amon n'était pas capable d'aider son fils divin, bien que le pharaon Amenhotep lui eût élevé le temple le plus majestueux de tous les temps. On disait que le roi était fâché contre les dieux de l'Egypte et qu'il avait envoyé un messager à son beau-père le roi de Mitanni, pour implorer le secours de la miraculeuse Ishtar de Ninive. Or, c'était pour Amon un tel affront qu'on n'en parlait qu'à voix basse dans le territoire du temple et dans la Maison de la Vie.

La statue d'Ishtar arriva en effet et je vis les prêtres à la barbe frisée, avec des coiffures étranges et d'épais manteaux de laine, la porter tout en sueur à travers

Thèbes, au son des instruments de métal et au roulement sourd dès tambourins. Mais même les dieux étrangers ne purent, à la grande joie des prêtres, soulager le pharaon. Au moment où la crue commençait, on manda au palais le trépanateur royal.

Je n'avais pas vu une seule fois Ptahor dans la Maison de la Vie, car les trépanations étaient rares et je n'étais pas encore assez avancé pour suivre les opérations et les soins des spécialistes. Or, voici que Ptahor fut amené en toute hâte dans la Maison de la Vie. Il se purifia soigneusement et je pris soin de me trouver près de lui. Il était chauve, son visage était tout ridé, les joues pendaient flasques et tristes de chaque côté de sa bouche de vieillard mécontent. Il me reconnut, sourit et dit :

— C'est toi, Sinouhé ? Es-tu vraiment déjà si avancé, fils de Senmout ?

Il me tendit une boîte noire où il conservait ses instruments, et il m'ordonna de l'accompagner. C'était pour moi un honneur immérité que même un médecin royal eût pu m'envier, et j'en fus très conscient.

— Je dois éprouver la sûreté de mes mains, dit Ptahor. Nous allons commencer par trépaner ici deux crânes, afin de voir comment cela marche.

Ses yeux étaient chassieux et ses mains tremblaient un peu. Nous entrâmes dans la salle des incurables, des paralysés et des blessés à la tête. Ptahor examina quelques crânes et il choisit un vieillard pour qui la mort serait une délivrance, et un robuste esclave qui avait perdu la parole et ne pouvait bouger les membres après avoir été blessé d'un coup de pierre à la tête durant une rixe. On leur donna un anesthésique et on les porta dans la salle d'opération. Ptahor nettoya lui-même ses instruments qu'il passa à la flamme.

Ma tâche consistait à raser les cheveux des deux malades. Après cela on nettoya la tête et on la lava, on oignit la peau avec une pommade, et Ptahor put se mettre au travail. Il commença par fendre le cuir chevelu du vieillard et le replier des deux côtés, sans s'inquiéter de la forte hémorragie, puis, avec des mouvements rapides, il perfora dans l'os dénudé un trou avec le trépan creux et enleva le morceau d'os détaché. Le vieillard se mit à haleter et son visage devint violet.

— Je ne vois pas de défaut dans sa tête, dit Ptahor qui remit l'os à sa place, recousit le cuir chevelu et banda la tête.

Après quoi le vieillard rendit l'âme.

— Ma main tremble un peu, dit Ptahor. Un plus jeune que moi irait-il me chercher une coupe de vin ?

Parmi les spectateurs se trouvaient, outre les maîtres de la Maison de la Vie, de nombreux étudiants qui se préparaient à devenir trépanateurs. Une fois qu'il eut bu son vin, Ptahor s'occupa de l'esclave qui, solidement ligoté, jetait des regards irrités, en dépit du stupéfiant qu'il avait pris. Ptahor ordonna de le ficeler encore plus solidement et de placer sa tête dans un support spécial, afin qu'il ne pût pas remuer. Il coupa le cuir chevelu et, cette fois, il évita soigneusement l'hémorragie. Les veines au bord de la plaie furent cautérisées, et l'effusion de sang fut arrêtée par des médicaments. Ce fut le travail des autres médecins, car Ptahor voulait éviter de se fatiguer les mains. A la vérité, il existait dans la Maison de la Vie un homme inculte dont la

seule présence suffisait à arrêter toute hémorragie en
quelques instants, mais Ptahor désirait faire un cours
et il voulait réserver cet homme pour le pharaon.

Après avoir nettoyé le crâne, Ptahor montra à tous
l'endroit où l'os avait été enfoncé. Utilisant le foret, la
scie et la pince, il détacha un morceau gros comme la
main et montra ensuite à tous comment du sang
coagulé avait coulé dans les plis blancs du cerveau.
Avec une prudence extrême, il enleva les caillots un à
un et retira un éclat d'os qui avait pénétré dans le
cerveau. L'opération fut assez longue, de sorte que
chaque étudiant eut le temps de bien regarder et de se
graver dans l'esprit l'aspect extérieur d'un cerveau
vivant. Ensuite Ptahor referma le trou avec une plaque
d'argent nettoyée au feu et qu'on avait préparée entre
temps d'après le morceau détaché, et il la fixa avec de
petites agrafes. Après avoir recousu la peau du crâne et
pansé la blessure, il dit :

— Réveillez l'homme.

En effet, celui-ci avait presque perdu connaissance.

On détacha l'esclave, on lui versa du vin dans la
gorge et on lui fit respirer des médicaments forts. Au
bout d'un instant, il se mit sur son séant et commença à
jurer. C'était un miracle, incroyable pour qui ne l'a pas
vu de ses yeux, car avant l'opération l'homme ne
pouvait parler ni bouger ses membres. Cette fois, je
n'eus pas à demander pourquoi, car Ptahor expliqua
que l'os enfoncé et le sang répandu dans le cerveau
avaient produit ces symptômes visibles.

— S'il ne meurt pas d'ici trois jours, on pourra le
considérer comme guéri, déclara Ptahor, et dans deux

semaines il pourra rosser l'homme qui lui a fracturé le crâne. Je ne crois pas qu'il mourra.

Puis il remercia poliment tous ceux qui l'avaient assisté et il mentionna aussi mon nom, bien que je n'eusse fait que lui tendre les instruments dont il avait eu besoin. Mais je n'avais pas deviné son intention lorsqu'il m'avait confié cette tâche : en me remettant sa boîte d'ébène, il m'avait par là même désigné pour être son assistant dans le palais du pharaon. Pendant deux opérations, je lui avais tendu ses instruments, et j'étais ainsi un spécialiste qui lui rendrait de plus grands services qu'aucun des médecins royaux pour une trépanation. C'est pourquoi mon étonnement fut extrême quand il me dit :

— Eh bien, nous voilà prêts à trépaner le crâne royal. N'est-ce pas, Sinouhé ?

C'est ainsi que, dans ma simple blouse de médecin, j'eus l'honneur de monter à côté de Ptahor dans la litière royale. L'homme dont la présence arrêtait le sang dut se contenter de prendre place sur le timon, et les esclaves du pharaon nous emportèrent rapidement, d'un pas si égal que la litière ne se balançait pas du tout. Sur la rive, la barque royale nous attendait et nous emporta à force de rames, semblant voler plutôt que glisser sur l'eau. Du débarcadère on nous porta rapidement dans le palais doré, et je ne fus pas surpris de cette hâte, car dans les rues de Thèbes marchaient déjà des soldats, et les marchands emportaient leurs marchandises dans les dépôts, et on fermait portes et fenêtres. Tout cela indiquait que le grand pharaon allait bientôt mourir.

LIVRE III

La passion de Thèbes

1

Une foule de gens, des nobles et des roturiers,
s'étaient massés devant les murailles de la maison d'or,
et même le rivage interdit était couvert de barques,
bateaux à rames en bois des riches et esquifs de roseau
poissé des pauvres. Quand ils nous virent, on entendit
dans la foule un long murmure, semblable au bruit
lointain des eaux, et de bouche en bouche se répandit
la nouvelle que le trépanateur royal était arrivé. Alors
les gens levèrent le bras en signe de deuil, les
gémissements et les lamentations nous précédèrent
dans le palais, car tous savaient qu'aucun pharaon
n'avait survécu plus de trois jours à sa trépanation.

De la porte des lys, on nous conduisit dans les
appartements royaux, et les hauts dignitaires de la cour
étaient à notre service et s'inclinaient jusqu'au sol
devant Ptahor et devant moi, parce que nous portions
la mort dans nos mains. On nous avait préparé une
chambre spéciale pour nous purifier, mais après avoir
échangé quelques mots avec le médecin royal, Ptahor
leva simplement le bras en signe de deuil et exécuta
négligemment les cérémonies de purification. Le feu

sacré fut porté derrière nous et, à travers les merveilleux appartements royaux, nous pénétrâmes dans la
chambre à coucher.

Le grand pharaon reposait dans son lit sous un
baldaquin doré, des dieux formant les piliers du lit le
protégeaient, et des lions supportaient la couche. Il
était étendu sans aucun des emblèmes de sa puissance,
le corps tuméfié et nu, sans connaissance, la tête
inclinée de côté, râlant péniblement, tandis que la
salive coulait du coin des lèvres. La puissance et la
gloire terrestres sont si périssables que le pharaon ne se
distinguait en rien de n'importe quel agonisant dans
une salle de la Maison de la Vie. Mais sur les parois de
la chambre, des chevaux enrubannés continuaient à le
tirer dans le chariot royal, sa main puissante bandait
l'arc et les lions périssaient sous ses traits. Le rouge,
l'or et le bleu brillaient sur les murs, et sur le plancher
nageaient des poissons, des canards volaient de leurs
ailes rapides et les roseaux se penchaient dans le vent.

Nous nous inclinâmes profondément devant le pharaon mourant, et chacun se rendit compte que tout
l'art de Ptahor était vain. Mais de tout temps le
pharaon a été trépané à ses derniers instants, s'il n'est
pas mort d'une mort naturelle, et cette fois aussi il
fallait procéder au rite. J'ouvris la boîte d'ébène, je
nettoyai encore une fois les instruments au feu, et je
tendis à Ptahor le couteau de silex. Le médecin du roi
avait déjà rasé le crâne, si bien que Ptahor ordonna à
l'homme hémostatique de s'asseoir sur le lit et de
prendre la tête du pharaon sur ses genoux.

Alors la grande épouse royale Tii s'approcha du lit et
dit :

— Non.

Jusqu'ici elle s'était tenue contre le mur, les bras
levés en signe de deuil et immobile comme une statue.
Derrière elle on voyait le jeune héritier et sa sœur
Baketamon, mais je n'avais pas encore osé lever les
yeux sur eux. Maintenant, à la faveur de la confusion,
je les reconnus d'après leurs portraits dans les temples.
L'héritier avait mon âge, mais il était plus grand que
moi. Il tenait droite sa tête au menton proéminent, les
yeux fermés. Ses membres étaient maladivement débiles, ses paupières et les muscles de ses joues frémissaient. La princesse Baketamon avait de beaux traits
nobles et de longs yeux ovales. Sa bouche et ses joues
étaient peintes en rouge, elle était vêtue de lin royal, si
bien que ses membres transparaissaient comme ceux
des déesses. Mais plus imposante qu'eux était l'épouse
royale Tii, bien qu'elle fût petite et corpulente. Son
teint était très foncé, les pommettes étaient larges et
saillantes. On disait qu'elle avait été une simple femme
du peuple et qu'elle avait du sang nègre, mais je ne
puis l'affirmer. Tout ce que je sais, c'est que, quoique
dans les inscriptions les titres de ses parents ne soient
pas indiqués, elle avait des yeux réfléchis, intrépides et
perçants, et que toute son allure était majestueuse.
Quand elle leva la main et regarda l'esclave hémostatique, celui-ci ne fut plus que poussière devant ses larges
pieds brun foncé. Je la compris, car l'homme n'était
qu'un vulgaire bouvier qui ne savait ni lire ni écrire. Il
avait la nuque voûtée, les bras ballants, la bouche
bêtement ouverte et une expression stupide. Il n'avait
ni talent ni mérite, mais il possédait le don d'arrêter le
sang par sa simple présence, et c'est pourquoi on l'avait

enlevé à sa charrue et à ses bœufs pour l'engager au service du temple. En dépit de toutes les purifications, il répandait sans cesse une odeur de fumier, et il était incapable de dire d'où lui venait son don. Ce n'était pas un art ni même un exercice de la volonté. Ce don était en lui comme une pierre précieuse repose dans la gangue, on ne pouvait l'acquérir par l'étude ni par un exercice spirituel.

— Je ne permets pas qu'il touche à un être divin, dit la grande reine. C'est moi qui tiendrai la tête du dieu, s'il le faut.

Ptahor protesta en relevant que l'opération était sanglante et désagréable à voir. Malgré cela, l'épouse royale prit place au bord du lit et souleva très doucement la tête de son époux mourant, sans s'inquiéter de la salive qui coulait sur ses mains.

— Il est à moi, dit-elle encore. Que personne d'autre ne le touche. C'est sur mes genoux qu'il entrera dans le royaume de la mort.

— Lui, le dieu, montera dans la barque du soleil son père et gagnera directement le pays des bienheureux, dit Ptahor qui, de son couteau de silex, fendit le cuir chevelu. Il est issu du soleil et il y retournera et son nom sera célébré par tous les peuples d'éternité en éternité. Au nom de Seth et de tous les diables, que fait donc notre hémostatique ?

Il se proposait de bavarder simplement pour détourner l'attention de l'épouse royale, comme un médecin qui parle à son malade en lui faisant mal. La dernière phrase, dite à mi-voix, s'adressait à l'homme qui restait appuyé contre la porte, le regard tout endormi, alors que le sang commençait à couler sur les genoux de l'épouse royale qui tressaillit et qui pâlit. L'homme eut un sursaut, il pensait peut-être à ses bœufs et à ses canaux d'irrigation, mais soudain il se rappela ses fonctions, il s'approcha et regarda le pharaon les bras levés. Le sang cessa aussitôt de couler, et je pus laver et nettoyer la tête.

— Pardon, madame, dit Ptahor en prenant le foret. Oui, dans le soleil, tout droit vers son père dans une barque dorée, qu'Amon le bénisse.

Tout en parlant, avec des gestes rapides et habiles, il tournait entre ses mains le foret qui s'enfonçait en grinçant dans l'os. Alors l'héritier ouvrit les yeux, s'avança d'un pas et dit, le visage tout tremblant :

— Ce n'est pas Amon, mais Rê-Herakhti qui le bénira, et Aton est sa manifestation.

Je levai la main respectueusement, bien que je ne susse pas de quoi il parlait, car qui peut se vanter de connaître tous les mille dieux de l'Egypte ? Surtout pas un prêtre d'Amon qui a déjà fort à faire avec les saintes triades et ennéades.

— Mais oui, Aton, murmura Ptahor placidement. Pourquoi pas Aton, j'ai eu un lapsus.

Il reprit le couteau de silex et le marteau à manche d'ébène, puis, à petits coups, il détacha l'os.

— C'est vrai, j'avais oublié que dans sa sagesse divine il avait érigé un temple à Aton. C'était peu après la naissance du prince, n'est-ce pas, belle Tii ? Bien, bien, encore un petit instant.

Il jeta un regard soucieux sur le prince qui, debout près du lit, serrait les poings et sanglotait.

— En somme, une petite goutte de vin raffermirait la main et ne ferait pas de mal au prince non plus. A

cette occasion il vaudrait la peine de briser le cachet
d'une amphore royale. Hop !

Je lui tendis les pinces et il enleva le morceau d'os, si
bien que la tête oscilla sur les genoux de la reine.

— Un peu de lumière, Sinouhé.

Ptahor soupira, car le pire était passé. Je soupirai
aussi instinctivement, et le même sentiment de soulagement sembla se répandre aussi sur le visage du
pharaon évanoui, car il bougea les membres, la respiration se calma et il sombra dans une inconscience plus
profonde. A la lumière, Ptahor examina un instant le
cerveau royal dont la matière était d'un beau gris et
palpitait.

— Hum ! fit Ptahor d'un air absorbé. Ce qui est fait
est fait. C'est à Aton de pourvoir au reste, car c'est
l'affaire des dieux et non des hommes.

Légèrement et prudemment il remit en place le
morceau d'os, boucha la fente avec une pommade et
replaça la peau, puis il pansa la plaie. L'épouse royale
posa la tête sur le coussin en bois richement taillé et
regarda Ptahor. Le sang avait séché sur ses genoux,
mais elle ne s'en souciait pas. Ptahor croisa son regard
impavide sans s'incliner et dit à voix basse :

— Il vivra jusqu'au lever du jour, si son dieu le
permet.

Puis il leva le bras en signe de deuil et je fis comme
lui. Ensuite je lavai et nettoyai les instruments à la
flamme et les remis dans la boîte d'ébène.

— Ton cadeau sera important, dit la grande reine
qui, d'un geste de la main, nous autorisa à nous retirer.

On nous avait servi un repas dans une salle du palais
et Ptahor vit avec joie de nombreuses jarres de vin le

long de la paroi. Il en fit ouvrir une après en avoir bien examiné le cachet, et les esclaves nous versèrent de l'eau sur les mains.

Resté seul avec Ptahor, j'osai le questionner sur Aton, car j'ignorais vraiment qu'Amenhotep III avait fait construire un temple à ce dieu. Ptahor m'expliqua que Rê-Herakhti était le dieu familial des Amenhotep, parce que le plus grand des rois guerriers, le premier Thotmès, avait eu dans le désert, près du sphinx, un rêve durant lequel ce dieu lui apparut et lui prédit qu'un jour il porterait la couronne des deux royaumes, ce qui semblait incroyable à ce moment, car il y avait de nombreux héritiers avant lui. Dans les jours de sa folle jeunesse, Ptahor avait lui-même vu entre les pattes du sphinx le temple élevé en souvenir du rêve de Thotmès et la table où était racontée l'apparition. Dès lors, la famille avait honoré Rê-Herakhti qui habitait à Héliopolis et dont la forme d'apparition était Aton. Cet Aton était un antique dieu, plus ancien qu'Amon, mais oublié jusqu'au jour où la grande épouse royale avait mis au monde un fils après avoir été implorer Aton à Héliopolis. C'est pourquoi on avait érigé un temple à ce dieu à Thèbes aussi, bien qu'on n'y vît guère que les membres de la famille royale, et Aton y était figuré par un taureau portant un soleil sur ses cornes et Horus aussi y était représenté sous la forme d'un faucon.

— C'est ainsi que le prince héritier est le fils céleste de cet Aton, dit Ptahor qui prit une rasade. L'épouse royale eut sa vision dans le temple Rê-Herakhti et mit au monde un fils. Elle en ramena aussi un prêtre très ambitieux qui avait su gagner sa faveur. Il s'appelle Aï et c'est sa femme qui fut la nourrice du prince. Il a une fille dont le nom est Nefertiti et qui a sucé le même lait que l'héritier du trône et joué avec lui comme une sœur, aussi peux-tu imaginer ce qui va arriver.

Ptahor reprit du vin, soupira et dit :

— Ah, rien n'est plus agréable à un vieillard que de boire du bon vin et de bavarder de ce qui ne le regarde pas. Sinouhé, mon fils, si tu savais combien de secrets sont enfouis derrière le front d'un vieux trépanateur ! On y trouverait même des secrets royaux, et bien des gens se demandent pourquoi les garçons ne sont jamais nés vivants dans le gynécée du palais, car c'est contraire à toutes les lois de la médecine. Et pourtant le souverain actuellement trépané ne crachait pas dans son verre aux jours de sa force et de sa joie. Il fut un grand chasseur qui abattit mille lions et cinq cents buffles ; mais combien de filles culbuta-t-il à l'ombre de son baldaquin, cela même le gardien du harem n'arriverait pas à le dire, et pourtant il n'eut qu'un fils avec la seule Tii.

Je me sentis inquiet, car j'avais aussi bu du vin. C'est pourquoi je soupirai en regardant la pierre verte à mon doigt. Mais Ptahor poursuivait implacablement :

— Il trouva sa grande épouse royale au cours d'une partie de chasse. On dit qu'elle était la fille d'un oiseleur dans les roseaux du Nil, mais le roi l'éleva à ses côtés à cause de sa sagesse et honora aussi ses parents indignes dont il remplit la tombe de cadeaux précieux. Tii n'avait rien à objecter aux frasques de son époux, tant que les femmes du harem ne mettaient au monde que des filles. Et sur ce point, elle fut favorisée par une chance merveilleuse. Mais si l'homme qui repose là-bas tenait le sceptre et le fouet, c'est la grande épouse royale qui dirigeait la main et le bras. Lorsque pour des raisons politiques le roi épousa la fille du roi de Mitanni pour éviter à jamais les guerres avec le pays des rivières qui coulent vers le haut, Tii réussit à lui faire croire que la princesse avait un sabot de chèvre à l'endroit que vise le membre de l'homme et qu'elle puait le bouc, à ce qu'on disait, et cette princesse finit par sombrer dans la folie.

Ptahor me jeta un coup d'œil et ajouta précipitamment :

— Sinouhé, n'accorde jamais créance à ces racontars, car ils ont été inventés par des gens malveillants et chacun connaît la douceur et la sagesse de la grande épouse royale et sait qu'elle est habile à s'entourer d'hommes capables. C'est sûr.

Et Ptahor me dit :

— Conduis-moi, Sinouhé mon fils, car je suis déjà vieux et mes jambes sont faibles.

Je le menai dehors, la nuit était tombée et à l'est l'éclat des lumières de Thèbes jetait dans le ciel une lueur rouge. J'avais bu du vin et je sentais de nouveau dans mon sang la passion de Thèbes, tandis que les fleurs embaumaient et que les étoiles scintillaient au-dessus de ma tête.

— Ptahor, j'ai soif d'amour, quand le reflet des lumières de Thèbes embrase le ciel nocturne.

— L'amour n'excite pas. L'homme est triste s'il n'a pas de femme avec qui coucher. Mais quand il a couché avec une femme, il est encore plus triste qu'avant. C'est ainsi et ce sera toujours ainsi.

— Pourquoi ?

— Les dieux mêmes ne le savent pas. Ne me parle pas d'amour, sinon je te percerai le crâne. Je le ferai gratuitement et sans la moindre rétribution, car ainsi je t'épargnerai bien des chagrins.

Je jugeai alors opportun de remplir l'office d'un esclave : je le pris dans mes bras et le portai dans la chambre qui nous était destinée. Il était si petit et si vieux que je pus le porter sans haleter. Dès qu'il fut sur son lit, il s'endormit après avoir en vain cherché une coupe près de lui. Je le couvris soigneusement, car la nuit était fraîche, et je retournai vers les plates-bandes de fleurs, car j'étais jeune et la jeunesse n'a pas besoin de sommeil la nuit où meurt un roi.

Les voix basses des gens massés pour la nuit au pied des murailles du palais me parvenaient comme le bruit du vent dans une lointaine jonchaie.

2

Je veillais sur la terrasse fleurie, tandis que les lumières de Thèbes rougeoyaient dans le ciel oriental, et je songeais à des yeux qui étaient verts comme le Nil sous le soleil estival, quand je constatai que je n'étais pas seul.

La lune était mince et la lumière des étoiles faible et tremblante, si bien que ne savais pas si c'était un homme ou une femme qui s'approchait de moi. Mais quelqu'un venait et cherchait à voir mon visage pour me reconnaître. Je bougeai, et l'inconnu dit d'une voix enfantine et impérieuse à la fois :

— Est-ce toi, solitaire ?

Alors je reconnus à sa voix et à son corps frêle l'héritier du trône ; je m'inclinai jusqu'à terre devant lui sans oser ouvrir la bouche. Mais il me poussa du pied avec impatience et dit :

— Lève-toi et ne fais pas l'imbécile. Personne ne nous voit et tu n'as pas besoin de te prosterner devant moi. Réserve tes hommages au dieu dont je suis le fils, car il y a un seul dieu et tous les autres sont ses formes d'apparition. Ne le sais-tu pas ?

Sans attendre ma réponse, il reprit après un instant de réflexion :

— Tous les dieux sauf peut-être Amon qui est un faux dieu.

Je fis de la main un geste de réprobation et je dis « Oh ! » pour montrer que je redoutais pareils propos.

— C'est bon, dit-il. Je t'ai vu près de mon père, quand tu tendais le couteau et le marteau à ce vieux fou de Ptahor. C'est pourquoi je t'ai nommé le Solitaire. Mais ma mère a donné à Ptahor le nom de Vieux Singe. Ce seront vos noms, si vous devez mourir avant de quitter le palais. Mais c'est moi qui ai trouvé le tien.

Je me dis qu'il était vraiment malade et dérangé pour proférer de telles insanités ; mais Ptahor aussi m'avait dit que nous devrions périr si le pharaon mourait. C'est pourquoi mes cheveux commencèrent à me chatouiller et je levai le bras, car je ne désirais pas mourir.

L'héritier respirait irrégulièrement à côté de moi ; il agitait les bras et parlait avec excitation.

— Je suis inquiet, je voudrais être ailleurs qu'ici.

Mon dieu va m'apparaître, je le sais, mais je le redoute.
Reste avec moi, Solitaire, car le dieu me broiera le
corps avec sa force, et ma langue sera malade, quand il
me sera apparu.

Je fus pris d'un tremblement, car je croyais qu'il
délirait. Mais il me dit d'un ton impérieux :

— Viens !

Je le suivis. Il me fit descendre de la terrasse et
longer le lac royal, tandis que les murmures de la foule
en deuil nous parvenaient comme un lugubre bruissement. Nous dépassâmes les écuries et les chenils, et
nous sortîmes par la porte de service sans être retenus
par les gardiens. J'avais peur, car Ptahor avait dit que
nous ne devions pas quitter le palais avant la mort du
roi ; mais je ne pouvais résister à l'héritier.

Il marchait le corps tendu, à pas rapides et glissants,
si bien que je peinais à le suivre. Il n'avait qu'un pagne
et la lune éclairait sa peau blanche et ses cuisses minces
qui ressemblaient à celles d'une femme. La lune
éclairait ses oreilles décollées et son visage excité et
souffrant, comme s'il avait poursuivi une vision invisi-
ble à autrui.

Parvenu sur la rive, il me dit :

— Prenons une barque. Je dois aller vers le levant à
la rencontre de mon père.

Il monta dans la première barque venue et je le
suivis ; nous traversâmes le fleuve sans que personne
ne nous en empêchât, bien que nous eussions volé la
barque. La nuit était inquiète, de nombreuses barques
sillonnaient le fleuve, et devant nous l'éclat des lumières de Thèbes rougissait le ciel avec une splendeur
accrue. A peine débarqué, il abandonna la barque à son

sort et se mit à marcher droit devant lui, sans regarder en arrière, comme s'il avait déjà maintes fois accompli ce trajet. Ne pouvant faire autrement, je le suivais en tremblant.

Il marchait à vive allure, et j'admirais la résistance de son corps frêle, car bien que la nuit fût froide, la sueur me coulait dans le dos. La position des étoiles changea et la lune baissa, mais il continuait à marcher et nous quittâmes la vallée pour une solitude stérile, et Thèbes disparut au loin, tandis que les trois montagnes orientales, gardiennes de Thèbes, se détachaient en noir sur le ciel. Je me demandais où et comment je trouverais une chaise à porteur pour rentrer, car je pensais qu'il n'aurait plus la force de revenir à pied.

Il finit par s'asseoir sur le sable en haletant et dit d'un ton craintif :

— Tiens-moi les mains, Sinouhé, car mes mains tremblent et mon cœur bat. L'instant approche, car le monde est désert et il n'y a plus au monde que toi et moi, mais tu ne pourras me suivre où je vais. Et pourtant je ne veux pas rester seul.

Je le pris par les poignets et je sentis que tout son corps frémissait et était couvert d'une sueur froide. Le monde était désert autour de nous, et quelque part au loin un chacal se mit à glapir à la mort. Les étoiles pâlissaient très lentement et l'air ambiant devenait gris comme la mort. Soudain l'héritier dégagea violemment ses mains, il se dressa et leva le visage vers les collines de l'est.

— Le dieu vient ! dit-il à voix basse.

Et son visage prit un éclat maladif.

— Le dieu vient ! cria-t-il dans le désert.

Et la lumière jaillit autour de nous, embrasant et
dorant les montagnes. Le soleil se leva. Alors le jeune
homme poussa un cri et s'affaissa évanoui. Mais ses
membres s'agitaient encore, la bouche s'ouvrait et les
pieds battaient le sable. Je n'avais plus peur, car j'avais
déjà entendu de pareils cris dans la Maison de la Vie et
je savais ce qu'il fallait faire. Je n'avais pas de morceau
de bois à lui placer entre les dents, mais je déchirai
mon pagne et le mis dans sa bouche, puis je lui massai
les membres. Je savais qu'il serait malade et confus en
reprenant ses esprits, et je regardais autour de moi où
je trouverais de l'aide. Mais Thèbes était loin et je
n'aperçus pas la moindre cabane dans le voisinage.

Au même instant, un faucon vola près de moi en
criant. Il avait l'air de sortir tout droit des rayons
brillants du soleil et il décrivit un grand cercle au-
dessus de nous. Puis il descendit, comme s'il avait
voulu se poser sur le front de l'héritier. Je fus tellement
saisi que je fis instinctivement le signe sacré d'Amon.
Peut-être que le prince avait songé à Horus en parlant
de son dieu, et celui-ci nous apparaissait sous l'aspect
d'un faucon. Le prince gémissait, je me penchai sur lui
pour le soigner. Quand je relevai la tête, je vis que
l'oiseau s'était mué en un jeune homme, qui se tenait
devant moi, beau comme un dieu dans le rayonnement
du soleil. Il avait une lance à la main et sur les épaules
la veste grossière des pauvres. Je ne croyais vraiment
pas aux dieux, mais pour toute sûreté je me prosternai
devant lui.

— Qu'y a-t-il ? demanda-t-il dans le dialecte du bas
pays en montrant l'héritier. Est-il malade ?

J'eus honte et je me mis sur mes genoux en le saluant.

— Si tu es un bandit, ton butin sera maigre, mais ce jeune homme est malade, et les dieux te béniront peut-être si tu nous aides.

Il poussa un cri violent, et aussitôt un faucon tomba du ciel pour se poser sur ses épaules. Je me dis qu'il valait mieux être prudent, pour le cas où tout de même il serait un dieu, voire un dieu mineur. C'est pourquoi je lui parlai avec un certain respect et je lui demandai poliment qui il était, d'où il venait et où il allait.

— Je suis Horemheb, le fils du faucon, dit-il fièrement. Mes parents sont de simples fromagers, mais on m'a prédit dès ma naissance que je commanderais à beaucoup de gens. Le faucon volait devant moi, c'est pourquoi je suis venu ici, n'ayant point trouvé de gîte en ville. Les habitants de Thèbes redoutent la lance après la tombée de la nuit. Mais je me propose de m'engager comme soldat, car on dit que le pharaon est malade et je pense qu'il a besoin de bras solides pour le protéger.

Son corps était beau comme celui d'un jeune lion et son regard perçait comme une flèche ailée. Je pensai avec une certaine envie que mainte femme lui dirait : « Beau garçon, ne veux-tu pas me réjouir dans ma solitude ? »

L'héritier du trône laissa échapper un gémissement, il se passa la main sur le visage et bougea les pieds. J'ôtai le bâillon de sa bouche et j'aurais bien voulu avoir de l'eau pour le restaurer. Horemheb l'observait avec curiosité et il demanda froidement :

— Va-t-il mourir ?

— Non, il ne mourra pas, dis-je avec impatience. Il souffre du mal sacré.

Horemheb me regarda et serra sa lance.

— Tu n'as pas à me mépriser, dit-il, bien que je marche nu-pieds et que je sois encore pauvre. Je sais écrire convenablement et lire les inscriptions, et je commanderai à beaucoup de gens. Quel dieu est entré en lui ?

C'est que le peuple croit qu'un dieu parle par la bouche des épileptiques.

— Il a un dieu particulier, dis-je. Je crois qu'il est un peu fou. Quand il aura repris ses esprits, tu m'aideras à le porter en ville où on trouvera une litière pour le mener chez lui.

— Il a froid, dit Horemheb qui ôta sa veste pour en couvrir l'héritier. Les aubes de Thèbes sont froides, mais mon sang me réchauffe. En outre, je connais de nombreux dieux et je pourrais t'en citer un grand nombre qui m'ont été propices. Mais mon dieu particulier est Horus. Ce garçon est certainement un enfant de riches, car sa peau est blanche et fine, et il n'a jamais travaillé de ses mains. Et toi, qui es-tu ?

Il parlait beaucoup et avec vivacité, car il était un pauvre garçon qui avait fait un grand trajet pour arriver à Thèbes et qui avait en cours de route éprouvé bien des mécomptes et des avanies.

— Je suis médecin. J'ai aussi été ordonné prêtre du premier degré dans le grand temple d'Amon à Thèbes.

— Tu l'as certainement amené dans le désert pour le guérir, déclara Horemheb. Mais tu aurais dû

l'habiller davantage. Ce n'est pas que je veuille criti-
quer, ajouta-t-il aussitôt.

Le sable rouge luisait à la lumière du soleil levant, la
pointe de la lance rougeoyait, et le faucon décrivait de
larges orbes au-dessus de la tête du jeune homme.
L'héritier du trône se mit sur son séant, ses dents
claquaient, il gémissait doucement et regardait autour
de lui avec étonnement.

— Je l'ai vu, dit-il. Cet instant est comme un siècle,
je n'avais plus d'âge et il a tendu mille mains bénissan-
tes sur ma tête et chaque main me donnait un gage de
vie éternelle. Ne croirais-je pas ?

— J'espère que tu ne t'es pas mordu la langue, dis-
je plein de souci. J'ai essayé de te soigner, mais je
n'avais pas de morceau de bois à te glisser entre les
dents.

Mais ma voix n'était qu'un bourdonnement de
moustique dans ses oreilles. Il regardait Horemheb, ses
yeux brillèrent et s'écarquillèrent, et il était beau avec
son sourire étonné.

— Est-ce toi qu'Aton, l'unique, a envoyé ?
demanda-t-il d'un air surpris.

— Un faucon a volé devant moi et j'ai suivi mon
faucon, dit Horemheb. C'est pourquoi je suis ici, je ne
sais rien d'autre.

Mais l'héritier vit la lance et son visage s'assombrit.

— Tu as une lance, dit-il d'un ton de reproche.
Horemheb montra sa lance.

— Le manche en est d'un bois excellent, dit-il. Sa
pointe de cuivre a soif de boire le sang des ennemis du
pharaon, ma lance a soif, et son nom est Egorgeuse.

— Pas de sang, dit l'héritier. Aton a horreur du
sang. Il n'y a rien de plus affreux que le sang répandu.

Bien que j'eusse vu comment l'héritier fermait les
yeux pendant que Ptahor trépanait son père, je ne
savais pas encore qu'il était de ces gens que la vue du
sang rend malades jusqu'à causer un évanouissement.

— Le sang purifie les peuples et les rend forts,
affirma Horemheb. C'est le sang qui engraisse les
dieux et leur assure la santé. Tant qu'il y aura des
guerres, le sang devra couler.

— Il n'y aura plus jamais de guerre, dit l'héritier.

— Cet enfant est toqué, dit Horemheb. Il y a
toujours eu des guerres, et il y en aura toujours, car les
peuples doivent mettre leurs forces à l'épreuve pour
vivre.

— Tous les peuples sont ses enfants, toutes les
langues et toutes les couleurs, la terre rouge et la terre
noire, dit le prince en regardant le soleil. Je dresserai
son temple dans tous les pays et j'enverrai aux rois le
symbole de vie, car je le vois, je suis né de lui et je
retournerai à lui.

— Il est vraiment fou, dit Horemheb en secouant la
tête. Je comprends qu'il ait besoin de soins.

— Son dieu vient de lui apparaître, dis-je gravement
pour mettre Horemheb en garde, car déjà il me
plaisait. Le haut mal lui a fait voir un dieu, et nous ne
sommes pas compétents pour discuter ce que le dieu
lui a dit. Chacun fait son salut à sa manière.

— Moi je crois à ma lance et à mon faucon, dit
Horemheb.

Mais l'héritier leva la main pour saluer le soleil, et
son visage redevint beau et brillant, comme s'il

contemplait un autre monde que le nôtre. Après l'avoir laissé prier à sa convenance, nous l'entraînâmes vers la ville sans qu'il résistât. L'accès de maladie l'avait épuisé, il avait de la peine à marcher. C'est pourquoi nous le portâmes entre nous, précédés par le faucon.

Parvenu à la lisière des champs cultivés, jusqu'où s'étendaient les canaux d'irrigation, nous vîmes qu'une litière royale nous attendait. Les esclaves s'étaient étendus sur le sol, et un prêtre imposant s'avança à notre rencontre. Il avait la tête rasée, ses traits sombres étaient fort beaux. Je mis les mains à la hauteur de mes genoux devant lui, car j'avais deviné qu'il était le prêtre de Rê-Herakhti dont Ptahor m'avait parlé. Mais il ne s'occupa pas de moi. Il se prosterna devant l'héritier et le salua du nom de roi. C'est ainsi que je sus que le pharaon Amenhotep III était mort. Les esclaves s'empressèrent autour du nouveau roi, on lui lava les membres, on le massa et l'oignit, on le vêtit de lin royal et on plaça sur sa tête une coiffure royale.

Sur ces entrefaites, Aï m'adressa la parole :

— A-t-il rencontré son dieu, Sinouhé ?

— Il a rencontré son dieu, répondis-je. Mais j'ai veillé sur lui, pour qu'il ne lui arrive rien de mal. Comment sais-tu mon nom ?

Il sourit et dit :

— C'est mon devoir de savoir tout ce qui se passe dans le palais, jusqu'à ce que mon temps soit venu. Je connais ton nom et je sais que tu es médecin. C'est pourquoi je l'ai confié à ta garde. Je sais aussi que tu es prêtre d'Amon et que tu lui as prêté serment.

Il dit ces derniers mots avec une menace dans la voix, mais je levai le bras en disant :

— Que signifie un serment à Amon ?

— Tu as raison, dit-il, et tu n'as pas besoin de te repentir. Sache donc qu'il devient inquiet quand le dieu s'approche de lui. Rien ne peut le retenir alors et il ne permet pas aux gardiens de le suivre. Vous avez néanmoins été en sécurité toute la nuit, aucun danger ne vous a menacés, et tu vois qu'une litière l'attend. Mais qui est ce lancier ?

Il montra Horemheb qui, un peu à l'écart, éprouvait le fer de sa lance, son faucon sur l'épaule.

— Il vaudrait peut-être mieux le faire périr, car il n'est pas bon que les secrets des pharaons soient trop connus.

— Il a couvert le pharaon de sa veste, car il faisait froid, dis-je. Il est prêt à brandir sa lance contre les ennemis du pharaon. Je crois que tu auras plus de profit de lui vivant que mort, prêtre Aï.

Alors Aï lui lança nonchalamment un bracelet d'or en disant :

— Viens me voir un jour dans la maison dorée, lancier.

Mais Horemheb laissa le bracelet tomber à ses pieds dans le sable et jeta à Aï un regard de défi :

— Je ne reçois d'ordres que du pharaon, dit-il. Si je ne me trompe, le pharaon est celui qui porte la couronne. Mon faucon m'a conduit vers lui, c'est un signe suffisant.

Aï ne se fâcha pas.

— L'or est précieux et on en a toujours besoin, dit-il en ramassant le bracelet qu'il se remit au poignet. Incline-toi devant ton pharaon, mais dépose ta lance en sa présence.

L'héritier s'approcha de nous. Son visage était pâle et tiré, mais il y subsistait un éclat étrange qui réchauffait le cœur.

— Suivez-moi, dit-il, suivez-moi tous sur la voie nouvelle, car la vérité m'a été révélée.

Nous le suivîmes vers la litière, mais Horemheb bougonna pour lui :

— La vérité est dans la lance.

Il consentit tout de même à remettre son arme au coureur, et nous pûmes nous asseoir sur le timon, quand la litière fut emportée. Les porteurs se mirent à trotter, une cange attendait sur la rive, et nous regagnâmes le palais comme nous l'avions quitté, sans attirer l'attention, bien que la foule grouillât autour du palais.

On nous admit dans l'appartement de l'héritier qui nous montra de grands vases crétois sur lesquels étaient peints des poissons et des animaux. J'aurais bien voulu que Thotmès pût les admirer, car ils prouvaient que l'art pouvait être autre chose qu'en Egypte. Maintenant qu'il était remis et calmé, l'héritier se comportait et parlait comme un jeune homme raisonnable, sans exiger de nous une politesse exagérée ni des marques de respect. Bientôt on annonça que la grande épouse royale allait venir rendre ses hommages et il prit congé de nous, en promettant de ne pas nous oublier. Une fois dehors, Horemheb me regarda tout déconcerté :

— Je suis bien ennuyé, dit-il, je ne sais où aller.

— Reste tranquillement ici. Il a promis de ne pas t'oublier. C'est pourquoi il est bon que tu sois à portée

quand il se souviendra de toi. Les dieux sont capricieux et oublient vite.

— Je devrais rester ici dans cet essaim de mouches ?
dit-il en montrant les courtisans qui s'affairaient aux
portes conduisant aux appartements royaux. Non, je
suis inquiet, reprit-il d'un air sombre. Que va devenir
l'Egypte avec un pharaon qui a peur du sang et pour
qui tous les peuples, quelles que soient leurs langues et
leur couleur, sont égaux ? Je suis né soldat et mon bon
sens de soldat me dit que c'est fâcheux pour les soldats.
En tout cas, je vais aller reprendre ma lance, le coureur
l'a gardée.

Nous nous séparâmes après que je l'eus invité à me
demander à la Maison de la Vie, s'il avait besoin d'un
ami.

Ptahor m'attendait dans notre chambre, les yeux
rouges et de méchante humeur.

— Tu étais absent quand le pharaon a rendu l'âme à
l'aube. Tu étais absent et je dormais, de sorte qu'aucun
de nous n'a vu comment son âme sous la forme d'un
oiseau lui est sortie par le nez pour voler tout droit vers
le soleil. De nombreux témoins le certifient. Moi aussi,
j'aurais bien voulu être présent, car j'aime ces miracles,
mais tu étais absent et tu ne m'as pas réveillé. Avec
quelle fille as-tu passé la nuit ?

Je lui racontai ce qui m'était arrivé, et il leva la main
en signe de grand étonnement.

— Qu'Amon nous protège, dit-il. Le nouveau pharaon est donc fou ?

— Je ne crois pas qu'il soit fou, dis-je en hésitant,
car mon coeur avait un penchant mystérieux pour le
jeune homme malade que j'avais protégé et qui avait

été bienveillant pour moi. Je crois qu'il a trouvé un nouveau dieu. Quand ses idées se seront éclaircies, nous verrons peut-être des miracles dans le pays de Kemi.

— Qu'Amon nous en protège, dit Ptahor tout effrayé. Verse-moi plutôt du vin, car mon gosier est sec comme la poussière du chemin.

On vint alors nous conduire dans la Maison de Justice où le vieux garde du sceau était installé devant quarante rouleaux de cuir où était consignée la loi. Des soldats armés nous entouraient, si bien que nous ne pouvions fuir, et le garde du sceau nous lut la loi et nous informa que nous devions mourir, puisque le pharaon ne s'était pas remis de sa trépanation. Je regardai Ptahor, mais il se borna à sourire quand le bourreau entra avec son épée.

— Commencez par l'homme hémostatique, dit-il, il est plus pressé que nous, car sa mère lui prépare déjà une soupe aux pois dans le pays de l'Occident.

L'homme prit aimablement congé de nous, fit les signes sacrés d'Amon et s'agenouilla humblement devant les rouleaux de cuir. Le bourreau brandit son épée et la fit tournoyer au-dessus de la tête de la victime, puis il lui toucha légèrement le cou. Le bouvier s'écroula sur le plancher et nous pensâmes que la peur lui avait fait perdre connaissance, car il n'avait pas la moindre blessure. Quand mon tour vint, je m'agenouillai sans peur, le bourreau me sourit et se borna à m'effleurer le cou. Ptahor se jugeait si petit qu'il ne daigna pas s'agenouiller, et le bourreau ne fit que le simulacre de le décapiter. Ainsi, nous étions morts, le jugement avait été exécuté, et l'on nous donna de nouveaux noms qui avaient été gravés dans de lourds bracelets d'or. Celui de Ptahor portait ces mots : « Celui qui ressemble à un babouin », et le mien : « Celui qui est solitaire ». Après cela, on pesa pour Ptahor une rétribution en or, et je reçus aussi beaucoup d'or. On nous remit des vêtements neufs, et pour la première fois j'eus une robe plissée en lin royal et un col alourdi par de l'argent et des pierres précieuses. Mais quand les serviteurs essayèrent de relever l'homme hémostatique pour le ranimer, il ne se réveilla plus, il était bel et bien mort. C'est ce que j'ai vu de mes propres yeux. Quant à dire pourquoi il mourut, je n'y comprends rien, à moins qu'il ne soit mort parce qu'il croyait qu'il allait mourir. Car malgré sa bêtise, il avait le pouvoir d'arrêter les hémorragies et un tel homme n'est point semblable aux autres.

La nouvelle de cette mort étrange se répandit rapidement, et ceux qui l'apprenaient ne pouvaient s'empêcher de rire. Ils se tapaient les cuisses et pouffaient, car vraiment la chose était tout à fait risible.

Quant à moi, j'étais officiellement mort, et dès lors je ne pus plus signer de documents sans ajouter à mon nom Sinouhé les mots « Celui qui est solitaire ». A la cour, c'est seulement sous ce dernier nom qu'on me connaissait.

3

A mon retour à la Maison de la Vie, avec mes
vêtements neufs et le lourd bracelet d'or, mes maîtres
s'inclinèrent devant moi et mirent les mains à la
hauteur des genoux. Mais je n'étais encore qu'un
étudiant, et je dus rédiger un rapport détaillé sur la
trépanation et sur la mort du pharaon et en attester
l'exactitude. Ce travail exigea beaucoup de temps, et je
terminai mon récit en racontant comment l'esprit
s'était échappé de son nez sous la forme d'un oiseau
pour voler tout droit vers le soleil. On insista pour me
faire dire si le pharaon n'avait pas repris ses esprits un
instant avant sa mort pour dire « Qu'Amon soit béni »,
comme le certifiaient plusieurs témoins. Après avoir
bien réfléchi, je jugeai sage d'attester aussi l'exactitude
de ce fait, et j'eus la joie d'entendre mon rapport lu au
peuple dans les cours du temple chacun des soixante-
dix jours pendant lesquels le corps du pharaon était
préparé pour l'éternité dans la Maison de la Mort.
Durant tout le deuil, les maisons de joie, les cabarets et
les débits furent fermés dans la ville de Thèbes, si bien
qu'on ne pouvait boire du vin ou entendre de la
musique qu'en y entrant par la porte de derrière.

C'est pendant ces journées que l'on m'informa que
;'étais parvenu au terme de mes études et que je
pourrais pratiquer mon art dans le quartier de mon
choix. Si je désirais poursuivre mes études et me
spécialiser, pour devenir médecin des oreilles ou des
dents, surveillant des accouchements, imposeur des

mains, manieur du couteau guérisseur, ou pour exercer
l'une quelconque des quatorze spécialités que l'on
enseignait sous la direction des médecins royaux, je
n'avais qu'à dire quelle branche je choisissais. C'était là
une faveur toute spéciale qui montrait combien Amon
savait récompenser ses serviteurs.

J'étais jeune, et la science dans la Maison de la Vie
ne m'intéressait plus. J'avais été saisi par la passion de
Thèbes, je voulais m'enrichir, devenir célèbre et
profiter du temps où tous connaissaient encore le nom
de Sinouhé, Celui qui est solitaire. J'avais de l'or, et
j'achetai une petite maison à l'entrée du quartier des
riches, je la meublai selon mes ressources et je fis
l'acquisition d'un esclave qui, à la vérité, était maigre
et borgne, mais à ma convenance pour le reste. Il
s'appelait Kaptah et il affirmait que c'était bien qu'il
fût borgne, car il pourrait déclarer à mes futurs clients
que je l'avais acheté aveugle et que j'avais rendu la vue
à un des yeux. C'est pourquoi je l'achetai. Je fis
exécuter des peintures dans la chambre d'attente.
L'une d'elle montrait comment Imhotep, le dieu des
médecins, donnait des leçons à Sinouhé. J'étais petit
devant lui, comme il convient, mais sous l'image on
pouvait lire ces mots : « Le plus savant et le plus habile
de mes élèves est Sinouhé, fils de Senmout, Celui qui
est solitaire ». Sur une autre image, j'offrais un sacrifice à Amon, pour rendre à Amon ce qui est à Amon, et
pour que mes clients eussent confiance en moi. Et sur
la troisième image, le pharaon, sous la forme d'un
oiseau, me contemplait du haut des cieux et ses
serviteurs pesaient de l'or pour moi et me couvraient
de vêtements neufs. C'est Thotmès qui peignit ces

images, bien qu'il ne fût pas un artiste légalisé et que son nom ne figurât pas dans le registre du temps de Ptah. Mais il était mon ami. Il consentit, au nom de notre vieille amitié, à peindre à l'ancienne mode, et son œuvre fut si habilement exécutée, le rouge et le jaune, les moins chères des couleurs, y resplendissaient d'un tel éclat, que ceux qui voyaient ces peintures pour la première fois s'écriaient avec émerveillement :

— Vraiment, Sinouhé, fils de Senmout, Celui qui est solitaire, inspire confiance et guérit habilement ses malades.

Quand tout fut prêt, je m'assis pour attendre les clients et les malades, mais personne ne se montra. Le soir, j'allai dans un cabaret et me réjouis le cœur avec du vin, car il me restait encore un peu d'or et d'argent. J'étais jeune, je me croyais un habile médecin et j'avais confiance en l'avenir. C'est pourquoi je buvais avec Thotmès, et nous parlions à haute voix des affaires des deux pays, car à cette époque tout le monde sur les places, devant les magasins, dans les tavernes et dans les maisons de joie parlait des affaires des deux pays.

En effet, lorsque le corps du pharaon eut été préparé pour durer une éternité et déposé dans la vallée des rois, lorsque les portes de la tombe eurent été scellées avec les empreintes royales, la grande épouse monta sur le trône, munie du fouet et du sceptre, une barbe royale au menton et une queue de lion autour de la taille. L'héritier ne fut pas couronné pharaon, on disait qu'il voulait se purifier et implorer les dieux avant de prendre le pouvoir. Mais quand la grande mère royale congédia le vieux garde du sceau et éleva à sa place le prêtre inconnu Aï qui fut ainsi placé au-dessus de tous

les grands d'Egypte et qui siégea dans le pavillon de la
justice devant les quarante livres en cuir de la loi, pour
nommer les percepteurs et les constructeurs du pharaon, tout le temple d'Amon se mit à bruire comme
une ruche, on vit de nombreux présages funestes, et les
sacrifices royaux ne réussirent plus. Il y eut aussi des
rêves étranges que les prêtres interprétaient. Les vents
changèrent de direction contre toutes les règles de la
nature, si bien qu'il plut pendant deux jours de suite en
Egypte et que les marchandises se gâtèrent dans les
dépôts et que les tas de blé pourrirent sur les quais. En
dehors de Thèbes, quelques étangs se changèrent en
mares de sang et beaucoup de gens allèrent les voir.
Mais on ne ressentait encore aucune crainte, car cela
s'était vu de tous temps, lorsque les prêtres étaient en
colère.

Mais il régnait une sourde inquiétude et une foule de
bruits circulaient. Cependant les mercenaires du pharaon, égyptiens, syriens, nègres, recevaient de la mère
royale d'abondantes soldes ; leurs chefs se partageaient
sur la terrasse du palais des colliers d'or et des
décorations, et l'ordre était maintenu. Rien ne mena-
çait la puissance de l'Egypte, car en Syrie aussi les
garnisons veillaient à l'ordre, et les princes de Byblos,
de Simyra, de Sidon et de Ghaza, qui avaient passé leur
enfance aux pieds du pharaon et reçu leur éducation
dans la maison dorée, déploraient sa mort comme s'il
se fût agi d'un père et ils écrivaient à la mère royale des
lettres dans lesquelles ils déclaraient être de la poussière devant ses pieds. Dans le pays de Kousch, en
Nubie et aux frontières du Soudan, on avait de tout
temps l'habitude de guerroyer à la mort du pharaon,

comme si les nègres voulaient mettre à l'épreuve la longanimité du nouveau souverain. C'est pourquoi le vice-roi des terres du sud, le fils de dieu dans les garnisons du sud, mobilisa des troupes dès qu'il apprit la mort du pharaon, et ses hommes franchirent la frontière et incendièrent de nombreux villages après avoir capturé un riche butin de bétail, d'esclaves, de queues de lion et de plumes d'autruche, si bien que les routes vers le pays de Kousch furent de nouveau sûres et que toutes les tribus pillardes déplorèrent vivement la mort du pharaon, en voyant leurs chefs pendus la tête en bas aux murs des postes frontières.

Jusque dans les îles de la mer, on pleura la mort du grand pharaon, et le roi de Babylone et celui du pays des Khattis, qui régnait sur les Hittites, envoyèrent à la mère royale des tablettes d'argile pour déplorer la mort du pharaon et pour demander de l'or, afin de pouvoir dresser son image dans les temples, parce que le pharaon avait été pour eux comme un père et un frère. Quant au roi de Mitanni, à Naharina, il envoya sa fille pour qu'elle épousât le futur pharaon, comme son père l'avait fait avant lui et ainsi qu'il avait été convenu avec le pharaon céleste avant sa mort. Tadu-Hépa, tel était le nom de la princesse, arriva à Thèbes avec des serviteurs, des esclaves et des ânes chargés de marchandises précieuses, et elle était une enfant de guère plus de six ans, et l'héritier la prit pour femme, car le pays de Mitanni était un boulevard entre la riche Syrie et les pays du nord et il protégeait toutes les routes de caravane du pays des deux fleuves jusqu'au rivage de la mer. C'est ainsi que les prêtres de la fille céleste d'Amon, Sekhmet à la tête de lionne, perdirent leur

joie, et les gonds des portes de leur temple se
rouillèrent.

Voilà de quoi Thotmès et moi nous parlions à haute
voix, en réjouissant nos cœurs avec le vin en écoutant la
musique syrienne et en regardant les jolies danseuses.
La passion de Thèbes était en moi, mais chaque matin
mon esclave borgne s'approchait de mon lit, mettait les
mains à la hauteur des genoux et me tendait un pain,
du poisson salé et un verre de bière. Je me lavais et je
m'asseyais pour attendre les clients, je les recevais,
j'écoutais leurs doléances et je les guérissais.

Parfois, des femmes m'amenaient des enfants, et si
ces mères étaient maigres et leurs enfants débiles, avec
des paupières dévorées par les mouches, j'envoyais
Kaptah leur acheter de la viande et des fruits, et je leur
en faisais cadeau, mais de cette manière je ne m'enrichissais pas et le lendemain, devant ma porte, cinq à
dix mères attendaient avec leurs enfants, si bien que je
ne pouvais les recevoir, mais que je devais ordonner à
mon esclave de leur fermer la porte et de les envoyer au
temple où, les jours de grands sacrifices, on distribuait
aux pauvres les reliefs des prêtres rassasiés. Et chaque
nuit torches et lampes brillaient dans les rues de
Thèbes, la musique résonnait dans les maisons de joie
et dans les cabarets, le ciel rougeoyait sur la ville. Je
voulais réjouir mon cœur avec le vin, mais mon cœur
ne se réjouissait plus, mes ressources s'épuisaient et je
dus emprunter de l'or au temple pour m'habiller
correctement et pour chercher à oublier mes soucis.

4

C'était de nouveau l'époque de la crue et l'eau montait jusqu'aux murs du temple. Quand elle se fut retirée, la terre verdoya, les oiseaux bâtirent leurs nids et les lotus fleurirent dans les étangs, tandis qu'embaumaient les buissons d'acacia. Un jour, Horemheb vint me voir. Il était vêtu de lin royal, il portait un collier d'or, et il tenait une cravache à la main, insigne de sa dignité d'officier du pharaon. Mais il n'avait plus de lance. Je levai le bras pour lui témoigner ma joie de le revoir, il fit de même et me sourit.

— Je suis venu te demander un conseil, Sinouhé le solitaire, me dit-il.

— Je ne comprends pas. Tu es fort comme un taureau et hardi comme un lion. Comment un médecin pourrait-il t'aider ?

— Je viens consulter l'ami et non pas le médecin, dit-il en s'asseyant.

Mon serviteur borgne lui versa de l'eau sur les mains et je lui offris des biscuits envoyés par ma mère Kipa et du vin cher, car mon cœur était ravi de le voir.

— Tu es monté en grade, tu es un officier royal et sûrement les femmes te sourient.

Mais il s'assombrit et dit :

— Foin de .cela !

Puis il poursuivit avec excitation :

— Le palais est plein de mouches qui me couvrent de chiures. Les rues de Thèbes sont dures et me blessent les pieds, et les sandales me serrent les orteils.

(Il se débarrassa de ses sandales et se massa les pieds.)
Je suis officier des gardes du corps, mais mes camarades sont des gamins de dix ans qui se moquent de moi,
parce qu'ils sont de haute naissance. Leur bras est trop
faible pour bander un arc, leurs épées sont des jouets
dorés et incrustés, bonnes pour trancher du rôti, mais
pas pour répandre le sang de l'ennemi. Ils passent sur
leurs chars de guerre, incapables de maintenir l'ordre,
ils mélangent les rênes, et les roues de leurs chars
heurtent celles de leurs voisins. Les soldats s'enivrent
et couchent avec les esclaves du palais, et ils n'obéis-
sent plus aux ordres. A l'école de guerre, des hommes
qui n'ont jamais vu de bataille ni connu la faim, la soif
et la peur devant l'ennemi, lisent de vieux récits.

Il secoua rageusement son collier d'or et dit :

— Qu'importent les colliers et les décorations,
puisqu'on ne les gagne pas au combat, mais en se
prosternant devant le pharaon ? La mère royale a fixé
une barbe à son menton et s'est ceinte d'une queue de
lion, mais comment un soldat pourrait-il respecter une
femme comme souverain ?... Je sais, je sais, dit-il
lorsque je fis allusion à la grande reine qui avait envoyé
une flotte dans le pays de Pount. Ce qui a été jadis doit
exister maintenant aussi. Mais du temps des grands
pharaons, les soldats n'étaient pas méprisés comme à
présent. Aux yeux des Thébains, le métier militaire est
le plus vil de tous, et ils interdisent leur porte aux
soldats. Je perds mon temps. Je perds ma jeunesse et
mes forces en apprenant l'art militaire chez des hommes qui se sauveraient en hurlant devant les cris de
guerre des nègres. Oui, ils s'évanouiraient de peur, si
la flèche d'un habitant des déserts sifflait à leurs

oreilles. Oui, ils se cacheraient sous les robes de leur mère, s'ils entendaient le fracas des chars lancés à l'attaque. Par mon faucon, seule la guerre forme le soldat, et c'est au cliquetis des armes qu'on voit ce dont on est capable. C'est pourquoi je veux partir.

Il donna un coup de cravache sur la table, renversant les coupes, et mon serviteur se sauva en criant.

— Tu es vraiment malade, ami Horemheb, lui dis-je. Tu as les yeux fébriles et tu transpires.

— Ne suis-je pas un homme ? s'écria-t-il en se frappant la poitrine de ses poings. Je peux soulever de chaque main un esclave et entrechoquer leurs têtes. Je peux porter de lourds fardeaux, comme il convient à un soldat, je ne m'essouffle pas à la course, je ne crains ni la faim, ni la soif, ni l'ardeur du soleil dans le désert. Mais pour eux tout cela est méprisable, et les femmes de la maison dorée n'admirent que les gamins qui ne se rasent pas encore. Elles admirent les hommes dont les bras sont minces et qui ont des hanches de filles. Elles admirent les hommes qui emploient des parasols, qui se peignent la bouche en rouge et qui gazouillent comme des oiseaux sur la branche. Moi, on me méprise, parce que je suis robuste et que le soleil m'a tanné le cuir et qu'on voit à mes mains que je peux travailler de mes mains.

Il se tut, le regard fixe, et but du vin.

— Tu es solitaire, Sinouhé, dit-il. Moi aussi je suis solitaire, plus solitaire que quiconque, car je devine ce qui va arriver et je sais que je suis destiné à commander les foules et qu'un jour les deux royaumes auront besoin de moi. C'est pourquoi je suis plus solitaire que tous les autres, mais je n'ai plus la force de rester seul,

Sinouhé, car mon cœur est rempli d'étincelles de feu, ma gorge est serrée et je ne dors plus la nuit.

J'étais médecin et je croyais avoir quelque connaissance des hommes et des femmes. C'est pourquoi je lui dis :

— Elle est certainement mariée et son mari la surveille de près ?

Horembeb me jeta un regard si sombre que je me hâtai de ramasser une coupe et de lui offrir du vin. Il se calma et dit en se tâtant la poitrine et la gorge :

— Je dois quitter Thèbes, car ici j'étouffe dans le fumier, et les mouches me salissent.

Puis brusquement il s'affaissa et me dit à voix basse :

— Sinouhé, tu es médecin. Donne-moi un philtre qui me permette de vaincre l'amour.

— C'est bien facile. Je puis te donner des pilules qui, dissoutes dans le vin, te rendront fort et passionné comme un babouin, si bien que les femmes soupireront dans tes bras et se pâmeront. C'est facile.

— Non, non, tu m'as mal compris, Sinouhé. Je ne suis pas impuissant. Mais je désire un remède qui me guérisse de ma folie. Je veux un remède qui calme mon cœur et le rende dur comme le roc.

— Il n'existe pas de remède pareil. Il ne faut qu'un sourire et le regard d'yeux verts pour que la médecine soit réduite à l'impuissance. Je le sais moi-même. Mais les sages ont dit qu'un diable chasse l'autre. Je ne sais si c'est vrai, mais il arrive que le second diable soit pire que le premier.

— Que veux-tu dire ? demanda-t-il d'un ton irrité. Je suis las des phrases qui ne font qu'entortiller les choses et les embrouiller.

— Tu dois trouver une autre femme qui chasse la première de ton cœur. Voilà mon idée. Thèbes regorge de femmes belles et séduisantes qui se fardent et se vêtent du lin le plus fin. Il en existe certainement une qui sera disposée à te sourire. Tu es jeune et fort, tu as les membres longs et une chaîne d'or au cou. Mais je ne comprends pas ce qui te sépare de celle que tu désires. Même si elle est mariée, aucun mur n'est assez haut pour arrêter l'amour, et la ruse de la femme qui convoite un homme surmonte tous les obstacles. C'est ce que prouvent les légendes des deux royaumes. On dit aussi que la fidélité de la femme est comme le vent : elle reste la même, mais elle peut changer de direction. On dit aussi que la vertu de la femme est comme la cire : elle fond quand on la réchauffe. Le galant n'encourt aucune honte, mais on brocarde le mari cocu. Il en fut ainsi, il en sera toujours ainsi.

— Elle n'est pas mariée, dit Horemheb avec agacement. Cesse de me parler de fidélité, de vertu et de honte. Elle ne me regarde même pas, bien que je sois sous ses yeux. Elle ne touche pas à ma main si je la lui tends pour l'aider à monter dans sa litière. Peut-être me croit-elle sale, parce que le soleil m'a bronzé.

— C'est donc une femme noble ?

— Inutile de parler d'elle. Elle est plus belle que la lune et les étoiles, plus éloignée de moi que la lune et les étoiles. Vraiment, il me serait plus facile de saisir la lune dans mes bras. C'est pourquoi je dois oublier. C'est pourquoi je dois quitter Thèbes. Sinon je mourrai.

— Tu n'as pourtant pas porté tes regards sur la grande mère royale ? dis-je en plaisantant, car je voulais le faire rire. Je la croyais vieille et boulotte, au moins pour le goût d'un jeune homme.

— Elle a son prêtre, dit-il avec mépris. Je crois qu'ils forniquaient déjà du vivant du roi.

Mais je levai le bras pour l'arrêter et je lui dis :

— Vraiment, tu t'es désaltéré à maint puits empoisonné depuis ton arrivée à Thèbes.

Horemheb dit :

— Celle qui est l'objet de ma flamme se peint les lèvres et les joues en ocre rouge, ses yeux sont ovales et foncés, et personne n'a encore caressé ses membres sous le lin royal. Elle s'appelle Baketamon et dans ses veines coule le sang des pharaons. Tu connais maintenant ma folie, Sinouhé. Mais si tu en parles à qui que ce soit, même à moi, je te tuerai, où que tu sois, et je placerai ta tête entre tes jambes et je jetterai ton corps dans le fleuve. Garde-toi aussi bien de jamais mentionner son nom en ma présence, sinon je te tuerai.

Je fus saisi d'horreur, car il était effrayant qu'un vilain eût osé lever les yeux sur la fille du pharaon et la convoiter dans son cœur. C'est pourquoi je lui dis :

— Aucun mortel ne peut porter la main sur elle, et si quelqu'un l'épouse, ce ne peut être que son frère, l'héritier du trône, pour la hausser à son côté comme grande épouse royale. C'est ce qui arrivera, je l'ai lu dans le regard de la princesse auprès du lit de mort de son père, car elle ne regarda personne sauf son frère. Je la craignais, car elle est une femme dont les membres ne réchauffent personne, et dans ses yeux ovales se lisent le vide et la mort. C'est pourquoi je te dis : Pars, Horemheb, mon ami, car Thèbes n'est pas pour toi.

Mais il me dit avec impatience :

— Tout cela, je le sais fort bien et mieux que toi, si bien que tes paroles sont comme un bourdonnement de mouche dans mes oreilles. Mais revenons-en à ce que tu disais tout à l'heure des diables, car mon cœur est vide et une fois que j'ai bu je voudrais qu'une femme me sourie. Mais elle doit être vêtue de lin royal et porter une perruque, elle doit se peindre les lèvres et les joues en ocre rouge, et mon désir ne s'éveillera pour elle que si ses yeux sont ovales comme l'arc de la lune au ciel.

Je souris et lui dis :

— Tes paroles sont sages. Examinons ensemble, en amis, comment tu dois te comporter. As-tu de l'or ?

Il répondit avec jactance :

— Je n'ai cure de peser mon or, car l'or n'est que fumier à mes pieds. Mais j'ai un collier et des bracelets. Est-ce suffisant ?

— Ce n'est pas sûr. Il est peut-être plus sage que tu te bornes à sourire, car les femmes qui portent du lin royal sont capricieuses, et ton sourire pourrait enflammer l'une d'elles. N'en existe-t-il aucune au palais ? Car pourquoi gaspiller l'or dont tu risques d'avoir besoin plus tard ?

— Je me moque des femmes du palais, répondit Horemheb. Mais je connais un autre moyen. Parmi mes camarades, il y a un certain Kefta, un Crétois, à qui j'ai botté le derrière, parce qu'il s'était moqué de moi, et qui maintenant me respecte. Il m'a invité à l'accompagner aujourd'hui à une fête de nobles dans une maison située près du temple d'un dieu à tête de chat, dont je ne me rappelle pas le nom, car je ne pensais pas y aller.

— Il s'agit de Bastet, dis-je. Je connais le temple, et c'est un endroit propice à tes intentions, car les femmes légères invoquent volontiers la déesse à tête de chat et lui offrent des sacrifices pour qu'elle leur donne des amants riches.

— Mais je n'y irai que si tu m'accompagnes, dit Horemheb tout déconcerté. Je suis de basse extraction, je sais donner des coups de pied et de cravache, mais je ne sais comment me comporter à Thèbes, ni surtout comment on y traite les femmes. Tu es un homme du monde, Sinouhé, et né à Thèbes. C'est pourquoi tu dois m'aider.

J'avais bu du vin, et sa confiance me flattait, et je ne voulais pas lui avouer que je connaissais les femmes aussi peu que lui. Mais j'avais tellement bu de vin que j'envoyai Kaptah à la recherche d'une litière, et que je convins du prix de la course, tandis que Horemheb continuait à boire pour se donner du courage. Les porteurs nous déposèrent près du temple de Bastet et, voyant des torches et des lampes devant la maison où nous allions, ils commencèrent à discuter le prix de la course, jusqu'au moment où Horemheb leur distribua quelques coups de cravache qui leur imposèrent silence. Devant le temple, quelques filles nous sourirent et nous demandèrent de sacrifier avec elles ; mais elles n'étaient point vêtues de lin royal, elles avaient leurs cheveux naturels, aussi ne voulûmes-nous rien d'elles.

Nous entrâmes, je marchais devant, et personne ne s'étonna de notre arrivée ; de joyeux serviteurs nous versèrent de l'eau sur les mains, et l'arôme des plats chauds, des onguents et des fleurs parvenait jusqu'au portail. Les esclaves nous ornèrent de couronnes fleuries et nous pénétrâmes dans la salle, car le vin nous avait rendus hardis.

Sitôt entré, je n'eus plus d'yeux que pour une femme qui vint à notre rencontre. Elle était vêtue de lin royal, de sorte que ses membres apparaissaient à travers l'étoffe comme ceux d'une déesse. Elle portait une lourde perruque bleue, surmontée de nombreux bijoux rouges, ses paupières étaient peintes en noir, avec du vert sous les yeux. Mais plus vertes que tous les verts étaient ses prunelles qui étaient comme le Nil sous l'ardeur du soleil, et mon cœur s'y noya, car c'était Nefernefernefer que j'avais rencontrée jadis dans le grand temple d'Amon. Elle ne me reconnut pas, elle nous regarda avec curiosité et sourit à Horemheb qui leva sa cravache pour la saluer. Un jeune homme, le Crétois Kefta, vit aussi Horemheb et accourut en titubant, l'embrassa et l'appela son ami. Personne ne prit garde à moi, si bien que j'eus tout loisir d'observer la sœur de mon cœur. Elle était plus vieille que je ne pensais et ses yeux ne souriaient plus, ils étaient durs comme des pierres vertes. Ses yeux ne souriaient pas, bien que sa bouche sourît, et tout d'abord elle regarda la chaîne d'or au cou de Horemheb. Mais malgré tout mes genoux faiblirent sous moi.

Les murs de la salle étaient ornés de peintures dues aux meilleurs artistes, et des colonnes bigarrées soutenaient le plafond. Il y avait là des femmes mariées et des célibataires, et toutes avaient des vêtements de lin, des perruques et beaucoup de bijoux. Elles souriaient aux hommes qui s'empressaient autour d'elles, et ces hommes étaient jeunes ou vieux, beaux ou laids, et ils avaient aussi des bijoux en or et leurs collets étaient lourds de pierres précieuses et d'or. Tous criaient et riaient, des cruches et des coupes jonchaient le plancher, on marchait sur des fleurs, et les musiciens syriens agitaient leurs instruments bruyants qui couvraient le bruit des paroles. Ils avaient bu beaucoup de vin, car une femme se sentit mal et l'esclave lui tendit trop tard un vase, si bien qu'elle souilla sa robe, et tous se moquèrent d'elle.

Kefta le Crétois m'embrassa aussi et me tacha le visage de son fard en m'appelant son ami. Mais Nefernefernefer me regarda et dit :

— Sinouhé ! J'ai connu jadis un Sinouhé. Comme toi, il voulait devenir médecin.

— Je suis ce même Sinouhé, dis-je en la regardant droit dans les yeux, tout tremblant.

— Non, tu n'es pas le même Sinouhé, dit-elle en faisant un geste de la main pour m'écarter. Le Sinouhé que j'ai connu était un jeune homme, et ses yeux étaient clairs comme ceux d'une gazelle. Mais tu es un homme, entre tes sourcils passent deux sillons et ton visage n'est pas lisse comme le sien.

Je lui montrai la bague et la pierre verte à ma main, mais elle secoua la tête et dit :

— J'ai accueilli un brigand chez moi, car tu as certainement tué le Sinouhé dont la vue me réjouissait le cœur. Vraiment tu l'as tué et tu lui as volé la bague que j'avais tirée de mon pouce pour la lui remettre en gage d'amitié. Tu lui as même volé son nom, et il n'existe plus, le Sinouhé qui me plaisait.

Elle leva le bras pour montrer son chagrin. Alors mon cœur se remplit d'amertume et le chagrin m'envahit les membres. Je sortis la bague et je la lui tendis en disant :

— Reprends ta bague. Je vais partir, car je ne veux pas t'importuner.

Mais elle dit :

— Ne pars pas.

Elle posa légèrement la main sur mon bras, comme l'autre fois, et elle dit à voix basse :

— Ne pars pas.

En cet instant, je sus que son sein me brûlerait plus que le feu et que je ne pourrais jamais être heureux sans elle. Mais les serviteurs nous apportèrent du vin et nous bûmes pour nous réjouir le cœur et jamais vin ne fut plus délicieux à mon palais.

La femme, qui s'était trouvée mal, se rinça la bouche et se remit à boire. Puis elle ôta sa robe tachée et la lança au loin, elle enleva sa perruque, si bien qu'elle était toute nue, et de ses mains elle se serra la poitrine et elle ordonna à un esclave de verser du vin entre ses seins, pour que chacun pût s'y désaltérer à sa guise. D'un pas chancelant, elle allait par la salle en riant à haute voix. Elle était jeune, belle et ardente, et elle s'arrêta devant Horemheb et lui offrit de boire entre ses seins. Horemheb se pencha et but, et quand il releva la tête, son visage était congestionné ; il regarda la femme dans les yeux, prit sa tête nue entre ses mains et y déposa un baiser. Tout le monde rit, et la femme aussi, mais soudain elle s'effaroucha et demanda des vêtements propres. Les serviteurs l'habillèrent, elle reprit sa perruque et s'assit à côté de Horemheb et ne but plus de vin. Les musiciens syriens continuaient à jouer, je sentais dans mes membres et dans mon sang l'ardeur de Thèbes et je savais que j'avais vu le jour au déclin du monde ; plus rien ne m'importait, pourvu que je pusse m'asseoir près de la sœur de mon cœur et contempler le vert de ses yeux et le rouge de ses lèvres.

C'est ainsi qu'à cause de Horemheb je rencontrai de nouveau Nefernefernefer, ma bien-aimée ; mais il eût mieux valu pour moi ne jamais la revoir.

5

— Est-ce que cette maison est à toi ? lui demandai-je, tandis qu'assise à côté de moi elle m'examinait de ses yeux durs et verts.

— Elle est à moi, et ces invités sont mes hôtes ; il en vient chaque soir, car je n'aime pas être seule.

— Tu es certainement très riche, dis-je avec découragement, car je craignais de n'être pas digne d'elle.

Mais elle me sourit comme à un enfant et dit en citant plaisamment les paroles de la légende :

— Je suis une prêtresse et pas une femme méprisable. Que veux-tu de moi ?

Mais je ne compris pas ce qu'elle voulait dire par ces mots.

— Et Metoufer, lui demandai-je, car je voulais tout savoir, même au risque d'en souffrir.

Elle me jeta un regard interrogateur et fronça légèrement ses sourcils peints.

— Ne sais-tu pas qu'il est mort ? Il avait détourné des fonds que le pharaon avait confiés à son père pour construire des temples. Metoufer est mort et son père n'est plus architecte royal. Tu ne le savais pas ?

— Si c'est vrai, dis-je en souriant, je croirais presque qu'Amon l'a puni de l'avoir bafoué.

Et je lui racontai comment le prêtre et lui avaient craché au visage de la statue du dieu et s'étaient oints avec les onguents sacrés. Elle sourit aussi, mais ses yeux restaient durs, et elle regardait au loin. Brusquement, elle dit :

— Pourquoi n'es-tu pas venu chez moi alors, Sinouhé ? Si tu m'avais cherchée, tu m'aurais trouvée. Tu as eu grand tort de ne pas venir chez moi et de courir chez d'autres femmes, avec ma bague à ton doigt.

— J'étais encore un enfant, et j'avais peur de toi. Mais dans mes rêves tu étais ma sœur. Tu vas te moquer de moi, quand je t'avouerai que je ne me suis encore jamais diverti avec une femme, car j'espérais bien te rencontrer un jour.

Elle sourit et fit un geste de la main.

— Tu mens avec effronterie, dit-elle. Pour toi je suis certainement une vieille femme laide, et tu t'amuses à me moquer et à me berner.

Elle me regarda, et ses yeux souriaient gentiment comme jadis, et elle rajeunissait à mes yeux et était pareille à autrefois, si bien que mon cœur se gonflait d'allégresse.

— C'est vrai que je n'ai jamais touché à une femme, lui dis-je. Mais ce n'est peut-être pas vrai que je n'ai attendu que toi, car je veux être franc. Bien des femmes ont passé près de moi, des jeunes et des vieilles, des intelligentes et des stupides, mais je les ai

regardées seulement avec des yeux de médecin et mon
cœur ne s'est embrasé pour aucune d'elles ; pourquoi ?
je n'en sais rien.

Et je dis encore :

— Il me serait facile de dire que cela provient de la
pierre que tu m'as donnée en souvenir de ton amitié.
Sans que je le sache, peut-être m'as-tu enchanté en
appuyant tes lèvres sur les miennes, tellement tes
lèvres étaient douces. Mais ce n'est pas une explication. C'est pourquoi tu pourrais me demander mille
fois : Pourquoi ? je ne saurais te répondre.

— Peut-être que dans ton enfance tu es tombé à
califourchon sur un timon, ce qui t'a rendu triste et
solitaire, dit-elle avec raillerie et en me touchant
doucement de la main, comme aucune femme ne me
l'avait fait encore.

Je n'eus pas besoin de lui répondre, car elle savait
bien qu'elle avait plaisanté. C'est pourquoi elle retira
vite sa main et chuchota :

— Buvons ensemble pour nous réjouir le cœur.
Peut-être bien que je me divertirai avec toi, Sinouhé.

Nous bûmes du vin, les esclaves emportèrent quelques hôtes dans leurs litières, et Horemheb passa le
bras autour de sa voisine, en l'appelant sœur. La
femme sourit, lui ferma la bouche de sa main et lui dit
de ne pas raconter des bêtises dont il se repentirait le
lendemain. Mais Horemheb se leva et cria, un verre à
la main :

— Quoi que je fasse, je ne m'en repentirai jamais,
car à partir d'aujourd'hui je veux regarder seulement
en avant et jamais en arrière. Je le jure par mon faucon
et par les mille dieux des deux royaumes dont je suis

incapable d'énumérer les noms, mais qui peuvent bien recevoir mon serment.

Il prit son collier d'or et voulut le passer au cou de la femme, mais celle-ci refusa :

— Je suis une femme respectable et pas une gourgandine.

Elle se leva tout irritée et sortit, mais sur la porte, en catimini, elle fit signe à Horemheb de la suivre ; et il partit derrière elle, et ce soir on ne les revit plus.

Mais ce départ passa inaperçu, car la soirée était avancée, et les invités auraient déjà dû s'en aller. Pourtant, ils continuaient à boire du vin et à trébucher en brandissant les instruments qu'ils avaient pris aux musiciens.

Ils s'embrassaient et s'appelaient frères et amis, et au bout d'un instant ils se donnaient des coups et se traitaient de verrats ou de castrats. Les femmes ôtaient impudiquement leurs perruques et permettaient aux hommes de caresser leur crâne lisse, car depuis que les femmes riches et nobles se sont mises à se raser la tête, aucune caresse n'est plus excitante pour les hommes. Quelques hommes s'approchèrent aussi de Nefernefernefer, mais elle les repoussa des deux mains, et je leur marchais sur les orteils quand ils insistaient, sans me soucier de leur rang ni de leur dignité, car ils étaient tous ivres.

Et moi je n'étais pas ivre de vin, mais bien de sa présence et du contact de ses mains. Enfin elle fit un signe et les esclaves éteignirent les lampes, emportèrent les tables et les tabourets, ramassèrent les fleurs écrasées et les couronnes et portèrent dans leurs litières

les hommes qui s'étaient endormis sur leurs coupes de
vin. Je lui dis alors :

— Je dois certainement m'en aller.

Mais chacun de ces mots me faisait saigner le cœur,
comme le sel brûle dans une plaie, car je ne voulais pas
la perdre et tout instant passé loin d'elle serait vide
pour moi.

— Où veux-tu aller ? me demanda-t-elle avec un
étonnement feint.

— Je veillerai toute la nuit devant ta porte. J'irai
sacrifier dans tous les temples de Thèbes pour remercier les dieux de t'avoir rencontrée enfin, car depuis
que je t'ai vue, je crois de nouveau aux dieux. J'irai
cueillir des fleurs aux arbres pour les semer sur ton
passage, quand tu sortiras de chez toi. J'irai acheter de
la myrrhe pour en oindre les montants de ta porte.

Mais elle sourit et dit :

— Il vaut mieux que tu ne sortes pas, car j'ai déjà
des fleurs et de la myrrhe. Il vaut mieux que tu ne
sortes pas, car excité par le vin tu pourrais échouer
chez d'autres femmes, et je ne le veux point.

Ces paroles m'enthousiasmèrent à un tel degré que je
voulus la prendre, mais elle me repoussa en disant :

— Cesse ! Mes domestiques nous voient et je ne
veux pas que, alors même que j'habite seule, on me
prenne pour une femme méprisable. Mais puisque tu
as été franc avec moi, je veux aussi être franche avec
toi. C'est pourquoi nous ne ferons pas encore ce qui t'a
amené ici, mais nous irons au jardin où je te raconterai
une légende.

Elle m'entraîna dans le jardin éclairé par la lune, et
les myrtes et les acacias embaumaient, les lotus avaient

fermé leurs fleurs pour la nuit dans le bassin au bord pavé de pierres de couleurs. Les domestiques versèrent de l'eau sur nos mains et nous apportèrent une oie rôtie et des fruits au miel, et Nefernefernefer dit :

— Mange et réjouis-toi avec moi, Sinouhé.

Mais la passion me serrait la gorge et je ne pus avaler un seul morceau. Elle m'observait d'un air espiègle et se régalait, et chaque fois qu'elle me regardait la lune se reflétait dans ses yeux. Quand elle eut fini de manger, elle dit :

— Je t'ai promis une légende et je vais te la raconter, car l'aube est encore lointaine et je n'ai pas sommeil. C'est la légende de Satné et de Tabouboué, prêtresse de Bastet.

— J'ai déjà entendu cette légende, lui dis-je sans pouvoir dominer mon impatience. Je l'ai entendue maintes fois, ma sœur. Viens avec moi, afin que je te prenne dans mes bras sur ton lit et que tu dormes contre moi. Viens, ma sœur, car mon corps est malade de langueur, et si tu ne viens pas, je me blesserai le visage sur les pierres et je hurlerai de passion.

— Silence, silence, Sinouhé, dit-elle en me touchant de la main. Tu es trop violent, tu me fais peur. Je veux te raconter une légende pour te calmer. Il arriva que Satné, fils de Khemvésé, en cherchant le livre cadenassé de Thoth, aperçut dans le temple Tabouboué, prêtresse de Bastet, et il en fut si bouleversé qu'il envoya son serviteur lui offrir dix deben d'or pour qu'elle passât une heure à se divertir avec lui. Mais elle lui dit : « Je suis une prêtresse et pas une femme méprisable. Si ton maître désire vraiment ce qu'il dit, qu'il vienne dans ma maison où personne ne nous verra, si bien que je n'aurai pas à me conduire comme une fille de rue. » Satné en fut ravi et se rendit aussitôt dans la maison où Tabouboué lui souhaita la bienvenue et lui offrit du vin. Après s'être ainsi réjoui le cœur, il voulut accomplir ce qui l'avait amené là-bas, mais elle lui dit : « N'oublie pas que je suis une prêtresse et pas une femme méprisable. Si vraiment tu désires avoir ton plaisir de moi, tu dois me donner tes biens et ta fortune, ta maison et tes champs et tout ce que tu possèdes. » Satné la regarda et envoya chercher un scribe qui rédigea un acte par lequel il cédait à Tabouboué tout ce qu'il possédait. Alors elle se leva, se vêtit de lin royal à travers lequel ses membres apparaissaient comme ceux des déesses, et elle se fit belle. Mais quand il voulut passer à la chose pour laquelle il était venu, elle le repoussa et dit : « N'oublie pas que je suis une prêtresse et pas une femme méprisable. C'est pourquoi tu dois chasser ta femme, afin que je n'aie pas à craindre que ton cœur se tourne vers elle. » Il la regarda et envoya des serviteurs chasser sa femme. Alors elle lui dit : « Entre dans ma chambre et étends-toi sur mon lit, tu recevras ta récompense. » Il alla s'étendre sur le lit, mais alors survint un esclave qui lui dit : « Tes enfants sont ici et réclament leur mère en pleurant. » Mais il fit la sourde oreille et voulut passer à la chose pour laquelle il était venu. Alors Tabouboué dit : « Je suis une prêtresse et pas une femme méprisable. C'est pourquoi je me dis que tes enfants pourraient chercher querelle aux miens pour ton héritage. Cela ne doit pas arriver et tu dois me permettre de tuer tes enfants. » Satné lui donna la permission de tuer ses enfants en sa présence et de jeter les corps par la fenêtre aux chiens et aux chats. Tout en buvant du vin avec elle, il entendit les chiens et les chats se disputer la chair de ses enfants.

Alors je l'interrompis, et mon cœur se contracta dans ma poitrine, comme aux jours de mon enfance quand ma mère me racontait cette légende. Je dis :

— Mais ce n'est qu'un songe. Car en s'étendant sur le lit de Tabouboué, Satné entendit un cri et se réveilla. Et il était comme s'il avait passé dans une fournaise ardente, il n'avait plus un lambeau de vêtement sur le corps. Tout n'avait été qu'un songe.

Mais Nefernefernefer dit tranquillement :

— Satné a eu un songe et s'est éveillé, mais bien d'autres ne se sont réveillés de leur songe que dans la Maison de la Mort. Sinouhé, je dois te dire que moi aussi je suis une prêtresse et pas une femme méprisable. Mon nom pourrait aussi être Tabouboué.

Mais le clair de lune jouait dans ses yeux et je ne la crus pas. C'est pourquoi je la pris dans mes bras, mais elle se dégagea et me demanda :

— Sais-tu pourquoi Bastet, la déesse de l'amour, est représentée avec une tête de chat ?

— Je me moque des chats et des dieux, dis-je en cherchant à la prendre, les yeux humides de passion.

Mais elle me repoussa et dit :

— Tu pourras bientôt toucher mes membres et mettre ta main sur ma poitrine et mon sein, si cela est propre à te calmer, mais tu dois d'abord m'écouter et savoir que la femme est pareille au chat et que la passion aussi est comme un chat. Ses pattes sont douces, mais elles recèlent des griffes acérées qui plongent sans pitié jusqu'au cœur. Vraiment, la femme

est pareille au chat, car le chat aussi jouit de tourmenter sa victime et de la faire souffrir de ses griffes sans
jamais se lasser de ce jeu. Une fois sa victime paralysée,
il la dévore et en cherche une autre. Je te raconte tout
cela pour être franche avec toi, car je ne voudrais pas te
faire du mal. Non, en vérité, je ne voudrais pas te faire
le moindre mal, répéta-t-elle.

D'un air distrait, elle me prit les mains et en mit une
sur son sein et l'autre sur sa cuisse. Je me mis à
trembler et des larmes jaillirent de mes yeux. Mais
brusquement elle repoussa mes mains et dit :

— Je m'appelle Tabouboué. Maintenant que tu le
sais, sauve-toi et ne reviens jamais chez moi, afin que je
ne te fasse pas de mal. Mais si tu restes, tu ne pourras
rien me reprocher des ennuis qui pourraient t'arriver.

Elle me laissa le temps de réfléchir, mais je ne partis
pas. Alors elle eut un léger soupir, comme si elle était
lasse de ce jeu, et elle dit :

— D'accord. Je dois certainement te donner ce que
tu es venu chercher. Mais ne sois pas trop ardent, car je
suis fatiguée et je crains de m'endormir dans tes bras.

Elle m'emmena dans sa chambre. Son lit était en
ivoire et en bois noir. Elle se déshabilla et m'ouvrit les
bras. J'avais le sentiment que mon corps et mon cœur
et tout mon être étaient réduits en cendres. Mais
bientôt elle bâilla et dit :

— Je suis vraiment fatiguée et je crois réellement
que tu n'as encore jamais touché à une femme, car tu es
bien gauche et tu ne me donnes aucun plaisir. Mais un
jeune homme qui vient pour la première fois chez une
femme lui fait un cadeau irremplaçable. C'est pourquoi

je ne te demande rien d'autre. Va maintenant et laisse-moi dormir, car tu as reçu ce que tu cherchais ici.

Je voulus l'embrasser de nouveau, mais elle me repoussa et me renvoya, si bien que je rentrai chez moi. Mais mon corps était embrasé, en moi tout bouillonnait, et je savais que jamais je ne pourrais l'oublier.

6

Le lendemain, je dis à mon serviteur Kaptah de renvoyer tous les malades qui se présenteraient, en les engageant à s'adresser à un autre médecin. Je me rendis chez le coiffeur, je me lavai et me purifiai, je m'oignis d'onguents parfumés.

Je commandai une chaise à porteur pour aller chez Nefernefernefer sans souiller mes pieds et mes habits à la poussière de la rue. Mon esclave borgne me suivit d'un regard inquiet et secoua la tête, car je n'avais encore jamais quitté mon travail en plein jour, et il craignait de voir diminuer les présents, si je négligeais mes malades. Mais mon esprit était accaparé par une pensée unique et mon cœur brûlait comme dans un brasier. Et pourtant cette flamme était délicieuse.

Un serviteur me fit entrer et me conduisit dans la chambre de sa maîtresse. Elle se fardait devant un miroir et me regarda de ses yeux durs et indifférents comme les pierres vertes.

— Que veux-tu, Sinouhé ? demanda-t-elle. Ta présence m'importune.

— Tu sais bien ce que je veux, dis-je en cherchant à l'embrasser, car je me rappelais sa bienveillance de la dernière nuit.

Mais elle me repoussa avec impatience.

— Tu es méchant ou malveillant, puisque tu me déranges, dit-elle avec vivacité. Ne vois-tu pas que je dois me faire belle, car j'attends un riche marchand de Sidon qui possède un bijou de reine trouvé dans une tombe. Ce soir, on m'offrira ce bijou que je convoite, car personne n'en a un pareil. C'est pourquoi je dois me parer et me faire masser.

Sans pudeur, elle se dévêtit et s'étendit sur son lit, pour qu'une esclave pût l'oindre et la masser. Le cœur me monta à la gorge et mes mains se couvrirent de sueur, tandis que j'admirais sa beauté.

— Pourquoi restes-tu ici, Sinouhé ? demanda-t-elle après le départ de l'esclave. Pourquoi n'es-tu pas parti ? Je dois m'habiller.

Alors la passion s'empara de moi et je me jetai sur elle, mais elle se débattit habilement, et je fondis en larmes dans mon ardeur impuissante. Pour finir, je lui dis :

— Si j'en avais les moyens, je t'achèterais ce bijou, tu le sais bien. Mais je ne veux pas qu'un autre te touche. Je préfère mourir.

— Vraiment ? dit-elle en fermant les yeux. Tu veux que personne ne m'embrasse ? Et si je te sacrifiais cette journée ? Et si je buvais et me divertissais avec toi aujourd'hui, car de demain nul n'est certain ? Que me donnerais-tu ?

Elle écarta les bras et se prélassa sur son lit, et tout son beau corps était soigneusement épilé.

— Que me donnerais-tu ? répéta-t-elle en me regardant.

— Je n'ai rien à te donner, dis-je en admirant son lit qui était d'ivoire et d'ébène, le plancher de lapis-lazuli orné de turquoises, les nombreux vases d'or. Non, je ne possède vraiment rien que je puisse te donner.

Et mes genoux fléchirent. Je fis mine de me retirer, mais elle me retint.

— J'ai pitié de toi, Sinouhé, dit-elle à voix basse en s'étirant voluptueusement. Tu m'as déjà donné ce que tu avais de plus précieux, bien qu'après coup je trouve qu'on en exagère beaucoup l'importance. Mais tu possèdes encore une maison, des habits et des instruments de médecin. Tu n'es pas tout à fait pauvre.

Je tremblais de la tête aux pieds, mais je répondis tout de même :

— Tout sera à toi, Nefernefernefer, si tu le désires. Tout sera à toi si tu te divertis avec moi aujourd'hui. Certes, la valeur n'en est pas bien grande, mais la maison est installée pour un médecin, et un élève de la Maison de la Vie pourrait en donner un bon prix, si ses parents ont de la fortune.

— Vraiment ? dit-elle en tournant son dos nu vers moi pour se regarder dans un miroir et corriger de ses doigts fins les lignes noires de ses sourcils. Soit, comme tu le veux. Va chercher un scribe pour rédiger l'acte, afin que je puisse transférer en mon nom tout ce que tu possèdes. Car bien que j'habite seule, je ne suis point une femme méprisable et je dois penser à l'avenir, si jamais tu m'abandonnes, Sinouhé.

Je regardais son dos nu, ma langue devenait épaisse dans ma bouche, et mon cœur battait si follement que je me détournai et courus chercher un scribe qui rédigea rapidement tous les papiers nécessaires et alla les déposer dans les archives royales. Quand je revins, Nefernefernefer était vêtue de lin transparent, elle portait une perruque rouge comme le feu, son cou, ses poignets et ses chevilles s'ornaient de bijoux merveilleux, et une splendide litière l'attendait devant la maison. Je lui remis le reçu du scribe :

— Tout ce que je possède est maintenant à toi, Nefernefernefer, tout est à toi, jusqu'aux vêtements que je porte. Mangeons et buvons et divertissons-nous aujourd'hui, car de demain nul n'est certain.

Elle prit le papier et l'enferma négligemment dans un coffret d'ébène, en disant :

— Je suis désolée, Sinouhé, mais je viens de m'apercevoir que j'ai mes règles, si bien que tu ne peux me toucher. C'est pourquoi il vaut mieux que tu te retires, pour que je puisse me purifier, car j'ai la tête lourde et des douleurs aux reins. Tu peux revenir une autre fois, et tu obtiendras ce que tu désires.

Je la regardai, la mort dans l'âme, sans pouvoir parler. Elle s'impatienta et frappa du pied en disant :

— Va-t'en, car je suis pressée.

Quand je voulus la toucher, elle cria :

— Tu vas brouiller mon fard !

Je rentrai chez moi et mit tout en ordre pour le nouveau propriétaire. Mon esclave borgne me suivait pas à pas en hochant la tête, sa présence finit par m'excéder et je lui dis avec violence :

— Cesse de me suivre, car je ne suis plus ton maître. Sois obéissant à ton nouveau maître, quand il viendra, et ne le vole pas autant que tu m'as volé, car sa canne sera peut-être plus dure que la mienne.

Alors il se prosterna devant moi et leva la main au-dessus de sa tête en signe de deuil, puis il versa des larmes amères en disant :

— Ne me renvoie pas, ô maître, car mon vieux cœur s'est attaché à toi et il se brisera si tu me chasses. Je t'ai toujours été fidèle, bien que tu sois très jeune et simple, et ce que je t'ai dérobé, je l'ai pris en tenant compte de ton propre intérêt et en calculant ce qu'il valait la peine de te dérober. Avec mes vieilles jambes j'ai couru les rues pendant les heures chaudes de la journée en chantant ton nom et ta réputation de guérisseur en dépit des serviteurs des autres médecins qui me donnaient des coups de bâton ou me lançaient des crottes.

Mon cœur était plein de sel, un goût amer m'empestait la bouche ; mais pourtant je fus ému et je le touchai de la main à l'épaule en lui disant :

— Lève-toi, Kaptah !

Tel était bien son nom, mais je ne l'appelais jamais ainsi, pour ne pas qu'il en fût flatté et se crût mon égal. Quand je l'appelais, je disais habituellement : « esclave, imbécile, vaurien » ou « voleur ».

En entendant son nom, il redoubla de larmes et toucha de son front mes mains et mes jambes, il posa mon pied sur sa tête. Mais je finis par me fâcher et lui allongeai un coup de bâton en lui ordonnant de se lever.

— Rien ne sert de pleurer, lui dis-je. Mais sache bien que je ne t'ai pas cédé à autrui par dépit, car je suis content de tes services, bien que trop souvent tu manifestes ton impertinence en claquant les portes et en bousculant la vaisselle. Quant à tes larcins, je ne t'en veux pas, car c'est un droit de l'esclave. Il en fut ainsi, il en sera toujours ainsi. Mais je suis obligé de renoncer à tes services, parce que je n'ai rien d'autre à donner. J'ai aussi cédé ma maison et tout ce que je possède, si bien que même les vêtements que je porte ne sont plus à moi. C'est pourquoi tu as beau pleurer devant moi.

Alors Kaptah se leva, se gratta la tête et se mit à parler :

— C'est un jour néfaste.

Il réfléchit un moment et ajouta :

— Tu es un grand médecin, Sinouhé, bien que tu sois jeune, et le monde entier s'ouvre à toi. C'est pourquoi tu ferais sagement de rassembler tous tes biens les plus précieux et de détaler avec moi cette nuit, dans l'obscurité, pour nous cacher dans un bateau dont le capitaine ne serait pas trop minutieux, et on descendrait le fleuve. Dans les deux royaumes il existe de nombreuses villes, et si l'on te reconnaît comme un homme recherché par la justice ou si l'on me reconnaît comme un esclave fugitif, nous irons dans les pays rouges où personne ne saura qui nous sommes. On pourra gagner les îles de la mer, où les vins sont lourds et les femmes joyeuses. De même dans le pays de Mitanni et à Babylone, où les fleuves coulent à contresens, on honore grandement la médecine égyptienne, si bien que tu pourras t'y enrichir et je serai le serviteur d'un homme considéré. Dépêche-toi, mon maître, afin que nous puissions tout préparer avant la tombée de la nuit.

Il me tira par la manche.

— Kaptah! Cesse de m'importuner de tes vains bavardages, car mon cœur est sombre comme la mort et mon corps n'est plus à moi. Je suis lié par des entraves qui sont plus solides que des fils de cuivre, bien que tu ne les voies pas. C'est pourquoi je ne peux fuir, car tout instant passé loin de Thèbes serait pour moi pire qu'une fournaise ardente.

Mon serviteur s'assit sur le plancher, car ses jambes étaient pleines de varices que je soignais de temps en temps. Il dit :

— Amon nous a manifestement abandonnés, ce qui ne m'étonne guère, car tu ne vas pas souvent lui porter des offrandes. Moi, en revanche, je lui ai scrupuleusement offert le cinquième de ce que je te volais, pour le remercier d'avoir un maître jeune et simple, mais malgré tout il m'a aussi abandonné. Peu importe. Il nous faut simplement changer de dieu et offrir rapidement nos hommages à un autre dieu qui peut-être détournera le mal de nous et remettra tout en ordre.

— Cesse de radoter, dis-je en regrettant déjà de l'avoir appelé par son nom, puisqu'il devenait si vite familier. Tes paroles sont comme un bourdonnement de mouche dans mes oreilles, et tu oublies que nous n'avons plus rien à offrir, puisqu'un autre possède tout ce que nous avons.

— Est-ce un homme ou une femme ? demanda-t-il avec curiosité.

— Une femme, répondis-je.

Car pourquoi le lui aurais-je caché ? A ces mots il se remit à pleurer, s'arracha les cheveux et cria :

— Pourquoi suis-je né dans ce monde ? O ma mère, pourquoi ne m'as-tu pas étouffé avec le cordon ombili-

cal le jour même de ma naissance ? Car il n'est pas de
destin plus cruel pour un esclave que de servir une
maîtresse sans cœur, et elle est certainement sans cœur,
la femme qui t'a traité ainsi. Elle m'ordonnera de
sauter et de trotter du matin au soir avec mes jambes
malades, elle me piquera avec ses épingles et me rouera
de coups. Voilà qui m'attend, bien que j'aie sacrifié
à Amon pour le remercier de m'avoir donné un maître
jeune et inexpérimenté.

— Elle n'est pas sans cœur, dis-je (car l'homme est
si insensé que je consentais à parler d'elle avec un
esclave, puisque je n'avais pas d'autre confident). Nue
sur son lit, elle est plus belle que la lune et ses membres
sont lisses sous les onguents précieux et ses yeux sont
verts comme le Nil sous le soleil estival. Ton sort est
digne d'envie, Kaptah, parce que tu pourras vivre près
d'elle et respirer l'air qu'elle respire.

Kaptah redoubla ses cris :

— Elle me vendra sûrement comme porteur de
mortier ou ouvrier de mines, mes poumons halèteront
et le sang jaillira sous mes ongles, et je crèverai dans la
fange comme un âne épuisé.

Je savais dans mon cœur qu'il avait probablement
raison, car dans la maison de Nefernefernefer il n'y
avait pas de place ni de pain pour un homme de sa
sorte. Les larmes me vinrent aussi aux yeux, mais je ne
sais pas si je pleurais sur lui ou sur moi. A cette vue, il
se tut et me regarda avec anxiété. Mais je me pris la tête
dans les mains et je pleurai, sans me soucier d'être vu
de mon esclave. Kaptah me toucha la tête de sa large
main et dit mélancoliquement :

— Tout ceci est de ma faute, parce que je n'ai pas

mieux veillé sur mon maître. Mais je ne savais pas qu'il était candide et pur comme un drap encore jamais lavé. Autrement, je n'y comprends rien. A la vérité, je me suis souvent étonné que mon maître ne m'ait jamais envoyé chercher une fille en rentrant de l'auberge. Et les femmes que je t'adressais pour qu'elles se découvrent devant toi et t'incitent à te divertir avec elles, tu les renvoyais insatisfaites, et elles me traitaient de rat et de bousier. Et pourtant, parmi elles, il y avait des femmes relativement jeunes et jolies. Mais toute ma sollicitude a été inutile, et dans ma bêtise je me réjouissais que tu n'amènes pas à la maison une femme qui me donnerait des coups ou lancerait de l'eau chaude sur mes pieds en se disputant avec toi. Que j'étais bête ! Quand on jette un premier tison dans une cabane de pisé, elle flambe tout de suite.

Il ajouta encore :

— Pourquoi ne m'as-tu pas demandé de conseils dans ton inexpérience ? Car j'ai vu bien des choses et je sais beaucoup de choses, bien que tu ne le croies pas. Moi aussi j'ai couché avec des femmes, il y a certes belle lurette, et je puis t'assurer que le pain, la bière et la panse pleine valent mieux que le sein de la femme même la plus belle. Hélas, maître, quand un homme va chez une femme, il doit emporter une canne, sinon la femme le domine et l'attache avec des liens qui s'enfoncent dans la chair comme un fil mince et qui frottent le cœur, comme une pierre dans la sandale râpe le pied. Par Amon, ô maître, tu aurais dû amener ici des filles, toute cette misère nous aurait été épargnée. Tu as perdu ton temps dans les tavernes et

les maisons de joie, puisqu'une femme a fait de toi son
esclave.

Il continua de parler longtemps ainsi, mais ses
paroles n'étaient qu'un bourdonnement de mouche
dans mes oreilles. Il finit par se calmer, et il me prépara
un repas et versa de l'eau sur mes mains. Mais je ne pus
manger, car mon corps était embrasé, et toute la soirée
une seule et unique pensée m'accapara l'esprit.

LIVRE IV

Nefernefernefer

1

De bonne heure, je me rendis chez Nefernefernefer, mais elle dormait encore, et ses domestiques dormaient aussi, et ils pestèrent contre moi et me jetèrent de l'eau sale lorsque je les eus réveillés. C'est pourquoi je m'assis sur le seuil comme un mendiant jusqu'au moment où j'entendis du bruit et des voix dans la maison.

Nefernefernefer était étendue sur son lit, et son visage était petit et mince, et ses yeux étaient encore embués par le vin.

— Tu m'ennuies, Sinouhé, dit-elle. Vraiment tu m'ennuies beaucoup. Que veux-tu ?

— Je veux boire et manger et me divertir avec toi, répondis-je la gorge serrée, ainsi que tu me l'as promis.

— C'était hier, et aujourd'hui est un autre jour, dit-elle, tandis que son esclave lui enlevait sa robe froissée et lui massait les membres avec des onguents.

Puis elle se mira dans une glace et se farda, elle mit sa perruque et prit un diadème dans l'or duquel étaient serties des perles et des pierres précieuses et qu'elle se posa sur le front.

— Cette parure est belle, dit-elle. Elle vaut certainement son prix, bien que je sois fort lasse et que mes
membres soient épuisés, comme si j'avais lutté toute la
nuit.

Elle bâilla et but une gorgée de vin pour se remettre.
Elle m'offrit aussi du vin, mais je le bus sans plaisir
devant elle.

— Ainsi, tu m'as menti hier, en me disant que tu ne
pouvais te divertir avec moi. Mais je savais hier déjà
que ce n'était pas vrai.

— Je me suis trompée, dit-elle. C'était pourtant le
moment. Je suis fort inquiète, et peut-être suis-je
enceinte de tes œuvres, Sinouhé, car j'ai été faible dans
tes bras et tu étais fougueux.

Mais en disant ces mots elle souriait d'un air
espiègle, si bien que je compris qu'elle se moquait de
moi.

— Ce bijou provient certainement d'une tombe
royale de Syrie, lui dis-je. Je me rappelle que tu m'en
as parlé hier.

— Oh, fit-elle. En réalité je l'ai trouvé sous l'oreiller
d'un commerçant syrien, mais tu n'as pas à t'inquiéter,
car le bonhomme est ventru, gras comme un porc, et il
pue l'ail. Je ne veux plus jamais le revoir, maintenant
que j'ai obtenu ce que je convoitais.

Elle ôta sa perruque et le diadème et les laissa
négligemment tomber sur le plancher à côté du lit, puis
elle s'étendit. Son crâne était lisse et beau, et elle étira
tout son corps, en mettant les mains sous sa nuque.

— Je suis faible et lasse, Sinouhé, dit-elle. Tu
abuses de mon épuisement en me dévorant ainsi des
yeux alors que je ne peux l'empêcher. Tu dois te

rappeler que je ne suis point une femme méprisable, bien que j'habite seule, et que je dois veiller sur ma réputation.

— Tu sais que je n'ai plus rien à t'offrir, puisque tu possèdes déjà tout ce que j'avais, lui dis-je en penchant le front sur son lit.

Et je sentis l'odeur de ses onguents et le parfum de sa peau. Elle me caressa les cheveux, mais elle retira vite sa main, éclata de rire et secoua la tête.

— Comme les hommes sont perfides et trompeurs, dit-elle. Toi aussi tu me mens, mais je t'aime et je suis faible, Sinouhé. Tu m'as dit une fois que mon sein brûlait plus que la flamme, mais ce n'est pas du tout vrai. Tu peux tâter ma poitrine, elle est fraîche et douce pour toi. Et mes seins aimeraient tes caresses, car ils sont fatigués.

Mais quand je voulus me divertir avec elle, elle me repoussa, se mit sur son séant et dit d'un ton vexé :

— Bien que je sois faible et seule, je ne permets pas à un homme perfide de me toucher. Car tu ne m'as pas dit que ton père Senmout possède une maison dans le quartier des pauvres. Certes, elle n'a pas grande valeur, mais le terrain est proche des quais, et on pourrait tirer quelque chose du mobilier en le vendant sur la place. Peut-être pourrais-je boire et manger et me divertir avec toi aujourd'hui, si tu me donnais ces biens, car de demain nul n'est certain, et je dois veiller sur ma réputation.

— La fortune de mon père n'est pas à moi, dis-je avec effroi. Tu ne peux me demander ce qui ne m'appartient pas, Nefernefernefer.

Mais elle pencha la tête et me regarda de ses yeux verts, et son visage était pâle et fin, quand elle me dit :

— La fortune de ton père est ton héritage légal, Sinouhé, tu le sais fort bien, car tes parents n'ont pas de fille qui aurait la priorité pour l'héritage, mais tu es fils unique. Tu me caches aussi que ton père est aveugle et qu'il t'a remis son sceau, avec le droit de gérer ses biens et d'en disposer comme s'ils étaient à toi.

C'était vrai. Sur le point de perdre la vue, Senmout mon père m'avait confié son cachet et chargé de veiller à ses intérêts, car il ne pouvait plus signer son nom. Kipa et lui disaient souvent que la maison devrait être vendue pour un bon prix, afin qu'ils puissent s'acheter une petite ferme en dehors de la ville pour y vivre jusqu'au jour où ils entreraient dans la tombe et avanceraient vers la vie éternelle.

Je ne sus que répondre, tant me remplissait d'horreur l'idée que j'allais tromper mon père et ma mère qui avaient toute confiance en moi. Mais Neferneferefer ferma à demi les yeux et dit :

— Prends ma tête dans tes mains et pose tes lèvres sur ma poitrine, car tu as quelque chose qui me rend faible, Sinouhé. C'est pourquoi je néglige pour toi mes vrais intérêts, et toute cette journée je me divertirai avec toi, si tu me cèdes la fortune de ton père, bien qu'elle n'ait pas grande valeur.

Je pris sa tête dans mes mains, et elle était petite et lisse dans mes mains, et une excitation indicible s'empara de moi :

— Qu'il en soit comme tu le désires, lui dis-je.

Et ma voix se brisa. Mais lorsque je voulus la toucher, elle dit :

— Tu auras bientôt ce que tu désires, mais va d'abord chercher un scribe pour qu'il rédige tous les actes conformément aux lois, car je ne me fie pas aux promesses des hommes qui sont tous perfides, et je dois veiller sur ma réputation.

J'allai chercher un scribe, et chacun de mes pas me fut une souffrance. Je pressai le scribe, j'apposai le cachet de mon père sur le papier, si bien que le scribe put remettre le même jour le document aux archives. Mais je n'avais plus ni argent ni cuivre pour le payer, et il en fut mécontent, mais il consentit à attendre le payement jusqu'au jour où l'on vendrait la maison, ce qui fut aussi consigné sur l'acte de cession.

A mon retour chez Nefernefernefer, les domestiques me dirent que leur maîtresse dormait, et je dus attendre son réveil jusqu'au soir. Enfin elle me reçut et je lui remis le papier du scribe qu'elle enferma négligemment dans un coffret noir.

— Tu es obstiné, Sinouhé, dit-elle, mais je suis une femme honnête et je tiens toujours mes promesses. Prends donc ce que tu es venu chercher.

Elle s'étendit sur son lit et m'ouvrit ses bras, mais elle ne se divertit pas du tout avec moi : elle détourna la tête pour se mirer dans une glace et de la main elle étouffait ses bâillements, si bien que la jouissance que je désirais ne fut que cendres pour moi. Quand je me levai, elle me dit :

— Tu as reçu ce que tu voulais, Sinouhé. Laisse-moi maintenant en paix, car tu m'ennuies prodigieuse-ment. Tu ne me donnes pas le moindre plaisir, car tu

es gauche et violent, et tes mains me font mal. Mais je
ne veux pas t'énumérer les peines que tu me causes,
puisque tu es si nigaud. Allons, retire-toi vite. Tu
pourras revenir un autre jour, à moins que tu ne sois
déjà rassasié de moi.

J'étais comme une coquille d'œuf vide. Tout chancelant je la quittai et rentrai chez moi. Je voulais
m'enfermer dans une chambre obscure pour y enfouir
ma tête dans mes mains et gémir sur mon infortune et
ma misère, mais sur le seuil était assis un homme avec
une perruque tissée et un costume syrien bigarré. Il me
salua avec arrogance et me demanda un conseil de
médecin.

— Je ne reçois plus de malades, car cette maison
n'est plus à moi, lui dis-je.

— J'ai des varices, ajouta-t-il dans une langue
parsemée de mots syriens. Ton brave esclave Kaptah
t'a recommandé à moi pour ton savoir en matière de
varices. Délivre-moi de mes douleurs, et tu n'auras pas
à t'en repentir.

Il était si insistant que je finis par le faire entrer et
que j'appelai Kaptah pour qu'il m'apportât de l'eau
chaude pour me laver. Mais Kaptah était absent, et
c'est seulement en examinant les varices du Syrien que
je reconnus que c'étaient celles de mon esclave. Kaptah
enleva sa perruque et éclata de rire.

— Qu'est-ce donc que cette farce ? lui dis-je en lui
donnant un coup de canne qui transforma ses rires en
gémissements.

Quand j'eus jeté la canne, il me dit :

— Puisque je ne suis plus ton esclave, mais celui
d'un autre, je peux bien t'avouer que je me propose de

fuir, et j'ai essayé de voir si mon déguisement était bon.

Je lui rappelai les châtiments réservés aux esclaves marrons, et je lui dis qu'il se ferait certainement prendre un jour, car de quoi vivrait-il ? Mais il me répondit :

— Après avoir bu beaucoup de bière cette nuit, j'ai eu un rêve. Dans ce rêve, toi, mon maître, tu étais étendu dans une fournaise, mais je survenais brusquement et, après t'avoir couvert de reproches, je te tirais par la nuque et te plongeais dans une eau courante qui t'emportait au loin. Je suis allé au marché et j'ai demandé à un oniromancien ce que signifiait mon rêve, et il m'a dit que mon maître courait un grand danger, que je recevrais de nombreux coups de bâton à cause de mon impertinence et que mon maître allait entreprendre un long voyage. Ce rêve est vrai, car il suffit de voir ton visage pour savoir que tu es en grand danger ; quant aux coups de canne, je les ai déjà reçus, si bien que la fin du songe doit être vraie aussi. C'est pourquoi je me suis procuré ce costume, afin qu'on ne me reconnaisse pas, car sérieusement je compte bien t'accompagner en voyage.

— Ta fidélité me touche, Kaptah, lui dis-je en affectant un ton ironique. Il se peut qu'un long voyage m'attende, mais si c'est le cas, il me conduira à la Maison de la Mort, et tu ne tiendras guère à m'y suivre.

— De demain nul n'est certain, dit-il effrontément. Tu es encore jeune et vert comme un veau que sa mère n'a pas assez léché. C'est pourquoi je n'ose pas te laisser partir seul pour le pénible voyage à la Maison de la Mort et au pays de l'occident. Il est probable que je t'accompagnerai pour t'aider de mes expériences, car mon cœur s'est attaché à toi, en dépit de toute ta folie, et je n'ai pas de fils, bien que j'aie probablement engendré bien des enfants. Mais je ne les ai jamais vus, et c'est pourquoi je veux penser que tu es mon fils. Je ne dis pas cela pour te mépriser, mais pour te montrer quels sont mes sentiments envers toi.

Son effronterie dépassait les bornes, mais je renonçai à le rosser, parce qu'il n'était plus mon esclave. Je m'enfermai dans ma chambre, je me couvris la tête et je dormis comme un mort jusqu'au matin, car lorsque la honte et le repentir sont assez grands, ils agissent comme un soporifique. Mais dès que j'ouvris les yeux, je pensai à Nefernefernefer, à ses yeux et à son corps et je crus la serrer dans mes bras et caresser sa tête lisse. Pourquoi? je ne le sais pas, peut-être m'avait-elle enchanté par un sortilège mystérieux, et pourtant je ne crois guère à la magie. Tout ce que je sais, c'est que je fis ma toilette et me fardai pour aller chez elle.

2

Elle me reçut dans le jardin, près de l'étang aux lotus. Ses yeux étaient brillants et joyeux et plus verts que l'eau du Nil. Elle poussa un cri en me voyant et dit :

— Oh, Sinouhé, tu me reviens quand même. Peut-être ne suis-je pas encore vieille et laide, puisque tu n'es pas rassasié de moi. Que veux-tu de moi ?

Je la regardai, comme un affamé regarde du pain, et elle pencha la tête, prit un air fâché et dit :

— Sinouhé, Sinouhé, désires-tu vraiment te divertir de nouveau avec moi ? Certes, j'habite seule, mais je ne suis pas pour cela une femme méprisable et je dois songer à ma réputation.

— Je t'ai cédé hier toute la fortune de mon père, lui dis-je. Maintenant il est ruiné, bien qu'il ait été un médecin respecté, et il devra peut-être mendier le pain de ses vieux jours, et ma mère ira faire des lessives.

— Hier était hier et aujourd'hui est aujourd'hui, dit-elle en me regardant les yeux mi-clos. Mais je ne suis pas exigeante et je te permets volontiers de t'asseoir à côté de moi et tu peux me prendre la main, si cela t'amuse. Aujourd'hui mon cœur est joyeux et je veux partager avec toi la joie de mon cœur, bien que je n'ose probablement pas me divertir avec toi de quelque autre manière.

Elle me regardait malicieusement, elle souriait en me caressant le genou.

— Tu ne me demandes pas pourquoi mon cœur est joyeux, dit-elle sur un ton de reproche. Mais je peux tout de même te le dire. Sache donc qu'un noble vient d'arriver du bas pays, et il apporte un vase en or qui pèse près de cent deben et dont les flancs sont ornés de nombreux dessins amusants. Il est vieux et si maigre que ses os me piqueront probablement les cuisses, mais je crois que demain ce beau vase décorera ma maison. C'est que je ne suis pas une femme méprisable, et je dois veiller avec vigilance sur ma réputation.

Elle respira profondément, comme je ne disais rien, et elle regarda rêveusement les lotus et les autres fleurs du jardin. Puis elle se déshabilla sans hâte et se mit à nager dans l'étang. Sa tête émergeait de l'eau à côté des lotus, et elle était plus belle que les lotus. Elle se laissa flotter sur l'eau devant moi, un bras sous la nuque, et elle me dit :

— Tu es bien silencieux aujourd'hui, Sinouhé. J'espère que je ne t'ai pas vexé sans le vouloir. Si je puis compenser ma méchanceté, je le ferai volontiers.

Alors je ne pus plus me retenir :

— Tu sais fort bien ce que je veux, Nefernefernefer.

— Ton visage est rouge et toutes les artères battent dans tes tempes, Sinouhé, dit-elle. Tu ferais bien de te déshabiller et de venir te rafraîchir dans l'étang avec moi, car la journée est vraiment très chaude. Ici personne ne nous voit, tu n'as rien à redouter.

Je me déshabillai et descendis à côté d'elle, et sous l'eau mon flanc toucha le sien. Mais quand je voulus la prendre, elle s'enfuit en riant et m'aspergea le visage.

— Je sais bien ce que tu veux, Sinouhé, quoique je sois trop timide pour oser te regarder. Mais tu dois commencer par me donner un cadeau, car tu sais bien que je ne suis pas une femme méprisable.

Je m'emportai et lui criai :

— Tu es folle, Nefernefernefer, car tu sais bien que tu m'as dépouillé de tout. J'ai déjà honte de moi et je n'oserai plus rencontrer mes parents. Mais je suis encore médecin et mon nom est inscrit dans le Livre de la Vie. Peut-être qu'un jour je gagnerai assez pour te donner un cadeau digne de toi, mais prends pitié de moi, car même dans l'eau mon corps est comme dans les flammes et je me mords les doigts jusqu'au sang en te regardant.

Elle se remit à nager sur le dos, se balançant légèrement, et ses seins émergeaient comme des fleurs rouges.

— Un médecin exerce sa profession avec ses mains et ses yeux, n'est-ce pas, Sinouhé ? Sans mains et sans yeux tu ne serais plus un médecin, même si ton nom était inscrit mille fois dans le Livre de la Vie. Peut-être que je boirais et mangerais et me divertirais avec toi aujourd'hui, si tu me laissais te crever les yeux et te couper les mains, afin que je puisse les suspendre en guise de trophées au chambranle de ma porte, pour que mes amis me respectent et sachent que je ne suis pas une femme méprisable.

Elle me regarda sous ses sourcils peints en vert et reprit :

— Non, j'y renonce, car je ne ferais rien de tes yeux et tes mains pourriraient et attireraient les mouches. Mais ne pouvons-nous vraiment rien trouver que tu puisses me donner, car tu me rends faible, Sinouhé, et je suis impatiente en te voyant nu dans mon étang. Tu es certes gauche et inexpérimenté, mais je crois pouvoir au cours de la journée t'apprendre bien des choses que tu ignores encore, car je connais d'innombrables manières qui plaisent aux hommes et qui peuvent aussi amuser une femme. Réfléchis un peu, Sinouhé.

Mais lorsque j'essayai de la saisir, elle s'échappa, sortit de l'eau et se réfugia sous un arbre, toute dégoulinante.

— Je ne suis qu'une faible femme, et les hommes

sont perfides et traîtres, dit-elle. Toi aussi, Sinouhé, puisque tu continues à me mentir. Mon cœur est triste quand j'y pense, et les larmes ne sont pas loin, puisque manifestement tu es las de moi. Autrement tu ne me cacherais pas que tes parents se sont aménagé une belle tombe dans la Ville des défunts et qu'ils ont déposé au temple une somme suffisante pour que leurs corps soient embaumés et puissent supporter la mort et pour qu'ils aient le nécessaire durant le voyage vers le pays du Couchant.

En entendant ces mots, je me déchirai la poitrine, si bien que le sang coula, et je criai :

— En vérité, ton nom est Tabouboué, j'en suis certain maintenant.

Mais elle me répondit tranquillement :

— Tu ne dois pas me reprocher de ne pas vouloir être une femme méprisable. Ce n'est pas moi qui t'ai invité à venir ici, tu es venu tout seul. Mais c'est bien. Je sais maintenant que tu ne m'aimes pas, mais que tu viens seulement pour te moquer de moi, puisqu'une pareille bagatelle est un obstacle entre nous.

Les larmes roulèrent sur mes joues et je soupirai de chagrin, mais je m'approchai d'elle, et elle appuya légèrement son corps contre le mien.

— Cette idée est vraiment coupable et impie, lui dis-je. Je devrais priver mes parents de la vie éternelle et laisser leurs corps se dissoudre dans le néant, comme ceux des esclaves et des pauvres et ceux des criminels jetés dans le fleuve ? Est-ce donc ce que tu exiges de moi ?

Elle serra son corps nu contre le mien et dit :

— Cède-moi la tombe de tes parents, et je te

murmurerai à l'oreille le mot frère, et mon corps sera pour toi plein d'un feu délicieux et je t'enseignerai mille secrets que tu ignores et qui plaisent aux hommes.

Je ne pus plus me contenir et je fondis en larmes en disant :

— Je ferai ce que tu veux, et que mon nom soit maudit durant toute l'éternité. Mais je ne peux te résister, si grande est ta force magique sur moi.

Mais elle dit :

— Ne parle pas de magie en ma présence, car c'est une offense pour moi, parce que je ne suis pas une femme méprisable et que j'habite dans une maison à moi et que je veille sur ma réputation. Mais puisque tu es mal tourné et ennuyeux ; je vais envoyer un esclave chercher un scribe, et en l'attendant nous allons nous restaurer et boire du vin, pour que ton cœur se réjouisse et que nous puissions nous divertir ensemble, une fois que les papiers seront signés.

Elle partit d'un gai éclat de rire et rentra en courant.

Je m'habillai et la suivis, et les serviteurs me versèrent de l'eau sur les mains et s'inclinèrent devant moi, les mains à la hauteur des genoux. Derrière mon dos, ils riaient et se moquaient de moi, et je m'en aperçus fort bien, mais j'affectai de me comporter comme si leurs railleries n'étaient qu'un bourdonnement de mouche dans mes oreilles. Ils se turent dès que Nefernefernefer fut redescendue et nous mangeâmes et bûmes ensemble, et il y avait cinq espèces de viande et douze sortes de gâteaux et nous bûmes du vin mélangé qui monte vite à la tête. Le scribe arriva et rédigea les papiers nécessaires, par lesquels je cédais à

Nefernefernefer la tombe de mes parents dans la Ville
des défunts avec tout son mobilier et avec l'argent
déposé au temple, si bien qu'ils perdirent la vie
éternelle et la possibilité d'accomplir après leur mort le
voyage vers le pays du Couchant. J'apposai sur les
actes le cachet de mon père et je signai de son nom et le
scribe emporta les papiers pour les déposer tout de
suite dans les archives, afin qu'ils eussent force de loi.
Il remit à Nefernefernefer un reçu qu'elle plaça
négligemment dans son coffret noir, puis elle lui fit un
cadeau, si bien qu'il sortit après s'être incliné devant
elle, les mains à la hauteur des genoux.

Dès qu'il fut parti, je dis :

— Dès ce moment, je suis maudit et honni devant
les dieux et devant les hommes, Nefernefernefer.
Montre-moi maintenant que mon acte mérite sa récompense.

Mais elle répondit en souriant :

— Bois du vin, mon frère, pour que ton cœur se
réjouisse.

Quand je voulus la prendre, elle se dégagea et versa
du vin dans ma coupe. Au bout d'un instant, elle
regarda le soleil et dit :

— Tiens, le jour touche à sa fin. Que veux-tu
encore, Sinouhé ?

— Tu sais fort bien ce que je veux, lui dis-je.

Mais elle répondit :

— Tu sais que je dois aller m'habiller et me farder,
car une coupe d'or m'attend pour que j'en orne demain
ma maison.

Quand je voulus la toucher, elle m'échappa et appela

à haute voix, si bien que ses esclaves accoururent. Elle leur dit :

— Qui a laissé entrer cet importun mendiant ? Jetez-le vite à la rue et ne lui rouvrez plus jamais ma porte, et s'il insiste, donnez-lui du bâton.

Les esclaves me jetèrent dehors, car le vin et la colère m'avaient privé de forces, et ils me donnèrent des coups de bâton, parce que je ne voulais pas m'éloigner. Je me mis à crier et à hurler, et des gens s'attroupèrent, mais les esclaves leur dirent :

— Cet ivrogne a offensé notre maîtresse qui habite dans une maison à elle et qui n'est pas du tout une femme méprisable.

Ils me rouèrent alors de coups et m'abandonnèrent évanoui dans le ruisseau où les gens crachaient sur moi, tandis que les chiens m'arrosaient.

Ayant repris mes esprits et constaté ma triste situation, je renonçai à me lever et restai étendu sur place jusqu'à l'aube. L'obscurité me protégeait et il me semblait que je ne pourrais plus jamais aborder un être humain. L'héritier du trône m'avait appelé « Celui qui est solitaire », et vraiment j'étais solitaire parmi les hommes cette nuit. Mais à l'aube, lorsque les gens recommencèrent à circuler, que les marchands sortirent leurs étalages et que les bœufs passèrent avec les chariots, je sortis de la ville et me cachai trois jours et trois nuits sans boire ni manger dans les roseaux. Mon corps et mon cœur ne formaient qu'une plaie, et si quelqu'un m'avait adressé la parole, j'aurais hurlé comme un dément.

3

Le troisième jour, je me lavai le visage et les pieds, je
rinçai mes vêtements ensanglantés et je retournai en
ville. Ma maison n'était plus à moi, elle portait l'affiche
d'un autre médecin. J'appelai Kaptah qui sortit en
courant et pleura de joie à ma vue.

— O mon maître, dit-il, car dans mon cœur tu
restes mon maître, peu importe qui me donne des
ordres. Ton successeur est un jeune homme qui se
croit un grand médecin, il essaye tes habits et rit de
contentement. Sa mère est déjà installée dans la cuisine
et elle m'a jeté de l'eau bouillante dans les jambes et
appelé rat et mouche à fumier. Mais tes malades te
regrettent et ils disent que sa main n'est pas aussi
légère que la tienne et que ses soins causent des
douleurs exagérées et qu'en outre il ne connaît pas
leurs maux comme toi.

Il continua à bavarder ainsi et son œil bordé de rouge
exprimait la crainte, si bien que je finis par lui dire :

— Raconte-moi tout, Kaptah. Mon cœur est
comme une pierre dans mon corps et plus rien ne me
touche.

Alors il leva le bras pour exprimer le chagrin le plus
profond et dit :

— J'aurais donné mon seul œil pour t'épargner cette
douleur. Car cette journée est mauvaise pour toi :
sache que tes parents sont morts.

— Mon père Senmout et ma mère Kipa, dis-je en

levant le bras comme l'exige la coutume, et mon cœur sauta dans ma poitrine.

— Ce matin, les serviteurs de la justice ont forcé leur porte, après leur avoir donné hier l'ordre de partir, raconta Kaptah, mais ils reposaient sur leur lit et ne respiraient plus. Tu as la journée d'aujourd'hui pour emporter leurs corps à la Maison de la Mort, car demain la maison sera démolie, selon les ordres du nouveau propriétaire.

— Est-ce que mes parents savaient pourquoi on les expulsait ainsi ?

— Ton père Senmout est venu te chercher, dit Kaptah. Ta mère le conduisait, car il avait perdu la vue, et tous deux étaient vieux et décrépits et ils marchaient en tremblant. Mais je ne savais pas où tu étais. Alors ton père a dit que c'était peut-être mieux ainsi. Et il a raconté que les serviteurs de la justice avaient apposé les scellés sur tous leurs biens, de sorte qu'ils ne possédaient plus que leurs vieux vêtements. Quand il avait demandé pourquoi on l'expulsait ainsi, les serviteurs avaient répondu en riant que son fils Sinouhé avait vendu la maison et les meubles et même la tombe de ses parents pour pouvoir donner de l'or à une femme de mauvaise vie. Après avoir bien hésité, ton père m'a demandé une piécette pour pouvoir dicter à un scribe une lettre pour toi. Mais le nouveau médecin était déjà entré dans ta maison et juste à ce moment sa mère vint m'appeler et me donna un coup de bâton parce que je perdais mon temps à bavarder avec des mendiants. Tu me croiras si je te dis que j'aurais donné une piécette à ton père, car bien que je n'aie pas encore eu le temps de voler mon nouveau maître, j'ai économisé un peu de cuivre et même d'argent sur mes anciens chapardages. Mais quand je revins dans la rue, tes parents s'en étaient allés et ma nouvelle maîtresse m'interdit de leur courir après et m'enferma pour la nuit.

— Ainsi, mon père ne t'a laissé aucun message pour moi ?

Et Kaptah répondit :

— Ton père n'a laissé aucun message pour toi.

Mon cœur était comme une pierre dans ma poitrine et il ne bougeait plus, mais mes pensées étaient semblables à des oiseaux dans l'air glacial. Au bout d'un instant, je dis à Kaptah :

— Donne-moi tout ton cuivre et tout ton argent. Donne-les moi vite, et peut-être qu'Amon ou quelque autre dieu t'en récompensera si je ne peux le faire, car il me faut mener mes parents dans la Maivon de la Mort et je n'ai rien pour payer la conservation de leurs corps.

Kaptah se mit à gémir et à pleurer, il leva plusieurs fois le bras en signe de grande douleur, mais finalement il alla dans un coin du jardin en regardant en arrière comme un chien qui va déterrer un os. Il déplaça une pierre et sortit un chiffon dans lequel il avait emballé son cuivre et son argent, et il n'y en avait pas pour deux deben, mais c'était le pécule de toute une vie d'esclavage. Il me le donna, en pleurant et en étalant une vive douleur, et c'est pourquoi son nom mérite d'être béni à jamais et son corps conservé éternellement.

En vérité j'avais des amis, car Ptahor et Horemheb m'auraient peut-être prêté de l'argent et Thotmès aussi aurait pu m'aider, mais j'étais jeune et je croyais que mon déshonneur était déjà connu de chacun et que je n'aurais pu regarder mes amis en face. Plutôt mourir. J'étais maudit et honni devant les dieux et devant les hommes, et je ne pus pas même remercier Kaptah, car la mère de son nouveau maître apparut sur la véranda et l'appela d'une voix méchante, avec un visage pareil à celui d'un crocodile, et une canne à la main. C'est pourquoi Kaptah me quitta en courant et se mit à crier déjà sur l'escalier de la véranda, avant même que la canne l'eût touché. Et cette fois, il n'avait pas besoin de simuler la douleur, car il pleurait amèrement son petit pécule.

Je me rendis aussitôt chez mes parents ; les portes étaient forcées et tout portait les scellés de la justice. Des voisins étaient réunis dans la cour et ils levèrent le bras en signe de douleur et personne ne m'adressa la parole, mais tous s'écartèrent de moi avec horreur. Senmout et Kipa reposaient sur leur lit et leurs visages étaient encore rouges, comme s'ils avaient dormi, et sur le plancher fumait une chaufferette, car ils s'étaient asphyxiés après avoir fermé portes et fenêtres. J'enveloppai leurs corps dans une couverture, sans me soucier du cachet de la justice et j'allai chercher un ânier qui accepta de transporter les corps. Il m'aida à charger les dépouilles mortelles sur le dos de l'âne et nous partîmes pour la Maison de la Mort. Mais on refusa de nous laisser entrer, car je n'avais pas assez d'argent pour payer l'embaumement même le plus rudimentaire. Je dis alors aux laveurs de cadavres :

— Je suis Sinouhé, fils de Senmout, et mon nom est inscrit dans le registre de la Vie, bien qu'un dur sort m'ait éprouvé au point que je n'ai pas assez d'argent pour payer l'enterrement de mes parents. C'est pourquoi, par Amon et par tous les dieux de l'Egypte, je vous supplie d'embaumer les corps de mes parents pour qu'ils résistent à la destruction, et je vous servirai de tout mon art tant que durera l'embaumement.

Ils pestèrent contre mon insistance et m'injurièrent, mais finalement leur chef accepta le pécule de Kaptah et planta son croc sous le menton de mon père, puis jeta le corps dans le grand bassin des pauvres. Il fit la même chose pour ma mère. Il y avait trente bassins et chaque jour on en vidait un et on en remplissait un, si bien que les corps des pauvres restaient en tout trente jours et trente nuits dans l'eau salée et lixiviée pour pouvoir résister à la destruction, et on ne faisait rien d'autre pour leur conservation, ainsi que je l'appris plus tard.

Je dus encore retourner dans la maison de mon père pour rapporter la couverture munie du sceau de la justice. Le chef embaumeur se moqua de moi et dit :

— Reviens avant l'aube, car si tu n'es pas rentré alors, nous sortirons du bassin les corps de tes parents et nous les jetterons en proie aux chiens.

Cela me fit penser qu'il ne me croyait pas médecin légalisé, mais qu'il était sûr que j'avais menti.

Je rentrai dans la maison de mon père, et mon cœur était lourd comme une pierre. Chaque brique des murs me criait des reproches, le vieux sycomore criait et la mare de mon enfance criait. C'est pourquoi je m'éloignai rapidement après avoir remis la couverture à sa place, mais sur le seuil je croisai un scribe qui exerçait son métier au coin de la rue devant le magasin de l'épicier. Il leva le bras en signe de douleur et dit :

— Sinouhé, fils du juste Senmout, est-ce bien toi ?

Et je lui répondis :

— Oui, c'est moi.

Le scribe parla :

— Ne t'enfuis pas, car ton père m'a confié un message pour toi, puisqu'il ne t'a pas trouvé chez toi.

Alors je m'affaissai par terre et mis mes mains sur ma tête, tandis que le scribe sortait un papier et lisait :

— « Senmout, dont le nom est inscrit dans le Livre de la Vie, et sa femme Kipa envoient ce salut à leur fils Sinouhé à qui fut donné dans le palais du pharaon le nom de Celui qui est solitaire. Les dieux t'ont envoyé à nous, et chaque jour de ta vie tu ne nous as causé que de la joie et jamais du chagrin, et notre fierté a été grande à cause de toi. Maintenant nous sommes tristes à cause de toi, parce que tu as eu des revers et que nous n'avons pu t'aider comme nous l'aurions voulu. Et nous croyons que tout ce que tu as fait, tu as eu raison de le faire et que tu n'aurais pu agir autrement. Ne te désole pas pour nous, bien que tu aies dû vendre jusqu'à notre tombeau, car tu ne l'aurais pas fait sans raison impérieuse. Mais les serviteurs de la justice sont pressés et nous n'avons plus le courage d'attendre le jour de notre mort, mais la mort est la bienvenue pour nous comme le sommeil pour l'homme fatigué et la maison pour l'absent. Notre vie a été longue et les joies ont été nombreuses, mais c'est toi, Sinouhé, qui nous a donné les plus grandes, quand tu es venu chez nous, alors que nous étions déjà vieux et solitaires. C'est pourquoi nous te bénissons et tu ne dois pas te

tracasser de ce que nous n'avons pas de tombe, car la
vanité de toute chose est grande et il vaut peut-être
mieux pour nous disparaître dans le néant, sans plus
connaître la détresse et les dangers durant le long
voyage au royaume du Couchant. Souviens-toi toujours que notre mort a été facile et que nous t'avons
béni avant de partir. Que tous les dieux de l'Egypte te
protègent de tous les dangers, que le chagrin soit
épargné à ton cœur et que tu aies autant de joie de tes
enfants que nous en avons eu de toi. C'est ce que te
souhaitent ton père Senmout et ta mère Kipa. »

Mon cœur n'était plus comme une pierre, il vivait et
fondait et versait des larmes dans la poussière devant
moi. Mais le scribe dit :

— Voici la lettre. Il y manque certes le cachet de ton
père et il n'a pu y signer son nom, mais tu me croiras
certainement si je te dis que j'ai écrit sous sa dictée et
que les larmes de ta mère ont laissé ici et là des traces.

Il me montra le billet, mais mes yeux étaient
aveuglés par les larmes et je ne vis rien. Il enroula le
papier et me le mit à la main en disant :

— Ton père Senmout était juste et ta mère Kipa
était une brave femme, bien que parfois un peu
prompte de la langue, selon l'habitude des femmes.
C'est pourquoi j'ai écrit ce billet, bien que ton père
n'eût plus le moindre cadeau pour moi, et je te donne
aussi ce papier, bien qu'il soit de première qualité et
que je puisse le raturer et l'utiliser encore une fois.

Je réfléchis un instant, puis je lui dis :

— Je n'ai pas non plus de cadeau pour toi, mon ami.
Mais prends ma tunique, qui est de bonne étoffe, bien
qu'elle soit sale et froissée.

J'enlevai ma veste et je la lui tendis et il en tâta l'étoffe avec méfiance, puis il leva les yeux, tout étonné, et dit :

— Ta générosité est grande, Sinouhé, quoi que les gens disent de toi. Si même ils prétendaient que tu as dépouillé ton père et ta mère et que tu les as chassés tout nus dans la mort, je te défendrai. Mais je ne peux vraiment accepter ta tunique, car l'étoffe en est précieuse, et sans elle le soleil te rôtira le dos, comme celui des esclaves, et il y soulèvera des cloques qui te démangeront terriblement.

Mais je lui dis :

— Prends-la et que tous les dieux de l'Egypte te bénissent et que ton corps se conserve éternellement, car tu ne sais pas quel bienfait tu m'as accordé.

Alors il accepta la tunique et s'en alla, la tenant bien haut au-dessus da sa tête et riant de bonheur. Mais moi, je retournai à la Maison de la Mort, vêtu de mon seul pagne, comme les esclaves et les bouviers, pour y servir les embaumeurs pendant trente jours et trente nuits.

4

Comme médecin, je m'imaginais être familiarisé avec la mort et la souffrance, être endurci aux puanteurs et au contact des abcès et des plaies purulentes ; mais lorsque j'eus commencé le travail dans la Maison de la Mort, je compris que je n'étais qu'un novice et que je ne savais rien. A la vérité, les pauvres ne donnaient guère de peine, car ils reposaient tranquillement dans leur bain de natron, à l'odeur âcre, et j'appris vite à manier le croc avec lequel on les déplaçait. Mais les corps du degré supérieur exigeaient beaucoup d'habileté, et le lavage des intestins et leur mise en canopes demandaient de l'endurcissement. Mais ce qui m'écœura surtout, ce fut de constater que les prêtres d'Amon volaient les gens encore plus après leur mort qu'avant, car le prix des conservations variait selon la fortune, et les embaumeurs roulaient les parents des défunts et leur facturaient de nombreux baumes et onguents coûteux qu'ils affirmaient avoir utilisés, bien qu'ils n'employassent qu'une seule et même espèce d'huile pour tout le monde. Les cadavres des grands étaient préparés selon toutes les règles de l'art, mais dans les cavités des autres on se bornait à injecter une huile qui dissolvait les entrailles, et on y insérait des roseaux trempés dans la poix. Pour les pauvres, on ne se donnait même pas cette peine ; on les laissait sécher, après les avoir sortis du bassin salé au bout de trente jours, et on les remettait à leur famille.

Les prêtres surveillaient la Maison de la Mort, mais malgré cela les embaumeurs volaient tout ce qu'ils pouvaient, et ils jugeaient en avoir le droit. Ils dérobaient des plantes médicinales et des huiles et onguents précieux et des bandelettes de toile pour les revendre et les voler de nouveau, et les prêtres ne pouvaient les en empêcher, car ces hommes savaient leur métier, s'ils le voulaient, et il n'était point facile de recruter des ouvriers pour la Maison de la Mort. Seuls les gens maudits par les dieux et les criminels s'engageaient comme embaumeurs, pour échapper à la justice, et on les reconnaissait de loin à leur odeur de saumure et de morgue, si bien que tout le monde les évitait et qu'on ne les admettait pas dans les tavernes ni dans les maisons de joie.

C'est pourquoi ils me prirent pour un de leurs semblables, puisque je m'étais offert à eux, et ils ne me cachèrent rien de leurs tours. Si je n'avais commis moi-même un forfait pire encore, je me serais enfui avec horreur en voyant comment ils maltraitaient les corps des nobles eux-mêmes et les dépeçaient pour vendre aux sorciers les organes humains dont ils ont besoin. S'il existe un royaume du Couchant, comme je l'espère pour mes parents, je crois que maints défunts seront surpris de constater combien leur corps est incomplet pour entreprendre le long voyage, bien qu'ils aient déposé de l'argent au temple pour leur repos éternel.

Mais la joie était à son comble lorsqu'on apportait le cadavre d'une jeune femme ; peu importait qu'elle fût belle ou laide. On ne la jetait pas tout de suite dans le bassin, mais elle devait passer une nuit sur le grabat d'un embaumeur, et ceux-ci la tiraient au sort. Car tel était l'effroi inspiré par les embaumeurs que même la plus vile fille de rue refusait de se divertir avec eux, malgré l'or qu'ils lui offraient ; et les négresses aussi les craignaient trop pour les accueillir. Jadis, ils se coti-saient pour acheter des esclaves en commun, lorsqu'on en vendait bon marché après les grandes expéditions guerrières, mais la vie était si atroce dans la Maison de la Mort que ces femmes ne tardaient pas à y perdre la raison et causaient du bruit et du scandale, de sorte que les prêtres durent interdire d'acheter des esclaves. Dès lors les embaumeurs durent eux-mêmes préparer leurs repas et laver leurs vêtements et ils se contentèrent de se divertir avec des cadavres. Mais ils s'en expliquaient en disant qu'une fois, au temps du grand roi, on avait apporté dans la Maison de la Mort une femme qui s'était réveillée pendant le traitement, ce qui fut un miracle en l'honneur d'Amon et une joie pour les parents et le mari de la femme. C'est pourquoi c'était pour eux un pieux devoir de chercher à renouveler le miracle en réchauffant de leur affreuse chaleur les femmes qu'on leur apportait, sauf si elles étaient trop vieilles pour que leur résurrection causât de la joie à qui que ce fût. Je ne saurais dire si les prêtres étaient au courant de ces pratiques, car tout cela se passait de nuit et en secret, lorsque la Maison de la Mort était fermée.

Quiconque s'était embauché comme embaumeur dans la Maison de la Mort en ressortait rarement, pour éviter les railleries des gens, et il vivait sa vie parmi les cadavres. Les premiers jours, je les considérai tous comme des réprouvés des dieux, et leur propos, tandis qu'ils profanaient les corps et les raillaient, me causaient de l'effroi. C'est qu'au début je n'avais vu que les plus endurcis et les plus impudiques, qui jouissaient de me donner des ordres et de me confier les tâches les plus rebutantes ; mais plus tard je m'aperçus que parmi eux se trouvaient aussi des professionnels habiles dont la science se transmettait du meilleur au meilleur et qui considéraient leur art comme très digne de respect et tout à fait essentiel. Chacun avait son domaine spécial, tout comme les médecins dans la Maison de la Vie, et l'un traitait la tête du cadavre, un autre le ventre, un troisième le cœur, un quatrième les poumons, jusqu'à ce que toutes les parties du corps eussent été préparées pour l'éternité.

L'un d'eux s'appelait Ramôse, un homme déjà âgé, dont la tâche était la plus délicate. C'est lui qui détachait et sortait par le nez, avec des pinces, la cervelle du cadavre, pour laver ensuite le crâne avec une huile spéciale. Il remarqua mon habileté manuelle et s'en étonna, puis il décida de m'instruire dans son art, si bien qu'à la moitié de mon séjour dans la Maison des Morts, il me prit pour assistant, ce qui me rendit l'existence supportable. Alors qu'à mes yeux tous les embaumeurs étaient des brutes possédées dont les pensées et les paroles ne rappelaient plus celles des hommes vivant à la lumière du soleil, Ramôse, comme animal, faisait penser surtout à une tortue vivant tranquillement dans sa carapace. Sa nuque était courbée comme celle d'une tortue et son visage et ses bras étaient ridés comme une peau de tortue. Je l'aidais dans son travail qui était le plus propre et le plus considéré dans la Maison, et son autorité était si grande que les autres n'osèrent plus me faire des niches ni me lancer des intestins et des excréments. Mais je ne saurais dire d'où lui venait cette autorité, car il n'élevait jamais la voix.

En voyant comment tous les embaumeurs volaient et combien peu on se souciait de la conservation des corps des pauvres, bien que le prix en fût élevé, je résolus d'aider mes parents dans la mesure du possible et de voler pour leur assurer la vie éternelle. Car j'estimais que mon péché contre eux était-il abominable que le vol ne pourrait le rendre plus noir. Dans sa bonté, Ramôse m'apprit comment et combien je pouvais

décemment dérober à chaque cadavre de grand, car il
ne traitait que les cadavres des nobles et j'étais son
assistant. C'est ainsi que je pus retirer du bassin
commun les corps de mes parents et mettre des roseaux
poissés dans leur ventre et les entourer de bandelettes,
mais je ne pus aller plus loin, car le vol avait des limites
précises que Ramôse lui-même ne pouvait dépasser.

En outre, durant son lent et calme travail dans les
cavernes de la Maison de la Mort, il me donna bien de
sages enseignements. Avec le temps, je me risquai
aussi à lui poser des questions, et il ne s'en offusqua
point. Mon nez était déjà habitué à la puanteur de la
Maison, car l'homme s'adapte facilement à tout, et la
sagesse de Ramôse dissipa mon effroi.

Je lui demandai tout d'abord pourquoi les embaumeurs juraient sans cesse et se battaient pour les
cadavres de femmes et ne pensaient qu'à leur passion
charnelle, alors qu'on aurait pu croire qu'ils s'étaient
calmés en vivant des années, jour après jour, en
compagnie de la mort. Ramôse me dit :

— Ce sont des hommes de basse extraction et leur
volonté se meut dans la fange, tout comme le corps de
l'homme n'est que boue, si on le laisse se décomposer.
Mais la boue recèle une passion pour la vie, et cette
passion a fait naître les bêtes et les hommes, et elle a
suscité aussi les dieux, j'en suis sûr. Mais plus l'homme
est près de la mort, plus fort surgit en lui l'appel de la
boue, si sa volonté vit dans la fange. C'est pourquoi la
mort apaise le sage, mais elle transforme l'homme vil
en une bête qui, même transpercée par une flèche,
répand sa semence dans le sable. Or, le corps de ces
hommes a été transpercé par une flèche, car sans cela

ils ne seraient point ici. Ne t'étonne donc pas de leur conduite, mais aie pitié d'eux. Car ils ne causent plus de dommage ni de mal au cadavre, puisque le cadavre est froid et ne sent rien, mais chaque fois ils se font du tort à eux-mêmes en retombant dans la boue.

Prudemment et lentement, avec de courts instruments enfilés dans le nez, il brisait les minces os intérieurs du crâne d'un noble, puis, prenant de longues pinces flexibles, il extrayait la cervelle et la déposait dans un vase contenant une huile forte.

— Pourquoi, lui demandai-je, faut-il conserver éternellement le corps, bien qu'il soit froid et ne sente rien ?

Ramôse me regarda de ses petits yeux ronds de tortue, s'essuya les mains à son tablier et but de la bière.

— On l'a fait et on le fera toujours, dit-il. Qui suis-je pour expliquer une coutume qui remonte au début des temps ? Mais on dit que, dans la tombe, le Kâ de l'homme, qui est son âme, regagne le corps et mange la nourriture qu'on lui offre et se réjouit des fleurs qu'on place devant lui. Mais Kâ consomme très peu, si peu que l'œil humain ne peut le mesurer. C'est pourquoi la même offrande peut servir à plusieurs, et l'offrande au pharaon passe de sa tombe à celles de ses nobles et enfin les prêtres la mangent, quand le soir est venu. Mais Bâ, qui est l'esprit de l'homme, sort par le nez au moment de la mort, et personne ne sait où il s'envole. Mais bien des gens ont attesté que c'est vrai. Entre Kâ et l'homme, il n'y a pas d'autre différence que celle-ci : Kâ n'a pas d'ombre à la lumière, tandis que l'homme en a une. Pour le reste, ils sont pareils. C'est ce qu'on dit.

— Tes paroles sont comme un bourdonnement de mouche dans mes oreilles, Ramôse, lui dis-je. Je ne suis pas un nigaud et tu n'as pas besoin de me raconter de vieilles légendes que j'ai lues à satiété. Mais où est la vérité ?

Ramôse reprit de la bière et regarda distraitement le cerveau qui, en menus fragments, flottait à la surface de l'huile.

— Tu es encore jeune et ardent pour poser de pareilles questions, dit-il en souriant. Ton cœur est enflammé pour parler ainsi. Mon cœur est vieux et cicatrisé, et il ne se tourmente plus pour de vaines questions. Quant à savoir s'il est utile ou non pour l'homme que son corps se conserve éternellement, je ne pourrais le dire, et personne, pas même les prêtres, n'en sait rien. Mais puisqu'on l'a fait et le fera de tous temps, le plus sûr est de respecter la coutume, car ainsi on ne causera aucun dommage. Ce que je sais, c'est que personne encore n'est revenu du pays du Couchant pour raconter ce qui s'y passe. Certains prétendent bien que les Kâ de leurs chers défunts reviennent en rêve près d'eux pour leur donner des conseils, des avertissements ou des enseignements, mais les rêves sont des rêves, et à l'aube il n'en reste rien, ils se sont dissipés. Il est vrai qu'une fois une femme s'est réveillée dans la Maison de la Mort et qu'elle est retournée chez son mari et ses parents, et qu'elle a encore vécu longtemps avant de mourir de nouveau, mais il est probable qu'elle n'était pas vraiment morte et que quelqu'un l'avait envoûtée pour lui voler son corps et le diriger à sa guise, car cela arrive. Cette femme a raconté qu'elle était descendue dans la vallée des morts où il faisait sombre et où des êtres affreux l'avaient pourchassée, entre autres des babouins qui voulaient l'embrasser et des monstres à tête de crocodile qui lui mordillaient les seins, et tout cela a été consigné par écrit dans un document qui est conservé dans le temple et qu'on lit contre payement à ceux qui le désirent. Mais qui peut ajouter foi à des récits de femmes ? En tout cas, la mort a eu sur elle pour effet de la rendre bigote jusqu'à la fin de sa vie, elle allait chaque jour dans le temple où elle dissipa en offrandes sa dot et la fortune de son mari, si bien que ses enfants furent ruinés et qu'ils n'eurent plus les moyens de faire embaumer son corps, une fois qu'elle fut vraiment morte. Par contre, le temple lui donna une tombe et fit conserver son corps. On montre encore cette tombe dans la Ville des défunts, comme tu le sais peut-être.

Mais à mesure qu'il parlait, je me confirmais dans ma résolution de faire embaumer les corps de mes parents, car je le leur devais, bien que je ne susse plus, depuis que j'habitais dans la Maison de la Mort, s'ils en retireraient du profit ou non. Leur seule joie et le seul espoir de leurs vieux jours avaient été de penser que leurs corps se conserveraient éternellement, et je tenais à ce que leur désir se réalisât. C'est pourquoi, avec l'aide de Ramôse, je les embaumai et les entourai de bandelettes de toile, ce qui m'obligea de rester quarante jours et quarante nuits dans la Maison de la Mort, sinon je n'aurais pas eu le temps de dérober assez pour les traiter correctement. Mais je n'avais pas de tombe pour eux et pas même de cercueil en bois.

C'est pourquoi je les cousis tous les deux dans une peau de bœuf, afin qu'ils vécussent éternellement ensemble.

Rien ne me retenait plus dans la Maison de la Mort, mais j'hésitais à la quitter et mon cœur était angoissé. Ramôse, connaissant l'habileté de mes mains, me demandait de rester auprès de lui, et comme assistant j'aurais pu gagner largement ma vie et voler et vivre sans inquiétude dans les antres de la maison, sans que personne ne sût où j'étais, sans éprouver les chagrins et les tristesses de l'existence. Et pourtant je ne restai pas dans la Maison de la Mort. Pourquoi? je l'ignore, car maintenant que j'étais habitué aux lieux, je m'y trouvais bien et je ne regrettais rien.

C'est pourquoi je me lavai et me purifiai de mon mieux, puis je sortis de la Maison de la Mort, sous les brocards et les railleries des embaumeurs. Ils n'étaient pas mal disposés pour moi, c'était simplement leur façon de se parler entre eux. Ils m'aidèrent à porter la peau de bœuf dans laquelle étaient cousus les corps de mes parents. Mais bien que je me fusse lavé soigneusement, les gens s'écartaient de moi et se bouchaient le nez et témoignaient leur dégoût par des gestes, tellement l'odeur de la Maison de la Mort m'avait imprégné, et personne n'accepta de me passer au-delà du fleuve. C'est pourquoi j'attendis la tombée de la nuit et, sans craindre les gardes, je volai une barque et transportai les corps embaumés de mes parents dans la nécropole.

5

La Ville des défunts était étroitement surveillée la nuit aussi et je ne trouvai pas une seule tombe où j'aurais pu cacher les corps de mes parents pour qu'ils y vécussent à jamais en jouissant des offrandes apportées aux riches et aux nobles. C'est pourquoi je les emportai dans le désert, et le soleil me brûlait le dos et m'épuisait, si bien que je me crus sur le point de mourir. Mais, mon fardeau sur l'épaule, je m'engageai sur les dangereux sentiers le long des collines, où seuls les pilleurs de tombes osaient s'aventurer, et j'entrai dans la vallée interdite où sont enterrés les pharaons. Les chacals aboyaient et les serpents venimeux du désert sifflaient à ma vue et des scorpions se mouvaient sur les rocs chauds, mais je n'avais pas peur, car mon cœur était endurci à tout risque, et bien que je fusse jeune, j'aurais salué la mort avec joie si elle avait voulu de moi. Je ne savais pas encore que la mort évite les gens qui l'appellent et qu'elle ne frappe que ceux dont le cœur est attaché à la vie. C'est pourquoi les serpents s'écartaient de moi et les scorpions ne m'assaillaient point et la chaleur du soleil n'arrivait pas à m'étouffer. Les gardiens de la vallée interdite furent aveugles et sourds, ils ne me virent pas et n'entendirent pas rouler les cailloux sous mes pieds. Car s'ils m'avaient aperçu, ils m'auraient mis à mort tout de suite, abandonnant mon corps aux chacals. Mais j'arrivais de nuit et ils craignaient peut-être la vallée qu'ils gardaient, car les prêtres avaient ensorcelé et enchanté toutes les tombes

royales avec leur magie puissante. En entendant rouler
les pierres sur les flancs de la montagne ou en me
voyant passer dans la nuit, une peau de bœuf sur
l'épaule, ils détournaient probablement la tête et se
voilaient la face, pensant que des défunts erraient dans
la vallée. En effet, je ne les évitais point, et je n'aurais
pu les éviter, puisque j'ignorais l'emplacement de leurs
postes, et je ne me cachais pas. La vallée des rois
s'ouvrit devant moi, tranquille comme la mort et, dans
toute sa désolation, plus majestueuse à mes yeux que
les pharaons ne l'avaient été sur leur trône de leur
vivant.

Je rôdai toute la nuit dans la vallée à la recherche de
la tombe d'un grand pharaon dont la porte avait été
cachetée par les prêtres, car parvenu jusqu'ici je ne
trouvais rien d'assez bon pour mes parents. Je voulais
aussi trouver une tombe dont le pharaon n'était pas
monté dans la barque d'Amon depuis trop longtemps,
pour que les offrandes fussent encore fraîches et le
service irréprochable dans le temple mortuaire au bord
du fleuve, car seul le meilleur était assez bon pour mes
parents, puisque je ne pouvais pas leur donner une
tombe particulière.

Quand la lune se coucha, je creusai une fosse à côté
de la porte tombale d'un grand pharaon et j'y enfouis la
peau de bœuf où étaient enfermées les dépouilles de
mes parents, et je la recouvris de sable. Au loin, dans le
désert, les chacals hurlaient, si bien que je sus qu'Anu-
bis errait dans les solitudes et qu'il s'occuperait de mes
parents pour les guider durant leur dernier voyage. Et
j'étais sûr que devant Osiris mes parents subiraient
avec succès le pesage des cœurs même sans avoir un

Livre des Morts écrit par les prêtres et farci de mensonges. C'est pourquoi j'éprouvais un intense soulagement en amassant le sable sur la tombe de mes parents. Je savais qu'ils vivraient éternellement à proximité du grand pharaon et qu'ils jouiraient humblement des bonnes offrandes. Dans le pays du Couchant, ils pourraient naviguer dans la cange royale et manger le pain du pharaon et boire ses vins. C'est ce que j'avais obtenu en exposant mon corps aux lances des gardiens de la vallée interdite, mais on ne saurait m'en faire un mérite, car je ne redoutais pas leurs lances, puisque cette nuit la mort m'aurait été plus délicieuse que la myrrhe.

Tandis que je refermais la tombe, ma main heurta un objet dur et ramena un scarabée taillé dans une roche rouge, et dont les yeux étaient des pierres précieuses et qui était couvert de signes sacrés. Alors un tremblement s'empara de moi et mes larmes ruisselèrent dans le sable, car en pleine vallée de la mort je m'imaginais avoir reçu de mes parents un signe indiquant qu'ils étaient apaisés et heureux. C'est ce que je voulais croire, et pourtant je savais que ce scarabée était sûrement tombé du mobilier du pharaon lors de l'enterrement.

La lune se couchait et le ciel prenait une couleur grise. Je me prosternai sur le sable et levai le bras et saluai mon père Senmout et ma mère Kipa. Que leurs corps durent éternellement et que leur vie soit heureuse dans le royaume du Couchant, car c'est seulement pour eux que je voulais croire à l'existence de ce pays. Puis je m'éloignai sans regarder derrière moi. Mais je tenais à la main le scarabée sacré et sa force

était grande, car les gardiens ne me virent pas, bien
que je les visse lorsqu'ils sortaient de leurs huttes et
allumaient les feux pour préparer leur repas. Le
scarabée était très puissant, car mon pied ne glissa pas
sur le rocher et ni les serpents ni les scorpions ne me
touchèrent, bien que je ne portasse plus la peau de
bœuf sur mes épaules. Le même soir, j'atteignis la rive
du Nil et je bus l'eau du Nil, puis je m'affaissai dans les
roseaux et m'endormis. Mes pieds étaient en sang et
mes mains étaient écorchées, et le désert m'avait ébloui
et mon corps était brûlant et couvert de cloques. Mais
je vivais, et la douleur ne m'empêcha pas de dormir,
car j'étais très fatigué.

6

Le matin, je m'éveillai aux cris des canards dans les
roseaux. Amon traversait le ciel dans sa barque dorée
et le bruit de la ville me parvenait par-dessus le fleuve.
Les barques et les navires descendaient le courant avec
des voiles propres et les lessiveuses agitaient leurs
battoirs et riaient et criaient en travaillant. L'aube était
jeune et claire, mais mon cœur était vide et la vie était
de la cendre dans mes mains.

Les douleurs de mon corps me causaient de la joie,
car elles donnaient un certain sens à mon existence.
Jusqu'ici, j'avais eu un but et ma seule tâche avait été
d'assurer à mes parents la vie éternelle que je leur avais
ravie en les précipitant dans une mort prématurée.

Mon forfait était expié, mais maintenant ma vie n'avait plus de but ni de sens. Je n'avais sur moi qu'un pagne déguenillé, comme celui d'un esclave, mon dos était couvert d'ampoules, et je n'avais pas la moindre piécette de cuivre pour acheter à manger. Si je me déplaçais, je savais que bientôt des gardiens me demanderaient qui j'étais et d'où je venais, et je ne saurais que répondre, car je me figurais que le nom de Sinouhé était maudit et honni à jamais. C'est pourquoi je ne pouvais non plus m'adresser à mes amis, je ne devais pas leur faire partager mon infamie et je ne voulais pas les voir lever les bras en signe de reproche ou me tourner le dos. Je trouvais que j'avais déjà causé assez de scandale.

Telles étaient mes réflexions quand je remarquai qu'un être vivant rôdait autour de moi, mais je ne pus d'abord le prendre pour un homme, tant il avait l'air d'un fantôme de cauchemar. Un trou occupait la place de son nez, et ses oreilles étaient coupées, et sa maigreur était effrayante ; en le regardant mieux, je vis que ses mains étaient grosses et noueuses et son corps vigoureux et couvert d'ecchymoses produites par des fardeaux ou des cordes.

Il m'adressa la parole dès qu'il eut remarqué que je l'avais vu, et il me dit :

— Que tiens-tu donc dans ton poing fermé ?

J'ouvris la main et je lui montrai le scarabée sacré du pharaon, que j'avais trouvé dans le sable, et il dit :

— Donne-le moi, pour qu'il me porte bonheur, car j'ai bien besoin de chance.

Mais je lui répondis :

— Moi aussi je suis pauvre et je ne possède que ce

scarabée. Je veux le garder comme talisman, pour qu'il me porte chance.

Il dit :

— Bien que je sois pauvre et misérable, je te donnerai une pièce d'argent, et pourtant c'est beaucoup trop pour un simple caillou bigarré. Mais j'ai pitié de ta pauvreté. C'est pourquoi je te donnerai une pièce d'argent.

Il tira une pièce de sa ceinture, mais j'étais fermement résolu à garder le scarabée, car brusquement je m'imaginais qu'il allait m'assurer le succès, et je le dis à l'homme. Alors il reprit avec colère :

— Tu oublies que j'aurais pu t'assassiner pendant que tu dormais, car je t'ai observé longtemps et je me demandais ce que tu tenais si fermement dans ton poing crispé. J'ai attendu ton réveil, mais à présent je regrette de ne pas t'avoir tué pendant ton sommeil, puisque tu es si ingrat.

Je lui répondis en ces termes :

— A ton nez et à tes oreilles, je vois que tu es un criminel et que tu t'es enfui des mines. Si tu m'avais tué pendant que je dormais, tu aurais accompli une bonne action, car je suis solitaire et je ne sais où diriger mes pas. Mais prends garde et sauve-toi, car si les gardes t'aperçoivent ici, ils te saisiront et te pendront aux murs la tête en bas ou te renverront en tout cas aux mines d'où tu t'es sauvé.

Il dit :

— Je pourrais te tuer maintenant encore, si je le voulais, car dans toute ma misère je suis fort. Mais je renonce à le faire pour un morceau de pierre, car nous sommes près de la Ville des défunts, et les gardes pourraient entendre tes cris. Garde donc ton talisman, tu en as peut-être plus besoin que moi. Je me demande aussi d'où tu viens, puisque tu ignores que je n'ai plus à redouter les gardes, parce que je suis libre et non plus esclave. Je pourrais aller en ville, mais je n'y tiens pas, car les enfants ont peur de mon visage.

— Comment un condamné à perpétuité dans les mines pourrait-il être libre ? Ton nez et tes oreilles coupées te trahissent, lui dis-je ironiquement, car je m'imaginais qu'il se vantait.

— Je ne me fâche pas de tes paroles, parce que je suis pieux et que je crains les dieux, dit-il. C'est pour cela que je ne t'ai pas tué pendant ton sommeil. Mais ignores-tu vraiment que lors de son couronnement le prince héritier a ordonné de briser tous les liens et de libérer tous les condamnés des mines et des carrières, de sorte que désormais seuls des hommes libres y travaillent pour un salaire ?

C'est ainsi que j'appris que le nouveau pharaon était monté sur le trône sous le nom d'Amenhotep IV et qu'il avait libéré tous les esclaves, si bien que les mines et les carrières sur les rivages de la mer orientale s'étaient vidées, ainsi que celles du Sinaï. Car personne en Egypte n'était assez fou pour aller travailler volontairement dans les mines. La grande épouse royale était maintenant la princesse de Mitanni qui jouait aux poupées, et le pharaon était un jouvenceau qui servait un dieu nouveau.

— Son dieu est certainement très remarquable, déclara l'ancien mineur, puisqu'il peut inciter le pharaon à des actes insensés. Car les brigands et les assassins se promènent maintenant en liberté dans les deux royaumes, les mines sont désertées et l'Egypte ne s'enrichit plus. Certes, je suis innocent de tout méfait et j'ai été puni à tort, mais il en fut toujours ainsi et il en sera toujours ainsi. C'est pourquoi il est insensé de libérer des centaines et des milliers de criminels, afin de rendre justice à un seul innocent. Mais c'est l'affaire du pharaon et pas la mienne.

Tout en parlant, il me regardait et me tâtait les mains et les cloques de mon dos. L'odeur de la Maison de la Mort ne l'incommodait point et il avait probablement pitié de ma jeunesse, car il me dit :

— Le soleil t'a brûlé la peau. J'ai de l'huile. Veux-tu que je t'en oigne ?

Il me frotta le dos et les bras et les jambes, mais en le faisant il pestait et disait :

— Par Amon, je ne sais vraiment pas pourquoi je te soigne, car je n'en retirerai aucun profit et personne ne m'a soigné quand j'étais battu et meurtri et que je maudissais les dieux pour l'injustice dont j'étais victime.

Je savais que tous les esclaves et les condamnés protestaient de leur innocence, mais cet homme était bon pour moi. C'est pourquoi je voulus lui montrer ma reconnaissance, et j'étais si abandonné que je redoutais de le voir partir et de rester seul avec mon cœur. C'est pourquoi je lui dis :

— Raconte-moi l'injustice dont tu as été victime, afin que je puisse la déplorer avec toi.

Il parla ainsi :

— Le chagrin a été extirpé de moi à coups de trique dès la première année dans la mine. La colère fut plus résistante, car il fallut cinq ans pour m'en débarrasser

et pour que mon cœur fût devenu chauve de tout
sentiment humain. Mais pourquoi ne pas te raconter
toute l'histoire, pour te distraire, car je te fais certainement mal en frottant tes cloques. Sache donc que
j'étais un homme libre et que je cultivais la terre et que
je possédais une cabane et des bœufs et une femme et
de la bière dans ma cruche. Or j'avais pour voisin un
homme puissant nommé Anoukis (que son corps
pourrisse !). L'œil ne pouvait mesurer ses domaines et
son bétail était nombreux comme le sable et mugissait
aussi fort que le fracas de la mer, mais malgré cela il
convoitait mes modestes biens. C'est pourquoi il me
cherchait des querelles et après chaque crue, lorsqu'on
remesurait les terres, la borne se rapprochait de ma
cabane et je perdais du terrain. Je n'y pouvais rien, car
les géomètres l'écoutaient et repoussaient mes doléances parce qu'il leur donnait de beaux cadeaux. Il
obstruait aussi mes canaux d'irrigation et empêchait
l'eau d'arroser mes champs, si bien que mes bœufs
souffraient de la soif et que mes céréales dépérissaient
et que la bière s'épuisait dans ma cruche. Mais il faisait
la sourde oreille à mes plaintes, il habitait l'hiver à
Thèbes dans une belle maison, et l'été il se délassait
dans ses vastes domaines, et ses esclaves me donnaient
des coups de bâton et excitaient les chiens à mes
trousses si j'osais m'approcher.

L'homme au nez coupé poussa un profond soupir et
recommença à m'oindre le dos. Puis il reprit son récit :

— Mais je vivrais encore dans ma cabane, si les
dieux ne m'avaient pas maudit en me donnant une fille
d'une grande beauté. J'avais cinq fils et trois filles, car
un pauvre se reproduit vite, et une fois que les enfants

furent grands, ils purent me seconder et ils me
causèrent bien de la joie, quoiqu'un marchand syrien
m'en ait volé un. Mais la plus jeune des filles était belle
et dans ma folie je m'en rejouissais, de sorte qu'elle
n'avait pas besoin de faire de gros travaux ni de se rôtir
la peau aux champs ni de porter l'eau. J'aurais agi plus
sagement en lui coupant les cheveux et en lui noircis-
sant le visage, car mon voisin Anoukis la vit et la
convoita et dès lors je n'eus plus de tranquillité. Il me
cita en justice et jura que mes bœufs avaient foulé ses
champs et que mes fils avaient méchamment obstrué
ses canaux d'irrigation et lancé des charognes dans ses
puits. Il jura aussi que je lui avais emprunté du blé
pendant les mauvaises années, et ses esclaves certifiè-
rent l'exactitude de ces plaintes et le juge refusa de
m'écouter. Mais le voisin m'aurait laissé mes champs,
si je lui avais donné ma fille. Je n'y consentis pas, car
j'espérais qu'à cause de sa beauté elle trouverait un
époux convenable qui m'entretiendrait aux jours de ma
vieillesse et qui serait généreux pour moi. Finalement
les esclaves d'Anoukis me tombèrent dessus et je
n'avais qu'un bâton, mais l'un d'eux reçut un coup sur
la tête et mourut. Alors on me coupa le nez et les
oreilles et on m'envoya dans les mines, et ma femme et
mes enfants furent vendus pour payer mes dettes, mais
la cadette échut à Anoukis qui, après s'être diverti avec
elle, la passa à ses esclaves. C'est pourquoi je dis qu'on
a commis une injustice en m'envoyant dans les mines.
Maintenant qu'au bout de dix ans le pharaon m'a
rendu à la liberté, je suis vite allé chez moi, mais la
cabane avait été démolie et un troupeau inconnu
broutait dans mon pré et ma fille ne voulut pas me

reconnaître, mais elle me lança de l'eau chaude dans les jambes. J'ai appris qu'Anoukis est mort et que sa grande tombe est dans la Ville des défunts à Thèbes, avec une grande inscription sur la porte. Je suis venu à Thèbes pour réjouir mon cœur en lisant ce qui est dit dans cette inscription, mais je ne sais pas lire et personne ne me l'a lue.

— Si tu veux, je te la lirai, car je sais lire, lui dis-je.

— Que ton corps se conserve éternellement, dit-il, si tu veux bien me rendre ce service. Car je suis un pauvre homme et je crois tout ce qui est écrit. C'est pourquoi je veux savoir avant de mourir ce qu'on a écrit sur Anoukis.

Il acheva de m'oindre le corps et lava mon pagne dans le fleuve. Nous allâmes ensemble dans la Ville des défunts, et les gardes ne nous arrêtèrent pas. Après avoir marché entre les rangées de tombes, il parvint à un grand tombeau devant lequel étaient déposés de la viande et beaucoup de gâteaux, des fruits et des fleurs. Une jarre de vin scellée était placée devant la porte. L'homme au nez coupé se servit et m'offrit aussi à manger, puis il me demanda de lui lire l'inscription :

— « Moi, Anoukis, j'ai cultivé du blé et planté des arbres et mes récoltes ont été abondantes, car je craignais les dieux et je leur offrais le cinquième de toutes mes récoltes. Le Nil me témoignait sa faveur et dans mes domaines personne ne connut la faim de mon vivant et mes voisins non plus ne connurent point la faim, car j'amenais l'eau dans leurs champs et je leur donnais du blé pendant les années de disette. Je séchais les larmes des orphelins et je ne dépouillais point les veuves, mais je renonçais à toutes mes créances sur

elles, si bien que chacun d'un bout à l'autre du pays
bénissait mon nom. A quiconque avait perdu un bœuf,
moi, Anoukis, j'en donnais un beau. Je m'opposais au
déplacement frauduleux des bornes et je n'empêchais
pas l'eau de couler sur les champs de mes voisins, car
j'étais juste et pieux chaque jour de ma vie. Voilà tout
ce que j'ai fait, moi, Anoukis, afin que les dieux me
soient propices et qu'ils facilitent mon voyage vers le
pays du Couchant. »

L'homme au nez coupé m'avait écouté avec attention et à la fin de ma lecture il pleurait amèrement.
Puis il me dit :

— Je suis un pauvre homme et je crois tout ce qui
est écrit. Je vois donc qu'Anoukis était un homme
pieux et qu'on l'honore après sa mort. Les générations
futures liront l'inscription sur la porte de sa tombe et
l'honoreront. Mais moi je suis un criminel et un
misérable et je n'ai plus ni nez ni oreilles, si bien que
chacun voit mon infamie, et lorsque je mourrai, mon
corps sera jeté dans le fleuve et je n'existerai plus. Est-
ce que tout n'est pas vanité en ce bas monde ?

Il brisa le cachet de la jarre et but une rasade. Un
gardien s'approcha et le menaça de sa canne, mais
l'homme dit :

— Anoukis m'a fait beaucoup de bien durant sa vie.
C'est pourquoi je veux honorer sa mémoire en man-
geant et buvant devant sa tombe. Mais si tu portes la
main sur moi ou sur mon ami, qui est un homme
instruit, puisqu'il sait lire les inscriptions, ou si tu
appelles à l'aide, sache que nous sommes nombreux
dans les roseaux et que nous avons des couteaux et que
nous viendrons de nuit te couper la gorge. Mais cela

me ferait de la peine, parce que je suis un homme pieux et que je crois aux dieux et que je ne veux causer de tort à personne. C'est pourquoi il vaut mieux que tu nous laisses en paix et fasses semblant de ne pas nous voir. Ce sera bien pour toi.

Il roulait les yeux et il était effrayant à voir dans ses haillons, si bien que le gardien jugea prudent de se retirer. Nous mangeâmes et bûmes près de la tombe d'Anoukis et l'abri à offrandes était frais et ombragé. Après avoir bu, l'homme au nez coupé parla :

— Je comprends maintenant que j'aurais dû céder volontairement ma fille à Anoukis. Peut-être m'aurait-il alors laissé ma cabane et même fait des cadeaux, car ma fille était belle et innocente, alors qu'à présent elle n'est plus qu'une natte usée pour les esclaves d'Anoukis. Je sais maintenant que dans ce monde il n'y a pas d'autre droit que celui du riche et du fort et que la plainte du pauvre ne parvient pas aux oreilles du pharaon.

Il souleva la cruche et rit bruyamment, puis il dit :

— A ta santé, juste Anoukis, et que ton corps se conserve éternellement, car je n'ai aucune envie de te suivre dans le pays du Couchant où toi et tes semblables vous vivez une vie joyeuse avec la permission des dieux. Mais à mon avis il serait équitable que tu continues tes bontés sur la terre et que tu partages avec moi les coupes d'or et les bijoux qui sont dans ta tombe. C'est pourquoi, la nuit prochaine, je vais revenir te saluer, si la lune se cache dans les nuages.

— Que dis-tu, homme ? m'écriai-je tout effrayé, et instinctivement je fis de la main le signe sacré d'Amon. Tu ne vas pas te mettre à piller les tombes, car c'est le plus infamant de tous les crimes devant les dieux et devant les hommes.

Mais, sous l'effet du vin, il reprit :

— Tu divagues avec éloquence, mais Anoukis est mon débiteur et je ne suis pas aussi généreux que lui, j'exige ma créance. Si tu veux m'en empêcher, je te briserai la nuque, mais si tu es raisonnable, tu m'aideras, car quatre yeux voient mieux que deux, et ensemble nous pourrons emporter de la tombe le double de ce qu'un homme peut prendre.

— Je ne tiens pas à pendre aux murailles la tête en bas, dis-je tout inquiet.

Mais en réfléchissant, je me dis que ma honte ne serait pas accrue si mes amis me voyaient dans cette posture, et la mort elle-même ne m'effrayait pas.

Quand nous eûmes vidé la jarre, nous la brisâmes et en lançâmes les tessons sur les tombes voisines. Les gardiens ne nous dirent rien, ils nous tournèrent le dos, car ils avaient peur. Pour la nuit, des soldats venaient protéger les tombes dans la Ville des défunts, mais le nouveau pharaon ne leur avait pas donné de cadeaux, comme c'était l'usage après le couronnement. C'est pourquoi ils murmuraient et allumaient des torches et pénétraient par effraction dans les tombes pour les piller, après avoir bu du vin, car il y avait beaucoup de jarres dans les abris à offrandes. Personne ne nous empêcha de forcer la tombe d'Anoukis, de renverser son cercueil et d'emporter des coupes en or et des bijoux autant que nous en pûmes prendre. A l'aube, de nombreux marchands syriens attendaient sur la rive, prêts à acheter les objets volés pour les emporter sur leurs barques. Nous leur vendîmes notre butin et reçûmes de l'or et de l'argent pour près de deux cents deben, et nous le partageâmes entre nous d'après le poids marqué sur l'or et l'argent. Mais le prix que nous avions obtenu n'était qu'une infime fraction de la valeur réelle des objets, et l'or remis en payement n'était pas pur. L'homme au nez coupé était malgré tout au comble de la joie, et il me dit :

— Me voici riche, car vraiment ce métier est plus lucratif que celui de débardeur dans le port ou de porteur d'eau dans les champs.

Mais je lui répondis :

— Tant va la cruche à l'eau qu'elle se brise.

C'est pourquoi nous nous séparâmes et un marchand me ramena dans sa barque sur l'autre rive et à Thèbes. Je m'achetai des habits neufs et je bus et mangeai dans un cabaret, car mon corps ne sentait plus la Maison de la Mort. Mais pendant toute la journée, on entendit au-delà du fleuve des sonneries de trompettes et un fracas d'armes. Des chars de guerre parcouraient les allées et les gardes du corps du pharaon transperçaient de leurs lances les soldats pillards et les mineurs affranchis, dont les hurlements parvenaient jusqu'à la ville. Ce soir-là, le mur fut couvert de corps pendus la tête en bas, et l'ordre régna à Thèbes.

7

Après une nuit passée dans une auberge, je m'approchai de mon ancienne maison et appelai Kaptah. Il arriva en boitant et sa joue était tuméfiée, mais en me voyant il pleura de joie de son seul œil et se jeta à mes pieds en disant :

— O mon maître, te voici, alors que je te croyais déjà mort. Car je me disais que si tu vivais, tu serais certainement revenu me demander encore du cuivre et de l'argent. C'est que si l'on donne une fois, on doit toujours donner. Mais tu ne venais pas, et pourtant je volais pour toi à mon nouveau maître (que son corps se décompose !) autant que je pouvais, ainsi que tu le constates à ma joue et à mon genou qui ont encaissé les coups. Sa mère, ce crocodile (qu'elle se dissolve en poussière !), a menacé de me vendre et j'en suis tout effrayé. C'est pourquoi hâtons-nous de fuir cette maudite maison, toi et moi.

J'hésitais, et il en comprit les motifs, car il ajouta :

— En vérité, j'ai tellement volé que pendant quelque temps je pourrai t'entretenir, ô maître, et lorsque l'argent prendra fin, je travaillerai pour toi, à condition que te me tires des griffes de cette mère crocodile et de son benêt de fils.

— Je suis venu pour te rembourser ma dette, Kaptah, dis-je en lui remettant de l'or et de l'argent, beaucoup plus que la somme qu'il m'avait prêtée. Mais si tu le désires, je puis te racheter à ton maître, afin que tu puisses aller librement où tu voudras.

En sentant dans sa main le poids de l'or et de l'argent, Kaptah fut au comble de la joie et se mit à danser, bien qu'il fût âgé, et il en oublia de boiter. Puis il eut honte de sa conduite et dit :

— En vérité, j'ai versé des pleurs amers après t'avoir donné mon pécule, mais ne m'en veuille pas. Et si tu me rachetais pour me libérer, où irais-je, après avoir été esclave toute ma vie ? Sans toi, je suis un chaton aveugle ou un agneau abandonné par sa mère. Et puis, c'est inutile de gaspiller ton précieux argent pour racheter ce qui t'appartient déjà.

Il cligna malicieusement son œil unique et prit un air roué :

— En t'attendant, je me suis informé chaque jour des bateaux en partance. En cet instant, un navire dont l'apparence inspire confiance appareille pour Simyra, et on oserait s'y risquer, après une offrande suffisante aux dieux. Le seul ennui, c'est que je n'ai pas encore trouvé un dieu assez puissant pour remplacer Amon que j'ai renié parce qu'il n'amène que des embêtements. Je me suis informé activement de nombreux dieux et j'ai aussi essayé le nouveau dieu du pharaon, dont le temple vient de se rouvrir et où bien des gens se rendent pour gagner la faveur du roi. Mais on dit que le pharaon affirme que son dieu vit de la vérité, et c'est pourquoi je crains qu'il ne soit un dieu fort compliqué, qui ne me serait guère utile.

Je me rappelai le scarabée que j'avais trouvé et je le tendis à Kaptah en disant :

— Voici un dieu qui est très puissant, bien que de format modeste. Conserve-le soigneusement, car je crois qu'il nous portera bonheur, puisque j'ai déjà de l'or dans ma bourse. Déguise-toi en Syrien et fuis, si tu le désires vraiment, mais ne me reproche rien, si on te rattrape. Puisse ce petit dieu t'aider, car vraiment il vaut mieux épargner notre argent pour payer notre passage jusqu'à Simyra. A Thèbes, en effet, je n'ose plus regarder les gens en face, et pas non plus dans toute l'Egypte. C'est pourquoi je veux partir, puisqu'il me faut bien vivre quelque part, et je ne reviendrai plus jamais à Thèbes.

Mais Kaptah dit :

— Il ne faut jurer de rien, ô maître, car de demain nul ne sait rien, et quiconque a bu l'eau du Nil ne peut étancher sa soif avec une autre eau. Mais pour le reste ta décision est sage, et tu feras encore plus sagement de me prendre avec toi, car sans moi tu es comme un enfant incapable de plier ses langes. Je ne sais quel méfait tu as commis, bien que tes yeux se révulsent quand tu en parles, mais tu es encore jeune et tu oublieras. Un acte humain est semblable à une pierre jetée dans la mer. Elle tombe à grand bruit et agite l'eau, mais au bout d'un instant la surface est de nouveau lisse et on ne voit plus trace de la pierre. Il en va de même pour la mémoire. Avec le temps, tout s'oublie, et tu pourras revenir et j'espère qu'alors tu seras assez puissant et assez riche pour me protéger, si par hasard le catalogue des esclaves marrons me causait des difficultés.

— Je pars pour ne jamais revenir, dis-je résolument.

Mais au même moment Kaptah fut appelé d'une voix perçante par sa maîtresse. J'allai l'attendre au coin de la rue, et il ne tarda pas à m'y rejoindre avec un panier et un baluchon et en secouant des pièces de cuivre dans la main.

— La mère de tous les crocodiles m'envoie faire des commissions au marché, dit-il tout joyeux. Naturellement, comme d'habitude, elle m'a donné trop peu d'argent, mais ce sera tout de même une petite

contribution à la caisse du voyage, car je crois que
Simyra est bien loin d'ici.

Il avait dans la corbeille son costume et sa perruque.
Nous allâmes sur la rive et il changea de vêtements
dans les roseaux et je lui achetai un superbe bâton,
comme en ont les serviteurs des grands et les coureurs.
Puis nous nous rendîmes au quai de Syrie, et nous y
trouvâmes un grand bateau, à trois mâts, avec un
hauban épais comme un homme de la poupe à la proue,
et le pavillon du départ flottait au mât. Le capitaine
était syrien, et il fut heureux d'apprendre que j'étais
médecin, car il respectait la médecine égyptienne et
beaucoup de ses matelots étaient malades. Le scarabée
nous avait réellement porté bonheur, car le capitaine
nous inscrivit dans le registre du navire et ne nous
demanda rien pour la traversée, mais nous devrions
payer nos repas. Dès cet instant, Kaptah honora le
scarabée comme un dieu, il l'oignit chaque jour d'un
baume précieux et l'emballa dans une étoffe fine.

Le bateau s'éloigna du quai, les esclaves souquèrent
ferme, et après un voyage de douze jours on atteignit la
frontière des deux royaumes, puis, au bout de douze
jours encore, on arriva à un endroit où le fleuve se
partage en deux pour se jeter dans la mer, et deux jours
plus tard la mer se déployait devant nous. En cours de
route, nous avions longé des villes et des temples, vu
des champs et des troupeaux, mais la richesse de
l'Egypte ne m'avait pas réjoui le cœur, car j'étais
impatient de quitter le pays des terres noires. Mais
lorsque la mer s'étendit devant nous sans qu'on vît la
rive opposée, Kaptah se sentit inquiet et me demanda
s'il ne serait pas sage de débarquer et de se rendre par

terre à Simyra, bien que ce voyage fût pénible et
dangereux à cause des brigands. Son inquiétude
augmenta quand les marins et les rameurs s'avisèrent,
selon leur habitude, de gémir et de se taillader le visage
avec des cailloux acérés, malgré la défense donnée par
le capitaine qui ne voulait pas que la vue du sang
effrayât ses nombreux passagers. Le nom du bateau
était le *Dauphin*. Le capitaine fit fouetter les rameurs et
les marins, mais cela ne diminua point leurs cris et
leurs gémissements, si bien que de nombreux passagers se mirent à se lamenter et à sacrifier à leurs dieux.
Les Egyptiens invoquaient Amon et les Syriens s'arrachaient la barbe en appelant les Baal de Simyra,
de Sidon, de Byblos et des autres villes, selon leur
origine.

C'est pourquoi je dis à Kaptah d'offrir un sacrifice à
notre dieu, s'il avait peur, et il sortit le scarabée et se
prosterna devant lui et lança dans l'eau une piécette
d'argent pour apaiser les divinités marines, et ensuite il
pleura aussi bien sur lui que sur la piécette perdue. Les
marins cessèrent de crier et hissèrent les voiles, le
bateau donna de la bande et se mit à rouler, et les
rameurs reçurent de la bière et du pain.

Mais dès que le navire commença à rouler, Kaptah
changea de couleur et ne cria plus, mais se cramponna
au hauban. Au bout d'un instant il me dit d'une voix
plaintive que son estomac lui remontait jusqu'aux
oreilles et qu'il allait mourir. Il ne m'adressait aucun
reproche pour l'avoir attiré dans cette aventure, mais il
me pardonnait tout, afin que les dieux lui en fussent
reconnaissants et propices, car il avait le faible espoir
que l'eau de mer serait assez salée pour conserver son

corps, si bien que même noyé il parviendrait dans le pays du Couchant. Mais les marins qui l'avaient entendus se moquèrent de lui et dirent que la mer regorgeait de monstres qui le dévoreraient avant qu'il eût atteint le fond.

Le vent fraîchit et le bateau dansa terriblement et le capitaine gagna le large, perdant la côte de vue. Je commençai moi aussi à m'inquiéter un peu, car je me demandais comment on retrouverait le rivage. Et je cessai de brocarder Kaptah, j'éprouvais un vague vertige et me sentais mal à l'aise. Au bout de quelque temps, Kaptah vomit et s'affaissa sur le pont et son visage devint verdâtre et il ne dit plus rien. Alors je pris peur et, voyant que de nombreux passagers vomissaient et verdissaient et pensaient rendre l'âme, je courus vers le capitaine et lui dis que manifestement les dieux avaient maudit son navire, puisque malgré tout mon savoir médical une terrible épidémie avait éclaté à bord. C'est pourquoi je le conjurais de faire demi-tour et de regagner la côte, pendant que c'était possible, sinon, comme médecin, je ne répondais pas des conséquences. J'ajoutai que la tempête qui sévissait autour de nous et qui secouait le navire au point que les jointures craquaient, était épouvantable, bien que je ne voulusse pas intervenir dans des questions relevant de son métier.

Mais le capitaine me calma et dit pour me rassurer que nous avions seulement un vent excellent pour naviguer, propre à accélérer la traversée, si bien que je ne devais pas railler les dieux en parlant de tempête. Quant à la maladie qui avait éclaté parmi les passagers, elle provenait uniquement du fait qu'ils avaient aussi payé pour la nourriture à bord et qu'ils s'en étaient gobergés à l'excès, ce qui causait un tort considérable à la compagnie syrienne qui possédait le navire. C'est pourquoi, à Simyra, la compagnie avait certainement donné des offrandes aux dieux convenables pour que les passagers rendissent ce qu'ils avaient englouti en trop et qu'ils n'épuisassent pas comme des fauves les modestes provisions du bord.

Cette explication ne me convainquit guère et j'osai demander s'il était bien sûr de retrouver le rivage, maintenant que la nuit tombait. Il m'affirma que sa cabine abritait un bon nombre de divinités qui l'aidaient à trouver la bonne direction aussi bien la nuit que le jour, à condition seulement que les étoiles fussent visibles de nuit ou le soleil de jour. Mais c'était certainement un mensonge, car à ma connaissance il n'existe pas de dieux de ce genre.

C'est pourquoi, désireux de le blaguer un peu, je lui demandai pourquoi je n'étais pas malade comme les autres passagers. Il dit que c'était tout naturel, parce que je payais pour ma nourriture à bord et qu'ainsi je ne causais pas de tort à la compagnie de navigation. Quant à Kaptah, il dit que les esclaves étaient un cas particulier : les uns tombaient malades, les autres pas. Mais il jura par sa barbe que chaque passager serait sain comme un jeune bouc en mettant pied à terre à Simyra, si bien que je n'avais rien à redouter pour ma réputation de médecin. Mais j'eus peine à le croire, en constatant l'état misérable des passagers.

Quant à savoir pourquoi je ne fus pas aussi malade

que les autres, je l'ignore, mais cela provient peut-être du fait que sitôt après ma naissance on m'avait confié à une barque de roseau pour descendre le Nil. Je ne vois pas d'autre explication.

Je cherchais à soigner de mon mieux Kaptah et les passagers, mais quand je les touchais ils pestaient contre moi, et Kaptah, lorsque je lui offris de la nourriture pour le fortifier, détourna la tête et lâcha des bruits incongrus comme un hippopotame en train de se soulager le ventre, bien qu'il n'eût rien à évacuer. Jamais encore il n'était arrivé que Kaptah se fût détourné d'un plat, et c'est pourquoi je commençai vraiment à croire qu'il allait mourir, et j'en étais fort affligé, car je m'étais déjà habitué à ses vains bavardages.

La nuit vint et je finis par m'endormir, bien que le roulis et le claquement des voiles et le fracas des vagues contre les flancs du navire fussent terrifiants. Plusieurs jours passèrent, et aucun des passagers ne mourut, certains se remirent même à manger et à se promener sur le pont. Kaptah restait accroupi et ne touchait pas à la nourriture, mais il donnait des signes de vie en implorant l'aide de notre scarabée, ce qui me fit penser que malgré tout il espérait parvenir vivant au port. Le septième jour la côte apparut au loin, et le capitaine me dit avoir navigué au large de Joppe et de Tyr directement vers Simyra, grâce au vent favorable. Mais j'ignore comment il le savait. En tout cas, Simyra se montra le lendemain, et le capitaine donna des offrandes aux dieux de la mer et à ceux de sa cabine. On cargua les voiles, les rameurs plongèrent les avirons dans l'eau et le navire fit son entrée dans le port.

Sitôt dans les eaux calmes, Kaptah se leva et jura par le scarabée que jamais plus il ne mettrait le pied sur un navire.

LIVRE V

Les Khabiri

1

Je vais maintenant parler de la Syrie et des villes que j'ai visitées, et tout d'abord il faut relever que dans les terres rouges tout se passe à l'inverse de ce qui existe dans le pays noir. C'est ainsi qu'on n'y trouve pas de fleuve, mais l'eau tombe du ciel et arrose le sol. A côté de chaque vallée se dresse une montagne et derrière la montagne s'étend une autre vallée, et dans chaque vallée habite un peuple différent avec un prince indépendant qui paye un tribut au pharaon. Ils parlent des langues et des dialectes différents, et les habitants du littoral vivent de la mer, soit comme pêcheurs, soit comme navigateurs, mais dans l'intérieur la population cultive les champs et se livre à des rapines que les garnisons égyptiennes sont impuissantes à empêcher. Les vêtements qu'ils portent sont bigarrés et habilement tissés en laine, et ils se couvrent le corps de la tête aux pieds, probablement parce que leur pays est plus froid que l'Egypte, mais aussi parce qu'ils jugent impudique de dévoiler leur corps, sauf pour faire leurs besoins en plein air, ce qui est une horreur pour les Egyptiens. Ils ont les cheveux longs et portent la barbe et ils prennent toujours leurs repas à l'intérieur des maisons, et leurs dieux, qui diffèrent dans chaque ville, exigent aussi des sacrifices humains. Ces quelques mots suffisent à faire comprendre que dans les pays rouges tout est différent de l'Egypte, mais je ne saurais en fournir une explication.

Aussi chacun comprendra-t-il que les nobles Egyptiens, envoyés à cette époque dans les villes de Syrie pour lever le tribut au pharaon et pour commander les garnisons, considéraient leur mission plutôt comme un châtiment que comme un honneur et qu'ils regrettaient les rives du fleuve, sauf quelques-uns qui s'efféminaient et, séduits par la nouveauté, changeaient de vêtements et de mentalité et sacrifiaient aux dieux étrangers. Les mœurs bizarres des Syriens et leurs intrigues continuelles et leurs tergiversations dans le payement du tribut, ainsi que les querelles entre les princes, causaient bien des tracas aux fonctionnaires égyptiens. Il y avait cependant à Simyra un temple d'Amon, et la colonie égyptienne donnait des festins et des fêtes et vivait sans se mélanger aux Syriens, conservant ses propres coutumes et cherchant de son mieux à s'imaginer être en Egypte.

Je restai deux ans à Simyra, et j'y appris la langue et l'écriture de la Babylonie, parce qu'on m'avait dit qu'un homme qui les possédait pouvait voyager dans tout le monde connu et se faire comprendre partout par les gens cultivés. Le babylonien s'écrit sur des tablettes d'argile avec un poinçon, comme chacun le sait, et c'est ainsi que les rois correspondent entre eux. Mais je ne saurais dire pourquoi, à moins qu'on ne pense que le papier peut brûler, tandis qu'une tablette se conserve éternellement pour prouver avec quelle rapidité les rois et les souverains oublient leurs alliances et leurs traités sacrés.

En disant qu'en Syrie tout est à rebours de l'Egypte, j'entends aussi que le médecin doit aller lui-même à la recherche des clients et que les malades n'appellent pas le médecin, mais qu'ils prennent celui qui vient chez eux, car ils s'imaginent qu'il a été envoyé par les dieux. Ils donnent à l'avance le cadeau au médecin et non pas après leur guérison, ce qui est favorable aux médecins, parce qu'un malade guéri oublie la reconnaissance. C'est aussi la coutume que les nobles et les riches aient un médecin attitré auquel ils remettent des cadeaux tant qu'ils sont en bonne santé, mais une fois malades ils ne donnent plus rien, jusqu'à leur guérison.

Je me proposais de commencer tout tranquillement à pratiquer mon art à Simyra, mais Kaptah me dit : « Non. » Son idée était que je devais consacrer tout mon argent à m'acheter de beaux vêtements et à rétribuer des hérauts chargés de vanter mes talents dans tous les endroits où se réunissaient les gens. Ces hommes devaient aussi dire que je n'allais pas chercher les clients, mais que les malades devaient venir chez moi, et Kaptah ne me permettait de recevoir que des clients qui auraient versé au moins une pièce d'or. Je lui dis que c'était insensé dans une ville où personne ne me connaissait et dont les mœurs étaient différentes de celles de la terre noire. Mais Kaptah fit la sourde oreille, et je dus m'incliner, car il était obstiné comme une bourrique dès qu'il avait une idée en tête.

Il me décida aussi à aller voir les meilleurs médecins de Simyra et à leur dire :

— Je suis le médecin égyptien Sinouhé, à qui le nouveau pharaon a donné le nom de « Celui qui est solitaire », et ma réputation est grande dans mon pays. Je réveille les morts et je rends la vue aux aveugles, si dieu le veut, car je possède dans mes bagages un petit dieu très puissant. Mais la science n'est pas la même partout et les maladies non plus. C'est pourquoi je suis venu dans votre ville pour y étudier les maladies et pour les guérir et pour profiter de votre science et de votre sagesse. Je n'entends nullement vous déranger dans la pratique de votre profession, car qui suis-je pour rivaliser avec vous ? Et l'or est comme de la poussière à mes pieds, si bien que je vous propose de m'envoyer les malades qui ont encouru la colère de vos dieux et que, pour cette raison, vous ne pouvez guérir, et surtout ceux dont l'état nécessiterait l'intervention d'un couteau, puisque vous n'en utilisez pas, afin que je puisse voir si mon dieu peut les guérir. Si je réussis, je vous donnerai la moitié du cadeau que je recevrai, car en vérité je ne suis pas venu ici pour amasser de l'or, mais bien du savoir. Et si je ne les guéris pas, je ne veux pas non plus accepter de cadeau, et je vous les renverrai avec leur cadeau.

Les médecins de Simyra, que je rencontrais dans la rue ou sur les places à la recherche de malades et à qui je parlais ainsi, balançaient leurs robes et se grattaient la barbe et me disaient :

— Certes tu es jeune, mais ton dieu t'a sûrement octroyé la sagesse, car tes paroles sont agréables à nos oreilles. Et surtout ce que tu dis des cadeaux et de l'or. Ta proposition au sujet des opérations au couteau nous convient aussi, car en soignant les malades nous ne recourons jamais au couteau, parce qu'un malade traité ainsi meurt encore plus sûrement que si on ne l'avait pas opéré. La seule chose que nous te demandons, c'est de ne pas guérir les gens par la magie, car notre magie est très puissante, et dans ce domaine la concurrence est déjà exagérée à Simyra et dans les autres villes du littoral.

Ce qu'ils disaient de la magie était vrai, car dans les rues circulaient de nombreux hommes ignorants, qui ne savaient pas écrire, mais qui promettaient de guérir les malades par la magie et qui vivaient grassement aux crochets des gens crédules, jusqu'à ce que leurs clients mourussent ou fussent guéris. Sur ce point aussi, ils différaient de l'Egypte où, comme chacun le sait, la magie ne se pratique que dans les temples, par les soins des prêtres du degré supérieur, si bien que tous les autres guérisseurs doivent travailler en secret et sous la menace d'un châtiment.

Le résultat fut que je vis accourir des malades que les autres médecins n'avaient pu guérir, et je les guérissais, mais je renvoyais ceux qui étaient incurables aux médecins de Simyra. J'allai chercher dans le temple d'Amon le feu sacré pour pouvoir me purifier comme il est prescrit, et ensuite je me risquai à utiliser le couteau et à effectuer des opérations qui étonnèrent fort mes confrères de Simyra. Je réussis aussi à rendre la vue à un aveugle qui avait été soigné en vain par des médecins et par des sorciers, avec un baume fait de salive mélangée à la poussière. Mais moi je le guéris avec une aiguille, à la mode égyptienne, et ce cas me valut une immense réputation, bien que le malade reperdît la vue par la suite, car ces guérisons ne sont pas durables.

Les marchands et les riches de Simyra vivent une existence de paresse et de luxe et ils sont plus gras que les Egyptiens et ils souffrent d'asthme et de maux d'estomac. Je les traitais avec le couteau, si bien que leur sang coulait comme de porcs gras, et lorsque ma provision de remèdes toucha à sa fin, je fus heureux d'avoir appris à ramasser les simples aux jours propices selon la lune et les étoiles, car sur ce point le savoir des médecins de Simyra était si insuffisant que je ne me fiais pas du tout à leurs remèdes. Aux gens obèses, je donnais des drogues qui diminuaient leurs maux d'estomac et les empêchaient de suffoquer, et je vendais ces remèdes fort cher, à chacun selon sa fortune, et je n'eus de conflit avec personne, car je remettais des cadeaux aux médecins et aux autorités, et Kaptah chantait mes louanges et hébergeait chez moi des mendiants et des conteurs, afin que ceux-ci répandissent ma renommée dans les rues et sur les places, pour que mon nom ne sombrât point dans l'oubli.

Je ne gagnais pas mal, et tout l'or que je n'utilisais pas pour moi ou pour des cadeaux, je le déposais dans les maisons de commerce de Simyra qui envoyaient des navires en Egypte et dans les îles de la mer et dans le pays des Khatti, si bien que je possédais des parts dans maint navire, tantôt un centième, tantôt un cinq-centième, selon l'état de mes finances. Certains navires ne revenaient jamais au port, mais la plupart rentraient et mon compte dans les registres des compagnies doublait ou triplait. Telle était la coutume de Simyra,

qui est inconnue en Egypte, et les pauvres aussi
spéculaient et ils augmentaient ou diminuaient leur
capital, car ils se cotisaient à dix ou à vingt pour
acheter un millième de navire ou de cargaison. Ainsi, je
n'avais pas à garder de l'or chez moi, ce qui attire les
voleurs et les brigands, mais tout mon or était inscrit
dans les registres de la compagnie, et lorsque j'allais
dans les autres villes, comme à Byblos ou à Sidon, pour
y soigner des malades, je n'avais pas besoin d'emporter
de l'or, mais la compagnie me remettait une tablette
d'argile et sur présentation les compagnies de Byblos et
de Sidon me remettaient de l'or, si j'en avais besoin ou
si je voulais faire quelque achat. Mais la plupart du
temps je n'eus pas à y recourir, car je recevais de l'or
des malades que je guérissais et qui m'avaient fait venir
de Simyra, après avoir perdu toute confiance dans les
médecins de leur ville.

Ainsi je prospérais et m'enrichissais, et Kaptah
engraissait et portait des vêtements chers et s'oignait de
parfums et devenait arrogant même envers moi, au
point que je lui distribuais alors des coups de bâton.
Quant à savoir pourquoi tout allait si bien, je ne saurais
le dire. J'étais jeune et je croyais à ma science et mes
mains ne tremblaient pas en maniant le couteau et
j'étais audacieux en soignant les malades, parce que je
n'avais rien à perdre. Je ne méprisais pas non plus la
science syrienne et je recourais à ses méthodes quand
elles me paraissaient bonnes, et ils étaient surtout
habiles dans l'emploi du fer rouge au lieu du couteau,
bien que ce procédé fût plus douloureux pour le
malade.

Mais la raison de mon grand succès est que je

n'enviais personne et ne rivalisais avec personne,
puisque je partageais généreusement mes cadeaux avec
les autres et que je recevais les malades que mes
confrères ne pouvaient guérir, et pour moi le savoir
était plus important que l'or. Une fois que j'eus amassé
assez d'or pour vivre largement selon mon rang, l'or
perdit son importance pour moi, et il m'arriva parfois
de soigner aussi des indigents pour m'instruire de leurs
souffrances.

2

Mais je restais solitaire et la vie ne m'apportait
aucune joie. Je me lassai aussi du vin, car il ne me
réjouissait plus le cœur, il me rendait le visage noir
comme la suie, si bien que je pensais mourir après en
avoir bu. Mais j'accroissais mon savoir et j'apprenais
l'écriture et la langue de Babylone de sorte que je
n'avais pas un moment de loisir durant mes journées,
et la nuit mon sommeil était profond.

J'étudiais aussi les dieux de la Syrie, pour voir s'ils
auraient un message pour moi. Comme tout le reste,
les dieux de Simyra différaient des égyptiens. Leur
dieu suprême était le Baal de Simyra et c'était un dieu
cruel dont les prêtres se châtraient et qui exigeait du
sang humain pour être propice à la ville. La mer aussi
demandait des sacrifices, et Baal voulait même des
enfants, si bien que les marchands et les autorités de
Simyra étaient sans cesse préoccupés de trouver des

victimes. C'est pourquoi je n'avais pas vu à Simyra un
seul esclave difforme et les pauvres étaient soumis à des
châtiments affreux pour des vétilles, de sorte qu'un
homme qui volait un poisson pour nourrir sa famille
était mis en pièces sur l'autel de Baal. En revanche, un
homme qui trompait autrui en faussant les poids ou en
mélangeant de l'argent à l'or n'était pas puni, mais on
admirait son astuce, car ils disaient : « L'homme a été
créé pour être roulé. » C'est pourquoi aussi leurs
marchands et leurs capitaines volaient des enfants
jusqu'en Egypte et le long des côtes pour les sacrifices à
Baal, et c'était pour eux un grand mérite.

Leur déesse était Astarté, qu'on appelait aussi
Ishtar, et elle avait de nombreuses mamelles et on la
vêtait chaque jour d'habits fins et de bijoux et elle était
servie par des femmes qu'on appelait les vierges du
temple, bien qu'elles ne fussent plus vierges. Au
contraire, leur fonction consistait à se prostituer dans
le temple, et cet acte était agréable à la déesse et
d'autant plus favorable que les visiteurs donnaient plus
d'argent ou plus d'or au temple. C'est pourquoi ces
femmes rivalisaient d'habileté pour plaire aux hommes
et dès leur enfance on les instruisait à cet effet, afin que
les hommes fussent généreux pour la déesse. Cette
coutume est aussi bien différente de l'Egypte où c'est
un grand péché de se divertir avec une femme dans le
territoire du temple, et si un couple y est surpris, on
envoie l'homme aux mines et on purifie le temple.

Mais les marchands de Simyra surveillent strictement leurs femmes et ils les gardent recluses chez eux
et elles portent d'épais vêtements de la tête aux pieds,
afin de ne pas séduire par leur extérieur. Eux-mêmes

vont au temple pour se distraire et pour honorer les
dieux. C'est pourquoi il n'existe pas à Simyra de
maisons de joie comme en Egypte, et si un homme ne
veut pas se contenter des vierges du temple, il en est
réduit à se marier ou à acheter une esclave pour se
divertir avec elle. Chaque jour, de nombreux esclaves
étaient mis en vente, car sans cesse arrivaient des
navires, et il y en avait de toutes les couleurs et
dimensions, dés gras et des maigres, des enfants et des
vierges, de quoi contenter et satisfaire tous les goûts.
Les esclaves estropiés étaient acquis par les autorités à
vil prix pour être sacrifiés à Baal, et les Simyriens
souriaient alors et se tapaient les cuisses en se trouvant
bien malins d'avoir ainsi trompé les dieux. Mais si
l'esclave sacrifié était très vieux et édenté ou invalide et
mourant, ils plaçaient un bandeau sur les yeux du dieu,
afin que celui-ci ne vît pas les défauts de la victime,
tout en se réjouissant les narines à l'odeur du sang
versé en son honneur.

Moi aussi je sacrifiais à Baal, puisque c'était le dieu
de la ville et qu'il valait mieux être en bons termes avec
lui. Mais comme Egyptien, je ne lui portais pas des
offrandes humaines, je lui donnais de l'or. Parfois, je
me rendais aussi dans le temple d'Astarté qui s'ouvrait
le soir, et j'écoutais la musique et je regardais comment
les femmes du temple, que je me refuse à appeler les
vierges, exécutaient des danses voluptueuses en l'honneur de la déesse. Puisque c'était la coutume, je me
divertissais avec elles, et mon étonnement fut grand
quand elles m'apprirent bien des choses que j'ignorais.
Mais mon cœur ne se réjouissait pas avec elles, je n'y
allais que par curiosité, et lorsqu'elles m'eurent ensei-

gné tout ce qu'elles savaient, je me lassai d'elles et je
n'entrai plus dans leur temple et à mon sens rien n'était
plus monotone que leur habileté.

Pourtant Kaptah était inquiet à mon sujet et il
hochait la tête en me regardant, parce que mon visage
vieillissait et que les rides se creusaient entre mes
sourcils et que mon cœur se fermait. C'est pourquoi il
espérait que j'achèterais une esclave pour me divertir
avec elle, lorsque j'en aurais le temps. Comme Kaptah
était mon intendant et qu'il tenait ma bourse, il
m'acheta un beau jour une esclave à son goût, il la lava
et l'habilla et l'oignit, puis il me la montra le soir, alors
que fatigué par les soins aux malades, je désirais me
reposer tranquillement.

Cette esclave venait des îles de la mer et sa peau était
blanche et ses dents sans défauts, et elle n'était pas
maigre et ses yeux étaient ronds et doux comme ceux
d'une génisse. Elle m'observait respectueusement et
redoutait la ville étrangère où elle avait échoué. Kaptah
me la montra et me dépeignit sa beauté avec volubilité,
si bien que pour lui faire plaisir je consentis à me
divertir avec elle. Mais malgré tous mes efforts de
rompre ma solitude, mon cœur ne se réjouit pas et avec
la meilleure volonté je ne pus l'appeler sœur.

Mais ce fut une erreur de me montrer gentil avec
elle, car elle devint orgueilleuse et ne cessa de me
déranger dans mon travail. Elle mangeait beaucoup et
engraissait et réclamait continuellement des bijoux et
des vêtements et elle me suivait partout avec des yeux
langoureux et voulait sans cesse se divertir avec moi.
C'est en vain que je partais en voyage à l'intérieur du
pays et dans les villes de la côte, car à mon retour elle

était la première à me saluer et pleurait de joie et me
poursuivait pour que je me divertisse avec elle. C'est en
vain que dans ma colère je lui donnais des coups de
canne, car elle n'en était que plus excitée et admirait
ma force, si bien que la vie me devint impossible à la
maison. Finalement je résolus de la donner à Kaptah
qui l'avait choisie à son goût, afin qu'il se divertît avec
elle et que je fusse en paix, mais elle mordit et griffa
Kaptah et l'injuria dans la langue de Simyra, dont elle
avait appris quelques mots, et dans celle des îles de la
mer que nous ne comprenions ni l'un ni l'autre. Et ce
fut en vain que tous deux nous la battîmes, car elle
n'en démordait pas de vouloir se divertir avec moi.

Mais le scarabée nous tira de ce mauvais pas, car un
jour je reçus la visite d'un prince de l'intérieur, et
c'était le roi d'Amourrou, nommé Aziru, qui connaissait ma réputation. Je lui soignai les dents et lui en fis
une en ivoire à la place de celle qu'il avait perdue dans
un combat contre ses voisins, et je recouvris d'or ses
dents gâtées. Je fis de mon mieux, et pendant son
séjour à Simyra, il vint chaque jour chez moi. C'est
ainsi qu'il vit mon esclave à laquelle j'avais donné le
nom de Keftiou, parce que je ne pouvais pas prononcer
son nom payen, et il en tomba amoureux. Cet Aziru
était robuste comme un taureau et il avait la peau
blanche. Sa barbe était d'un noir bleuté et brillant, et
ses yeux avaient un éclat hautain, si bien que Keftiou
se mit aussi à le regarder avec convoitise, car tout ce
qui est étranger intrigue les femmes. Il admirait
surtout la corpulence de l'esclave, qui était cependant
jeune encore, et ses vêtements qu'elle drapait à la
crétoise l'excitaient fortement, parce qu'ils couvraient

la gorge, mais dévoilaient la poitrine, et qu'il était habitué à voir sa femme habillée de la tête aux pieds. Pour toutes ces raisons, il finit par ne plus pouvoir dominer sa passion, et il soupira profondément en me disant un jour :

— Certes, je suis ton ami, Sinouhé l'Egyptien, et tu m'as soigné les dents et grâce à toi ma bouche reluit d'or dès que je l'ouvre, si bien que ta réputation sera grande dans le pays d'Amourrou. La récompense de tes bons soins sera si magnifique que tu en lèveras les bras d'étonnement. Mais malgré cela, je suis forcé de t'offenser contre mon gré, car depuis que j'ai vu la femme qui habite dans ta maison, j'en suis amoureux et je ne peux pas refréner mon désir, car la passion me déchire le corps comme un chat sauvage et tout ton art est impuissant à guérir cette maladie. En effet, ma passion pour cette femme est si puissante que c'est une maladie. Comme jamais encore je n'ai vu sa pareille, je comprends sans peine que tu l'aimes lorsqu'elle réchauffe ton lit la nuit. Malgré cela, je te demande de me la donner pour qu'elle devienne une de mes femmes et ne soit plus une esclave. Je te parle franchement, car je suis ton ami et un homme honnête et je te payerai le prix que tu me demanderas. Mais je te dis aussi franchement que si tu ne me la cèdes pas de bon gré, je l'enlèverai de force et l'emmènerai dans mon pays où tu ne la retrouveras jamais, si même tu t'y aventurais à sa recherche. Et si tu t'enfuyais de Simyra avec elle, je te découvrirais et mes envoyés te tueraient et l'emmèneraient chez moi. Je t'expose tout cela, parce que je suis un homme honnête et ton ami, et que je ne veux pas t'adresser des paroles perfides.

Ces mots me causèrent une telle joie que je levai le bras en signe d'allégresse, tandis que Kaptah s'arrachait les cheveux et hurlait :

— Ce jour est néfaste et mieux vaudrait que mon maître ne fût jamais né, puisque tu veux lui ravir la seule femme avec laquelle son cœur se réjouisse. Cette perte sera irréparable, car pour mon maître cette femme est plus précieuse que tout l'or et les bijoux et l'encens, car elle est plus belle que la pleine lune et son ventre est rond et blanc comme un sein, bien que tu ne l'aies pas encore vu, et ses seins sont comme des melons, ainsi que tu peux le voir de tes propres yeux.

Il parlait ainsi, parce qu'il avait appris les façons des commerçants de Simyra et qu'il voulait obtenir un bon prix de l'esclave, dont notre désir commun était de nous débarrasser au plus vite. A ces mots, Keftiou fondit en larmes et déclara que jamais elle ne m'abandonnerait, mais entre ses doigts elle regardait avec admiration Aziru et sa barbe bouclée.

Je levai le bras et leur imposai silence et j'affectai un grand sérieux en parlant :

— Prince Aziru, roi d'Amourrou et mon ami ! Certes, cette femme est chère à mon cœur et je l'appelle ma sœur, mais ton amitié m'est plus précieuse que tout et c'est pourquoi je te la donne en gage d'amitié, je ne la vends pas, c'est un cadeau, et je te prie de la bien traiter et de lui faire tout ce que réclame le chat sauvage dans ton corps, car si je ne me trompe, son cœur s'est tourné vers toi et sera ravi de tout ce que tu lui feras, car son corps aussi contient plus d'un chat sauvage.

Aziru cria de joie et dit :

— Vraiment, Sinouhé, bien que tu sois Egyptien et

que tout le mal vienne d'Egypte, je serai désormais ton ami et ton frère, et ton nom sera béni dans tout le pays d'Amourrou, et quand tu y viendras en visite, tu seras assis à ma droite avant tous mes nobles et mes autres hôtes, même s'ils étaient des rois, je te le jure.

Ayant dit ces mots, il sourit de tout l'or de ses dents et regarda Keftiou qui avait oublié ses larmes, et il devint sérieux. Ses yeux brillèrent comme des braises et il la prit dans ses bras, faisant trembler les deux melons, et il la jeta dans sa litière sans être gêné par son poids. C'est ainsi qu'il emmena Keftiou, et je ne le revis pas de trois jours et personne d'autre ne l'aperçut dans toute la ville, car il s'était enfermé dans son hôtellerie. Mais Kaptah et moi nous étions ravis d'être débarrassés de cette encombrante personne. Mon esclave me reprocha cependant de n'avoir pas exigé de cadeau, puisqu'Aziru m'aurait donné tout ce que je lui aurais demandé. Mais je lui dis :

— Je me suis acquis l'amitié d'Aziru en lui donnant cette esclave. De demain nul n'est certain. Bien que le pays d'Amourrou soit petit et insignifiant et qu'il ne produise que des ânes et des moutons, l'amitié d'un roi est une amitié de roi et peut-être plus importante que l'or.

Kaptah secoua la tête, mais il oignit de myrrhe le scarabée et lui offrit de la bouse fraîche pour le remercier de nous avoir débarrassés de Keftiou.

Avant de repartir pour son pays, Aziru revint me voir et s'inclina jusqu'à terre devant moi et dit :

— Je ne t'offre pas de cadeaux, Sinouhé, car tu m'as donné un présent qu'on ne peut compenser par des cadeaux. Cette esclave est encore plus merveilleuse que je le pensais et ses yeux sont comme des puits sans fond et je ne me rassasierai jamais d'elle, bien qu'elle m'ait extrait toute ma semence, comme on presse une olive pour en tirer l'huile. Pour te parler franchement, mon pays n'est guère riche et je ne peux me procurer de l'or qu'en imposant un tribut aux marchands qui traversent mes terres et en guerroyant contre mes voisins, mais alors les Egyptiens sont comme des taons autour de moi et le dommage est souvent supérieur au profit. C'est pourquoi je ne peux te donner les cadeaux que tu mériterais, et je suis fâché contre l'Egypte qui a anéanti l'antique liberté de mon pays, si bien que je ne peux plus guerroyer à ma guise ni détrousser les marchands, selon la coutume de mes pères. Mais je te promets que si jamais tu viens chez moi pour me demander quoi que ce soit, je te le donnerai si c'est en mon pouvoir, à condition que ce ne soit pas cette esclave ni des chevaux, car j'ai très peu de chevaux et j'en ai besoin pour mes chars de guerre. Mais demande-moi autre chose, et je te le donnerai, si c'est en mon pouvoir. Et si quelqu'un cherche à te nuire, envoie-moi un message et mes émissaires le tueront, où qu'il soit, car j'ai des hommes à moi ici à Simyra, bien que chacun ne le sache pas, et aussi dans les autres villes de Syrie, mais j'espère que tu garderas ce secret pour toi. Je te parle ainsi seulement pour que tu saches que je ferai mettre à mort qui tu voudras, et personne n'en saura rien et ton nom ne sera pas mêlé à l'affaire. Telle est mon amitié pour toi.

Sur ces mots, il m'embrassa à la syrienne et je constatai qu'il me respectait et m'admirait grandement, car il ôta une chaîne d'or de son cou et me la tendit, bien que ce fût certainement pour lui un lourd sacrifice, car en le faisant il poussa un gros soupir. C'est pourquoi à mon tour je lui donnai la chaîne d'or de mon cou, que j'avais reçue du plus riche armateur de Simyra pour avoir sauvé la vie de sa femme dans un accouchement difficile, et je la lui passai au cou, et il ne perdit rien au change, ce qui lui fut très agréable. C'est ainsi que nous nous séparâmes.

3

Libéré de mon esclave, mon cœur était léger comme un oiseau et mes yeux aspiraient à voir du nouveau et une vague inquiétude m'envahissait l'esprit, si bien que je ne me plaisais plus à Simyra. C'était le printemps et dans le port les navires se préparaient pour de longs voyages et les prêtres sortaient de la ville dans la campagne verdoyante pour déterrer leur dieu Tammuz qu'ils avaient enseveli en automne au milieu des plaintes, en se taillant le visage.

Dans mon agitation, je suivis les prêtres, mêlé à la foule, et la terre verdoyait, les feuilles s'ouvraient sur les arbres, les colombes roucoulaient et les grenouilles coassaient dans les marais. Les prêtres déplacèrent la pierre qui obstruait la tombe et ils sortirent le dieu avec des cris d'allégresse, en disant qu'il vivait et ressuscitait. Le peuple poussa des clameurs de joie et se mit à casser des branches et à boire du vin et de la bière dans les kiosques que les marchands avaient dressés autour de la tombe. Les femmes tirèrent sur un chariot un gros membre viril en bois, en poussant des cris d'allégresse, et à la tombée de la nuit elles ôtèrent leurs vêtements et coururent dans les prairies, et peu importe qui était mariée ou célibataire, chacun prenait une compagne à sa guise, et partout grouillaient des couples. Tout ceci différait aussi de l'Egypte. Ce spectacle me rendit mélancolique et je me dis que j'étais déjà vieux depuis ma naissance, comme la terre noire était plus vieille que les autres, tandis que ces gens étaient jeunes et servaient leurs dieux adéquatement.

Avec le printemps se répandit aussi la nouvelle que les Khabiri avaient quitté leur désert et qu'ils ravageaient les régions frontières de la Syrie du nord au sud, incendiant les villages et assiégeant les villes. Mais les troupes du pharaon arrivèrent de Tanis à travers le désert du Sinaï et engagèrent la lutte contre les Khabiri et elles enchaînèrent leurs chefs et les repoussèrent dans le désert. Ces événements se reproduisaient tous les printemps, mais cette fois les habitants de Simyra étaient inquiets, car les Khabiri avaient pillé la ville de Katna où il y avait une garnison égyptienne, et ils avaient tué le roi et massacré tous les Egyptiens, y compris les femmes et les enfants, sans faire de prisonniers pour obtenir des rançons, et cela n'était pas arrivé de mémoire d'homme, car habituellement les Khabiri évitaient les villes de garnison.

Ainsi, la guerre avait éclaté en Syrie, et je n'avais jamais vu la guerre. C'est pourquoi je rejoignis les troupes du pharaon, car je désirais connaître aussi la guerre pour voir ce qu'elle aurait à m'apprendre, et pour étudier les blessures causées par les armes et les massues. Mais avant tout je partis parce que les troupes étaient commandées par Horemheb et que dans ma solitude je désirais voir le visage d'un ami et entendre la voix d'un ami. C'est pourquoi je luttais avec moi et je me disais qu'il n'aurait qu'à affecter de ne pas me reconnaître, s'il avait honte de mes actes. Mais le temps avait coulé et en deux ans il s'était passé bien des choses et mon cœur s'était peut-être endurci, puisque le souvenir de ma honte ne me consternait plus autant qu'avant. C'est pourquoi je partis en bateau vers le sud et gagnai l'intérieur avec les troupes du ravitaillement et les bœufs qui tiraient les chariots de blé et les ânes chargés de jarres d'huile et de vin et de sacs d'oignons. C'est ainsi que j'arrivai dans une petite ville sur le flanc d'une colline, et son nom était Jérusalem. Il s'y trouvait une garnison égyptienne, et c'est là que Horemheb avait établi son quartier général. Mais les bruits courant à Simyra avaient fortement exagéré la force de l'armée égyptienne, car Horemheb n'avait qu'une section de chars de combat, avec deux mille archers et lanciers, tandis qu'on disait que cette année les hordes de Khabiri étaient plus nombreuses que le sable du désert.

Horemheb me reçut dans une sordide masure et me dit :

— J'ai connu jadis un Sinouhé qui était médecin et qui était mon ami.

Il me regarda, et le manteau syrien que je portais le déconcerta. J'avais aussi vieilli, tout comme lui, et mon visage avait changé. Mais il me reconnut et leva sa cravache tressée d'or pour me saluer et il sourit et parla :

— Par Amon, tu es Sinouhé, alors que je te croyais mort.

Il chassa ses officiers d'état-major et ses secrétaires avec leurs papiers et leurs cartes, puis il demanda du vin et m'en offrit en disant :

— Etranges sont les voies d'Amon, puisque nous nous revoyons dans les terres rouges dans cet immonde patelin.

En entendant ces mots, mon cœur frémit dans ma poitrine et je sus que j'avais regretté mon ami. Je lui racontai de ma vie et de mes aventures ce qui me parut convenable, et il me dit :

— Si tu le désires, tu pourras suivre les troupes comme médecin et partager les honneurs avec moi, car vraiment je compte administrer à ces cochons de Khabiri une correction dont ils se souviendront et qui les fera pleurer d'être nés.

Il dit encore :

— J'étais certainement un fameux nigaud, la dernière fois que nous nous sommes vus, et je n'avais pas encore lavé la crotte entre mes doigts de pied. Tu étais un homme du monde déjà alors et tu m'as donné de bons conseils. Maintenant j'en sais davantage et ma main tient une cravache dorée, comme tu le vois. Mais je l'ai méritée par un misérable travail dans les gardes du pharaon, en donnant la chasse aux brigands et aux criminels que dans sa folie il avait libérés des mines, et ce fut un rude travail de les massacrer. Mais en apprenant l'attaque des Khabiri, j'ai demandé au pharaon des troupes pour les combattre et aucun officier supérieur ne s'y est opposé, car l'or et les décorations pleuvent plus autour du roi que dans le désert, et les Khabiri ont des lances acérées et leurs cris de guerre sont affreux, ainsi que je l'ai constaté moi-même. Mais enfin je peux acquérir de l'expérience et entraîner les troupes dans des batailles véritables. Et pourtant, le seul souci du pharaon est que j'érige un temple à son dieu à Jérusalem et que je chasse les Khabiri sans effusion de sang.

Horemheb éclata de rire et se donna sur la cuisse un coup de cravache. Je ris aussi, mais bientôt il cessa de rire, il but du vin et dit :

— Pour être honnête, Sinouhé, j'ai bien changé depuis que nous ne nous sommes vus, car quiconque vit dans l'entourage de notre pharaon est forcé de changer, même s'il ne le veut pas. Il me rend inquiet, car il pense beaucoup et parle de son dieu qui est différent de tous les autres, si bien qu'à Thèbes j'avais moi aussi souvent le sentiment que des fourmis me circulaient dans le crâne et je ne pouvais dormir la nuit sans avoir bu du vin et sans coucher avec des femmes pour m'éclaircir les idées. Son dieu est vraiment extraordinaire. Et il n'a pas de forme, bien qu'il soit partout, et son image est ronde, et il bénit de ses mains toutes les créatures et devant lui il n'y a pas de différence entre un esclave et un noble. Dis-moi, Sinouhé, n'est-ce pas que ce sont les paroles d'un homme malade ? Et je me dis que probablement un singe malade l'a mordu dans son enfance. Car seul un fou peut s'imaginer qu'on pourra chasser les Khabiri sans effusion de sang. Dès que tu les auras entendu hurler dans le combat, tu verras que j'ai raison. Mais le

pharaon pourra s'en laver les mains, si c'est sa volonté.
Je me chargerai volontiers de ce péché devant son dieu
et j'écraserai les Khabiri avec ma charrerie.

Il reprit du vin et poursuivit :

— Horus est mon dieu et je n'ai rien contre Amon,
car à Thèbes j'ai appris un bon nombre d'excellents
jurons où figure son nom, et ils sont efficaces sur les
soldats. Mais je comprends qu'Amon est devenu trop
puissant et que pour cette raison le nouveau dieu lutte
contre Amon pour renforcer le pouvoir royal. C'est la
grande mère royale qui me l'a dit, et le prêtre Aï, qui
porte maintenant le sceptre à la droite du souverain,
me l'a confirmé. Avec l'aide de leur Aton, ils espèrent
renverser Amon ou en tout cas restreindre sa puissance, car il ne convient pas que le clergé d'Amon
gouverne l'Egypte au-dessus du roi. C'est de la grande
politique, et comme soldat je comprends très bien
pourquoi le nouveau dieu est nécessaire. Et je n'aurais
rien à objecter si le pharaon se bornait à lui élever des
temples et à lui recruter des prêtres, mais il pense trop
à son dieu et il parle de lui et à propos de n'importe
quel sujet il finit toujours par revenir à son dieu. De
cette façon, il rend son entourage encore plus fou que
lui. Il dit vivre de la vérité, mais la vérité est comme un
couteau tranchant entre les mains d'un enfant, et elle
est encore plus dangereuse entre celles d'un fou.

Il but du vin et dit encore :

— Je remercie mon faucon d'avoir pu quitter Thèbes, car Thèbes grouille comme un nid de serpents à
cause de son dieu et je ne veux pas me mêler de ces
querelles théologiques. Les prêtres d'Amon racontent
déjà bien des anecdotes scandaleuses sur sa naissance et

ils excitent le peuple contre le nouveau dieu. Son mariage a aussi causé de l'indignation, car la princesse de Mitanni, qui jouait avec des poupées, est morte subitement, et le pharaon a choisi pour grande épouse royale la jeune Nefertiti, qui est la fille d'Aï. Certes, elle est belle et s'habille bien, mais elle est très obstinée, elle est tout à fait la fille de son père.

— Comment la princesse de Mitanni est-elle morte ? demandai-je, car j'avais vu cette enfant aux yeux tristes qui regardait Thèbes avec angoisse, lorsqu'on la portait au temple par l'allée des béliers, vêtue et ornée comme une image de dieu.

— Les médecins disent qu'elle n'a pas supporté le climat de l'Egypte, répondit Horemheb en riant. C'est une blague, car chacun sait que nulle part dans le monde le climat n'est plus sain qu'en Egypte. Mais tu sais que la mortalité des enfants dans le gynécée royal est grande, plus grande que dans le quartier des pauvres à Thèbes, bien que cela paraisse incroyable. Il est plus sage de ne pas mentionner de noms, mais pour moi je conduirais mon char devant la maison du prêtre Aï, si j'osais.

Il parlait avec nonchalance et se donnait des coups de cravache sur les cuisses, en buvant du vin, mais il avait grandi et il s'était virilisé, et son esprit connaissait les soucis, si bien qu'il n'était plus un enfant vantard. Il dit encore :

— Si tu désires connaître le dieu du pharaon, viens demain à l'inauguration du temple que je lui ai fait élever rapidement sur une colline de cette ville. Je lui enverrai un récit de la fête, sans lui toucher mot des morts et du sang déjà versé, pour ne pas le tourmenter dans son palais doré.

Il ajouta :

— Passe la nuit dans une tente, si tu y trouves de la place. Ma dignité exige que je dorme ici dans le palais du prince, bien que la vermine y foisonne. Mais la vermine fait partie de la guerre, comme la faim et la soif et les blessures et les villages incendiés, si bien que je ne me plains pas.

Je passai la nuit dans une tente où l'on me traita bien, car je m'étais lié en cours de route avec l'officier de ravitaillement. Il fut ravi d'apprendre que je suivrais les troupes comme médecin, et quel soldat ne tiendrait pas à être en bons termes avec le médecin ?

A l'aube, les trompettes me réveillèrent et les soldats se rassemblèrent et s'alignèrent, et les sous-officiers et les chefs passaient entre les rangs en hurlant et en distribuant des coups de fouet. Quand tous furent en ordre, Horemheb sortit de la sordide résidence du prince, la cravache d'or à la main, et un serviteur tenait un parasol sur sa tête et chassait les mouches, tandis que Horemheb parlait aux soldats de la manière suivante :

— Soldats d'Egypte ! Je dis soldats d'Egypte, et par ces mots, je désigne aussi bien vous, nègres dégoûtants, que vous, sales lanciers syriens, et vous aussi, shardanes et conducteurs des chars de guerre, qui ressemblez le plus à des soldats et à des Egyptiens dans ce troupeau bêlant et beuglant. J'ai été patient avec vous et je vous ai entraînés consciencieusement, mais à présent, ma patience est à bout et je renonce à vous envoyer à l'exercice, car si vous y allez, vous vous embarrassez dans vos lances, et si vous tirez de l'arc en courant, vos flèches volent aux quatre vents des cieux et vous vous blessez les uns les autres et vos flèches se perdent, ce qui est un gaspillage que nous ne pouvons nous permettre, grâce au pharaon, que son corps se conserve éternellement ! C'est pourquoi, aujourd'hui, je vous conduirai au combat, car mes éclaireurs m'ont rapporté que les Khabiri campent derrière les montagnes, mais je ne sais pas combien ils sont, parce que les éclaireurs ont pris la fuite avant de les avoir comptés, tant ils avaient peur. Mais j'espère qu'ils sont assez nombreux pour vous massacrer tous jusqu'au dernier, afin que je n'aie plus à contempler vos binettes répugnantes et lâches et que je puisse rentrer en Egypte pour y rassembler une armée de vrais hommes qui aiment le butin et l'honneur. Quoi qu'il en soit, je vous offre aujourd'hui une dernière chance. Sous-officier, oui, toi, avec ton nez fendu, allonge un coup de pied à cet homme qui se gratte le derrière pendant que je parle ! Oui, je vous offre aujourd'hui une dernière chance.

Horemheb jeta sur les hommes un regard furibond et personne n'osa plus bouger pendant qu'il parlait.

— Je vous conduirai au combat, et que chacun sache que je me jette le premier dans la mêlée et que je ne m'attarde pas à regarder qui me suit. Car je suis le fils d'Horus et un faucon vole devant moi et aujourd'hui je veux battre les Khabiri, même si je dois le faire tout seul. Mais je vous avertis que ce soir mon fouet dégoulinera de sang, car je compte rosser de ma main tout ceux qui ne me suivront pas et qui chercheront à se cacher ou à fuir, et je les rosserai tellement qu'ils

souhaiteront n'être jamais nés, et je vous assure que ma
cravache mord plus cruellement que les lances des
Khabiri dont le cuivre est mauvais et qui se brisent
facilement. Et les Khabiri n'ont rien d'effrayant, sauf
leurs cris qui sont vraiment affreux, mais si l'un de
vous redoute les hurlements, il n'a qu'à se mettre de
l'argile dans les oreilles. Il n'en résultera aucun dommage, car les hurlements des Khabiri vous empêche-
raient d'entendre les ordres, mais chacun doit suivre
son chef et tous vous suivrez mon faucon. Je peux
encore vous dire que les Khabiri se battent en désordre, comme un troupeau, mais je vous ai appris à rester
en rangs et j'ai exercé les archers à tirer tous ensemble
au commandement ou sur un signal. Que Seth et tous
ses démons rôtissent quiconque tirera trop vite ou sans
viser. Ne vous lancez pas dans la bataille en criant
comme des femmes, mais tâcher d'être des hommes
qui portent un pagne et non pas une robe. Si vous
battez les Khabiri, vous pourrez vous partager leurs
troupeaux et leurs marchandises et vous serez riches,
car ils ont ramassé un grand butin dans les villages
incendiés, et je ne veux pas garder pour moi un seul
esclave ni un seul bœuf, tout sera à partager entre vous.
Vous pourrez aussi vous partager leurs femmes, et je
crois que vous aurez du plaisir à les caresser ce soir, car
elles sont belles et ardentes et elles aiment les soldats
courageux.

Horemheb regarda ses soldats, et soudain ils se
mirent à crier ensemble et à frapper leurs lances contre
leurs boucliers et à brandir leurs arcs. Horemheb
sourit et agita nonchalamment sa cravache et dit :

— Je vois que vous brûlez du désir de vous faire

rosser, mais nous devons d'abord inaugurer un temple nouveau au dieu du pharaon, dont le nom est Aton. C'est cependant un dieu qui n'a rien de guerrier, et je ne crois pas qu'il vous sera bien utile aujourd'hui. C'est pourquoi le gros de la troupe va partir, et l'arrière-garde restera pour la fête, afin de s'assurer de la bienveillance du pharaon pour nous. C'est que vous aurez une longue marche à accomplir, car je veux vous lancer dans la bataille aussi fatigués que possible, afin que vous n'ayez plus la force de fuir, mais que vous vous battiez d'autant plus courageusement pour votre vie.

Il agita de nouveau sa cravache dorée, et les troupes poussèrent des cris enthousiastes et sortirent de la ville en grand désordre, chaque section suivant son insigne qui était fixé au bout d'une perche. C'est ainsi que les soldats suivaient des queues de lions et des éperviers et des têtes de crocodiles, et les chars de guerre légers précédaient les troupes et couvraient leur marche. Mais les chefs supérieurs et l'arrière-garde accompagnèrent Horemheb dans le temple qui s'élevait sur un rocher en bordure de la ville. Tandis que nous nous y rendions, j'entendis murmurer les officiers et ils parlaient ainsi entre eux : « N'est-il pas stupide que le chef se jette le premier dans le combat ? Nous ne le ferons certainement pas, car de tout temps ce fut l'habitude de porter les chefs et les officiers dans des litières, derrière les troupes, car ils sont les seuls qui sachent écrire, et comment pourraient-ils autrement noter les actes des soldats et punir les lâches ? » Horemheb entendit fort bien ces propos, mais il se borna à agiter sa cravache en souriant.

Le temple était petit et hâtivement construit de bois et d'argile, et il n'était pas comme les temples ordinaires, car il était à ciel ouvert et au milieu se trouvait un autel, et on ne voyait pas du tout le dieu, si bien que les soldats se regardaient avec étonnement en le cherchant. Horemheb leur parla ainsi :

— Son dieu est rond et semblable au disque du soleil, c'est pourquoi guignez du côté du ciel, vous l'y verrez peut-être. Il vous bénit de ses mains, bien que je me doute qu'aujourd'hui, après la marche, ses doigts vous feront l'effet d'aiguilles brûlantes sur vos dos.

Mais les soldats murmurèrent et dirent que le dieu du pharaon était trop éloigné. Ils désiraient un dieu devant lequel on pût se prosterner et qu'on pût toucher de ses mains, si on osait. Mais ils se turent, lorsque le prêtre s'avança, et c'était un frêle jeune homme dont la tête n'était pas rasée et qui portait une tunique blanche. Ses yeux étaient brillants et inspirés et il déposa en offrande sur l'autel des fleurs printanières et de l'huile et du vin, jusqu'au moment où les soldats rirent à haute voix. Il chanta aussi un hymne à Aton et on dit que c'est le pharaon qui l'avait composé. Il était très long et monotone, et les soldats l'écoutèrent bouche bée, sans y rien comprendre. En voici les paroles :

Ton apparition est belle à l'horizon du ciel,
O vivant Aton, principe de vie !
Quand tu te lèves à l'horizon oriental du ciel,
Tu remplis chaque pays de ta beauté,
Car tu es beau, grand, étincelant, élevé au-dessus de la terre.
Tes rayons, ils entourent les pays et tout ce que tu as créé.

Tu les enchaînes de ton amour,
Quoique tu sois éloigné, tes rayons sont sur terre,
Bien que tu résides au ciel, les empreintes de tes pas sont le jour.

Puis le prêtre dépeignit les ténèbres nocturnes et les lions qui sortent de leurs tanières la nuit, et les serpents qui mordent, si bien que de nombreux soldats commencèrent à frémir. Il décrivit la clarté du jour et affirma qu'à l'aube les oisillons battaient des ailes pour louer Aton. Il déclara aussi que ce nouveau dieu créait l'enfant dans le sein de la femme. A l'entendre, on se persuadait que cet Aton ne négligeait aucun détail dans l'univers, car aucun poussin n'arrive à percer la coquille de l'œuf et à pépier sans l'aide d'Aton.

Tu es dans mon cœur
Et nul autre ne te connaît,
Sinon ton fils le pharaon.
Tu l'inities à tes desseins
Et tu le consacres par ta puissance.
L'univers est dans tes mains
Tel que tu l'as créé,
Les hommes vivent de ta lumière,
Lorsque tu te couches, ils meurent,
Car tu es la vie
Et par toi les hommes vivent.
Tous les yeux contemplent ta beauté,
Jusqu'à ce que tu te couches,
Tout travail est abandonné,
Lorsque tu disparais à l'occident.
Depuis que tu as établi la terre,
Tu l'as préparée pour la venue de ton fils,
Qui est sorti de tes bras,
Pour le roi vivant de la vérité,

Le maître des deux pays, fils de Râ,
Qui vit de la vérité,
Pour le maître des deux couronnes tu as créé le monde,
Et pour sa grande épouse royale,
Sa bien-aimée, Maîtresse du Double Pays,
Pour Nefertiti, vivante et prospère à jamais.

Les soldats prêtaient l'oreille en grattant le sable de leurs orteils, et à la fin de l'hymne ils poussèrent des hourras en l'honneur du pharaon, car tout ce qu'ils avaient compris à cet hymne, c'est qu'il avait pour but de célébrer le pharaon et de le proclamer fils du dieu, ce qui était juste et bon, puisqu'il en avait toujours été ainsi et qu'il en serait toujours ainsi. Horemheb congédia le prêtre qui, tout ravi des applaudissements des soldats, s'en fut rédiger un rapport au roi. Mais je crois que l'hymne et ses idées ne causèrent guère de joie aux soldats qui grattaient le sable et qui allaient partir pour le combat et peut-être au-devant d'une mort violente.

4

L'arrière-garde se mit en branle, suivie par les chariots à bœufs et les bêtes de somme. Horemheb prit la tête avec son char et les officiers s'éloignèrent dans leurs chaises, en se plaignant de l'ardeur du soleil. Je me contentai de monter un âne en compagnie de mon ami l'officier du ravitaillement et j'emportai ma boîte à médecine, dont je pensais bien avoir besoin.

Les troupes marchèrent jusqu'au soir, avec un bref repos pour manger et boire. Des traînards de plus en plus nombreux restaient au bord du chemin, incapables de se lever, même quand les sous-officiers leur donnaient des coups de fouet et sautaient à pieds joints sur eux. Les soldats chantaient et pestaient à tour de rôle, et quand les ombres s'allongèrent, des flèches commencèrent à pleuvoir des collines en bordure du chemin, si bien que parfois dans la colonne un homme poussait un cri et portait la main à son épaule transpercée ou s'écroulait sur le chemin. Mais Horemheb ne s'attarda pas à nettoyer les abords du chemin, il accéléra l'allure, si bien que les hommes finirent par aller au pas de course. Les chars légers ouvraient la voie et bientôt nous vîmes au bord du chemin les corps déchiquetés de quelques Khabiri étendus dans leurs manteaux, la bouche et les yeux pleins de mouches. Quelques soldats sortirent de la colonne pour retourner les corps et chercher des souvenirs de guerre, mais il n'y avait plus rien à piller.

L'officier du ravitaillement transpirait sur son âne. Il me demanda de transmettre son dernier salut à sa femme et à ses enfants, car il pressentait que ce serait son dernier jour. C'est pourquoi il me donna l'adresse de sa femme à Thèbes, en me priant de veiller à ce que son corps ne soit pas dévalisé, à moins que les Khabiri ne nous aient tous massacrés avant la nuit, ainsi qu'il opinait en hochant la tête.

Enfin s'ouvrit devant nous une vaste plaine où les Khabiri avaient établi leur camp. Horemheb fit sonner

les trompettes et disposa les troupes pour l'attaque, les
lanciers au centre et les archers aux deux ailes. Quant
aux chars, il les renvoya, et ils partirent à toute vitesse,
soulevant des nuages de poussière. Il ne garda près de
lui que quelques chars lourds. Dans les vallées lointaines derrière les montagnes montait la fumée des
villages incendiés. Le nombre des Khabiri semblait
immense dans la plaine et leurs rugissements et leurs
cris remplissaient l'air comme le fracas de la mer
lorsqu'ils avancèrent à notre rencontre, les boucliers et
les pointes des lances luisant terriblement à la lumière
du soleil couchant. Mais Horemheb s'écria :

— Ne tremblez pas des genoux, mes chers bousiers,
car les Khabiri armés sont peu nombreux, et ceux que
vous voyez sont leurs femmes et leurs enfants et leur
bétail qui seront tous votre butin avant la nuit. Et dans
leurs marmites de terre vous attend un repas chaud.
C'est pourquoi cognez dur, afin que vous puissiez
bientôt vous régaler, car j'ai déjà une faim de crocodile.

Mais la horde des Khabiri déferlait contre nous,
effrayante, et ils étaient plus nombreux que nous et
leurs lances semblaient acérées dans la lumière du
soleil, et la guerre ne m'amusait plus du tout. Les
rangs des lanciers faiblirent et les hommes regardaient
derrière eux, comme moi aussi, mais les sous-officiers
brandissaient leurs fouets et juraient, et les soldats se
disaient certainement qu'ils étaient trop fatigués et
trop affamés pour pouvoir échapper par la fuite, si bien
que les rangs se reformèrent et que les archers se
mirent à palper nerveusement la corde de leur arc, en
attendant le signal.

Parvenus à bonne distance, les Khabiri poussèrent

leur cri de guerre, et leurs hurlements étaient si affreux que tout mon sang reflua et que mes jambes tremblè-rent. Ils se lancèrent à la course contre les nôtres et j'entendis les flèches siffler à mes oreilles en bruissant comme des mouches : psst, psst. Jamais de ma vie je n'avais entendu un bruit plus excitant que le sifflement des flèches. Et je me rassurais en constatant que les flèches n'avaient pas commis trop de dommages, car elles volaient trop haut ou tombaient sur les boucliers. En cet instant, Horemheb cria : « Suivez-moi, mes braves bousiers ! » Son conducteur lança les chevaux au galop, les chars de guerre le suivirent, les archers tirèrent des salves et les lanciers se mirent à courir derrière les chars. Et alors, de tous les gosiers jaillit un cri encore plus effrayant que celui des Khabiri, car chacun criait pour sa vie et pour diminuer sa peur, et je m'aperçus que moi aussi je hurlais à pleine gorge, ce qui me soulagea immédiatement.

Les chars de guerre entrèrent à grand bruit dans la masse des Khabiri, et au premier rang, au-dessus des nuages de poussière et des lances brandies, le casque de Horemheb dressait ses plumes d'autruche. Dans la trouée des chars, les lanciers avancèrent derrière les queues de lions et les éperviers, et les archers se déployèrent dans la plaine en tirant des salves contre la foule dense des Khabiri. Dès ce moment, ce ne fut plus qu'une confusion indescriptible, du vacarme, des cliquetis, des hurlements et des cris d'agonie. Des flèches sifflèrent à mes oreilles et mon âne s'emballa et se jeta dans le gros de la mêlée, malgré mes coups de pied et mes cris. Les Khabiri se battaient avec courage et sans peur, et les hommes renversés par les chevaux

cherchaient encore à atteindre de la lance ceux qui
passaient à portée, et maint Egyptien perdit la vie en se
penchant pour couper comme un trophée la main de
l'ennemi abattu. L'odeur du sang l'emportait sur celle
de la sueur et des soldats, et les corbeaux tourbillonnaient dans le ciel en essaims sans cesse plus nombreux.

Soudain les Khabiri poussèrent un hurlement
furieux et prirent la fuite, car ils avaient vu que les
chars légers, après avoir contourné la plaine, atta-
quaient leur camp et pourchassaient les femmes et
dispersaient le bétail volé. Ils ne purent supporter ce
spectacle, mais ils se sauvèrent pour essayer de protéger leurs femmes et leur camp, et ce fut leur perte. Car
les chars se tournèrent contre eux et les dispersèrent, et
les archers et les lanciers de Horemheb achevèrent le
massacre. Quand le soleil se coucha, la plaine était
couverte de cadavres sans mains, le camp était en
flammes et partout mugissait le bétail éparpillé.

Mais dans la fureur de la victoire les soldats continuaient à massacrer et ils plongeaient leurs lances dans
tout ce qui bougeait, ils tuaient aussi des hommes qui
avaient déposé les armes, et ils assommaient les enfants
à coup de massue et tiraient stupidement sur le bétail
affolé. Horemheb donna l'ordre de sonner les trompettes, et les chefs et les officiers reprirent leurs esprits et
rassemblèrent les soldats à coups de fouet. Mais mon
âne affolé continuait à gambader dans la plaine et à me
ballotter sur son dos comme un sac, si bien que je ne
savais plus si je vivais ou si j'étais mort. Les soldats se
moquaient de moi et me brocardaient, et finalement un
homme donna un coup du manche de sa lance sur le

museau de l'âne qui s'arrêta tout interloqué et pointa les oreilles, et alors je pus mettre pied à terre. Dès lors les soldats m'appelèrent le Fils de l'onagre.

Les prisonniers furent rassemblés et parqués dans des enclos, on ramassa les armes et on envoya des bergers à la recherche du troupeau dispersé. Les Khabiri étaient si nombreux qu'une grande partie put s'échapper par la fuite, mais Horemheb pensa qu'ils courraient toute la nuit et ne reviendraient pas de longtemps. A la lumière des tentes et des tas de fourrage en flammes, on apporta à Horemheb le coffre du dieu et il l'ouvrit et en sortit Sekhmet à la tête de lionne qui dressait fièrement ses seins de bois. Les soldats l'aspergèrent avec allégresse du sang de leurs blessures et jetèrent devant elle les mains coupées comme trophées. Ces mains formèrent un gros tas, et certains soldats en jetaient quatre ou même cinq. Horemheb distribua des chaînes en or et des bracelets et il récompensa les plus braves en les promouvant sous-officiers. Il était couvert de poussière et ensan-glanté et sa cravache dégoulinait de sang, mais ses yeux souriaient aux soldats et il les appelait ses chers bousiers et saigneurs.

J'avais beaucoup de travail, car les lances et les massues des Khabiri avaient causé des blessures effrayantes. Je travaillais à la lumière des incendies, et aux cris de douleur des blessés se mêlaient les plaintes des femmes que les soldats entraînaient et tiraient au sort pour se divertir avec elles. Je lavais et suturais des plaies béantes, je remettais en place les intestins jaillis des ventres fendus et je recousais les cuirs chevelus rabattus sur les yeux. A ceux qui devaient mourir, je donnais de la bière et des stupéfiants, pour que la mort leur fût douce pendant la nuit.

Je pansais aussi les Khabiri que leurs blessures avaient empêché de fuir, mais je ne sais pourquoi j'agissais ainsi, peut-être parce que je pensais que Horemheb en retirerait un meilleur prix en les vendant en esclavage, si je les guérissais. Mais beaucoup d'entre eux refusaient mes soins, d'autres arrachaient leurs pansements en entendant pleurer les enfants et gémir les femmes violées par les Egyptiens. Ils repliaient la jambe, se couvraient la tête et mouraient d'hémorragie.

En les regardant, je n'étais plus aussi fier de notre victoire, car ils étaient de pauvres habitants du désert, et le bétail des vallées et le blé les attiraient, parce qu'ils souffraient de la famine. C'est pourquoi ils venaient piller la Syrie, et leurs membres étaient maigres et beaucoup avaient les yeux malades. Cependant, ils étaient de rudes et redoutables combattants, et sur leurs pas montait la fumée des villages incendiés et retentissaient les pleurs et les gémissements. Mais malgré tout j'avais pitié d'eux, en voyant leurs larges nez pâlir, tandis qu'ils se couvraient de leurs haillons pour mourir.

Le lendemain, je rencontrai Horemheb qui me félicita, et je lui conseillai d'établir ici un camp fortifié où les soldats les plus grièvement blessés pourraient se guérir, car si on les transportait à Jérusalem, ils périraient en route. Horemheb me remercia de mon aide et dit :

— Je ne te croyais pas aussi courageux que je l'ai constaté hier de mes propres yeux, quand tu te lançais dans la pire mêlée sur un âne furieux. Mais tu ne savais certainement pas qu'à la guerre le travail du médecin ne commence qu'après la bataille. J'ai entendu que les soldats t'appellent le Fils de l'onagre, et si tu le désires, je te prendrai au combat sur mon propre char, car tu as de la chance, puisque tu es encore en vie, bien que tu n'aies eu ni lance ni massue.

— Tes hommes te célèbrent et promettent de te suivre où tu voudras, lui dis-je pour le flatter. Mais comment est-il possible que tu n'aies pas la moindre blessure, alors que je pensais que tu allais certainement te faire tuer en te jetant le premier au milieu des flèches et des lances ?

— J'ai un conducteur habile, dit-il. En outre, mon faucon me protège, parce qu'on aura encore besoin de moi pour de graves missions. C'est pourquoi ma conduite n'a rien de méritoire ni de courageux, puisque je sais que les flèches et les lances et les massues de l'ennemi m'évitent. Je m'élance le premier, parce que je suis destiné à répandre beaucoup de sang, bien que déjà maintenant le sang versé ne me procure plus de joie et que les hurlements des soldats écrasés sous les roues de mon char ne me divertissent guère. Dès que mes troupes seront assez entraînées et qu'elles ne craindront plus la mort, je me ferai porter en litière derrière elles, comme le fait tout capitaine raisonnable, car un vrai capitaine ne souille pas ses mains à une besogne immonde et sanglante que le plus vil esclave peut exécuter, mais il travaille avec son cerveau et il utilise beaucoup de papier et il dicte à de nombreux scribes des ordres importants que toi, Sinouhé, tu ne comprends pas, parce que ce n'est pas ton métier, tout comme moi je ne comprends rien à l'art du médecin,

tout en le respectant. C'est pourquoi j'éprouve plutôt
de la honte à m'être souillé les mains et le visage avec le
sang de ces voleurs de troupeaux, mais je ne pouvais
agir autrement : si je n'avais pas précédé mes hommes,
ils auraient perdu courage et seraient tombés à genoux
en gémissant, car en vérité les soldats égyptiens qui
n'ont pas vu la guerre depuis deux générations sont
encore plus lâches et plus pitoyables que les Khabiri.
C'est pourquoi je les appelle mes bousiers, et ils sont
déjà fiers de ce nom.

Je ne pouvais croire qu'en se jetant dans la mêlée
comme il le faisait, il n'avait réellement pas peur pour
sa vie. C'est pourquoi j'insistai :

— Tu as une peau chaude et le sang court dans tes
veines, comme chez les autres hommes. Est-ce par
l'effet de quelque sortilège puissant que tu évites les
blessures, ou bien d'où vient-il que tu n'aies pas peur ?

Il dit :

— J'ai entendu parler de sortilège à ce propos, et je
sais que bien des soldats portent au cou des amulettes
qui devraient les protéger, mais après le combat
d'aujourd'hui on a ramassé parmi les morts bien des
hommes qui en avaient, de sorte que je ne crois pas à
cette sorcellerie, bien qu'elle puisse être utile, puisqu'elle inspire confiance à l'homme inculte qui ne sait
ni lire ni écrire, et qu'elle le rend héroïque au combat.
A la vérité, tout cela c'est de la fumisterie, Sinouhé.
Pour moi, c'est différent, car je sais que je dois
accomplir de grands exploits, mais je ne peux te dire
comment je le sais. Un soldat a de la chance ou il n'en a
pas, et moi j'ai eu de la chance depuis que mon faucon
m'a conduit vers le pharaon. Certes, mon faucon ne se

plaisait pas au palais, il s'est envolé et n'est plus
revenu, mais pendant que nous traversions le désert du
Sinaï pour venir en Syrie, et que nous souffrions de la
faim et surtout de la soif, car moi aussi je souffre avec
mes soldats pour savoir ce qu'ils sentent et pouvoir
mieux les commander, j'ai vu dans une vallée un
buisson ardent. C'était un feu vivant qui ressemblait à
un gros buisson ou à un arbre, et il ne s'épuisait pas et
ne baissait pas, mais il brûlait jour et nuit et autour de
lui régnait une odeur qui montait à la tête et qui me
donna du courage. Je l'ai vu durant une chasse aux
fauves du désert, loin de mes troupes, et seul le
conducteur de mon char l'a vu, il peut en témoigner.
Et dès lors je sus que ni la lance, ni la flèche ni la
massue ne pourraient m'atteindre, tant que mon temps
ne serait pas venu, mais je ne peux dire comment je le
sais, car c'est un mystère.

Je le crus et mon respect pour lui grandit, car il
n'avait aucun motif d'inventer une pareille histoire
pour m'amuser, et je ne pense pas qu'il en aurait été
capable, car il ne croyait que ce qu'il avait vu de ses
yeux ou touché de ses mains.

Il fit camper ses troupes dans le camp des Khabiri où
elles mangèrent et burent, puis elles tirèrent à la cible
et s'exercèrent à la lance, et elles prenaient pour cibles
les Khabiri inaptes à être vendus comme esclaves à
cause de leurs blessures ou trop farouches pour faire de
bons esclaves. C'est pourquoi les hommes ne murmurèrent point contre ces exercices, au contraire, ils s'y
livrèrent avec une vive joie. Mais le troisième jour,
l'odeur des cadavres étendus dans la plaine devint
terrible, et les corbeaux et les chacals et les hyènes

faisaient un tel vacarme la nuit que personne ne pouvait dormir. La plupart des femmes des Khabiri s'étaient étranglées avec leurs cheveux, qu'elles portaient longs, et elles ne réjouissaient plus personne.

Le troisième jour, Horemheb leva le camp et renvoya une partie des troupes à Jérusalem pour y transporter le butin, parce que les marchands n'étaient pas venus assez nombreux sur le champ de bataille pour acheter tous les esclaves, ustensiles de cuisine et blé, et le reste alla paître les troupeaux. On dressa un camp pour les blessés qui restèrent sous la garde des soldats d'une queue de lion, mais beaucoup d'entre eux moururent. Horemheb partit avec les chars à la poursuite des Khabiri, car en interrogeant les prisonniers, il avait appris que les Khabiri avaient réussi à emporter leur dieu dans leur fuite.

Il me prit avec lui, malgré ma résistance, et je me tenais derrière lui sur son char, cramponné à sa ceinture et déplorant le jour de ma naissance, car il avançait comme un forcené et à chaque instant je pensais que le char allait culbuter et que je me casserais la tête sur les rochers. Mais il se moquait de moi et me disait qu'il voulait me faire voir la guèrre, puisque j'avais désiré savoir si elle avait quelque chose à m'apprendre.

Il me fit goûter de la guerre et je vis les chars se précipiter sur les Khabiri comme un ouragan, tandis qu'ils chantaient de joie en chassant devant eux le bétail volé vers leurs cachettes du désert. Les chevaux écrasaient les vieillards et les enfants, au milieu de la fumée des tentes incendiées, et Horemheb apprenait aux Khabiri par le sang et les larmes qu'ils feraient mieux de rester pauvres dans leur désert et de crever de faim dans leurs repaires plutôt que d'envahir la riche et fertile Syrie pour oindre d'huile leur peau brûlée par le soleil et pour s'engraisser avec le blé volé. C'est ainsi que je goûtai de la guerre, qui n'était en réalité plus une guerre, mais une poursuite et un massacre, jusqu'au moment où Horemheb en eut assez et fit relever les bornes renversées par les Khabiri, sans se soucier de les reculer dans le désert. Il dit :

— Il me faut garder de la graine de Khabiri, pour que j'aie l'occasion d'entraîner mes soldats, car si je les pacifie en les tuant tous, il n'existera plus dans tout le pays un seul endroit où l'on puisse se battre. En effet, la paix règne depuis quarante ans dans le monde, et tous les peuples vivent en bonne harmonie et les rois des grands Etats se nomment dans leurs lettres frères et amis, et le pharaon leur envoie de l'or pour qu'ils puissent lui élever une statue en or dans les temples de leurs dieux. C'est pourquoi je veux garder de la graine de Khabiri, car dans quelques années la faim les chassera de nouveau hors de leur désert et ils oublieront ce qu'il leur en avait coûté la dernière fois.

Il réussit aussi à rejoindre sur son char le dieu des Khabiri et fondit sur lui comme un faucon, si bien que les porteurs jetèrent le dieu à terre et l'abandonnèrent pour s'enfuir dans les montagnes, loin des chars. Horemheb fit couper le dieu en morceaux et il le brûla devant Sekhmet, et les soldats se frappaient la poitrine et disaient avec fierté : « C'est ainsi que nous brûlons le dieu des Khabiri. » Le nom de ce dieu était Jéhou ou Jahvé, et les Khabiri n'en avaient pas d'autres, si bien qu'ils durent regagner leur désert sans dieu et plus pauvres encore qu'à leur départ, bien qu'ils eussent déjà chanté de joie et brandi des rameaux de palmier.

5

Horemheb rentra à Jérusalem où s'étaient réunis les fugitifs des régions frontières, et il leur revendit leur bétail et leur blé et leurs ustensiles de cuisine, si bien qu'ils déchiraient leurs vêtements et disaient : « Ce pillage est pire que celui des Khabiri. » Mais ils n'avaient pas à se plaindre, car ils pouvaient emprunter de l'argent à leurs temples et aux marchands et au bureau du fisc, et ce qu'ils ne purent racheter, Horemheb le vendit aux marchands accourus de toute la Syrie. C'est ainsi qu'il put distribuer aux soldats une récompense en cuivre et en argent, et maintenant je compris pourquoi la plupart des blessés étaient morts dans le camp en dépit de mes soins. Leurs camarades recevaient maintenant une part plus grande du butin, et en outre, ils avaient volé les vêtements des blessés et leurs armes et leurs bijoux, et ils ne leur avaient donné ni eau ni nourriture, si bien qu'ils étaient morts. Je compris aussi beaucoup mieux pourquoi des charcutiers ignares aimaient tant à accompagner les armées à la guerre et revenaient riches en Egypte, bien que leur savoir fût minime.

Jérusalem retentissait de bruits et de cris et de musique syrienne. Les soldats avaient du cuivre et de l'argent, et ils buvaient de la bière et se divertissaient

avec des filles peintes que les marchands avaient
amenées, et ils se disputaient et se battaient et se
volaient entre eux, si bien que chaque jour des corps
pendaient aux murs, la tête en bas. Mais les soldats ne
s'en souciaient guère, ils disaient : « Il en fut ainsi, il
en sera toujours ainsi. » Ils gaspillèrent leur cuivre et
leur argent pour de la bière et des filles, jusqu'au
départ des marchands. Horemheb préleva un tribut
sur les marchands à leur arrivée et à leur départ, et il
s'enrichit, bien qu'il eût cédé sa part du butin aux
soldats. Mais il ne s'en réjouit aucunement, car lorsque
j'allai prendre congé de lui pour rentrer à Simyra, il me
dit :

— Cette campagne est terminée avant même d'avoir
commencé, et le pharaon me reproche dans une lettre
d'avoir versé du sang malgré son interdiction. Je dois
rentrer en Egypte et y ramener mes bousiers et les
licencier et déposer dans les temples leurs faucons et
leurs queues de lions. Mais je ne sais ce qui arrivera,
car ce sont les seules troupes exercées en Egypte et les
autres sont tout juste bonnes à chier sur les murs et à
pincer les femmes. Par Amon, il est facile au pharaon
de composer dans son palais doré des hymnes à son
dieu et de croire qu'il gouvernera par l'amour tous les
peuples, mais il devrait entendre les gémissements des
hommes massacrés et les hurlements des femmes dans
les villages incendiés, lorsque l'ennemi envahit le pays,
et alors il changerait peut-être d'idée.

— L'Egypte n'a pas d'ennemis, car l'Egypte est
trop riche et trop puissante, lui dis-je. Ta réputation
s'est répandue dant toute la Syrie, et les Khabiri ne
toucheront plus aux bornes. Alors, pourquoi ne pas

licencier les troupes, car en vérité elles se saoulent et font du scandale, et leurs quartiers puent l'urine et la vermine y grouille.

— Tu ne sais ce que tu dis, répondit-il en se grattant rageusement sous les bras, car la cabane du roi était aussi pleine de vermine. L'Egypte se suffit à elle-même, mais ailleurs on fomente des révoltes. C'est ainsi que j'ai appris que le roi d'Amourrou se procure fébrilement des chevaux et des chars de guerre, alors qu'il ferait mieux de payer plus régulièrement son tribut au pharaon. Chez lui on raconte déjà ouvertement que jadis les Amorrites ont dominé le monde entier, et il y a là un fond de vérité, car les derniers Hyksos habitent chez eux.

— Cet Aziru est mon ami, et il est rempli de vanité, parce que je lui ai doré les dents, dis-je. Je crois aussi qu'il a d'autres préoccupations, car il a pris une femme qui lui épuise les flancs et lui affaiblit les genoux.

— Tu sais bien des choses, Sinouhé, dit Horemheb avec un regard songeur. Tu es un homme libre et tu décides toi-même de tes actes et tu voyages d'une ville à l'autre, en entendant bien des choses que d'autres ignorent. Si j'étais à ta place et libre comme toi, je me rendrais dans tous les pays pour m'instruire. J'irais à Mitanni et à Babylone, et je profiterais de l'occasion pour me renseigner sur les chars de guerre des Hittites et sur la manière dont ils exercent leurs troupes, et je visiterais aussi les îles de la mer pour voir quelle est la force réelle des navires de guerre dont on parle tant. Mais je ne peux pas le faire, car le pharaon me rappelle. En outre, mon nom est si connu dans toute la Syrie qu'on ne me raconterait pas ce que je désire apprendre.

Mais toi, Sinouhé, tu es vêtu à la syrienne et tu parles la langue des gens cultivés de tous les pays. Tu es médecin et personne ne croit que tu sois au courant d'autre chose que de ton art. Ton langage est simple et souvent enfantin à mes oreilles, et tu me regardes de tes yeux ouverts, mais pourtant je sais que ton cœur est renfermé et que tu n'es pas comme on le croit. Est-ce vrai ?

— Peut-être, lui dis-je. Mais que veux-tu de moi ?

— Si je te donnais beaucoup d'or, dit-il, pour que tu puisses aller dans les pays dont je t'ai parlé, afin d'y pratiquer ton art et diffuser la renommée de la médecine égyptienne et ta réputation de guérisseur, dans chaque ville les riches t'inviteraient chez eux et tu pourrais scruter leurs cœurs, et peut-être que les rois et les souverains t'appelleraient aussi et tu pourrais sonder leurs intentions. Mais tout en exerçant ton art, tes yeux seraient les miens et tes oreilles les miennes, et tu te graverais dans l'esprit tout ce que tu vois et entends, afin de me le raconter à ton retour en Egypte.

— Je ne rentrerai jamais en Egypte, dis-je. Et tes propositions sont dangereuses, je ne tiens nullement à être pendu aux murailles d'une ville étrangère, la tête en bas.

— De demain nul n'est certain, répondit-il. Je crois que tu reviendras en Egypte, car quiconque a bu l'eau du Nil ne peut étancher sa soif ailleurs. Même les hirondelles et les grues reviennent en Egypte chaque hiver et ne se plaisent nulle part ailleurs. C'est pourquoi tes paroles sont un bourdonnement de mouche dans mes oreilles. Et l'or n'est que poussière à mes pieds, et je l'échangerais volontiers contre des rensei-

gnements. Ce que tu dis de la pendaison est stupide,
car je ne te demande pas de commettre des actes
nuisibles ni de violer les lois des pays étrangers. Toutes
les grandes villes n'attirent-elles pas les étrangers pour
visiter leurs temples, n'organisent-elles pas des fêtes et
des divertissements pour amuser les voyageurs, afin
que ceux-ci laissent leur or aux habitants de la ville ?
Tu seras le bienvenu dans tous les pays, si tu as de l'or
sur toi. Et ton art sera apprécié dans des pays où l'on
tue les vieillards à coups de hache et où l'on mène les
malades mourir dans le désert, comme je l'ai entendu
dire. Les rois sont fiers de leur puissance et aiment
faire défiler leurs troupes devant eux, afin que les
étrangers aussi en conçoivent du respect pour leur
puissance. Quel mal y aurait-il à ce que tu observes
comment les soldats marchent et quelles armes ils ont,
et si tu comptes le nombre des chars de guerre en
notant s'ils sont gros et lourds ou petits et légers, et
s'ils portent deux ou trois hommes, car on m'a dit que
parfois un écuyer prend place à côté du conducteur. Il
est également important de savoir si les soldats sont
bien nourris et luisants de graisse ou s'ils sont maigres
et rongés par la vermine et s'ils ont les yeux malades
comme mes bousiers. On raconte aussi que les Hittites
ont découvert magiquement un nouveau métal qui est
capable d'ébrécher l'acier le mieux trempé, et ce métal
est bleu et il s'appelle fer, mais je ne sais si c'est vrai,
car il est possible qu'ils aient simplement trouvé un
nouveau moyen de tremper le cuivre et de le mélanger,
mais je voudrais connaître de quoi il s'agit. Mais ce qui
est essentiel, c'est de savoir les dispositions du souverain et celles de ses conseillers. Regarde-moi !

Je le regardai, et il me sembla grandir à mes yeux et son regard avait un éclat sombre, et il était pareil à un dieu, si bien que mon cœur frémit et que je m'inclinai devant lui, les mains à la hauteur des genoux. Il me dit alors :

— Crois-tu que je suis ton maître ?

— Mon cœur me dit que tu es mon maître, mais je ne sais pourquoi, répondis-je, et ma langue était épaisse dans ma bouche et j'avais peur. Il est probablement exact que tu es destiné à devenir un conducteur de foules, comme tu l'affirmes. Je vais donc partir et mes yeux seront les tiens et mes oreilles les tiennes, mais je ne sais si tu profiteras de ce que je verrai ou entendrai, car je suis bête dans les affaires qui t'intéressent, c'est seulement en médecine que j'excelle. Cependant, je ferai de mon mieux, et pas pour de l'or, mais parce que tu es mon ami et que les dieux en ont manifestement décidé ainsi, s'il existe des dieux.

Il dit :

— Je crois que tu ne te repentiras jamais d'être mon ami, mais je te donnerai en tout cas de l'or, car tu en auras besoin, si je connais bien les hommes. Tu n'as pas à te demander pourquoi les renseignements que je désire obtenir me sont plus importants que l'or. Je puis cependant te dire que les grands pharaons envoyaient des hommes habiles dans les cours des autres royaumes, mais les envoyés du pharaon actuel sont des imbéciles qui ne savent raconter que la manière dont on plisse les robes et comment on porte les décorations et dans quel ordre chacun est assis à la droite ou à la gauche du souverain. C'est pourquoi ne te soucie pas d'eux, si tu en rencontres, mais que leurs discours soient comme un bourdonnement de mouche à tes oreilles.

Mais quand je pris congé, il abandonna sa dignité et mit sa main sur ma joue et toucha mon épaule de son visage, en disant :

— Mon cœur est gros à ton départ, Sinouhé, car si tu es solitaire, je le suis aussi, et personne ne connaît les secrets de mon cœur.

Je crois qu'en disant ces mots il pensait à la princesse Baketamon dont la beauté l'avait ensorcelé.

Il me remit beaucoup d'or, plus que je ne pensais, et je crois qu'il me donna tout l'or qu'il avait gagné pendant la campagne de Syrie, et il ordonna à une escorte de m'accompagner jusqu'à la côte pour me protéger des brigands. Je déposai l'or dans une grande maison de commerce et l'échangeai contre des tablettes d'argile plus commodes à transporter parce que les voleurs ne pouvaient les utiliser, et je pris le bateau pour rentrer à Simyra.

Je tiens à mentionner encore qu'avant mon départ de Jérusalem, je trépanai un soldat qui avait reçu un coup de massue sur la tête dans une rixe devant le temple d'Aton, et le crâne était fracturé et l'homme agonisait et ne pouvait remuer ni les bras ni les jambes. Mais je ne pus le guérir, son corps devint brûlant et il se débattit, et il mourut le lendemain.

LIVRE VI

La journée du faux roi

1

Au début de ce nouveau livre, je tiens à louer le
temps passé pendant lequel je pus voyager sans
encombre dans tant de pays et apprendre bien des
choses, car jamais je ne reverrai des jours pareils. Je
parcourais un monde qui n'avait pas vu la guerre
depuis une quarantaine d'années, et les soldats des rois
protégeaient les routes des caravanes et les marchands,
et les navires des souverains défendaient le fleuve et les
mers contre les pirates. Les frontières étaient ouvertes,
et marchands et voyageurs chargés d'or étaient les
bienvenus dans toutes les villes, et les gens ne s'offen-
saient pas les uns les autres, ils s'inclinaient et mettaient les mains à la hauteur des genoux et ils
s'informaient des mœurs d'autrui, et bien des personnes cultivées parlaient plusieurs langues et écrivaient
deux écritures. On irriguait les champs qui portaient
d'abondantes récoltes, et au lieu du Nil terrestre, le Nil
céleste arrosait les prés des terres rouges. Au cours de
mes voyages, les troupeaux paissaient paisiblement et
les pâtres n'avaient pas de lances, mais ils jouaient du
chalumeau et chantaient joyeusement. Les vignobles

étaient florissants et les arbres fruitiers ployaient sous
leur charge, les prêtres étaient gras et luisaient d'huile
et d'onguents, et la fumée des innombrables sacrifices
montait dans les cours des temples de tous les pays.
Les dieux aussi se portaient bien et ils étaient propices
et se réjouissaient des grasses offrandes. Les riches
devenaient encore plus riches et les puissants encore
plus puissants et les pauvres encore plus pauvres, ainsi
que les dieux l'ont prescrit, si bien que chacun était
content et que personne ne murmurait. Tel m'apparaît
ce passé qui ne reviendra jamais, le temps où j'étais
dans la force de l'âge et où mes membres n'étaient pas
fatigués des longs voyages, et mes yeux étaient curieux
et désiraient voir du nouveau et mon cœur était avide
de savoir.

Pour montrer comment les conditions étaient bien
organisées, je dirai que la maison de commerce du
temple à Babylone me remit sans hésiter de l'or contre
les tablettes d'argile écrites par celle de Simyra, et que
dans chaque grande ville on pouvait acheter des vins de
provenance lointaine, et dans les villes syriennes on
aimait surtout le vin des collines de Babylone, tandis
que les Babyloniens achetaient à prix d'or le vin de
Syrie.

Après avoir ainsi glorifié ces temps heureux où le
soleil était plus clair et le vent plus doux que dans notre
dure époque actuelle, je vais parler de mes voyages et
de tout ce que j'ai vu de mes yeux et entendu de mes
oreilles. Mais il me faut d'abord dire comment je
regagnai Simyra.

A mon arrivée chez moi, Kaptah accourut à ma

rencontre en criant et en pleurant de joie, il se jeta à
mes pieds et dit :

— Béni soit le jour qui ramène mon maître au logis !
Tu es revenu, et pourtant je te croyais mort à la guerre
et j'étais sûr que tu avais été percé par une lance pour
avoir négligé mes avertissements et voulu voir comment était la guerre. Mais notre scarabée est vraiment
un dieu puissant et il t'a protégé. Mon cœur déborde
de joie en te voyant, et l'allégresse jaillit en larmes de
mes yeux, et pourtant je croyais déjà que j'allais hériter
de toi tout l'or que tu as placé dans les maisons de
commerce de Simyra. Mais je ne gémis pas sur cette
richesse qui m'est retirée, car sans toi je suis comme un
cabri égaré, et je bêle pitoyablement et mes jours sont
lugubres. Pendant ton absence, je ne t'ai pas volé plus
qu'avant, mais j'ai pris soin de ta maison et de ta
fortune et j'ai si bien veillé à tes intérêts que tu es plus
riche qu'à ton départ.

Il me lava les pieds et versa de l'eau sur mes mains et
me choya en bavardant sans cesse, mais je lui ordonnai
de se taire et je lui dis :

— Prépare tout pour le voyage, car nous allons
partir au loin pour bien des années peut-être, et le
voyage sera pénible, car nous visiterons le pays de
Mitanni et Babylone et les îles de la mer.

Alors Kaptah se mit à pleurer et à gémir :

— Pourquoi suis-je né dans un monde pareil ! A
quoi bon avoir engraissé et vécu des jours heureux,
puisque je dois y renoncer, ce qui est très dur. Si tu
partais pour un mois ou deux, comme les autres fois, je
ne dirais rien et je resterais tranquillement à Simyra.
Mais si ton voyage dure des années, il est possible que

tu ne reviennes jamais et que je ne te revoie plus. C'est pourquoi je dois te suivre en emportant notre scarabée, car durant un tel voyage tu auras besoin de toute la chance possible, et sans le scarabée tu tomberas dans les abîmes et les brigands te perceront de leur lance. Sans moi et mon expérience, tu es comme un veau à qui un voleur attache les pattes de derrière pour l'emporter sur son dos, et sans moi tu es comme un homme dont les yeux sont bandés et qui tâtonne au hasard, si bien que chacun te volerait à sa guise, ce que je me saurais permettre, puisque si tu dois être volé, il vaut mieux que ce soit par moi, parce que je vole raisonnablement en tenant compte de tes ressources et de ton intérêt. Mais il vaudrait beaucoup mieux rester dans notre maison de Simyra !

L'effronterie de Kaptah avait grandi avec les années, et mon esclave parlait de « notre maison », de « notre scarabée » et, en faisant des payements, de « notre or ». Mais cette fois j'en fus excédé et je finis par prendre ma canne et je lui en caressai ses fesses rebondies, afin de lui donner un vrai motif de pleurer. Et je lui dis :

— Mon cœur me dit qu'un jour tu pendras au mur la tête en bas à cause de ton effronterie. Décide maintenant si tu veux m'accompagner ou rester, mais cesse tes sempiternels bavardages qui me cassent les oreilles.

Kaptah finit par se résigner à son sort, et nous préparâmes le départ. Comme il avait juré de ne plus remettre le pied sur un navire, nous nous associâmes à une caravane qui se dirigeait vers la Syrie du Nord, car je voulais voir les forêts de cèdres du Liban qui fournissaient le bois pour les palais et pour la cange sacrée d'Amon. Je n'ai rien de spécial à dire de ce voyage qui fut monotone et sans incidents. Les auberges étaient propres, on y mangeait et buvait convenablement, et à certaines étapes on m'amena des malades que je pus guérir. Je me faisais porter dans une litière, car j'en avais assez des ânes, que du reste Kaptah n'aimait guère non plus, mais je ne pus le prendre dans ma litière à cause de ma dignité, parce qu'il était mon serviteur. C'est pourquoi il geignait et appelait la mort. Je lui rappelai que nous aurions pu accomplir ce voyage plus rapidement et plus confortablement par mer, mais ce ne fut pas une consolation pour lui. Le vent sec me rongeait le visage que je devais sans cesse m'oindre de pommade, et la poussière me remplissait la bouche, et les puces de sable me tourmentaient, mais ces inconvénients me paraissaient minimes, et mes yeux se réjouissaient de tout ce qu'ils voyaient.

J'admirai aussi les forêts de cèdres dont les arbres sont si grands qu'aucun Egyptien ne me croirait si j'en parlais. C'est pourquoi je les passe sous silence. Mais je dois tout de même dire que le parfum de ces forêts est merveilleux et que les ruisseaux sont clairs, et je me disais que personne ne pouvait être complètement malheureux dans un si beau pays. Mais alors je vis des esclaves qui abattaient les arbres et les taillaient pour les transporter à la côte le long des pentes. Leur misère était grande, leurs bras et leurs jambes étaient couverts d'abcès purulents, et sur leur dos les mouches se plaisaient dans les traces des coups de fouet. Cela me fit reviser mon jugement.

Nous finîmes par arriver dans la ville de Kadesh où

il y avait un fort et une importante garnison égyptienne. Mais les murailles n'étaient pas gardées et les
fossés s'étaient comblés, les soldats et les officiers
vivaient en ville avec leurs familles, ne se rappelant
qu'ils étaient soldats que les jours où l'on distribuait le
blé, les oignons et la bière. Nous restâmes dans cette
ville jusqu'à ce que les plaies du derrière de Kaptah se
fussent cicatrisées, et je soignai de nombreux malades,
car les médecins égyptiens de la garnison étaient
mauvais et leurs noms avaient été rayés du registre de
la Maison de la Vie, s'ils y avaient jamais figuré. C'est
pourquoi les malades se faisaient transporter dans le
pays de Mitanni, s'ils en avaient les moyens, pour y
recevoir les soins des médecins instruits à Babylone. Je
vis des monuments érigés par les grands pharaons, et
j'en lus les inscriptions qui parlaient de leurs victoires
et des ennemis tués et des chasses à l'éléphant. Je me
fis graver un cachet dans une pierre précieuse, afin
d'être considéré dans ces pays, car ici les cachets ne
sont pas les mêmes qu'en Egypte et on ne les porte pas
enchâssés à une bague, mais bien passés au cou, car ce
sont de petits cylindres percés d'un trou, et on les roule
sur la tablette d'argile pour qu'ils y laissent leur
empreinte. Mais les pauvres et les ignorants impriment
seulement leur pouce dans l'argile, quand ils ont à
utiliser des tablettes.

Kadesh était une ville si triste et si lugubre, si brûlée
par le soleil et si dévergondée que même Kaptah se
réjouissait de la quitter, quoiqu'il redoutât les ânes. Le
seul divertissement était l'arrivée des nombreuses
caravanes de tous les pays, car c'était un important
croisement de routes. Toutes les villes frontières sont

semblables, quels que soient leurs souverains, et pour les officiers et les soldats, elles sont des lieux de punition, qu'elles appartiennent à l'Egypte ou à Mitanni, à Babylone ou aux Khatti, si bien que dans toutes ces garnisons les soldats et les officiers ne faisaient que pester et maudire le jour de leur naissance.

Bientôt nous franchîmes la frontière et entrâmes à Naharanni, sans que personne ne nous en empêchât, et nous aperçûmes une rivière qui coulait vers le haut et pas vers le bas comme le Nil. On nous dit que nous étions dans le pays de Mitanni, et nous payâmes les droits perçus sur les voyageurs pour la caisse du roi. Mais comme nous étions Egyptiens, les gens nous traitèrent avec respect et ils s'approchèrent de nous en disant :

— Soyez les bienvenus, car notre cœur se réjouit de voir des Egyptiens. Nous n'en avons pas revu depuis longtemps, et nous en sommes inquiets, car le pharaon ne nous a envoyé ni soldats ni armes ni or, et on dit qu'il a offert à notre roi un nouveau dieu dont nous ignorons tout, alors que nous avons déjà Ishtar de Ninive et une foule d'autres dieux puissants qui nous ont protégés jusqu'ici.

Ils m'invitèrent dans leurs maisons et me restaurèrent avec Kaptah, si bien que mon esclave déclara :

— C'est un bon pays. Restons ici, ô maître, pour y pratiquer la médecine, car tout indique que ces gens sont ignares et crédules et qu'on pourra facilement les rouler.

Le roi de Mitanni et sa cour s'étaient retirés dans les montagnes du nord pendant la chaleur de l'été, et je

n'avais aucune envie de les rejoindre, car j'étais
impatient de voir toutes les merveilles de Babylone
dont j'avais tant entendu parler. Mais selon les ordres
de Horemheb, je m'entretins avec les nobles et avec les
humbles, et tous me dirent la même chose et je compris
que leur cœur était vraiment inquiet. Car jadis le pays
de Mitanni avait été puissant, mais maintenant il était
en l'air entre Babylone à l'est et les peuples barbares au
nord et les Hittites à l'ouest, dans le pays des Khatti.
Plus je les entendais parler des Hittites, qu'ils redoutaient, mieux je compris que je devrais aussi me rendre
dans le pays des Khatti, mais auparavant je voulais
visiter Babylone.

Les habitants de Mitanni sont de petite taille, et
leurs femmes sont belles et élégantes, et leurs enfants
sont comme des poupées. Ils ont peut-être été jadis un
peuple fort, car ils prétendent avoir dominé sur tous les
autres peuples au nord, au sud, à l'est et à l'ouest, mais
tous les peuples disent la même chose. Je ne crois pas
qu'ils aient pu vaincre et piller Babylone, comme ils
l'affirment ; s'ils l'ont fait, c'est avec l'aide du pharaon.
Car depuis l'époque des grands pharaons, ce pays a été
dépendant de l'Egypte et pendant deux générations les
filles de ses rois ont habité dans le palais royal comme
épouses du pharaon. Les ancêtres d'Amenhotep ont
traversé sur leurs chars de guerre ce pays d'un bout à
l'autre et dans les villes on montre encore leurs stèles
de victoire. En entendant les propos et les récrimina-
tions des Mitanniens, je compris que ce pays était un
tampon qui couvrait la Syrie et l'Egypte contre Babylone et contre les peuplades barbares et qu'il devait être
le bouclier de la Syrie et recevoir les lances dirigées

contre la puissance égyptienne. C'est pour cette unique raison que les pharaons soutenaient le trône branlant de son roi et qu'ils lui envoyaient de l'or et des armes et des mercenaires. Mais les habitants ne le comprenaient pas, ils étaient très fiers de leur pays et de sa puissance et ils disaient :

— Tadu-Hépa, la fille de notre roi, était la grande épouse royale à Thèbes, bien qu'elle ne fût qu'une enfant et mourût brusquement. Nous ne comprenons pas pourquoi le pharaon ne nous envoie plus d'or, bien que les pharaons aient toujours aimé nos rois comme des frères, de tous temps, et à cause de cet amour ils leur donnaient des chars de guerre et des armes et de l'or et des cadeaux précieux.

Mais je constatais que ce pays était fatigué et que l'ombre de la mort planait sur ses temples et sur ses beaux bâtiments. Ils ne s'en rendaient pas compte, mais ils se préoccupaient de leur nourriture qu'ils accommodaient de bien des manières étranges, et ils passaient leur temps à essayer de nouveaux vêtements et des souliers à la pointe retroussée et des chapeaux élevés, et ils choisissaient leurs bijoux avec soin. Leurs bras étaient aussi minces que ceux des Egyptiens et la peau de leurs femmes était fine, si bien qu'on voyait le sang courir bleu dans leurs veines, et ils parlaient et se conduisaient avec élégance, et ils apprenaient dès leur enfance à marcher gracieusement.

Leur médecine était aussi à un très haut niveau et leurs médecins étaient habiles; ils connaissaient leur métier et savaient bien des choses que j'ignorais. C'est ainsi qu'ils me donnèrent un vermifuge qui causait moins de douleurs et moins d'inconvénients que les autres à ma connaissance. Ils savaient aussi rendre la vue aux aveugles avec des aiguilles, et je leur enseignai à mieux manier l'aiguille. Mais ils ignoraient complètement la trépanation et ne crurent pas ce que je leur en disais ; ils prétendaient que seuls les dieux peuvent guérir les blessures à la tête, et si les dieux les guérissent, les malades ne retrouvent jamais leur état antérieur, si bien qu'il vaut mieux qu'ils meurent.

Les habitants de Mitanni, poussés par leur curiosité, m'amenèrent aussi des malades, car tout ce qui était étranger leur plaisait, et de même qu'ils s'habillaient à l'étrangère et raffolaient des mets étrangers et buvaient le vin des collines et aimaient les bijoux exotiques, de même ils désiraient être soignés par un médecin étranger. Il vint aussi des femmes, et elles me sourirent en me contant leurs peines et se plaignirent de la froideur de leurs maris et de leur paresse. Je savais bien ce qu'elles attendaient de moi, mais je ne les touchais pas pour me divertir avec elles, car je ne voulais pas violer les lois du pays. En revanche, je leur donnais des remèdes qui auraient amené un mort à se divertir avec une femme, car dans ce domaine les médecins syriens sont les plus habiles du monde et leurs philtres sont plus puissants que ceux d'Egypte. Quant à savoir si les femmes les donnèrent à leurs maris ou à d'autres hommes, je l'ignore, et pourtant je crois qu'elles en firent profiter leurs amants au détriment de leurs maris, car leurs mœurs étaient libres et elles n'avaient pas d'enfants, ce qui me renforçait dans mon idée que l'ombre de la mort planait sur le pays.

Je dois encore rapporter que les Mitanniens ignoraient les frontières exactes de leur pays, parce que les bornes se déplaçaient sans cesse, les Hittites les emportant sur leurs chars pour les dresser ailleurs à leur guise. Si ce qu'ils racontaient des Hittites était vrai, il n'existait pas au monde de peuple plus cruel et plus redoutable. A les entendre, les Hittites n'avaient pas de plus grande jouissance que d'entendre les gémissements des gens torturés et de voir couler le sang, et ils coupaient les mains aux Mitanniens de la frontière qui se plaignaient que les troupeaux des Hittites foulaient leurs champs et broutaient le blé en herbe, et ils les raillaient ensuite en leur disant de remettre les bornes à leur ancienne place. Ils leur coupaient aussi les pieds et leur disaient de courir se plaindre à leur roi, et ils leur détachaient la peau du crâne pour la leur rabattre sur les yeux afin qu'ils ne vissent pas comment on déplaçait les bornes. Les Mitanniens prétendaient aussi que les Hittites bafouaient les dieux de l'Egypte, ce qui était une terrible offense pour tout le pays, et cela aurait suffi pour justifier l'envoi par le pharaon d'or et de lances et de mercenaires afin de résister par la force aux Hittites ; mais les Mitanniens n'aimaient pas la guerre, et ils espéraient que les Hittites se retireraient en voyant que la force du pharaon soutenait Mitanni. Je ne peux répéter ici tout le mal que les Hittites leur auraient causé, ni les cruautés et les horreurs commises par eux. Mais ils disaient que les Hittites étaient pires que les sauterelles, car après le passage des sauterelles le sol reverdissait, mais sur les traces des chars hittites l'herbe ne poussait plus.

Je ne voulais plus m'attarder à Mitanni, car je croyais avoir appris tout ce que je désirais savoir, mais mon honneur de médecin était froissé par les soupçons des médecins mitanniens qui refusaient de croire ce que je leur avais raconté sur les trépanations. Or, un jour, vint me trouver un noble qui se plaignait d'entendre sans cesse dans ses oreilles le bruit de la mer et qui tombait et perdait connaissance et avait de telles douleurs dans la tête qu'il ne tenait plus à la vie, si on ne pouvait le guérir. Les médecins de Mitanni refusaient de le soigner. C'est pourquoi il voulait mourir, parce que la vie lui était une souffrance continuelle. Je lui dis :

— Il est possible que tu guérisses, si tu me permets de te percer le crâne, mais il est plus probable que tu mourras, car seul un malade sur cent se remet d'une trépanation.

Il dit :

— Je serais fou de repousser ta proposition, car il me reste une chance sur cent de vivre, mais si je me délivre moi-même de mes souffrances, je resterai étendu et ne me relèverai plus. A la vérité, je ne crois pas que tu puisses me guérir, mais si tu me trépanes, je ne pécherai pas contre les dieux, comme je le ferais en m'ôtant la vie. Si toutefois, contre toute attente, tu me guéris, je te donnerai volontiers la moitié de ce que je possède, et ce n'est pas peu, mais si je meurs, tu n'auras rien à regretter, car ton cadeau sera grand.

Je l'examinai à fond et je lui tâtai le crâne avec soin, mais mes attouchements ne lui causaient pas de douleur et aucun endroit de son crâne ne présentait d'anomalie. Alors Kaptah dit :

— Palpe-lui le crâne avec un marteau, tu ne risques rien.

Je lui tapotai la tête avec un marteau et il ne se plaignait pas, mais tout à coup, il poussa un cri et tomba et perdit connaissance. Pensant avoir trouvé la place où il faudrait ouvrir le crâne, je convoquai les médecins de Mitanni qui avaient refusé de me croire, et je leur dis :

— Vous me croirez ou vous ne me croirez pas, mais je vais trépaner ce malade pour le guérir, bien qu'il soit très probable qu'il en mourra.

Mais les médecins rirent malicieusement et dirent :

— Vraiment, nous sommes curieux de le voir.

Je fis chercher du feu au temple d'Amon et je me lavai et lavai aussi le noble que j'allais opérer et je purifiai tout ce qui était dans la chambre. Quand la lumière fut la plus claire, au milieu de la journée, je me mis à l'œuvre et j'étanchai la forte hémorragie avec un fer ardent, bien que je déplorasse la douleur que je causais. Mais le malade dit que cette douleur n'était rien à côté de celles qu'il endurait chaque jour. Je lui avais donné beaucoup de vin dans lequel j'avais dissous des anesthésiques, si bien que ses yeux étaient fixes comme ceux d'un poisson mort, et il était très gai. Puis je lui ouvris le crâne avec toute la prudence possible à l'aide des instruments dont je disposais, et le malade ne perdit pas même connaissance et dit qu'il se sentait mieux lorsque je soulevai le morceau détaché. Mon cœur se réjouit, car juste à l'endroit que j'avais choisi, le diable ou l'esprit de la maladie avait pondu son œuf, comme disait Ptahor, et il était rougeâtre et laid et de la grosseur d'un œuf d'hirondelle. Avec tout mon art, je le détachai et je cautérisai tout ce qui l'attachait au cerveau, et je le montrai aux médecins qui ne riaient

plus. Mais bientôt je refermai le trou avec une plaque
d'argent et je recousis la peau du crâne et pendant
toute cette opération le malade ne perdit pas connaissance, puis il se leva et marcha et me remercia, car il
n'entendait plus l'affreux bruit dans ses oreilles et les
douleurs avaient cessé.

Cette opération me valut une immense réputation à
Mitanni et le bruit s'en répandit jusqu'à Babylone.
Mais mon malade se mit à boire du vin et à se réjouir le
cœur et son corps devint brûlant et il délira et, dans son
délire, le troisième jour, il s'échappa de son lit et tomba
des murailles et se brisa la nuque et mourut. Cependant, tout le monde reconnut que ce n'était point ma
faute, et on célébra mon habileté.

Bientôt, je louai une barque et, en compagnie de
Kaptah, je descendis le fleuve jusqu'à Babylone.

2

Le pays que domine Babylone s'appelle de nombreux noms, et c'est tantôt la Chaldée et tantôt
Khossea d'après le peuple qui y habite. Mais je
l'appelle Babylonie, parce qu'ainsi chacun sait de quoi
il s'agit. C'est un pays fertile et les champs y sont
sillonnés de canaux d'irrigation, et le sol est plat à perte
de vue, et pas comme en Egypte où tout est différent,
puisque, par exemple, alors que les femmes égyptiennes moulent le blé en s'agenouillant et en tournant une
meule ronde, les femmes de Babylonie restent debout

et tournent deux meules en sens contraire, ce qui est beaucoup plus pénible naturellement.

Et dans ce pays les arbres sont si peu nombreux que c'est un crime contre les hommes et contre les dieux d'en abattre un, mais si quelqu'un plante des arbres, il s'attire la faveur des dieux. En Babylonie, les gens sont plus corpulents que partout ailleurs et ils rient beaucoup, à la manière des obèses. Ils mangent des mets gras et farineux, et j'ai vu chez eux un oiseau qu'ils appellent poule et qui ne sait pas voler, mais qui habite avec les hommes et leur pond chaque jour en cadeau un œuf qui est de la grosseur d'un œuf de crocodile, mais personne ne me croira. Et pourtant on m'a offert de ces œufs que les Babyloniens considèrent comme un régal. Mais je n'ai pas osé y toucher, car il vaut mieux être prudent, et je me suis contenté des mets que je connaissais ou dont je savais comment ils étaient préparés.

Les Babyloniens disent que leur ville est la plus vieille et la plus grande du monde, mais je ne les crois pas, parce que c'est Thèbes. Et j'affirme de nouveau qu'il n'existe pas dans le monde une ville semblable à Thèbes, mais je dois reconnaître que Babylone me surprit par sa magnificence et par sa richesse, car déjà les murs y sont hauts comme des montagnes et effrayants, et la tour qu'ils ont élevée à leurs dieux monte jusqu'au ciel. Les maisons ont quatre ou cinq étages, si bien que les gens logent les uns sur les autres, et nulle part, pas même à Thèbes, je n'ai vu des magasins aussi luxueux et une telle quantité de marchandises que dans les maisons de commerce du temple.

Leur dieu est Mardouk, et à Ishtar ils ont élevé un portique qui est plus grand que le pylône du temple d'Amon, et ils l'ont revêtu de briques polychromes et glacées dont les dessins éblouissent l'œil sous le soleil. De ce portique, une large allée conduit à la tour de Mardouk, et la tour est étagée de sorte que le chemin monte jusqu'au sommet, et il est si large et si peu incliné que plusieurs chars peuvent y passer de front. C'est au sommet de la tour qu'habitent les astrologues qui savent tout sur les mouvements des astres et qui en calculent les orbites et qui annoncent les jours fastes et les jours néfastes, si bien que chacun peut y conformer sa vie. On dit qu'ils peuvent aussi prédire l'avenir, mais pour cela ils doivent connaître le jour et le moment de la naissance, si bien que je ne pus recourir à leur talent, malgré tout mon désir, puisque j'ignorais le moment précis de ma naissance.

J'avais à ma disposition tout l'or que je voulais retirer à la caisse du temple contre mes tablettes, et c'est pourquoi je descendis près de la porte d'Ishtar dans une grande hôtellerie à plusieurs étages et sur le toit de laquelle croissaient des arbres fruitiers et des buissons de myrte, et il y avait aussi des ruisseaux et des étangs à poissons. C'est là que logeaient les grands, s'ils ne possédaient pas de maison en ville, ainsi que les envoyés des pays étrangers, et les chambres étaient meublées de tapis épais et les sièges étaient rembourrés avec des peaux de bêtes, et les parois étaient ornées de figures amusantes et légères en briques glacées. Le nom de cette hôtellerie était le « Pavillon d'Ishtar » et elle appartenait à la tour du dieu, comme tout ce qui était remarquable à Babylone. Si on en compte toutes les chambres et les habitants et le personnel de service, je crois qu'on verra que cette seule maison abritait autant de personnes que tout un quartier de Thèbes. Et pourtant personne ne le croira, qui ne l'aura pas vu de ses yeux.

Nulle part au monde on ne voit autant de gens différents qu'à Babylone et nulle part on n'entend parler à la fois dans les rues tant de langues qu'ici, car les Babyloniens disent eux-mêmes que tous les chemins mènent à leur ville qui est le centre du monde. En effet, ils assurent que leur pays n'est pas au bord du monde, comme on le pense en Égypte, mais qu'à l'est, derrière les montagnes, s'étendent de puissants royaumes dont les caravanes armées apportent parfois à Babylone des marchandises étranges et des étoffes et de précieux vases fragiles. Je dois dire que j'ai vu à Babylone des gens dont la peau était jaune et les yeux bridés, bien qu'ils ne fussent pas peints, et ils s'y livraient au commerce et vendaient des étoffes fines comme le lin royal, mais encore plus lisses et qui chatoyaient de toutes les couleurs comme de l'huile pure.

Car les habitants de Babylone sont avant tout des commerçants et ils ne respectent rien plus que le négoce, si bien que même leurs dieux font des affaires entre eux. C'est pourquoi ils n'aiment pas non plus les guerres, mais ils engagent des mercenaires et élèvent des murailles seulement pour protéger leur commerce et ils désirent que toutes les routes soient ouvertes à tous les peuples et dans tous les pays. C'est que le négoce leur rapporte plus que la guerre. Malgré cela ils sont fiers de leurs soldats qui gardent les remparts de

leur ville et leurs temples et qui défilent chaque jour
sous le portique d'Ishtar, avec leurs casques et leurs
cuirasses étincelant d'or et d'argent. Les poignées de
leurs sabres et les pointes de leurs lances sont recouver-
tes d'or et d'argent, en signe de leur richesse. Et ils
disent :

— As-tu jamais vu, ô étranger, pareils soldats et
pareils chars de guerre ?

Le roi de Babylonie était un adolescent imberbe qui
devait se mettre une barbe au menton pour monter sur
le trône. Son nom était Bourrabouriash. Il aimait les
jouets et les histoires merveilleuses, et de Mitanni ma
réputation m'avait précédé à Babylone, si bien qu'à
peine installé dans le « Pavillon d'Ishtar », après avoir
visité le temple et parlé avec les médecins et les prêtres
de la Tour, je reçus un mot disant que le roi
m'attendait. Kaptah en fut inquiet, selon son habitude, et il me dit :

— N'y va pas, mais fuyons ensemble, car on ne peut
rien attendre de bon d'un roi.

Mais je lui répondis :

— Idiot, as-tu oublié que nous avons notre scarabée ?

Il dit :

— Le scarabée est un scarabée et je ne l'ai nullement oublié, mais il vaut mieux être sûr de son affaire,
et nous ne devons pas abuser de la patience de notre
porte-bonheur. Si toutefois tu es fermement résolu à
aller au palais, je ne peux te retenir et je t'accompagnerai, pour que nous mourrions ensemble. En effet, si
jamais nous rentrons en Egypte, contre toute probabi-
lité, je voudrais pouvoir raconter que je me suis

prosterné devant le roi de Babylone. Je serais bête de
ne pas profiter de cette occasion qui s'offre à moi.
Toutefois, si nous allons, nous devrons garder notre
dignité et tu dois exiger qu'on t'envoie une litière
royale et nous n'irons pas aujourd'hui, car c'est un jour
néfaste selon les croyances du pays, et les marchands
ont fermé leurs boutiques et les gens se reposent chez
eux, parce qu'aujourd'hui tout échouerait, puisque
c'est le septième jour de la semaine.

A la réflexion, je constatai que Kaptah avait raison,
car si pour un Egyptien tous les jours sont semblables,
sauf ceux qui sont proclamés néfastes selon les étoiles,
peut-être que dans ce pays le septième jour était
vraiment funeste aussi pour un Egyptien, et il fallait
préférer la sécurité à l'incertitude. C'est pourquoi je dis
au serviteur du roi :

— Tu penses sûrement que je suis fou et étranger,
puisque tu me convies chez le roi un jour comme
aujourd'hui. Mais je viendrai demain, si ton roi
m'envoie une litière, car je ne suis pas un homme
méprisable et je veux ne pas me présenter devant lui
avec de la crotte d'âne aux orteils.

Le serviteur dit :

— Je crains, vil Egyptien, qu'on ne t'amène devant
le roi avec des pointes de lance pour te chatouiller les
fesses.

Mais il sortit et le lendemain la litière royale vint me
chercher au « Pavillon d'Ishtar ».

Mais c'était une litière ordinaire, comme celles qui
menaient au palais les marchands et les petites gens
désireux de montrer des bijoux ou des plumes ou des

singes. C'est pourquoi Kaptah apostropha les porteurs en ces termes :

— Par Seth et tous les démons, que Mardouk vous rosse de son fouet à scorpions, et détalez vite, car mon maître ne montera jamais dans une pareille patraque.

Les porteurs en furent décontenancés, et le coureur menaça Kaptah de son bâton et une foule de badauds s'assembla devant le pavillon. On riait et on criait :

— Nous sommes curieux de voir ton maître, pour qui la litière du roi n'est pas assez bonne.

Mais Kaptah loua la grande litière de l'auberge qui exigeait quarante porteurs et que les envoyés étrangers utilisaient dans les missions importantes et dans laquelle on portait les dieux étrangers à leur arrivée en ville. Et les gens ne riaient plus lorsque je descendis de ma chambre avec des vêtements sur lesquels étaient brodés en or et en argent des dessins symbolisant l'art du médecin, et mon collet brillait d'or et de pierres précieuses, et des chaînes d'or se balançaient à mon cou et les esclaves de l'auberge portaient derrière moi des boîtes en ébène et en cèdre avec des marqueteries en ivoire, qui contenaient mes instruments et mes remèdes. Non, vraiment, les gens ne riaient plus, mais ils s'inclinaient profondément devant moi en disant :

— Cet homme est certainement pareil aux dieux mineurs dans sa sagesse. Suivons-le au palais.

C'est ainsi qu'une foule de curieux suivit jusqu'aux portes du palais la litière devant laquelle Kaptah avançait sur un âne blanc, et les grelots tintaient à son harnais. Ce n'est pas pour moi, mais pour Horemheb que j'agissais ainsi, parce qu'il m'avait donné beaucoup d'or et que mes yeux étaient les siens et mes oreilles les siennes.

Devant le palais, les gardes dispersèrent la foule et levèrent leurs boucliers qui formèrent une double haie d'or et d'argent, et des lions ailés gardaient le chemin le long duquel on me portait vers le palais. J'y fus accueilli par un vieillard dont le menton était rasé à la manière des savants. Des boucles d'or tintaient à ses oreilles et ses joues pendaient flasques et il me jeta un regard hostile en disant :

— Mon foie est troublé par tout le bruit et le vacarme que provoque ton arrivée, car le maître des quatre continents demande déjà quel est l'homme assez hardi pour venir quand cela lui convient et pas quand cela convient au roi, et qui fait tant de bruit en venant.

Je lui dis :

— Vieillard, tes paroles sont comme un bourdonne-ment de mouche à mes oreilles, mais je te demande cependant qui tu es pour oser me parler sur ce ton.

Il dit :

— Je suis le médecin privé du maître des quatre continents, mais toi, quel fumiste es-tu, toi qui viens soutirer par des pitreries de l'or et de l'argent à notre roi ? Sache cependant que si notre roi te donne dans sa bonté de l'or ou de l'argent timbré, tu devras m'en donner la moitié.

Je lui dis :

— Ton foie me laisse froid, et tu ferais mieux de parler de ces affaires avec mon serviteur, car c'est lui qui est chargé d'écarter les importuns et les quéman-deurs. Je veux toutefois être ton ami, parce que tu es un vieillard et que ton intelligence est bornée. C'est

pourquoi je te donne ces bracelets pour te montrer que
l'or et l'argent ne sont que poussière à mes pieds et que
je ne suis pas venu chercher ici de l'or, mais du savoir.

Je lui tendis des bracelets d'or et il en fut si
interloqué qu'il ne sut que dire. C'est pourquoi il
autorisa aussi Kaptah à entrer et il nous conduisit
devant le roi. Bourrabouriash était assis sur des
coussins moelleux dans une vaste salle dont les murs
brillaient de toutes les couleurs des briques glacées.
C'était un enfant gâté, et à côté de lui, un petit lion
grogna hargneusement à notre entrée. Le vieillard se
jeta à plat ventre pour lécher le plancher devant son
maître et Kaptah l'imita, mais en entendant les grogne-
ments du lion, il se releva d'un bond comme une
grenouille et hurla de peur, si bien que le roi éclata de
rire et se renversa sur ses coussins en pouffant. Mais
Kaptah se fâcha et cria :

— Emmenez cette maudite bête avant qu'elle ne me
morde, car jamais de ma vie je n'ai vu monstre plus
effrayant et son cri est semblable au fracas des chars de
guerre sur les places de Thèbes, quand les soldats ivres
rentrent à la caserne après une fête.

Il s'assit et leva les bras en posture de défense, et le
lion s'assit aussi et bâilla longuement ; puis il referma la
gueule avec un bruit semblable à celui du coffret du
temple qui se referme sur la pite de la veuve.

Le roi riait tellement que les larmes lui coulaient des
yeux, puis il se souvint de sa douleur et se mit à geindre
et porta la main à sa joue qui était fortement enflée, au
point qu'un des yeux en était presque fermé. Il fronça
les sourcils, et le vieillard s'empressa de lui parler :

— Voici cet Egyptien récalcitrant qui n'est pas venu

quand tu l'appelais. Dis seulement un mot, et les soldats lui crèveront la panse de leurs lances.

Mais le roi lui allongea un coup de pied et dit :

— Trêve de bêtises, il s'agit maintenant de me guérir rapidement, car mes douleurs sont atroces et je crains de mourir, car je ne dors pas depuis plusieurs nuits et je ne peux rien avaler, sauf des bouillons tièdes.

Alors le vieillard se lamenta et frappa le plancher de son front et dit :

— O maître des quatre continents, nous avons tout fait pour te guérir et nous avons sacrifié des mâchoires et des mentons dans le temple pour expulser le diable qui s'est logé au fond de ta bouche, et nous avons battu le tambour et sonné la trompette et dansé en vêtements rouges pour exorciser ce démon et nous n'avons pu faire davantage, car tu ne nous as pas permis de toucher à ton menton sacré pour te guérir. Et je ne crois pas que ce sale étranger soit plus compétent que nous.

Mais je dis :

— Je suis Sinouhé l'Egyptien, Celui qui est solitaire, le Fils de l'onagre, et je n'ai pas besoin de t'examiner pour constater qu'une de tes molaires a infecté ta bouche, parce que tu ne l'as pas nettoyée à temps ou fait arracher, selon les conseils de tes médecins. C'est une maladie d'enfants et de poltrons, et nullement du maître des quatre continents, devant qui les peuples tremblent et le lion courbe la tête, comme je le vois. Mais je sais que ta douleur est grande, et c'est pourquoi je veux t'aider.

Le roi gardait la main contre sa joue et il dit :

— Tes paroles sont hardies, et si j'étais en bonne santé, je te ferais certainement arracher de la bouche ta langue effrontée et crever l'estomac, mais ce n'est pas le moment pour cela, dépêche-toi de me guérir et ta récompense sera grande. Mais si tu me fais mal, je te ferai tuer tout de suite.

Je lui dis :

— Qu'il en soit selon ta volonté. J'ai pour protecteur un dieu tout petit, mais très efficace, qui m'a empêché de venir hier chez toi, car ma visite eût été inutile alors. Mais à présent je vois, sans même t'examiner, que ton abcès est mûr pour être percé, et je le ferai tout de suite, mais sache que les dieux ne peuvent pas épargner la douleur même à un roi. Je t'assure toutefois que ton soulagement sera si grand qu'après coup tu ne te rappelleras plus la douleur, et je te promets que ma main sera aussi légère qu'il est possible.

Le roi hésita un instant et me regarda en fronçant les sourcils. C'était un beau jeune homme, très sûr de lui, et je sentis qu'il me plaisait. Je soutins son regard et il finit par dire rageusement :

— Fais vite !

Le vieillard se remit à geindre et à frapper du front le plancher, mais je ne m'inquiétai pas de lui et j'ordonnai de chauffer du vin où je versai un anesthésique, et je le fis boire au roi qui, au bout d'un instant, se montra joyeux et dit :

— J'ai moins mal, ne t'approche pas de moi avec tes pinces et tes couteaux.

Mais ma volonté était plus forte que la sienne, et je lui fis ouvrir la bouche en maintenant solidement sa tête sous mon bras et je perçai l'abcès avec un couteau purifié à la flamme du feu apporté par Kaptah. Ce n'était pas à la vérité le feu sacré d'Amon, car Kaptah l'avait laissé s'éteindre par mégarde durant le voyage sur le fleuve, mais il en avait rallumé un en présence du scarabée que, dans sa folie, il croyait aussi puissant qu'Amon.

Le roi poussa un cri quand le couteau le toucha et le lion se leva et gronda et agita la queue, les yeux brillants. Mais le roi avait fort à faire à cracher le pus qui sortait de son abcès, et son soulagement fut rapide et je l'aidais en appuyant légèrement sur sa joue. Il crachait et il pleurait de joie et il recrachait, puis il dit :

— Sinouhé l'Egyptien, tu es un homme béni, bien que tu m'aies fait mal.

Et il recommençait à cracher.

Mais le vieillard dit :

— J'aurais travaillé aussi bien et même mieux que lui, si tu m'avais permis de toucher à ta mâchoire sacrée. Et ton dentiste l'aurait fait encore mieux.

Il fut fort étonné quand je lui répondis en ces termes :

— Ce vieillard dit la vérité, car il l'aurait fait aussi bien que moi et ton dentiste l'aurait fait mieux encore. Mais leur volonté n'était pas aussi forte que la mienne, c'est pourquoi ils n'ont pu te débarrasser de tes douleurs. Car un médecin doit oser faire mal même à un roi, si c'est indispensable, sans craindre pour lui. Ils ont eu peur, mais je n'ai pas eu peur, car tout m'est égal, et si tu le désires, tu peux fort bien ordonner à tes gardes de me crever l'estomac, puisque je t'ai guéri.

Le roi crachait et se tenait la joue et il crachait de nouveau, et sa joue ne lui faisait plus mal, et il dit :

— Je n'ai entendu encore personne parler comme toi, Sinouhé. Si ce que tu dis est vrai, il ne vaut pas la peine de te faire crever l'estomac par mes soldats, si tu n'en es pas fâché, car à quoi cela me servirait-il ? En vérité, tu m'as procuré un immense soulagement et c'est pourquoi je te pardonne ton effronterie et je pardonne aussi à ton serviteur, bien qu'il ait vu ma tête sous ton bras et entendu mes cris. Mais à lui je pardonne parce qu'il m'a fait rire pour la première fois depuis longtemps avec son saut comique.

Il dit à Kaptah :

— Refais-le.

Mais Kaptah dit avec mépris :

— C'est au-dessous de ma dignité.

Bourrabouriash sourit et dit :

— On va voir.

Il appela le lion qui se leva et s'étira à faire craquer ses jointures, et qui regarda son maître de ses yeux intelligents. Le roi lui montra Kaptah, et le lion se dirigea lentement vers lui, en balançant la queue, et Kaptah reculait devant lui, comme fasciné. Puis soudain le lion ouvrit la gueule et poussa un rugissement sourd. Alors Kaptah fit demi-tour et saisit la tenture et grimpa le long du chambranle en poussant des cris, quand le lion cherchait à l'atteindre de sa patte. Le roi riait de tout son cœur et disait :

— Je n'ai jamais rien vu de si drôle.

Le lion s'assit et se lécha les babines, tandis que Kaptah se cramponnait au chambranle de la porte, tout angoissé. Mais le roi demanda à boire et à manger et dit :

— J'ai faim.

Alors le vieillard pleura de joie, car le roi était guéri, et on lui apporta de nombreux mets dans des plats d'argent gravés et du vin dans des coupes en or, et il dit :

— Régale-toi avec moi, Sinouhé, bien que ce soit contraire à l'étiquette, mais aujourd'hui j'oublie ma dignité, parce que tu as tenu ma tête sous ton bras et fourré tes doigts dans ma bouche.

C'est ainsi que je mangeai et bus avec le roi, et je lui dis :

— Tes douleurs ont disparu, mais elles recommenceront certainement, si tu ne te laisses pas arracher la dent qui les cause. C'est pourquoi tu dois ordonner à ton dentiste de l'extraire dès que l'enflure de ta joue aura disparu.

Il s'assombrit et dit avec impatience :

— Tes paroles sont méchantes et tu gâtes ma joie, étranger stupide.

Mais au bout d'un instant, il dit :

— Tu as peut-être raison, car en vérité ces douleurs reviennent chaque automne et chaque printemps, lorsque j'ai les pieds mouillés, et elles sont si violentes que je voudrais être mort. Mais si c'est nécessaire, c'est toi qui dois m'opérer, car je ne veux plus voir mon dentiste qui m'a tellement torturé pour rien.

Je lui dis :

— Tes paroles me révèlent que dans ton enfance tu as bu plus de vin que de lait et que les douceurs ne te conviennent pas, car dans cette ville on les prépare

avec du sirop de dattes qui abîme les dents, tandis
qu'en Egypte on utilise du miel que de tout petits
oisillons recueillent pour les hommes. C'est pourquoi,
désormais, mange seulement des douceurs du port et
bois du lait chaque matin en te réveillant.

Il dit :

— Tu es certainement un plaisantin, Sinouhé, car je
n'ai jamais entendu dire que de petits oisillons recueil-
laient des douceurs pour les hommes.

Mais je lui répondis :

— Mon sort est pénible, car dans mon pays les gens
me traiteront de menteur, quand je leur raconterai que
j'ai vu ici des oiseaux qui habitent avec les hommes et
qui leur pondent en échange un œuf frais chaque
matin, enrichissant ainsi leurs propriétaires. Dans ces
conditions, il vaut mieux pour moi ne rien raconter,
sinon je perdrai ma réputation et on me traitera de
menteur.

Mais il protesta avec énergie et m'engagea à lui
parler encore, car personne ne s'était exprimé comme
moi devant lui.

Alors je lui dis sérieusement :

— Je ne veux pas t'arracher cette dent, mais ton
dentiste le fera, car il est très habile et je ne voudrais
pas m'attirer sa rancune. Mais je pourrais rester près
de lui et te tenir la main et t'encourager pendant
l'opération. Je diminuerai aussi tes douleurs de tout
mon pouvoir, avec les moyens que j'ai appris dans ma
patrie et dans bien d'autres pays. Fixons cette opération à quinze jours, car il sera bon que la date en soit
arrêtée d'avance, pour que tu ne te ravises pas. Ton
menton sera alors guéri et jusque-là tu te laveras la

bouche chaque jour avec un remède que je vais te donner, bien qu'il ait un goût un peu amer.

Il prit un air renfrogné et dit :

— Et si je refusais ?

Je lui dis :

— Tu dois me donner ta parole royale que tu suivras mes prescriptions, et le maître des quatre continents ne pourra pas revenir sur sa parole. Si tu acceptes, je te divertirai en changeant de l'eau en sang en ta présence et je t'enseignerai le procédé, pour que tu puisses étonner tes sujets. Mais tu dois me promettre de ne communiquer ce secret à personne, car c'est un secret sacré des prêtres d'Amon, et je le connais parce que je suis un prêtre du premier degré, et je ne te le révèle que parce que tu es un roi.

A ces mots, Kaptah se mit à parler d'une voix pitoyable sur le chambranle :

— Emmenez cette maudite bête, sinon je descends et la tue, car mes mains sont engourdies et mon derrière est tout douloureux dans cette posture inconfortable qui ne convient pas à ma dignité. Vraiment, je vais descendre et tordre le cou à cette bestiole, si on ne l'éloigne pas.

Bourrabouriash recommença à rire de tout son cœur en entendant ces menaces, mais il feignit de les prendre au sérieux et dit :

— Ce serait vraiment dommage que tu tues mon lion, car il a grandi sous mes yeux et est devenu mon ami. C'est pourquoi je vais l'appeler, afin que tu ne commettes pas de méfait dans mon palais.

Il appela le lion, et Kaptah descendit le long de la tenture et il frotta ses membres engourdis en jetant des regards courroucés au lion, si bien que le roi se tapait les cuisses en riant :

— Vraiment, je n'ai jamais vu d'homme plus drôle. Vends-le-moi, je te ferai riche.

Mais je ne voulais pas vendre Kaptah et il n'insista pas, et nous nous séparâmes en amis, lorsque sa tête commença à pencher et que ses yeux se fermèrent, car le sommeil réclamait sa part, puisque les douleurs l'avaient empêché de dormir pendant plusieurs nuits. Le vieillard m'accompagna et me dit :

— J'ai constaté à tes paroles et à ta conduite que tu n'es pas un fripon, mais un habile médecin qui connaît son métier. J'admire cependant le courage avec lequel tu as parlé au maître des quatre continents, car si un de ses médecins avait osé lui tenir un pareil langage, il reposerait déjà dans un vase d'argile près de ses ancêtres.

Je lui dis :

— Il sera bon que nous discutions ensemble de tout ce qu'il faudra faire dans quinze jours, car ce sera une mauvaise journée, et il conviendra de sacrifier préalablement à tous les dieux propices.

Mes paroles lui plurent, car il était pieux, et nous convînmes de nous retrouver dans le temple pour sacrifier et pour avoir une consultation médicale sur les dents du roi. Mais avant de me laisser partir, il donna une collation aux porteurs qui m'avaient amené, et ils mangèrent et burent et chantèrent mes louanges. En me remenant à l'auberge, ils chantèrent à tue-tête, et la foule nous suivit, et dès ce jour mon nom fut célèbre dans tout Babylone. Mais Kaptah était monté sur son âne blanc, l'air courroucé, et il ne m'adressa pas la parole, car sa dignité avait été offensée.

3

Au bout de deux semaines, je rencontrai dans la Tour de Mardouk les médecins royaux et nous sacrifiâmes ensemble un mouton dont les prêtres examinèrent le foie pour y lire des présages, car à Babylone les prêtres lisent dans le foie des victimes et y trouvent des choses que les autres gens ignorent. Ils dirent que le roi s'emporterait contre nous, mais que personne ne perdrait la vie ni ne recevrait de blessure durable. Mais nous devions faire attention aux ongles du roi pendant l'opération. Les astrologues lurent aussi dans le Livre du ciel pour savoir si le jour fixé était faste. Ils nous dirent qu'il était propice, mais que nous aurions pu en choisir un meilleur encore. En outre, les prêtres versèrent de l'huile sur de l'eau, mais ils n'y lurent rien de particulier. A notre sortie du temple, un aigle vola au-dessus de nous, emportant dans ses serres une tête humaine prise aux murailles, et les prêtres y virent un présage favorable pour nous, à mon grand étonnement.

Suivant le conseil donné par le foie, nous renvoyâmes les gardes armés et le lion ne fut pas admis dans la salle, car le roi aurait pu dans sa colère le lancer contre nous pour nous déchirer, ainsi qu'il l'avait déjà fait, selon les dires des médecins. Mais le roi était plein de courage en entrant, il avait bu du vin pour se réjouir le foie, comme on disait à Babylone. Mais en voyant la chaise de son dentiste, qu'on avait apportée dans la salle, il la reconnut et devint tout pâle et dit qu'il avait encore d'importantes affaires d'Etat à expédier, mais qu'il les avait oubliées en buvant son vin.

Il voulut se retirer, mais tandis que les autres médecins restaient prosternés devant lui et léchaient le plancher, je pris le roi par la main et je l'encourageai et lui dis que tout serait vite passé s'il se montrait courageux. J'ordonnai aux médecins de se laver et je purifiai au feu du scarabée les instruments du dentiste et j'oignis les gencives du roi avec un anesthésique, mais il me dit de cesser, parce que sa joue était comme du bois et qu'il ne pouvait remuer la langue. Alors nous l'assîmes sur la chaise et lui fixâmes la tête au dossier, et on lui passa un bâillon dans la bouche, pour qu'il ne pût la refermer. Je le tenais par les mains et je l'encourageais, et après avoir invoqué à haute voix tous les dieux de Babylone, le dentiste introduisit le davier dans la bouche et arracha la dent si habilement que jamais encore je n'avais vu extraction si prestement exécutée. Mais le roi poussait des cris affreux, et le lion se mit à rugir derrière la porte et se jeta contre elle et la gratta de ses griffes.

Ce fut un moment terrible, car le roi se mit à cracher du sang et à hurler et les larmes lui roulaient sur les joues. Quand il eut fini de cracher, il appela les gardes pour nous mettre à mort et il appela aussi son lion et il culbuta le feu sacré et frappa les médecins, mais je lui pris sa canne et lui dis de se rincer la bouche. Il le fit, et les médecins restaient à plat ventre devant lui, tout tremblants, et le dentiste croyait sa dernière heure

venue. Mais le roi se calma et but du vin, en tordant la
bouche, et il me demanda de l'amuser, comme je le lui
avais promis.

Nous passâmes dans la grande salle des fêtes, car
celle où nous étions ne lui plaisait plus depuis l'opération, et il la fit fermer à jamais et l'appela la chambre
maudite. Je versai de l'eau dans un vase et la fis goûter
au roi et aussi aux médecins, et tous dirent que c'était
vraiment de l'eau ordinaire. Puis je transvasai lentement l'eau, et à mesure qu'elle coulait dans l'autre vase
elle se changeait en sang, si bien que le roi et ses
médecins poussèrent des cris d'étonnement et en
furent très effrayés.

Je fis apporter par Kaptah une caisse contenant un
crocodile, car tous les jouets fabriqués à Babylone sont
en argile et ingénieux, mais en me rappelant le
crocodile en bois avec lequel j'avais joué pendant mon
enfance, j'avais chargé un habile artisan d'en préparer
un semblable suivant mes indications. Il était en cèdre
et en argent, et il était peint et orné de façon à figurer
un vrai crocodile. Je le sortis de la boîte et en le tirant
derrière moi il bougeait les jambes et faisait claquer ses
mâchoires, comme un crocodile happant une proie.
J'en fis cadeau au roi qui en fut ravi, car il n'y avait pas
de crocodiles dans ses fleuves. En traînant le crocodile
sur le plancher, il oublia sa douleur récente, et les
médecins se regardèrent et sourirent de joie.

Ensuite le roi donna aux médecins de beaux cadeaux
et le dentiste fut désormais riche et ils s'éloignèrent
tous. Mais il me garda près de lui et je lui montrai
comment on change l'eau en sang et je lui donnai une
poudre qu'on verse dans l'eau avant que ce miracle

puisse se produire. Ce tour est très simple, comme le
savent tous ceux qui le connaissent. Mais tout grand
art est simple, et le roi en fut très étonné et me félicita.
Il n'eut de cesse qu'il n'eût convoqué les grands de sa
cour et même le peuple dans le jardin du palais et là,
devant cette foule, il changea en sang l'eau d'un bassin,
et tout le monde poussa des cris de frayeur et se
prosterna devant lui, et il en fut charmé.

Il ne pensait plus du tout à sa dent, et il me dit :

— Sinouhé l'Egyptien, tu m'as guéri d'un mal
pénible et tu m'as diverti le foie. C'est pourquoi tu
peux me demander ce que tu veux, je te le donnerai,
car moi aussi je veux te réjouir le foie.

Alors je lui dis :

— O roi Bourrabouriash, maître des quatre continents, comme médecin j'ai tenu ta tête sous mon bras
et serré tes mains pendant que tu hurlais de douleur, et
il n'est pas décent que moi, un étranger, je garde à la
mémoire un pareil souvenir du roi de Babylone quand
je rentrerai dans ma patrie pour y raconter ce que
j'aurai vu ici. C'est pourquoi je désire que tu me fasses
trembler comme homme en me montrant toute ta
puissance et que tu mettes ta barbe à ton menton et te
ceignes de ta ceinture et que tu fasses défiler devant toi
tes soldats, afin que je voie ta puissance et que je puisse
humblement me prosterner devant ta majesté et baiser
le sol à tes pieds. Je ne te demande rien d'autre.

Ma demande lui agréa, car il dit :

— Vraiment, personne ne m'a jamais parlé comme
toi, Sinouhé. C'est pourquoi j'exaucerai ta prière, bien
que ce soit fort ennuyeux pour moi, car je dois rester
assis toute une journée sur mon trône doré et mes yeux

se fatiguent et je commence à bâiller. Mais soit, puisque tu le désires.

Il envoya un message dans toutes les provinces pour convoquer l'armée et il fixa le jour du défilé.

Il eut lieu près de la porte d'Ishtar, et le roi était sur son trône doré et le lion reposait à ses pieds et tous ses nobles en armes l'entouraient, si bien qu'on aurait dit un nuage doré et argenté et pourpré. Mais en bas, sur la large avenue, l'armée défilait devant lui, les lanciers et les archers sur un front de soixante hommes, et les chars de guerre passèrent devant lui six de front, et toute la journée s'écoula avant que tous les hommes eussent défilé. Les roues des chars de guerre grondaient comme le tonnerre, et le martèlement des pas sur la chaussée et le cliquetis des armes étaient comme le vacarme de la mer pendant la tempête, si bien que la tête me tournait et que mes jambes tremblaient en contemplant ce spectacle.

Mais je dis à Kaptah :

— Il ne suffit pas de dire que les armées de Babylone sont nombreuses comme le sable de la mer ou les étoiles au ciel. Il nous faut en savoir le nombre.

Mais Kaptah murmura :

— C'est impossible, car il n'existe pas assez de chiffres dans le monde entier.

Mais je comptai tout de même et j'arrivai à trouver que les fantassins étaient soixante fois soixante fois soixante, et les chars de guerre soixante fois soixante, car soixante est un chiffre sacré à Babylone, et les autres chiffres sacrés sont cinq et sept et douze, mais je ne sais pourquoi, bien que les prêtres me l'aient exposé. Car je ne compris rien à leurs explications.

Je vis aussi que les boucliers des gardes du corps brillaient d'or et d'argent et que leurs armes étaient dorées et argentées et que leurs visages luisaient d'huile et qu'ils étaient si gros qu'ils s'essoufflaient en courant devant le roi, comme un troupeau de bœufs gras. Mais leur nombre était petit, et les troupes venues des provinces étaient bronzées et sales et elles empestaient l'urine. Beaucoup d'hommes n'avaient pas de lances, parce que l'ordre du roi les avait surpris, et les mouches avaient rongé leurs paupières, si bien que je me disais que les armées sont les mêmes dans tous les pays. Je notai aussi que les chars de guerre étaient vieux et branlants et que certains avaient perdu leurs roues durant le défilé, et que les faux fixées aux essieux étaient vertes de rouille.

Le soir, le roi me fit appeler et il me demanda en souriant :

— As-tu vu ma puissance, Sinouhé ?

Je me prosternai devant lui et je baisai le plancher à ses pieds et je lui répondis :

— En vérité, il n'existe pas de roi plus puissant que toi et ce n'est pas en vain qu'on te nomme le maître des quatre continents. Mes yeux sont fatigués et tournent dans ma tête et mes membres sont paralysés par la peur, car le nombre de tes soldats est comme le sable de la mer ou les étoiles dans le ciel.

Il sourit de satisfaction et dit :

— Tu as obtenu ce que tu désirais, Sinouhé, mais tu aurais pu me croire à moins de frais, car mes conseillers sont très fâchés de ce caprice qui me coûtera tous les impôts d'une province pendant une année, parce qu'il faut nourrir les soldats et ce soir ils font du scandale en ville et commettent des violences, selon l'habitude des soldats, et pendant tout un mois les routes ne seront plus sûres à cause d'eux, si bien que je crois que je ne renouvellerai pas ce défilé. Et mon auguste derrière est tout engourdi d'être resté si longtemps assis sur le trône doré et les yeux me tournent aussi dans la tête. Buvons donc du vin et réjouissons nos foies après cette journée harassante, car j'ai bien des choses à te demander.

Je bus du vin devant lui et il me posa une foule de questions, comme le font les enfants et les adolescents qui n'ont pas encore vu le monde. Mais mes réponses lui plurent, et pour finir, il me demanda :

— Est-ce que ton pharaon a une fille, car après tout ce que tu m'as raconté sur l'Egypte, j'ai décidé de demander la main d'une fille du pharaon. Certes, j'ai déjà dans mon gynécée quatre cents femmes et c'est amplement suffisant pour moi, car je ne peux pas en voir plus d'une dans la journée, et ce serait fort ennuyeux, si elles n'étaient pas toutes différentes. Mais ma dignité serait accrue si parmi mes épouses figurait la fille du pharaon, et les peuples sur lesquels je règne m'honoreraient encore davantage.

Je levai le bras en signe de réprobation, et je lui répondis :

— Bourrabouriash, tu ne sais ce que tu dis, car jamais encore, depuis que le monde a été créé, une fille de pharaon ne s'est unie à un étranger, car elles ne peuvent épouser que leurs frères, et si elles n'en ont pas, elles restent célibataires à jamais et deviennent prêtresses. C'est pourquoi tes paroles sont un blasphème pour les dieux de l'Egypte, mais je te pardonne, parce que tu ne sais ce que tu dis.

Il fronça les sourcils et dit d'un ton revêche :

— Qui es-tu pour me pardonner ? Est-ce que mon sang ne vaut pas celui des pharaons ?

— J'ai vu couler ton sang, et j'ai vu aussi couler celui du pharaon, et je dois avouer ne pas noter de différences entre eux. Mais tu dois te rappeler que le pharaon n'est marié que depuis peu de temps, et je ne sais pas s'il a déjà des filles.

— Je suis encore jeune et je peux attendre, dit Bourrabouriash, qui me jeta un regard rusé, car il était le roi d'un peuple de marchands. En outre, si le pharaon n'a pas de fille pour moi ou s'il ne veut pas m'en donner une, il n'a qu'à m'envoyer n'importe quelle Egyptienne noble, pour que je puisse dire ici qu'elle est une fille du pharaon. Car ici personne ne mettra ma parole en doute et le pharaon n'y perdra rien. Mais s'il refuse, j'enverrai mes armées chercher une fille du pharaon, car je suis très obstiné et je ne démords pas de mes projets.

Ses paroles m'inquiétèrent et je lui dis qu'une guerre coûterait énormément et compliquerait le commerce mondial, ce qui lui causerait plus de tort qu'à l'Egypte. Je lui dis aussi :

— Il vaut mieux attendre que tes envoyés te fassent part de la naissance d'une fille du pharaon. Alors tu pourras adresser une tablette d'argile au pharaon et s'il agrée ta demande, il t'enverra certainement sa fille et ne te trompera pas, car il a un nouveau dieu puissant avec lequel il vit dans la vérité.

Mais Bourrabouriash fit la sourde oreille et dit :

— Je ne veux rien savoir de ce dieu, et je m'étonne que ton pharaon en ait choisi un pareil, car chacun sait que souvent la vérité est nuisible et qu'elle rend pauvre. Certes, j'adore tous les dieux, et même ceux que je ne connais pas, parce qu'il vaut mieux être sûr et que c'est la coutume, mais un dieu comme ça je ne veux le connaître que de très loin.

Il dit encore :

— Le vin m'a ragaillardi et a réjoui mon foie, et tes paroles sur les filles du pharaon et sur leur beauté m'ont excité, si bien que je vais me retirer dans mon gynécée. Accompagne-moi, car tu peux y entrer en ta qualité de médecin, et comme je te l'ai dit, j'ai abondance de femmes et je ne me fâcherai pas si tu en choisis une pour te divertir avec elle, pourvu que tu ne lui fasses pas un enfant, car cela causerait un tas d'embêtements. Je suis aussi curieux de voir comment un Egyptien fait l'amour, car chaque peuple a ses manières, et tu ne m'en croirais pas si je te racontais les étranges façons de celles de mes femmes qui viennent de pays lointains.

Il refusa d'écouter mes protestations et m'entraîna de force dans le harem et il m'en montra les décorations murales en briques glacées où des hommes et des femmes faisaient l'amour de toutes les manières. Il me fit aussi voir quelques-unes de ses épouses qui étaient richement habillées et couvertes de bijoux, et il y en avait de tous les pays connus et aussi des barbares que les marchands avaient amenées. Elles bavardaient entre elles dans toutes les langues et ressemblaient à une bande de petites guenons. Elles dansèrent devant le roi en découvrant leur ventre et rivalisèrent d'ingéniosité pour gagner sa faveur. Il ne cessait de m'inviter à en choisir une à mon goût, et finalement je lui dis que j'avais promis à mon dieu de m'abstenir des femmes lorsque j'avais des malades à soigner. Or j'avais promis d'opérer demain un de ses nobles qui avait une adhérence dans les testicules, et c'est pourquoi je ne pouvais toucher à une femme. Le roi me crut et me laissa partir, mais les femmes en furent désolées, ce qu'elles me montrèrent par des gestes et des paroles de reproche. C'est qu'à part les ennuques du roi, elles n'avaient encore jamais vu un homme complet dans le gynécée, et le roi était jeune et imberbe, et de constitution débile.

Mais avant mon départ, le roi dit encore :

— Les fleuves ont débordé et le printemps est venu. C'est pourquoi les prêtres ont fixé la fête du printemps et celle du faux roi à trente jours d'aujourd'hui. Pour cette fête, je t'ai préparé une surprise qui, je le crois, t'amusera beaucoup et j'en attends aussi du divertissement pour moi, mais je ne veux pas te dire ce que ce sera, pour ne pas gâter mon plaisir.

C'est pourquoi je m'en allai plein de sombres pressentiments, car je craignais que ce qui était propre à divertir le roi Bourrabouriash ne fût pas du tout amusant pour moi. Sur ce point, Kaptah fut pour une fois de mon avis.

4

Les médecins du roi ne savaient comment me témoigner leur reconnaissance, puisque grâce à moi ils n'avaient pas encouru la colère de leur souverain, mais reçu de grands cadeaux, et je les avais défendus devant le roi en louant leur savoir. Je l'avais fait avec raison, car ils étaient habiles dans leur domaine et j'avais beaucoup à apprendre d'eux et ils ne me cachaient rien de leurs méthodes. Ce qui m'intéressa surtout, c'est la manière dont ils extraient le suc des graines de pavot pour en préparer des remèdes qui donnent un bon sommeil, une perte de connaissance ou la mort, selon la dose. Bien des gens à Babylone utilisaient ce remède avec ou sans vin, et ils disaient qu'il apportait une grande jouissance. Les prêtres y recouraient aussi pour leurs prédictions. C'est pourquoi on cultivait beaucoup le pavot en Babylonie, et ces champs avec leurs fleurs bigarrées étaient étranges et terribles à voir à cause de l'abondance de leurs couleurs, et on les appelait les champs des dieux, car ils étaient la propriété de la Tour et du Portique.

Les prêtres traitaient aussi par des procédés secrets les graines de chanvre et ils en tiraient une médecine qui rendait les hommes insensibles à la douleur et à la mort, et si on en prenait souvent et exagérément, on ne convoitait plus les femmes, mais on jouissait d'une béatitude céleste avec les femmes de rêve que cette drogue jetait dans vos bras. C'est ainsi que je recueillis beaucoup de connaissances durant mon séjour à Baby-

lone, mais j'admirai surtout l'habileté des prêtres à
confectionner, avec du verre clair comme le cristal de
montagne, des instruments qui grossissaient les objets
lorsqu'on les regardait à travers ce verre magique. Je
refuserais de le croire, si je n'avais pas moi-même tenu
ces verres dans mes mains et regardé à travers eux,
mais je ne sais pourquoi ce verre possédait cette
propriété étrange, et les prêtres ne surent pas me
l'expliquer et je crois que personne ne peut le faire.
Mais les nobles et les grands utilisaient ces verres,
lorsque leur vue avait baissé.

Mais ce qui est encore plus extraordinaire, c'est que
lorsque le soleil traversait ces cristaux, ses rayons
pouvaient enflammer du fumier sec ou de la sciure et
des feuilles sèches, de sorte que l'on pouvait allumer
du feu sans frottement. Je crois qu'à cause de ces
cristaux les sorciers babyloniens sont plus forts que
ceux de tous les autres pays, et je respectais profondément leurs prêtres. Ces verres sont aussi extrêmement
chers et ils valent plusieurs fois leur poids en or, mais
en voyant à quel point ils m'intéressaient, le dentiste
du roi m'en fit cadeau d'un.

Mais pour connaître le mieux ce qui est et arrive, il
faut lire le livre lumineux du ciel pendant les nuits.
Mais je ne tentai même pas d'apprendre les rudiments
de cette écriture, car il y eût fallu des années et des
décennies, et les astrologues étaient des vieillards à la
barbe grise et leurs yeux s'étaient usés à examiner les
étoiles, et pourtant ils ne cessaient de se disputer entre
eux et n'étaient jamais du même avis sur l'importance
des positions astrales, si bien que je jugeai cette étude
inutile. Mais j'appris des prêtres que tout ce qui arrive

sur la terre se passe aussi au ciel, et qu'il n'est pas de chose si petite qu'on ne puisse lire dans les étoiles à l'avance, à condition que l'on soit au courant de l'écriture astrale. Cette doctrine me parut beaucoup plus digne de créance que mainte autre sur les hommes et les dieux, et elle rend la vie facile, puisqu'elle enseigne aux hommes à comprendre que tout arrive selon une loi inflexible et que personne ne peut modifier sa destinée, car qui pourrait modifier la position des astres et en fixer les mouvements ? Si l'on y réfléchit bien, cette doctrine est la plus naturelle et la plus logique de toutes, et elle correspond à la croyance du cœur humain, bien que les Babyloniens parlent du foie quand les Egyptiens parlent du cœur, mais cette différence ne porte que sur l'expression.

En outre, j'étudiai le foie des moutons et je pris note aussi des renseignements que me donnèrent les prêtres de Mardouk sur le vol des oiseaux, afin de pouvoir en tirer des enseignements au cours de mes voyages. Je consacrai aussi beaucoup de temps à leur faire verser de l'huile dans l'eau et expliquer les images qui se formaient à la surface, mais cet art m'inspirait moins de confiance, car les dessins étaient toujours différents et pour les expliquer il ne fallait pas beaucoup de science, mais surtout une langue agile.

Mais avant de parler de la fête du printemps à Babylone et de la journée du faux roi, je dois raconter un incident extraordinaire concernant ma naissance. En effet, après avoir étudié le foie d'un mouton et les taches d'huile sur l'eau, les prêtres me dirent :

— A ta naissance se rattache un affreux secret que nous ne pouvons expliquer, et il en résulte que tu n'es pas seulement un Egyptien, comme tu le crois, mais que tu es un étranger partout dans le monde.

Alors je leur racontai comment j'étais descendu le Nil dans un panier de roseau et qu'on m'avait trouvé sur la rive. Les prêtres se regardèrent, puis ils s'inclinèrent devant moi en disant :

— Nous le pensions bien.

Et ils me racontèrent que leur grand roi Sargon, qui avait soumis les quatre continents et régné même sur les îles de la mer, était aussi descendu le fleuve dans un panier de roseau poissé et qu'on ignorait tout de sa naissance, jusqu'au jour où il apparut qu'il descendait des dieux.

Mais mon cœur se serra à ces paroles et j'essayai de rire en leur disant :

— Vous ne croyez pourtant pas que moi, médecin, je sois né des dieux ?

Mais ils ne rirent pas et dirent :

— Nous l'ignorons, mais il vaut mieux être sûrs, et c'est pourquoi nous nous inclinons devant toi.

Mais je finis par leur dire :

— Cessez ces révérences et revenons à nos moutons.

Ils se remirent à m'expliquer le sens des circonvolutions du foie, mais en cachette ils me lançaient des regards respectueux et chuchotaient entre eux.

5

Je veux encore raconter la fête du faux roi. Lorsque les graines eurent germé et que les nuits furent plus chaudes après les grands gels, les prêtres sortirent de la ville et déterrèrent le dieu et crièrent qu'il était ressuscité, après quoi Babylone se transforma en une place de fête grouillante et bruyante, les rues regorgeaient de gens bien habillés et la plèbe pillait les boutiques et faisait plus de vacarme que les soldats avant leur départ. Des femmes et beaucoup de filles allaient dans les temples d'Ishtar pour y gagner l'argent de· leur dot et n'importe qui pouvait se divertir avec elles et ce n'était pas considéré comme infamant pour elles. Le dernier jour de la fête était la journée du faux roi.

Je m'étais déjà habitué à bien des choses à Babylone, mais malgré tout, je fus ébahi lorsque les gardes du roi pénétrèrent ivres, dès l'aube, dans le « Pavillon d'Ish-tar » et qu'ils forcèrent les portes et frappèrent les hôtes du bois de leurs lances, en criant à plein gosier :

— Où se cache notre roi ? Rendez-nous vite notre roi, car le jour va se lever et le roi doit rendre la justice au peuple.

Le vacarme était effrayant, on allumait des lampes, les domestiques de l'hôtellerie couraient dans les corridors. Kaptah crut qu'une révolte avait éclaté et il se cacha sous mon lit, mais je sortis à la rencontre des soldats, nu sous mon manteau, et je leur demandai :

— Que voulez-vous ? Gardez-vous bien de m'offenser, car je suis Sinouhé l'Egyptien, le Fils de l'onagre, et vous avez certainement entendu mon nom.

Ils répondirent en criant :

— Si tu es Sinouhé, c'est toi que nous cherchons !

Ils arrachèrent mon manteau, et ils se mirent à m'examiner avec étonnement, car ils n'avaient encore jamais vu un homme circoncis. Et ils disaient :

— Pouvons-nous le laisser en liberté, car il est un danger pour nos femmes, qui sont curieuses de toutes les nouveautés ?

Et ils dirent encore :

— Vraiment, nous n'avons rien vu de si étrange depuis le jour où nous arriva des îles de la mer chaude un homme noir aux cheveux bouclés qui s'était passé au membre viril une cheville en os avec un grelot, pour plaire aux femmes.

Après s'être moqués de moi à leur gré, ils me relâchèrent en disant :

— Cesse de nous faire perdre notre temps, et remets-nous ton esclave, car nous devons l'emmener au palais, parce que c'est la journée du faux roi et que le roi veut qu'on l'amène au palais.

A ces mots, Kaptah se mit à trembler si fort que tout le lit en fut ébranlé, si bien que les soldats l'aperçurent et se saisirent de lui en poussant des cris de triomphe et en s'inclinant devant lui. Et ils disaient :

— C'est pour nous un jour de grande joie, car nous avons trouvé enfin notre roi qui s'était enfui et caché, mais maintenant nos yeux sont heureux de le voir, et nous espérons qu'il saura richement récompenser notre fidélité.

Kaptah les regardait, tout ébaubi, les yeux écarquillés. En voyant son ahurissement et son appréhension, les soldats redoublèrent leurs rires et crièrent :

— En vérité, il est le roi des quatre continents et nous le reconnaissons à son visage.

Ils s'inclinèrent profondément devant lui, mais d'autres lui allongèrent des coups de pied dans le derrière pour accélérer le départ. Kaptah me dit :

— En vérité, cette ville et tout le pays sont corrompus et fous et pleins de méchanceté et il semble que notre scarabée soit incapable de me protéger. Et je ne sais si je suis sur mes pieds ou sur ma tête, mais peut-être que je dors dans ce lit et que j'ai un rêve, car tout ceci n'est qu'un rêve. Quoi qu'il en soit, je dois les suivre, car ils sont forts, mais toi, ô maître, sauve ta peau et dépends mon corps lorsqu'ils m'auront suspendu aux murailles la tête en bas, et conserve-le et ne le laisse pas jeter dans le fleuve.

Mais les soldats se tordirent de rire en l'entendant et ils pouffaient et se donnaient des claques dans le dos, en disant :

— Par Mardouk, on n'aurait pu trouver un meilleur roi, car c'est une merveille que sa langue ne se noue pas en parlant.

Mais le jour se levait, et ils donnèrent à Kaptah des coups de bois de lance pour le faire avancer, et ils partirent avec lui. Je m'habillai rapidement et les suivis au palais et personne ne m'empêcha d'entrer, mais toutes les cours et les antichambres du palais grouillaient d'une foule bruyante. C'est pourquoi je fus certain qu'une révolte avait éclaté à Babylone et que bientôt le sang coulerait dans les rues, avant que les troupes n'accourussent des provinces.

Une fois parvenu dans la grande salle du palais, je vis que Bourrabouriash y était assis sur le trône doré du baldaquin soutenu par des pattes de lion, et il avait son costume royal et ses emblèmes. Autour de lui étaient groupés les grands prêtres de Mardouk et ses conseillers et ses dignitaires. Mais les soldats, sans se soucier d'eux traînèrent Kaptah devant le trône. Soudain le silence régna, mais Kaptah se mit à gémir :

— Emmenez vite cette sale bête, sinon je renonce à tout et je file !

Mais au même instant la lumière du soleil levant entra par les fenêtres et tout le monde se mit à crier :

— Il a raison ! Emportez cette bête, car nous sommes dégoûtés de ce gamin imberbe. Mais cet homme est sage, et c'est pourquoi nous le sacrons roi, afin qu'il puisse nous gouverner.

Je n'en crus pas mes yeux quand je les vis se lancer sur le roi, dans une vive bousculade, mais en riant, pour lui prendre les insignes royaux et son costume, si bien que le roi fut bientôt tout à fait nu. Ils lui pinçaient les bras et lui palpaient les cuisses et le moquaient en disant :

— On voit bien qu'il est à peine sevré et que sa bouche est encore humide du lait maternel. C'est pourquoi nous pensons qu'il est grand temps que les femmes du gynécée puissent s'amuser un peu, et ce farceur de Kaptah l'Egyptien sera certainement un bon cavalier pour elles.

Et Bourrabouriash n'offrait pas la moindre résistance, il riait aussi et son lion, tout ahuri, se retira dans un coin, la queue entre les jambes.

Je ne savais plus si j'étais sur les pieds ou sur la tête,

car ils délaissèrent le roi pour courir vers Kaptah et lui passèrent les habits royaux et le forcèrent à prendre les emblèmes du pouvoir et ils l'installèrent sur le trône et se prosternèrent devant lui et embrassèrent le plancher à ses pieds. Le premier à ramper devant lui fut Bourrabouriash nu comme un ver, qui cria :

— C'est juste. Qu'il soit notre roi, nous ne pourrions en avoir un meilleur.

Tout le monde se leva et acclama Kaptah, en se tordant de rire et en se tenant le ventre.

Kaptah, les yeux écarquillés, observait tout cela, et ses cheveux se hérissaient sous la coiffure royale qu'on avait posée de guingois sur sa tête. Mais il finit par se fâcher et cria d'une voix forte, qui imposa le silence :

— C'est certainement un cauchemar qu'un maudit magicien me fait voir, car cela arrive. Je n'ai pas le moindre désir d'être votre roi, je préférerais être le roi des babouins et des cochons. Mais si vraiment vous voulez de moi pour roi, je n'y peux rien, car vous êtes trop nombreux contre moi. C'est pourquoi je vous demande franchement si je suis votre roi ou non ?

Alors tout le monde cria à l'envi :

— Tu es notre roi et le maître des quatre continents ! Ne le sens-tu et ne le comprends-tu pas, nigaud ?

Puis ils s'inclinèrent de nouveau et l'un d'eux revêtit une peau de lion et s'accroupit devant lui et rugit et beugla en se trémoussant comiquement. Kaptah réfléchit un instant et hésita. Puis il parla :

— Si vraiment je suis roi, il vaut la peine d'arroser l'événement. Apportez vite du vin, esclaves, s'il y en a ici, sans quoi ma canne va danser sur votre dos et je

vous ferai pendre aux murs, puisque je suis roi.
Apportez beaucoup de vin, car ces messieurs et amis
qui m'ont élu roi veulent boire à ma santé et aujour-
d'hui je veux nager dans le vin jusqu'au cou.

Ces paroles suscitèrent une vive allégresse, et une
troupe animée l'escorta dans la grande salle où étaient
servis des mets et des vins excellents et variés. Chacun
se servit à sa guise, et Bourrabouriash se couvrit d'un
pagne de domestique et courut entre les jambes des
gens comme un esclave idiot en renversant les coupes
et répandant de la sauce sur les vêtements des hôtes, si
bien qu'on pestait contre lui et qu'on lui lançait des os
rongés. Dans toutes les cours du palais, on offrait à
boire et à manger au peuple, et on débitait des bœufs
entiers et des moutons, et on pouvait puiser de la bière
et du vin dans des bassins d'argile et se remplir la panse
de gruau à la crème et aux dattes douces, si bien que
lorsque le soleil fut monté dans le ciel, ce fut dans tout
le palais un bruit, un vacarme, une confusion et une
bousculade que jamais je n'aurais cru possibles.

Dès que je le pus, je m'approchai de Kaptah et lui
chuchotai :

— Kaptah, suis-moi, nous allons nous cacher et
fuir, car tout cela ne donnera rien de bon.

Mais il avait bu du vin et sa panse était rebondie, si
bien qu'il me répondit :

— Tes paroles sont un bourdonnement de mouche à
mes oreilles, et je n'ai jamais entendu rien de plus bête.
Je devrais partir, alors que ce peuple sympathique
vient de me nommer roi et que tout le monde s'incline
devant moi ? C'est le scarabée qui me vaut cet honneur,
je le sais, et aussi toutes mes qualités que ce peuple a

enfin su apprécier à leur juste valeur. Et à mon sens il n'est plus convenable que tu continues à me dire Kaptah comme à un esclave ou à un domestique et à me parler aussi familièrement, mais tu dois t'incliner devant moi, comme les autres.

Je le conjurai de m'écouter :

— Kaptah, Kaptah, ce n'est qu'une farce que tu payeras certainement cher. C'est pourquoi fuis pendant qu'il en est temps, et je te pardonnerai ton effronterie.

Mais il essuya sa bouche graisseuse et me menaça d'un os d'âne qu'il rongeait, en criant :

— Emmenez cet immonde Egyptien, avant que je ne me fâche et ne fasse danser mon bâton sur son dos !

Alors l'homme déguisé en lion se jeta sur moi en rugissant et me mordit à la cuisse et me renversa et me griffa le visage. Je n'en menais pas large, mais heureusement des trompettes sonnèrent et l'on proclama que le roi allait rendre la justice au peuple, et on m'oublia.

Kaptah fut un peu estomaqué lorsqu'on vint le conduire dans la maison de la justice, et il déclara qu'il s'en remettait entièrement aux juges du pays. Mais le peuple protesta par des cris.

— Nous voulons voir la sagesse du roi pour nous assurer qu'il est bien notre roi et qu'il connaît les lois.

C'est ainsi que Kaptah fut hissé sur le trône de la justice et qu'on déposa devant lui les emblèmes de la justice, le fouet et les menottes, et on invita le peuple à se présenter et à exposer ses affaires au roi. Le premier à se précipiter aux pieds de Kaptah fut un homme qui avait déchiré ses vêtements et répandu de la cendre sur ses cheveux. Il se prosterna et se mit à pleurer et à crier aux pieds de Kaptah :

— Personne n'est aussi sage que notre roi, le maître des quatre continents ! C'est pourquoi j'implore sa justice, et voici mon affaire : J'ai une femme que j'ai prise il y a quatre ans, et nous n'avons pas d'enfants, mais à présent elle est enceinte. Or, hier, j'ai appris que ma femme me trompe avec un soldat, je les ai surpris en flagrant délit, mais le soldat est grand et fort, si bien que je n'ai rien pu lui faire, et maintenant mon foie est plein de chagrin et de doute, car comment savoir si l'enfant à naître est de moi ou du soldat ? C'est pourquoi je demande justice au roi et je veux savoir avec certitude à qui est l'enfant, pour que je puisse agir en connaissance de cause.

Kaptah jeta des regards angoissés autour de lui, mais il finit par dire avec assurance :

— Prenez des cannes et rossez cet homme, pour qu'il se rappelle cette journée.

Les huissiers se saisirent de l'homme et le battirent et l'homme cria et s'adressa au peuple en disant :

— Est-ce juste ?

Et le peuple aussi murmura et exigea des explications. Alors Kaptah parla :

— Cet homme a mérité une rossée d'abord parce qu'il me dérange pour une bagatelle. Mais encore plus à cause de sa bêtise, car a-t-on jamais entendu qu'un homme qui a laissé son champ en friche vienne se plaindre qu'un autre l'ait ensemencé par pure bonté et en abandonne la moisson ? Et ce n'est pas la faute de la femme si elle s'adresse à un autre homme, mais c'est celle du mari, puisqu'il n'a pas su donner à sa femme ce qu'elle désire, et pour cela aussi cet homme mérite le bâton.

A ces mots, le peuple poussa des clameurs de joie et loua hautement la sagesse du roi. Et alors un vieillard grave s'approcha de lui :

— Devant cette colonne où est gravée la loi, et devant le roi, je demande justice, et voici mon affaire : Je me suis fait construire une maison au coin d'une rue, mais l'entrepreneur m'a trompé, si bien que la maison s'est effondrée et qu'elle a écrasé un passant en tombant. Maintenant, les parents de la victime m'accusent et réclament une indemnité. Que dois-je faire ?

Après avoir réfléchi, Kaptah dit :

— C'est une affaire compliquée qui exige un sérieux examen, et à mon avis, c'est une question qui concerne plus les dieux que les hommes. Que dit la loi à ce sujet ?

Les juristes s'avancèrent et lurent sur la colonne de la loi et ils s'expliquèrent ainsi :

— Si la maison s'écroule par une négligence de l'entrepreneur et qu'elle ensevelisse le propriétaire, l'entrepreneur sera mis à mort. Mais si en s'écroulant elle tue le fils du propriétaire, on mettra à mort le fils de l'entrepreneur. La loi n'en dit pas plus long, mais nous l'interprétons ainsi : Quoi que la maison détruise en s'écroulant, l'entrepreneur en est responsable et on détruira une part adéquate de ses biens. Nous ne pouvons en dire davantage.

Kaptah dit alors :

— Je ne savais pas qu'il existait ici des entrepreneurs si perfides, et désormais je me tiendrai sur mes gardes. Mais selon la loi cette affaire est simple : Que les parents de la victime se rendent devant la maison de l'entrepreneur et qu'ils y guettent et tuent le premier passant qu'ils y verront, et ainsi la loi sera observée. Mais en agissant ainsi, ils auront à répondre des suites, si les parents de l'homme tué demandent justice pour le meurtre. A mon sens, le plus coupable est le passant qui va se promener devant une maison branlante, ce que ne fait aucune personne sensée, sauf si les dieux l'ont prescrit. C'est pourquoi je libère l'entrepreneur de toute responsabilité, et je déclare que l'homme qui est venu demander justice est un imbécile, pour n'avoir pas surveillé l'entrepreneur, afin que celui-ci travaille consciencieusement, si bien que l'entrepreneur a eu raison de le tromper, car il faut rouler les imbéciles, pour que le dommage les rende sages. Il en fut ainsi et il en sera toujours ainsi.

Le peuple loua de nouveau la sagesse du roi et le plaignant s'éloigna tout penaud. Ensuite se présenta un marchand corpulent qui portait un costume précieux. Il exposa son affaire et dit :

— Il y a trois jours, je suis allé au portique d'Ishtar où les filles pauvres de la ville s'étaient rendues à l'occasion de la fête du printemps pour sacrifier leur virginité à la déesse, ainsi qu'il est prescrit, et pour se constituer une dot. Parmi elles s'en trouvait une qui me plut beaucoup, si bien qu'après avoir longtemps marchandé avec elle, je lui remis une somme d'argent, et on conclut l'affaire. Mais quand j'allais entreprendre la chose qui m'avait amené, je fus brusquement pris de coliques, si bien que je dus sortir pour me soulager. A mon retour, la fille s'était entendue avec un autre homme qui lui avait donné de l'argent et qui avait

accompli avec elle ce pourquoi il était venu au portique. Elle offrit certes de se divertir avec moi aussi,
mais je refusai, parce qu'elle n'était plus vierge, et je
réclamai mon argent, mais elle refusa de me le rendre.
C'est pourquoi je demande justice au roi, car ne suis-je
pas victime d'une grande injustice, puisque j'ai perdu
mon argent sans rien recevoir en échange ? En effet, si
j'achète un vase, le vase est à moi jusqu'à ce que je le
casse, et le vendeur n'a pas le droit de le casser et de
m'en offrir les tessons.

A ces mots, Kaptah se fâcha et se leva de son trône
de justice et fit claquer son fouet en criant :

— Vraiment, je n'ai jamais vu autant de stupidité
que dans cette ville, et je ne peux que penser que ce
vieux bouc se moque de moi. Car la fille a eu
parfaitement raison de prendre un autre homme,
puisque cet imbécile n'était pas en état de prélever ce
qu'il venait chercher. Elle a aussi très bien agi en
offrant à cet homme un dédommagement qu'il n'avait
nullement mérité. Cet homme aurait dû être reconnaissant à la jeune fille et à l'homme, puisqu'en se
divertissant ensemble ils ont supprimé un obstacle qui
ne cause qu'ennuis et embêtements dans ces affaires.
Et il a l'aplomb de venir se plaindre devant moi et de
parler de vases. Puisqu'il prend les jeunes filles pour
des vases, je le condamne à ne se divertir désormais
qu'avec des vases, et il ne touchera plus jamais à des
filles.

Ayant rendu cette sentence, Kaptah en eut assez de
la justice et il s'étira sur le trône et dit :

— Aujourd'hui j'ai déjà mangé et bu et travaillé
suffisamment et rendu la justice et fatigué mes ménin-

ges. Les juges peuvent continuer, s'il se présente
encore des plaignants, car cette dernière affaire m'a fait
penser que comme roi je suis aussi le maître dans le
harem où, à ce que je sais, quatre cents femmes
m'attendent. C'est pourquoi je vais aller me choisir une
compagne et je ne serais point étonné si, au cours de
cette expédition, je brisais quelques vases, car le
pouvoir et le vin m'ont merveilleusement fortifié, si
bien que je me sens robuste comme un lion.

A ces mots le peuple poussa des cris qui n'en
finissaient plus, et la foule l'escorta vers le palais et
resta devant le gynécée et dans la cour. Mais Bourrabouriash ne riait plus. En me voyant, il accourut et me
dit :

— Sinouhé, tu es mon ami, et comme médecin tu
peux entrer dans le gynécée royal. Suis-le et veille à ce
qu'il ne fasse rien dont il ait à se repentir amèrement,
car en vérité je le ferai écorcher vif et sa peau séchera
sur les murs, s'il touche à mes femmes ; mais s'il se
conduit bien, la mort lui sera facile.

Je lui demandai :

— Bourrabouriash, je suis vraiment ton ami et je
suis prêt à t'aider, mais dis-moi ce que tout cela
signifie, car mon foie est malade de te voir en costume
d'esclave et moqué par tout le monde.

Il dit avec impatience :

— C'est la journée du faux roi, tout le monde le sait,
mais dépêche-toi, afin qu'il ne se passe rien d'irréparable.

Mais je ne lui obéis pas, bien qu'il m'eût saisi le bras,
et je lui dis :

— Je ne connais pas les coutumes de ton pays, si bien que tu dois m'expliquer ce que tout cela signifie.

Alors il parla :

— Chaque année, en ce jour, on choisit l'homme le plus bête et le plus drôle de Babylone et il peut régner toute une journée de l'aube au coucher du soleil, avec tout le pouvoir du roi, et le roi doit le servir. Et jamais encore je n'ai vu un roi plus drôle que Kaptah, que j'ai désigné moi-même à cause de sa drôlerie. Il ignore lui-même ce qui l'attend, et c'est ça qui est le plus drôle de tout.

— Et qu'est-ce qui l'attend ? demandai-je.

— Au coucher du soleil il sera mis à mort aussi subitement qu'il fut couronné à l'aube, expliqua Bourrabouriash. Je peux le faire périr cruellement si je le veux, mais habituellement on verse un poison doux dans du vin, et le faux roi s'endort sans savoir qu'il meurt, car il ne convient pas qu'un homme qui a régné un jour reste en vie. Mais jadis il est arrivé que le vrai roi mourût durant la fête pour avoir dans son ivresse avalé de travers un bol de bouillon brûlant, et le faux roi resta sur le trône et régna sur Babylone pendant trente-six ans et personne n'eut rien à redire à son règne. C'est pourquoi je dois me garder de boire du bouillon chaud aujourd'hui. Mais dépêche-toi d'aller voir que ton serviteur ne fasse pas de bêtises dont il ait à se repentir ce soir.

Je n'eus cependant pas à aller à la recherche de Kaptah, car il sortit en courant du gynécée, tout irrité et une main sur son seul œil, et le sang coulait de son nez. Il gémissait et criait :

— Regardez ce qu'elles m'ont fait, car elles m'ont

offert de vieilles femmes et de grasses négresses, mais quand j'ai voulu toucher une jolie chevrette, elle s'est muée en tigresse et m'a poché mon seul œil et m'a mis le nez en sang à coups de babouche.

Alors Bourrabouriash rit de si bon cœur qu'il dut se tenir à mon bras pour rester debout. Mais Kaptah continuait à gémir :

— Je n'ose plus ouvrir la porte, car cette femme est hors d'elle et se comporte comme un fauve, mais vas-y, Sinouhé, pour la trépaner habilement, afin que le mauvais esprit sorte de sa tête. Elle doit en effet être possédée, car comment aurait-elle osé porter la main sur son roi et lui meurtrir le nez avec sa babouche, si bien que mon sang coule comme d'un bœuf saigné.

Bourrabouriash me donna un coup de coude et dit :

— Va voir ce qui s'est passé, Sinouhé, puisque tu connais déjà la maison, car je ne puis y entrer aujourd'hui, et tu viendras me renseigner. Je crois savoir de qui il s'agit, car on m'a amené hier des îles de la mer une fille dont je me promets beaucoup de plaisir, mais il faudra d'abord la calmer avec du suc de pavot.

Il insista tellement que je finis par entrer dans le gynécée où régnait une grande confusion, et les eunuques ne m'arrêtèrent pas, car ils savaient que j'étais médecin. Les vieilles femmes qui s'étaient parées et fardées et ointes pour cette journée, m'entourèrent et me demandèrent d'une seule voix :

— Où donc s'est enfui notre petit mignon, notre bijou, notre petit bouc, que nous avons attendu depuis l'aube ?

Une grosse négresse, dont les seins pendaient noirs

et flasques sur son ventre, s'était dévêtue pour être la première à recevoir Kaptah, et elle gémissait :

— Rendez-moi mon chéri, pour que je le serre sur ma poitrine ! Rendez-moi mon éléphant, pour qu'il passe sa trompe à ma taille !

Mais les eunuques me dirent d'un air soucieux :

— Ne t'inquiète pas de ces femmes, car elles étaient chargées d'amuser le faux roi et elles se sont réjoui le foie avec du vin en l'attendant. Mais nous avons vraiment besoin d'un médecin, car la fille qu'on a apportée hier est devenue folle et elle est plus forte que nous et nous distribue des coups de pied, si bien que nous ne savons pas ce qui va arriver, car elle a trouvé un couteau et elle est furieuse.

Ils me conduisirent dans la cour du harem qui reluisait sous le soleil de toutes les couleurs des briques glacées. Au centre se trouvait une vasque dans laquelle des animaux marins sculptés crachaient de l'eau. C'est là que la fille furieuse s'était réfugiée et les eunuques avaient déchiré ses vêtements en cherchant à la maîtriser et elle était toute mouillée pour avoir nagé dans le bassin, et l'eau jaillissait autour d'elle. Mais elle se tenait d'une main au grouin d'un marsouin crachant l'eau, pour ne pas tomber, et dans l'autre luisait un couteau. L'eau bouillonnait et les eunuques s'agitaient et criaient, si bien que je ne pouvais comprendre les paroles de la fille. Elle était certainement belle, bien que ses vêtements fussent lacérés et ses cheveux en désordre, mais je fis bonne contenance et dis aux eunuques :

— Filez d'ici, afin que je puisse lui parler et la

calmer, et arrêtez les jets d'eau, pour que j'entende ce qu'elle nous crie.

Quand le bruit de l'eau eut cessé, j'entendis qu'elle chantait dans une langue étrangère que je ne comprenais pas. Elle chantait la tête droite et les yeux brillants et verts comme ceux d'un chat, et ses joues étaient rouges d'excitation, si bien que je l'apostrophai vivement :

— Cesse de piailler, vieille chatte, et jette ton couteau et viens ici, pour que nous puissions parler et que je te guérisse, parce que tu es certainement folle.

Elle cessa de chanter et me répondit dans un babylonien encore pire que le mien :

— Saute dans le bassin, babouin, et viens ici à la nage, pour que je plonge mon couteau dans ton foie, car je suis furieuse.

Je lui criai :

— Je ne te veux aucun mal.

Elle répondit :

— Bien des hommes m'ont dit la même chose, pour masquer leurs vilaines intentions, mais j'ai été consacrée à un dieu pour danser devant lui. C'est pourquoi j'ai ce couteau, et je lui ferai boire mon sang plutôt que de permettre à un homme de me toucher, et surtout pas à ce diable borgne qui ressemblait plus à une outre gonflée qu'à un être humain en trottinant vers moi.

— C'est toi qui as frappé le roi ? demandai-je.

Elle répondit :

— Je lui ai poché l'œil et j'ai perdu ma babouche en lui ouvrant les sources de sang du nez et je suis fière de mon acte, qu'il soit le roi ou non, car même un roi ne me touchera pas, car je suis destinée à danser devant mon dieu.

— Danse à ta guise, petite folle, lui dis-je. Cela ne me regarde pas, mais tu vas déposer ce couteau avec lequel tu pourrais te faire du mal, et ce serait dommage, car les eunuques m'ont dit que le roi a payé pour toi la forte somme au marché des esclaves.

Elle répondit :

— Je ne suis pas une esclave, j'ai été traîtreusement enlevée, comme tu pourrais le deviner, si tu avais des yeux dans la tête. Mais ne parles-tu aucune langue convenable que ces gens-là ne comprennent pas, car j'ai vu des eunuques se faufiler derrière les colonnes pour épier nos paroles.

— Je suis Egyptien, lui dis-je dans ma langue, et mon nom est Sinouhé, Celui qui est solitaire, le Fils de l'onagre. Je suis médecin, si bien que tu n'as rien à redouter de moi.

Alors elle sauta dans l'eau et nagea vers moi, le couteau à la main, et elle s'étendit devant moi en disant :

— Je sais que les Egyptiens sont faibles et qu'ils ne font pas de mal aux femmes, à moins qu'elles ne le désirent. C'est pourquoi j'ai confiance en toi et j'espère que tu me pardonneras si je ne dépose pas mon couteau, car il est probable que ce soir je devrai m'ouvrir les veines pour n'être pas déshonorée devant mon dieu. Mais si tu crains les dieux et si tu me veux du bien, sauve-moi d'ici et emmène-moi hors de ce pays, bien que je ne puisse pas te récompenser comme tu le mériterais, car vraiment je ne dois pas me donner à un homme.

— Je n'ai pas la moindre envie de toucher à toi, lui dis-je. Sur ce point, tu peux être tranquille. Mais ta folie est grande de tenter de sortir du harem royal, alors qu'ici tu serais bien nourrie et que tu pourrais recevoir tout ce que ton cœur désirerait.

— Tu me parles de nourriture et de vêtements, parce que tu ne comprends rien à rien, dit-elle en me jetant un regard irrité. Et quand tu affirmes ne pas vouloir me toucher, tu m'offenses. C'est que je suis déjà habituée à ce que les hommes me désirent, et je l'ai lu dans leurs yeux et entendu à leur respiration pendant mes danses. Je l'ai vu le mieux sur le marché aux esclaves, quand les hommes bavaient devant ma nudité et demandaient aux eunuques de constater si j'étais vierge. Mais nous en pourrons parler plus tard, si tu veux, car d'abord tu dois me tirer d'ici et m'aider à fuir la Babylonie.

Son aplomb était si grand que je ne sus que lui répondre, et je finis par lui dire brusquement :

— Je n'ai nullement l'intention de t'aider à fuir, car ce serait un crime envers le roi qui est mon ami. Je puis te dire aussi que l'outre gonflée que tu as vue ici est le faux roi qui ne règne qu'aujourd'hui, et demain le vrai roi viendra te voir. C'est un jeune homme encore imberbe et de complexion agréable, et il attend beaucoup de plaisir de toi, lorsqu'il t'aura un peu calmée. Je ne crois pas que la puissance de ton dieu s'étende jusqu'ici, de sorte que tu n'as rien à perdre à te soumettre à la nécessité. C'est pourquoi tu devrais renoncer aux enfantillages et me donner ton couteau.

Mais elle dit :

— Mon nom est Minea. Puisque tu veux t'occuper

de moi, voici le couteau qui m'a protégée jusqu'ici, et je te le donne parce que je sais que désormais c'est toi qui me protégeras et que tu ne me tromperas pas, mais que tu m'emmèneras de ce sale pays.

Elle me sourit et me tendit le couteau, malgré mes dénégations :

— Je ne veux pas de ton couteau, petite folle !

Elle ne voulut pas le reprendre, mais elle me regardait en souriant entre ses cheveux mouillés, et je finis par m'en aller, le couteau à la main et fort ennuyé. C'est que j'avais remarqué qu'elle était beaucoup plus habile que moi, car en me donnant son couteau, elle m'avait lié à son sort, si bien que je ne pouvais plus l'abandonner.

A ma sortie du gynécée, Bourrabouriash me demanda avec une vive curiosité ce qui s'y était passé.

— Tes eunuques ont fait une mauvaise affaire, lui dis-je, car Minea, la fille qu'ils ont achetée pour toi, est furieuse et ne veut pas se donner à un homme, parce que son dieu le lui interdit. C'est pourquoi tu ferais mieux de la laisser en paix, jusqu'à ce qu'elle soit devenue raisonnable.

Mais Bourrabouriash rit gaîment et dit :

— Vraiment j'aurai beaucoup de plaisir avec elle, car je connais ce genre de filles et on les dompte à coups de canne. C'est que je suis encore jeune et sans barbe. C'est pourquoi je me fatigue en me divertissant avec une femme, et j'ai beaucoup plus de plaisir à les regarder et à les entendre pendant que les eunuques les frappent de leurs minces baguettes. Cette petite récalcitrante me procurera d'autant plus de joie que j'aurai un motif de la faire fustiger par les eunuques, et en

vérité je jure que la nuit prochaine déjà sa peau sera si
enflée qu'elle ne pourra dormir sur le dos, et mon
plaisir en sera d'autant plus grand.

Il s'éloigna en se frottant les mains et en pouffant
comme une fille. En le regardant partir, je sentis qu'il
n'était plus mon ami.

6

Après cela, je fus incapable de rire et de m'amuser,
bien que le palais fût rempli d'une foule joyeuse qui
buvait du vin et de la bière et se divertissait follement à
toutes les farces que Kaptah imaginait sans arrêt, car il
avait oublié ses mésaventures du gynécée et on avait
mis sur son œil un morceau de viande crue, si bien
qu'il n'avait plus mal. Mais j'étais tourmenté, sans
savoir pourquoi.

Je me disais que j'avais encore bien des choses à
apprendre à Babylone, puisque mes études du foie de
mouton étaient inachevées et que je ne savais pas
encore verser l'huile sur l'eau, comme le faisaient les
prêtres. Bourrabouriash me donnerait certainement de
généreux cadeaux à mon départ, pour mes soins et mon
amitié, si je restais en bons termes avec lui. Mais plus
je réfléchissais, et plus Minea m'obsédait, quelle que
fût son outrecuidance, et je songeais aussi à Kaptah qui
devrait périr ce soir pour un caprice stupide du roi qui,
sans rien me demander, l'avait désigné comme faux
roi, bien qu'il fût mon serviteur.

Ainsi j'endurcissais mon cœur en me disant que Bourrabouriash avait abusé de moi, de sorte que je serais justifié à le payer de retour, bien que mon cœur me dît que je violerais ainsi toutes les lois de l'amitié. Mais j'étais étranger et seul, et rien ne me liait. C'est pourquoi, dans la soirée, je me rendis sur la rive et louai une barque de dix rameurs à qui je dis :

— C'est la journée du faux roi, et je sais que vous êtes ivres de joie et de bière et que vous hésiterez à partir. Mais je vous donnerai double paye, car mon oncle est mort et je dois conduire son corps parmi ceux de ses ancêtres. Le voyage sera long, car notre tombe de famille se trouve tout près de la frontière de Mitanni.

Les rameurs murmurèrent, mais je leur procurai deux barils de bière et je leur dis qu'ils pouvaient boire jusqu'au coucher du soleil, à condition qu'ils fussent prêts à partir dès la tombée de la nuit. Mais ils protestèrent en disant :

— Nous ne ramons jamais de nuit, car les ténèbres sont pleines de diablotins redoutables et de mauvais esprits qui poussent des cris effrayants et qui peut-être renverseront notre bateau ou nous tueront.

Mais je leur dis :

— Je vais aller sacrifier dans le temple, pour qu'il ne nous arrive rien de mal, et le tintement de tout l'argent que je vous donnerai au terme du voyage vous empêchera certainement d'entendre les hurlements des démons.

J'allai à la Tour et j'y sacrifiai un mouton, il y avait peu de monde dans les cours, car toute la ville était massée autour du palais. J'examinai le foie du mouton,

mais j'étais si distrait que je n'y lus rien de spécial. Je
constatai seulement qu'il était plus grand que la
normale et qu'il sentait très fort, si bien que de
mauvais pressentiments m'assiégèrent. Je recueillis le
sang dans un sachet en cuir et je l'emportai au palais. A
mon entrée dans le harem, une hirondelle vola sur ma
tête, ce qui me réchauffa le cœur et me réconforta, car
c'était un oiseau de mon pays qui me porterait
bonheur.

Je dis aux eunuques :

— Laissez-moi seul avec cette femme folle, pour
que je puisse exorciser son démon.

Ils m'obéirent et me conduisirent dans une petite
chambre où j'expliquai à Minea ce qu'elle devait faire,
et je lui remis son poignard et le sac de sang. Elle
promit de suivre mes instructions, et je la quittai et je
dis aux eunuques que personne ne devait la déranger,
car je lui avais donné un remède pour expulser le
démon, et le démon pourrait se glisser dans le corps de
toute personne qui ouvrirait la porte sans ma permission. Ils me crurent sans plus.

Le soleil allait se coucher, et la lumière était rouge
comme le sang dans toutes les chambres du palais, et
Kaptah mangeait et buvait servi par Bourrabouriash
qui riait et pouffait comme un gamin. Les planchers
étaient couverts de flaques de vin dans lesquelles
gisaient des hommes, nobles et vilains, qui cuvaient
leur ivresse. Je dis à Bourrabouriash :

— Je veux m'assurer que la mort de Kaptah sera
douce, car il est mon serviteur et je suis responsable de
lui.

Il me dit :

— Dépêche-toi, car on verse déjà le poison dans le vin et ton serviteur mourra au coucher du soleil, selon la coutume.

Je trouvai le vieux médecin du roi, et il me crut quand je lui dis que le roi m'avait chargé de mélanger moi-même le poison.

— C'est mieux que tu me remplaces pour cela, dit-il, car mes mains tremblent et mes yeux coulent. C'est que j'ai vidé force coupes et que vraiment ton serviteur nous a prodigieusement amusés.

Je versai dans le vin un peu de suc de pavot, mais pas assez pour amener la mort. Je portai la coupe à Kaptah et je lui dis :

— Kaptah, il est possible que nous ne nous revoyions plus jamais, car ta dignité t'est montée au cerveau et demain déjà tu ne me reconnaîtras plus. C'est pourquoi vide cette coupe, afin qu'à mon retour en Egypte je puisse raconter que je suis l'ami du maître des quatre continents. En la vidant, sache que je ne songe qu'à ton bien, quoi qu'il arrive, et souviens-toi de notre scarabée.

Kaptah dit :

— Les paroles de cet Egyptien seraient un bourdonnement de mouche dans mes oreilles, si mes oreilles n'étaient déjà remplies par le murmure du vin au point que je n'entends pas ce qu'il me dit. Mais je n'ai jamais craché dans une coupe, comme chacun le sait et comme j'ai cherché aujourd'hui de mon mieux à en convaincre mes sujets qui me plaisent beaucoup. C'est pourquoi je viderai cette coupe, en sachant fort bien que demain des ânes sauvages me martèleront le crâne.

Il but, et au même instant le soleil se coucha et on

apporta des torches et on alluma des lampes, et tout le monde se leva et un grand silence se répandit dans le palais. Kaptah ôta la coiffure royale et dit :

— Cette sacrée couronne me broie le front et j'en ai assez. Mes jambes sont engourdies et mes paupières lourdes comme le plomb, c'est le moment de dormir.

Il tira la lourde nappe et s'en couvrit, renversant les coupes et les cruches, si bien qu'il nageait vraiment dans le vin comme il l'avait promis le matin. Mais les serviteurs du roi le déshabillèrent et passèrent à Bourrabouriash les vêtements mouillés de vin, et ils lui rendirent la couronne et les emblèmes du pouvoir, puis ils le conduisirent au trône.

— Cette journée a été bien fatigante, dit le roi, mais j'ai quand même noté quelques personnes qui ne m'ont pas témoigné assez d'égards pendant la farce, espérant probablement que par mégarde je m'étoufferais avec du bouillon chaud. C'est pourquoi chassez à coups de trique les ivrognes endormis et balayez la salle et renvoyez le peuple et mettez dans une jarre le pitre dont je suis las, dès qu'il sera mort.

On tourna Kaptah sur le dos et le médecin le palpa de ses mains tremblantes d'homme ivre et il dit :

— Cet homme est vraiment mort.

Les serviteurs apportèrent un grand vase d'argile, comme ceux dans lesquels les Babyloniens enferment leurs morts, et on y plaça Kaptah et on boucha le vase. Le roi ordonna de le placer dans la cave du palais, parmi les précédents faux roi, selon l'habitude, mais alors je dis :

— Cet homme est égyptien et circoncis comme moi. C'est pourquoi je dois embaumer son corps à l'égyp-

tienne et le munir de tout ce qui est nécessaire pour le
long voyage au pays du Couchant, afin qu'il y puisse
manger et boire et se divertir sans travailler après la
mort. Ce travail dure trente jours ou soixante-dix
jours, selon le rang du défunt durant sa vie. Pour
Kaptah, je crois que trente jours suffiront, car il n'était
qu'un serviteur. Après ce délai, je rapporterai son
corps pour qu'il soit déposé à côté des anciens faux rois
dans les caves de ton palais.

Bourrabouriash m'écouta avec curiosité et dit :

— D'accord, bien que je croie que tes peines seront
inutiles, car un homme mort reste étendu et son esprit
erre partout avec inquiétude et se nourrit des débris
jetés dans les rues, à moins que ses parents ne gardent
le corps chez eux dans un vase d'argile, afin que l'esprit
reçoive sa part des repas. C'est le sort de chacun, sauf
de moi qui suis le roi et que les dieux accueilleront dès
le trépas, si bien que je n'ai pas à m'inquiéter de ma
nourriture et de ma bière après la mort. Mais agis à ta
guise, puisque c'est la coutume de ton pays.

Je fis porter le vase dans une litière que j'avais
retenue devant le palais, mais avant de partir, je dis au
roi :

— Pendant trente jours tu ne me reverras pas, car
tant que dure l'embaumement, je ne dois me montrer à
personne, pour ne pas infecter les gens avec les
miasmes qui rôdent autour du cadavre.

Bourrabouriash rit et dit :

— Qu'il en soit comme tu le veux, et si tu te
montres ici, mes serviteurs te chasseront à coups de
canne, afin que tu n'introduises pas de mauvais esprits
dans mon palais.

Et dans la litière je perçai la glaise qui fermait le vase, car elle était encore molle, afin que Kaptah pût respirer. Puis je rentrai secrètement dans le palais et pénétrai dans le harem où les eunuques furent heureux de me revoir, car ils appréhendaient l'arrivée du roi.

Après avoir ouvert la porte de la chambre de Minea, je revins rapidement vers les eunuques, en me déchirant les vêtements et en criant :

— Venez voir ce qui est arrivé, elle gît dans son sang, et le couteau ensanglanté est à côté d'elle et ses cheveux aussi sont couverts de sang.

Ils s'approchèrent, et ils furent remplis de terreur, car les eunuques ont peur du sang et n'osent pas y toucher. Ils se mirent à pleurer, redoutant la colère du roi, mais je leur dis :

— Nous sommes dans le même pétrin, vous et moi. C'est pourquoi apportez-moi vite un tapis, pour que je puisse y rouler le corps, et lavez le sang, afin que personne ne sache ce qui est arrivé. Ensuite courez acheter une autre esclave et de préférence une qui vienne d'un pays lointain et ignore votre langue. Vêtez-la et parez-la pour le roi, et si elle résiste, rouez-la de coups devant lui, car il en sera réjoui et il vous récompensera largement.

Les eunuques comprirent la sagesse de mon conseil et, après quelque marchandage, je leur remis la moitié de l'argent qu'ils me demandaient pour acheter une autre esclave, tout en sachant qu'ils me volaient cette somme, car ils payèrent sûrement l'achat avec l'argent du roi et ils gagnèrent encore en exigeant du marchand d'écrire sur leur tablette une somme supérieure au prix convenu, car ce fut et ce sera toujours l'habitude des eunuques partout dans le monde. Mais je ne tenais pas à me disputer avec eux. Ils m'apportèrent un tapis dans lequel j'enveloppai Minea, et ils m'aidèrent à la porter à travers les cours obscures dans la litière où attendait déjà Kaptah dans son vase.

C'est ainsi que, dans les ténèbres, je quittai Babylone en fugitif, abandonnant beaucoup d'or et d'argent, bien que j'eusse pu m'y enrichir et acquérir encore bien du savoir.

Parvenu au rivage, je fis porter le vase dans la barque, mais je pris moi-même le tapis et je le cachai sous le tendelet. Je dis aux porteurs :

— Esclaves et fils de chiens ! Cette nuit vous n'avez rien vu ni rien entendu, si quelqu'un vous interroge, et c'est pourquoi je vous donne à chacun une pièce d'argent.

Ils sautèrent de joie et s'écrièrent :

— Vraiment, nous avons servi un puissant seigneur, et nos oreilles sont sourdes et nos yeux aveugles, et nous n'avons rien entendu ni rien vu cette nuit.

C'est ainsi que je me débarrassai d'eux, mais je savais bien qu'ils s'enivreraient, selon la coutume des porteurs de tous les temps, et que dans leur ivresse ils révéleraient tout ce qu'ils avaient vu. Mais je n'y pouvais rien, car ils étaient huit et ils étaient robustes et je ne pouvais les tuer et les jeter dans le fleuve, comme j'eusse voulu le faire.

Après leur départ, je réveillai les rameurs et au lever de la lune ils plongèrent les rames dans l'eau et souquèrent ferme, tout en bâillant et en pestant contre leur sort, car leurs têtes étaient alourdies par la bière

qu'ils avaient bue. C'est ainsi que je m'enfuis de
Babylone, et je ne saurais dire pourquoi, car je
l'ignore ; mais tout était écrit dans les étoiles déjà avant
ma naissance et je n'y pouvais rien changer.

LIVRE VII

Minea

1

Une fois sorti de la ville sans avoir été interpellé par les gardes, car le fleuve n'est pas barré la nuit, je me glissai dans le tendelet pour y reposer ma tête fatiguée. Les soldats du roi m'avaient réveillé avant l'aube, comme je l'ai raconté, et la journée avait été riche en inquiétude et en incidents et en vacarme, au point que jamais encore je n'en avais vécu de pareille. Mais je ne trouvai pas encore la paix, car Minea s'était débarrassée du tapis et se lavait en puisant de l'eau dans le fleuve, et les gouttes qui tombaient de sa main brillaient au clair de lune. Elle me regarda sans sourire et me dit d'un ton de reproche :

— Je me suis affreusement salie en suivant tes conseils et j'empeste le sang et je ne pourrai jamais me débarrasser de cette odeur, et c'est ta faute. Et en m'emportant dans le tapis, tu m'as pressée contre ta poitrine plus que c'était nécessaire, si bien que j'avais peine à respirer.

Mais j'étais très fatigué, et ces paroles augmentèrent encore ma lassitude. C'est pourquoi j'étouffai un bâillement en lui disant :

— Tais-toi, maudite femme, car en pensant à tout ce que tu m'as fait faire, mon cœur se révolte, et je suis prêt à te lancer dans le fleuve, où tu pourrais te nettoyer à ta guise. Car sans toi je serais assis à la droite du roi de Babylone et les prêtres de la Tour m'enseigneraient toute leur sagesse sans rien me cacher, si bien que je serais bientôt le plus éminent de tous les médecins du monde. Et j'ai aussi perdu à cause de toi mes cadeaux de médecin, et mon or a fondu et je n'ose utiliser mes tablettes d'argile pour retirer de l'argent dans les caisses des temples. Tout cela est arrivé à cause de toi, et vraiment je maudis le jour où je t'ai vue, et chaque année je me rappellerai cette journée en me couvrant d'un sac et de cendres.

Elle laissait sa main dans le courant au clair de lune, et l'eau se fendait comme de l'argent liquide. Puis elle me dit d'une voix grave, sans me regarder :

— S'il en est ainsi, il vaut mieux que je saute à l'eau, comme tu le désires. Tu seras débarrassé de moi.

Elle se leva pour se précipiter dans le fleuve, mais je la pris par le bras et je lui dis :

— Cesse de déraisonner, car si tu sautes à l'eau, tout ce que j'ai fait aujourd'hui sera vain et ce serait le comble de la bêtise. C'est pourquoi, au nom de tous les dieux, laisse-moi me reposer un instant, Minea, et ne me dérange pas par des caprices, car je suis vraiment très fatigué.

Ayant dit ces mots, je me glissai sous le tapis et le tirai sur ma tête, car la nuit était fraîche, bien que ce fût le printemps et que les cigognes criassent dans les joncs. Mais elle rampa à côté de moi sous le tapis et dit doucement :

— Puisque je ne peux rien faire d'autre pour toi, je veux te réchauffer avec mon corps, parce que la nuit est froide.

Je n'eus plus la force de protester, mais je m'endormis et pus reposer, car son jeune corps était comme un mince poêle contre moi.

A l'aube, nous étions déjà bien loin de la ville, et les rameurs murmurèrent :

— Nos épaules sont comme du bois et nos dos sont douloureux. Veux-tu nous faire périr aux avirons, puisque nous n'allons pas éteindre un incendie ?

Mais je me durcis le cœur et je leur dis :

— Quiconque cessera de ramer goûtera de mon bâton, car nous ne nous arrêterons qu'au milieu de la journée. Alors vous pourrez manger et boire et chacun recevra une gorgée de vin de datte, et vous en serez ragaillardis et vous vous sentirez légers comme des oiseaux. Mais si vous regimbez contre moi, je lâcherai sur vous tous les démons des enfers, car sachez que je suis prêtre et sorcier et que je connais des diables nombreux qui adorent la chair humaine.

Je parlais ainsi pour les effrayer, mais ils ne me crurent point, car le soleil brillait et ils dirent :

— Il est seul et nous sommes dix !

Et l'un d'eux chercha à me frapper de sa rame.

Mais alors le vase placé à la poupe se mit à retentir, car Kaptah donnait des coups et hurlait et pestait d'une voix aiguë, et les rameurs devinrent gris de peur et sautèrent dans l'eau l'un après l'autre et disparurent au fil du courant. La barque se mit à chavirer et à se pencher, mais je pus la guider vers la rive et je jetai l'ancre. Minea sortit du tendelet, en se peignant les cheveux, et je n'eus plus peur de rien, car elle était belle à mes yeux et le soleil brillait et les cigognes criaient dans les joncs. J'allai vers le vase et je cassai la glaise et criai à haute voix :

— Sors, homme qui reposes ici !

Kaptah sortit du vase sa tête ébouriffée et jeta autour de lui des regards étonnés, et jamais je n'avais vu une mine aussi stupéfaite. Il gémit et dit :

— Qu'est-ce que cette farce ? Où suis-je et où est ma coiffure royale et où a-t-on caché mes emblèmes royaux, car me voici nu et j'ai froid. Et ma tête est pleine de guêpes et mes membres sont de plomb, comme si j'avais été mordu par un serpent venimeux. Prends garde, Sinouhé, de me jouer des tours, car avec les rois on ne badine pas.

Je voulais le punir de son arrogance de la veille. C'est pourquoi je feignis l'ignorance et lui dis :

— Je ne comprends rien à tes paroles, Kaptah, et tu es certainement encore ivre, car tu te souviens qu'hier avant notre départ de Babylone, tu as trop bu de vin et tu as fait tant de bruit à bord que les rameurs t'ont enfermé dans ce vase pour que tu ne les blesses pas. Tu parlais d'un roi et de juges et tu débitais des fariboles.

Kaptah ferma les yeux et réfléchit un bon moment, puis il dit :

— O mon maître, je ne veux plus jamais boire du vin, car le vin et le sommeil m'ont entraîné dans des aventures si effrayantes que je ne peux te les raconter. Mais je puis tout de même te dire que par la grâce du scarabée je me figurais être un roi et je rendais la justice, et je suis même allé dans le harem royal et je me suis diverti royalement avec une belle fille. Et j'ai eu encore bien d'autres aventures, mais je n'ai plus la force d'y penser, car la tête me fait mal et tu serais miséricordieux de me donner le remède que les ivrognes de cette maudite Babylone utilisent le lendemain.

C'est alors que Kaptah aperçut Minea et il disparut dans le vase et dit d'une voix plaintive :

— O mon maître, je ne suis pas très bien ou je rêve, car je crois voir là-bas la fille que j'ai rencontrée dans le harem royal pendant mon rêve. Que le scarabée me protège, car je crains de perdre la raison !

Il tâta son œil poché et son nez tuméfié, et il se mit à pleurer tristement. Mais Minea s'approcha du vase et saisit la tignasse de Kaptah et lui sortit la tête du vase en disant :

— Regarde-moi ! Suis-je la femme avec laquelle tu t'es diverti la nuit dernière ?

Kaptah lui jeta un regard craintif, ferma les yeux et dit en geignant :

— Que tous les dieux de l'Egypte aient pitié de moi et me pardonnent d'avoir adoré les dieux étrangers, mais c'est bien toi et tu dois me pardonner, car c'était un rêve.

Minea enleva une babouche et lui en donna deux coups sur les joues, en disant :

— Voilà le châtiment pour ton rêve indécent, afin que tu saches que maintenant tu es bien éveillé.

Mais Kaptah redoubla ses cris et dit :

— En vérité, je ne sais pas si je dors ou si je suis éveillé, car j'ai subi le même traitement dans mon rêve, lorsque cette affreuse femme s'est jetée sur moi dans le harem.

Je l'aidai à sortir du vase et je lui donnai un remède amer pour le purger et je lui nouai une corde à la taille pour le plonger dans l'eau malgré ses cris, et je l'y laissai patauger pour dissiper son ivresse de vin et de pavot. Quand je le sortis de l'eau, je lui pardonnai et je lui dis :

— Que ce soit pour toi une leçon pour ton effronterie envers moi, ton maître. Mais sache que tout ce qui t'est arrivé est vrai, et sans moi tu reposerais inanimé dans ce vase à côté des autres faux rois.

Puis je lui racontai tout ce qui s'était passé, et je dus le lui répéter plusieurs fois, pour qu'il en fût persuadé. Pour terminer, je lui dis :

— Notre vie est en danger et je n'ai aucune envie de rire, car aussi vrai que nous sommes dans cette barque, nous pendrons aux murailles de la ville, la tête en bas, si le roi nous met le grappin dessus, et il pourra nous infliger un châtiment encore pire. C'est pourquoi les bons avis sont précieux, puisque nos rameurs ont disparu, et c'est à toi, Kaptah, de trouver un moyen de nous conduire sains et saufs dans le pays de Mitanni.

Kaptah se gratta la tête et réfléchit longtemps. Puis il parla :

— Si j'ai bien compris tes paroles, tout ce qui m'est arrivé est vrai et je n'ai point rêvé et le vin ne m'a pas joué de vilain tour. C'est pourquoi cette journée est heureuse, car je peux sans souci boire du vin pour m'éclaircir les idées, alors que je croyais déjà que jamais plus je ne pourrais toucher à ce nectar.

A ces mots, il rampa sous le tendelet et brisa le cachet d'une cruche et but longuement en louant tous les dieux d'Egypte et de Babylone dont il citait les

noms, et en louant aussi les dieux inconnus dont il
ignorait les noms. A chaque nom de dieu, il penchait la
cruche, et finalement il s'affala sur le tapis et se mit à
ronfler d'une voix sourde comme un hippopotame.

J'étais si furieux de sa conduite que je me préparais à
le précipiter dans l'eau, lorsque Minea me dit :

— Ce Kaptah a raison, car à chaque jour suffit sa
peine. Pourquoi ne boirions-nous pas du vin pour nous
réjouir en cet endroit où le courant nous a menés, car la
contrée est belle et les joncs nous ombragent et les
cigognes crient dans les roseaux. Je vois aussi des
canards voler le cou tendu pour construire leurs nids,
et l'eau brille verte et jaune au soleil et mon cœur est
léger comme un oiseau libéré de la captivité.

Ces paroles me parurent sages. Aussi lui dis-je :

— Puisque tous les deux vous êtes fous, pourquoi
ne le serais-je pas aussi, car en vérité il m'est tout à fait
égal que ma peau sèche demain sur les murs ou
seulement dans dix ans, car tout est écrit dans les
étoiles dès avant le jour de notre naissance, ainsi que
me l'ont enseigné les prêtres de la Tour. Le soleil brille
délicieusement et le jeune blé verdoie sur la rive. C'est
pourquoi je veux aller nager dans le fleuve et prendre
des poissons à la main, comme dans mon enfance, car
cette journée est aussi bonne qu'une autre.

Et nous nageâmes dans le fleuve et le soleil sécha nos
vêtements, puis nous mangeâmes et bûmes et Minea
offrit une libation à son dieu et dansa devant moi dans
la barque, si bien que j'en avais le souffle coupé. C'est
pourquoi je lui dis :

— Une seule fois dans ma vie j'ai dit à une femme
« ma sœur », mais ses bras furent pour moi comme une

fournaise ardente et son corps était comme un désert aride. C'est pourquoi, Minea, je t'en supplie, délivre-moi de l'ensorcellement où me plongent tes membres, et ne me regarde pas de ces yeux qui sont comme un clair de lune sur le miroir du fleuve, car autrement je te dirai « ma sœur », et toi aussi tu me conduiras sur la voie des crimes et de la mort, comme cette maudite femme.

Minea me regarda d'un air surpris et dit :

— Tu as vraiment fréquenté des femmes étranges, Sinouhé, pour me tenir de pareils propos, mais peut-être que dans ton pays les femmes sont ainsi. Mais je ne veux nullement te séduire, comme tu sembles le craindre. En effet, mon dieu m'a interdit de me donner à un homme, et si je le fais, je devrai mourir.

Elle me prit la tête entre les mains et la posa sur ses genoux et me caressa les joues et les cheveux, en disant :

— Tu es vraiment méchant de dire ainsi du mal des femmes, car s'il existe des femmes qui empoisonnent tous les puits, il en est d'autres qui sont comme une source dans le désert ou une rosée sur la prairie desséchée. Mais bien que ta caboche soit épaisse et bornée et que tes cheveux soient noirs et rudes, je tiens volontiers ta tête sur mes genoux, car en toi et dans tes bras et dans tes yeux se cache une force qui me plaît délicieusement. C'est pourquoi je suis désolée de ne pouvoir te donner ce que tu désires, et j'en suis désolée non seulement pour toi, mais aussi pour moi, si cette confession impudique peut te réjouir.

L'eau coulait verte et jaune contre la barque, et je tenais les mains de Minea, qui étaient fermes et belles.

Comme un noyé je me cramponnais à ses mains et je regardais ses yeux qui étaient comme un clair de lune sur le fleuve et chauds comme une caresse, et je lui dis :

— Minea, ma sœur ! Le monde a bien des dieux et chaque pays possède les siens, et le nombre des dieux est infini et je suis las de tous les dieux que les hommes inventent seulement par crainte, à ce que je crois. C'est pourquoi renonce à ton dieu, car ses exigences sont cruelles et inutiles et surtout cruelles aujourd'hui. Je te mènerai dans un pays où ne s'étend pas le pouvoir de ton dieu, même si nous devions aller jusqu'au bout du monde et manger de l'herbe et du poisson séché dans le pays des barbares et passer les nuits dans les roseaux jusqu'à la fin de nos jours.

Mais elle détourna les yeux et dit :

— Où que j'aille, le pouvoir de mon dieu s'étend sur moi et je devrai mourir si je me donne à un homme. Aujourd'hui, en te regardant, je crois que mon dieu est peut-être cruel et qu'il exige un vain sacrifice, mais je n'y peux rien changer, et demain tout sera différent, lorsque tu seras las de moi et que tu m'oublieras, car les hommes sont ainsi.

— De demain nul n'est certain, lui dis-je avec impatience.

En moi tout flamba pour elle comme si mon corps avait été un tas de roseaux grillés par le soleil et brusquement allumés par une étincelle.

— Tes paroles ne sont que de vains prétextes et tu veux seulement me tourmenter, selon l'habitude des femmes, pour jouir de mes peines.

Mais elle retira sa main et me jeta un regard de reproche, puis elle dit :

— Je ne suis pas une femme ignorante, car je parle outre ma langue maternelle celle de Babylone et la tienne et je sais écrire mon nom de trois manières différentes, aussi bien sur l'argile que sur le papier. J'ai aussi visité plusieurs grandes villes et je suis allée jusqu'en Egypte pour mon dieu et j'ai dansé devant des spectateurs nombreux qui ont admiré mon art, jusqu'au jour où des marchands m'ont ravie lors du naufrage de notre navire. Je sais que les hommes et les femmes sont pareils dans tous les pays, malgré la différence de leur teint et de leur langue, mais ils adorent des dieux différents. Je sais aussi que les gens cultivés dans toutes les grandes villes sont pareils et qu'ils ne diffèrent guère par leurs pensées et leurs mœurs, mais qu'ils se réjouissent le cœur avec du vin et qu'au fond ils ne croient plus aux dieux, bien qu'ils les servent, parce que c'est la coutume et qu'il vaut mieux être sûr. Je sais tout cela, mais depuis mon enfance j'ai été élevée dans les écuries de mon dieu, et on m'a initiée à tous les rites secrets du culte, et aucune puissance et aucune magie ne peuvent me séparer de mon dieu. Si tu avais toi aussi dansé devant les taureaux et en dansant sauté entre les cornes acérées et touché du pied le mufle mugissant du taureau, tu pourrais peut-être me comprendre. Mais je crois que tu n'as jamais vu des filles et des jeunes gens danser devant les taureaux.

— J'en ai entendu parler, lui dis-je. Et je sais aussi qu'on a pratiqué ces jeux dans le bas pays, mais je pensais que c'était pour amuser le peuple et pourtant j'aurais dû deviner que les dieux y étaient pour quelque chose. En Egypte aussi on adore un taureau qui porte les marques du dieu et qui naît seulement une fois par génération, mais je n'ai jamais entendu dire qu'on ait dansé devant lui ou sauté sur sa nuque, ce qui aurait été une profanation. Mais je trouve inouï que tu doives réserver ta virginité aux taureaux, bien que je sache que dans les rites secrets de Syrie les prêtres sacrifient aux boucs des fillettes vierges choisies dans le peuple.

Elle m'appliqua deux soufflets cuisants et ses yeux brillèrent comme ceux d'un chat sauvage dans la nuit et elle cria :

— Tes paroles me montrent qu'il n'y a pas de différences entre un homme et un bouc, et tes pensées se meuvent seulement dans les questions charnelles, si bien qu'une chèvre pourrait satisfaire ta passion aussi bien qu'une femme. Va au diable et cesse de me tourmenter avec ta jalousie, car tu parles de choses que tu comprends aussi peu qu'un pourceau s'entend à l'argent.

Ses paroles étaient méchantes et les joues me brûlaient, c'est pourquoi je me calmai et me retirai à l'arrière de la barque. Pour tuer le temps, je me mis à nettoyer mes instruments et à peser des remèdes. Assise à la proue, elle tapait nerveusement du pied le fond de la barque, puis au bout d'un instant elle se déshabilla et s'oignit d'huile, avant de se mettre à danser et à s'exercer avec tant d'ardeur que la barque oscillait. Je l'observais en cachette, car son habileté était grande et incroyable, et elle faisait le pont sans peine, bandant son corps comme un arc et se tenant debout sur les mains. Tous les muscles de son corps

frémissaient sous la peau luisante d'huile et ses cheveux flottaient autour de sa tête, car cette danse
exigeait une grande force et jamais je n'avais vu rien de
pareil, bien que j'eusse admiré dans bien des maisons
de joie le talent des danseuses.

Tandis que je la regardais, la colère fondait dans
mon cœur et je ne pensais plus aux pertes que j'avais
subies en enlevant cette fille capricieuse et ingrate dans
le gynécée royal. Je me disais aussi qu'elle avait été
prête à s'ôter la vie pour conserver sa virginité, et je
compris que j'agissais mal et lâchement en exigeant
d'elle ce qu'elle ne pouvait me donner. Epuisée par la
danse, le corps tout en sueur et les membres brisés de
fatigue, elle se massa et se baigna dans le fleuve. Puis
elle se rhabilla et se couvrit aussi la tête, et je l'entendis
pleurer. Alors j'oubliai mes instruments et mes remèdes, je courus vers elle et je lui touchai doucement
l'épaule en disant :

— Es-tu malade ?

Elle ne me répondit pas, mais repoussa ma main et
redoubla de pleurs.

Je m'assis à côté d'elle et, le cœur gonflé de chagrin,
je lui dis :

— Minea, ma sœur, cesse de pleurer, car en vérité je
ne veux plus songer à te prendre, pas même si tu me le
demandais, car je veux t'épargner peine et chagrin.

Elle leva la tête et s'essuya rageusement les yeux,
puis elle s'écria :

— Je ne crains ni la peine ni le chagrin, comme tu le
penses, nigaud. Je ne pleure pas à cause de toi, mais
bien sur mon destin qui m'a séparée de mon dieu et

rendue faible comme un chiffon mouillé, si bien que le regard d'un homme amoureux suffit à me troubler.

En disant ces mots, elle ne me regardait pas.

Je lui pris les mains qu'elle ne retira pas, puis elle tourna la tête vers moi et dit :

— Sinouhé l'Egyptien, je suis vraiment très ingrate et irritante à tes yeux, mais je n'y peux rien, car je ne me connais plus. Je te parlerais aussi volontiers de mon dieu afin que tu me comprennes mieux, mais il est interdit d'en rien dire à des profanes. Sache cependant qu'il est un dieu de la mer et qu'il habite dans une grotte obscure de la montagne et que personne n'est jamais ressorti de son antre après y être entré, mais on y vit éternellement avec lui. Certains disent qu'il a la forme d'un taureau, bien qu'il vive dans la mer, et c'est pourquoi on nous enseigne à danser devant des taureaux. Mais d'autres prétendent qu'il est semblable à un homme, avec une tête de taureau, mais je crois que c'est de la légende. Tout ce que je sais, c'est que chaque année on tire au sort douze initiés qui peuvent entrer dans sa grotte, un à chaque pleine lune, et c'est le plus grand bonheur pour un initié. Le sort m'avait désignée, mais avant que mon tour fût venu, mon navire fit naufrage, comme je te l'ai raconté, et des marchands me vendirent au marché d'esclaves de Babylone. Pendant toute ma jeunesse j'ai rêvé des merveilleuses salles du dieu et de la couche divine et de la vie éternelle, car après être restée un mois près du dieu, l'initiée peut rentrer chez elle, si elle le désire, mais aucune n'est encore revenue. C'est pourquoi je crois que la vie terrestre n'offre plus aucun attrait à celle qui a rencontré le dieu.

Tandis qu'elle parlait, une ombre semblait voiler le soleil et tout devenait livide à mes yeux et je me mis à trembler, car je comprenais que Minea n'était pas pour moi. Son récit était pareil à ceux des prêtres dans tous les pays du monde, mais elle y croyait et cela la séparait à jamais de moi. Et je ne voulus pas ébranler sa foi ni la chagriner, mais je lui réchauffai les mains, et finalement je lui dis :

— Je comprends que tu désires retourner vers ton dieu. C'est pourquoi je te reconduirai en Crète, car maintenant je sais que tu es Crétoise. Je l'avais pressenti quand tu m'as parlé des taureaux, mais à présent je le sais, puisque ton dieu habite dans une demeure ténébreuse, car des marchands et des navigateurs m'en ont parlé à Simyra, quoique je ne les aie point crus jusqu'ici.

— Je dois rentrer, tu le sais, dit-elle d'un ton résolu, car nulle part je ne trouverais la paix. Et pourtant, Sinouhé, je me réjouis de chaque journée que je passe avec toi, et de chaque instant où je te vois. Non pas parce que tu m'as sauvée du danger, mais bien parce que personne n'est comme toi pour moi, et ce n'est pas avec allégresse que j'entrerai dans la maison du dieu, mais le cœur gros de tristesse. Si c'est permis, j'en ressortirai pour te rejoindre, mais c'est peu probable, puisque personne encore n'en est revenu. Mais notre temps est bref et de demain nul n'est certain, comme tu le dis. C'est pourquoi, Sinouhé, jouissons de chaque journée, jouissons des canards qui volent sur nos têtes en battant des ailes, jouissons du fleuve et des roseaux, de la nourriture et du vin, sans penser à l'avenir.

Cachés dans les roseaux, nous nous restaurâmes et

l'avenir était loin de nous. Minea baissa la tête et me caressa le visage de ses cheveux et me sourit, et après avoir bu du vin, elle toucha mes lèvres de ses lèvres humides, et la douleur qu'elle causait à mon cœur était délicieuse, plus délicieuse peut-être que si je lui avais fait violence.

2

A la tombée de la nuit, Kaptah se réveilla et se frotta les yeux en bâillant, puis il dit :

— Par le scarabée, et sans oublier Amon, ma tête n'est plus comme une enclume dans la forge, mais je me sens réconcilié avec le monde, à condition que je puisse manger, car j'ai l'impression d'avoir dans l'estomac quelques lions jeûnant depuis longtemps.

Sans en demander la permission, il s'associa à notre repas et avala des oiseaux rôtis dans la glaise, en crachant les os dans l'eau.

Mais en le revoyant, je songeai brusquement à notre situation qui était effrayante, et je dis :

— Chouette ivre, tu aurais dû nous aider de tes conseils et nous tirer d'embarras, afin que nous ne pendions pas bientôt tous les trois côte à côte aux murs, la tête en bas, mais voilà que tu t'es saoulé pour croupir comme un porc dans la fange. Dis-nous vite ce qu'il faut faire, car les soldats du roi sont certainement à nos trousses.

Mais Kaptah ne s'affola pas, il dit :

— J'avais cru comprendre à tes paroles que le roi ne s'attend pas à te revoir de trente jours et qu'il a promis de te chasser à coups de canne si tu apparaissais avant l'expiration de ce délai. C'est pourquoi, à mon avis, rien ne nous presse, mais si les porteurs ont dénoncé ta fuite ou si les eunuques ont embrouillé leur affaire dans le harem, tous nos efforts seront inutiles. Mais je garde confiance dans notre scarabée, et à mon avis tu as eu grand tort de me donner ce breuvage de pavot qui m'a rendu la tête malade, comme si un tailleur la piquait de son alène, car si tu n'avais pas brusqué les choses ainsi, Bourrabouriash aurait pu s'étouffer avec un os ou trébucher et se casser la nuque, si bien que je serais devenu roi de Babylonie et maître des quatre continents, et nous n'aurions rien à redouter. Telle est ma foi dans le scarabée, mais je te pardonne quand même, parce que tu es mon maître et que tu ne peux faire mieux. Et je te pardonne aussi de m'avoir enfermé dans un vase d'argile où j'ai failli étouffer, ce qui est une offense à ma dignité. Mais à mon avis, le plus urgent était de me guérir la tête, pour que je puisse te donner de bons conseils, car ce matin tu aurais pu en tirer plus facilement d'une racine pourrie que de ma tête. Par contre, je suis maintenant prêt à mettre à ta disposition toute mon ingéniosité, car je sais bien que sans moi tu serais comme un agneau égaré qui pleure sa mère.

Je mis fin à ses sempiternels bavardages en lui demandant ce que nous devions faire pour quitter la Babylonie. Il se gratta la tête et dit :

— En vérité cette barque est trop grande pour que nous puissions à nous trois lui faire remonter le

courant, et du reste les rames m'abîment les mains.
C'est pourquoi il nous faut descendre à terre et voler
deux ânes pour y charger nos bagages. Pour ne pas
éveiller l'attention, nous nous vêtirons pauvrement et
nous marchanderons tout dans les auberges et dans les
villages et tu cacheras que tu es médecin. Nous serons
une troupe de baladins qui amuse le peuple le soir dans
les aires des villages, car personne ne maltraite les
baladins, et les brigands les jugent indignes d'être
pillés. Tu diras l'avenir dans l'huile, comme tu as
appris à le faire, et moi je raconterai des légendes
drôles comme j'en connais à l'infini, et Minea pourra
gagner son pain en dansant. Mais nous devons partir
tout de suite, et si les rameurs essayent d'envoyer les
gardes à nos trousses, je crois que personne ne les
croira, car ils parleront de diables déchaînés dans des
vases funéraires et de prodiges effarants, si bien que les
soldats et les juges les expédieront au temple sans se
donner la peine d'examiner leurs fariboles.

Le soir tombait, si bien qu'il fallait nous dépêcher,
car Kaptah avait certainement raison de penser que les
rameurs surmonteraient leur crainte et essayeraient de
reprendre leur barque, et ils étaient dix contre nous.
C'est pourquoi nous nous oignîmes de l'huile des
rameurs et souillâmes nos habits de glaise, puis nous
nous partageâmes l'or et l'argent en le cachant dans nos
ceintures. Quant à ma boîte de médecin, que je ne
voulais pas abandonner, je la roulai dans un tapis que
Kaptah dut charger sur ses épaules, malgré ses protestations. Nous abandonnâmes la barque dans les
roseaux, avec des vivres et deux jarres de vin, si bien
que Kaptah pensa que les rameurs s'en contenteraient

et s'enivreraient sans se soucier de se mettre à notre poursuite. Une fois dégrisés, s'ils s'avisaient de s'adresser aux juges, ils seraient incapables d'expliquer leur affaire.

C'est ainsi que nous partîmes vers les terres cultivées et parvînmes à la route des caravanes que nous suivîmes toute la nuit, bien que Kaptah pestât à cause du paquet qui lui écrasait la nuque. A l'aube, nous arrivâmes dans un village dont les habitants nous accueillirent bien et nous honorèrent, parce que nous avions osé marcher de nuit sans redouter les diables. Ils nous donnèrent du gruau au lait et nous vendirent deux ânes et nous fêtèrent à notre départ, car c'étaient des gens simples qui n'avaient pas vu d'argent timbré depuis des mois, mais qui payaient leurs impôts en blé et en bétail et qui habitaient dans des cabanes d'argile avec leurs animaux.

Ainsi, jour après jour, nous avançâmes par les chemins de Babylonie, en croisant des marchands et en nous écartant devant les litières des grands. Le soleil nous brunissait la peau, et nos vêtements se déguenillaient et nous donnions des représentations sur les aires de terre battue. Je versais de l'huile sur l'eau et je promettais de bonnes récoltes et des jours heureux, des garçons et des mariages riches, car j'avais pitié de leur misère et je ne voulais pas leur annoncer des malheurs. Ils me croyaient et se réjouissaient. Mais si je leur avais dit la vérité, je leur aurais prédit des percepteurs cruels, des coups de bâton et des juges iniques, la famine dans les années de disette, les fièvres durant les crues du fleuve, les sauterelles et les moustiques, la sécheresse ardente et l'eau croupie en été, le labeur et après le labeur la mort, car telle était leur vie. Kaptah leur racontait des légendes de sorciers et de princesses et de pays étrangers où les gens se promenaient la tête sous le bras et se changeaient en loups une fois par an, et les gens le croyaient et le respectaient et le comblaient de victuailles. Minea dansait devant eux, afin de conserver sa souplesse et son art pour son dieu, et on l'admirait en disant :

— Nous n'avons jamais vu rien de pareil.

Ce voyage me fut très utile, et j'appris à voir que les pauvres sont plus compatissants que les riches, car nous croyant pauvres, ils nous donnaient du gruau et du poisson séché sans rien réclamer en échange, par pure bonté. Mon cœur s'attendrissait devant ces malheureux à cause de leur simplicité et je ne pouvais me retenir de soigner les malades et de percer des abcès et de nettoyer des yeux qui perdraient la vue sans mes soins. Et je ne demandais pas de cadeaux pour ces soins.

Mais je ne saurais dire pourquoi j'agissais ainsi, au risque de nous faire découvrir. Peut-être mon cœur était-il tendre à cause de Minea que je voyais chaque jour et dont la jeunesse réchauffait mon corps chaque nuit sur les aires battues qui sentaient la paille et le fumier. Peut-être que je cherchais ainsi à fléchir les dieux par mes bonnes œuvres, mais il se peut aussi que je désirais entretenir mon art pour ne pas perdre mon habileté manuelle et la précision de mes yeux dans l'examen des malades. Car plus j'ai vécu, et plus j'ai constaté que, quoi que fasse l'homme, il agit pour bien des causes et qu'il ignore souvent par quels mobiles il agit. C'est pourquoi tous les actes des hommes sont de la poussière à mes pieds, tant que je n'en sais pas le but et l'intention.

Durant le voyage, les épreuves furent nombreuses, et mes mains se durcirent et la peau de mes pieds se tanna, le soleil me dessécha le visage et la poussière m'aveugla, mais malgré tout, en y pensant après coup, ce voyage sur les routes poudreuses de Babylonie fut beau, et je ne peux l'oublier, et je donnerais beaucoup pour pouvoir le recommencer aussi jeune, aussi infatigable et aussi curieux que lorsque Minea marchait à mes côtés, les yeux brillants comme un clair de lune sur le fleuve. Tout le temps, la mort nous accompagna comme une ombre, et elle n'eût point été facile si nous étions tombés entre les mains du roi. Mais en ces temps lointains je ne songeais pas à la mort et je ne la redoutais point, bien que la vie me fût très chère depuis que j'avais Minea près de moi et que je la voyais danser sur les aires arrosées pour abattre la poussière. Elle me faisait oublier la honte et le forfait de ma jeunesse, et chaque matin en me réveillant au bêlement des moutons mon cœur était léger comme un oiseau, tandis que je regardais le soleil se lever et naviguer comme une barque dorée le long du firmament bleu par la nuit.

Nous finîmes par arriver dans les régions frontières qui avaient été ravagées, mais des pâtres, nous prenant pour des pauvres, nous guidèrent dans le pays de Mitanni, en évitant les gardes des deux royaumes. Parvenus dans une ville, nous entrâmes dans les magasins pour y acheter des vêtements, nous nous lavâmes et nous habillâmes selon notre rang pour descendre dans l'hôtellerie des nobles. Comme je n'avais que peu d'or, je restai quelque temps dans cette ville pour y pratiquer mon art et j'eus beaucoup de clients et je guéris de nombreux malades, car les Mitanniens étaient curieux et aimaient tout ce qui était nouveau. Minea suscitait aussi de l'admiration par sa beauté et on m'offrit souvent de l'acheter. Kaptah se remettait de ses peines et engraissait, et il rencontra de nombreuses femmes qui furent aimables pour lui à cause de ses histoires. Après avoir bu dans les maisons de joie, il racontait sa journée comme roi de Babylone et les gens riaient et disaient en se tapant les cuisses :

— On n'a jamais entendu pareil menteur. Sa langue est longue et rapide comme un fleuve.

Ainsi passèrent les jours, jusqu'au moment où Minea commença à me regarder d'un œil inquiet et à pleurer la nuit. Finalement je lui dis :

— Je sais que tu t'ennuies de ton pays et de ton dieu et qu'un long voyage nous attend. Mais je dois d'abord aller dans le pays des Khatti où habitent les Hittites, pour des raisons que je ne puis t'exposer. Après avoir interrogé les marchands et les voyageurs et les aubergistes, j'ai recueilli bien des renseignements, qui sont souvent contradictoires, mais je crois que du pays des Khatti nous pourrons nous embarquer pour la Crète, et si tu le veux, je te conduirai sur la côte de Syrie d'où partent chaque semaine des bateaux pour la Crète. Mais j'ai appris ici que bientôt une ambassade va partir pour porter le tribut annuel des Mitanniens au roi des Hittites, et avec elle nous pourrons voyager en sécurité et voir et connaître bien des choses que nous ignorons, et cette occasion ne reviendra pour moi que dans un

an. Je ne veux cependant pas t'imposer une décision,
prends-la toi-même.

Dans mon cœur, je savais que je la trompais, car
mon projet de voir le pays des Khatti n'était inspiré
que par le désir de la garder le plus longtemps possible
près de moi, avant que je sois obligé de la remettre à
son dieu.

Mais elle me dit :

— Qui suis-je pour bouleverser tes projets ? Je
t'accompagnerai volontiers où que tu ailles, puisque tu
m'as promis de me ramener dans mon pays. Je sais
aussi que sur la côte, dans le pays des Hittites, les
jeunes filles et les adolescents ont coutume de danser
devant des taureaux, si bien que la Crète ne doit pas en
être éloignée. Et j'aurai ainsi l'occasion de m'entraîner
un peu, car depuis un an bientôt je n'ai plus dansé
devant des taureaux et je crains qu'ils ne me percent de
leurs cornes si je dois danser en Crète sans m'être
exercée.

Je lui dis :

— Je ne sais rien des taureaux, mais je dois te dire
que selon tous les renseignements les Hittites sont un
peuple cruel, si bien que durant le voyage bien des
dangers et même la mort peuvent nous menacer. C'est
pourquoi tu ferais mieux de nous attendre à Mitanni,
et je te laisserai assez d'or pour y vivre convenablement.

Mais elle dit :

— Sinouhé, tes paroles sont stupides. Où que tu
ailles, je te suivrai, et si la mort nous surprend, je n'en
serai pas fâchée pour moi, mais bien pour toi.

C'est ainsi que je décidai de me joindre à l'ambas-

sade royale comme médecin pour gagner en sécurité le
pays des Khatti. Mais en entendant cela, Kaptah se mit
à pester et à invoquer tous les dieux et il dit :

— A peine avons-nous échappé à un danger mortel
que mon maître veut se jeter dans une autre aventure
périlleuse. Chacun sait que les Hittites sont semblables
à des fauves et qu'ils se nourrissent de chair humaine et
qu'ils crèvent les yeux aux étrangers pour les mettre à
tourner leurs lourdes meules. Les dieux ont frappé
mon maître de folie, et toi aussi, Minea, tu es folle,
puisque tu prends son parti, et il vaudrait mieux pour
nous ficeler notre maître et l'enfermer dans une
chambre et lui poser des sangsues aux jarrets pour qu'il
se calme. Par le scarabée, j'ai à peine retrouvé mon
embonpoint qu'il faudrait entreprendre sans motif un
nouveau voyage pénible. Maudit soit le jour où je suis
né pour subir les caprices insensés d'un maître dérai-
sonnable.

Il me fallut de nouveau lui donner du bâton pour le
calmer, et je lui dis :

— Il en sera comme tu le désires. Je t'enverrai avec
des marchands à Simyra et je payerai ton voyage.
Soigne ma maison jusqu'à mon retour, car vraiment je
suis excédé de tes sempiternels bavardages.

Mais il s'emporta de nouveau et s'écria :

— Crois-tu vraiment possible que je laisse mon
maître aller seul dans le pays des Khatti ? Il vaudrait
tout autant mettre un agneau nouveau-né dans un
chenil et mon cœur ne cesserait de me reprocher un
pareil crime. C'est pourquoi je te prie de répondre
franchement à une seule question : Va-t-on chez les
Khatti par mer ?

Je lui dis qu'à ma connaissance il n'existait pas de mer entre le pays des Khatti et Mitanni, bien que les renseignements fussent incertains, et que le voyage serait probablement long.

Il répondit :

— Que mon scarabée soit béni, car s'il avait fallu aller par mer, je n'aurais pu t'accompagner, car j'ai juré aux dieux, pour des raisons qu'il serait trop long d'expliquer, que je ne mettrais plus jamais le pied sur un navire. Pas même pour toi ni pour cette arrogante Minea qui parle et se comporte comme un garçon, je ne saurais rompre ce serment à des dieux dont je puis t'énumérer les noms, si tu le désires.

Ayant parlé ainsi, il prépara nos effets pour le voyage, et je me fiai à lui, car il y était plus expert que moi.

3

J'ai déjà rapporté ce qu'on disait des Hittites dans le pays de Mitanni, et désormais je me bornerai à exposer ce que j'ai vu de mes yeux et sais exact. Mais j'ignore si l'on me croira, tant la puissance hittite a inspiré de terreur dans le monde et tant on raconte d'horreurs sur leur compte. Et pourtant ils ont aussi des qualités, et on peut s'instruire d'eux, quoiqu'ils soient un peuple redoutable. Dans leur pays ne règne nullement le désordre, comme on l'a dit, mais l'ordre y est strict et aussi la discipline, si bien que le voyage dans leurs montagnes est sans danger pour ceux qui ont obtenu un sauf-conduit, à ce point même que si un voyageur autorisé disparaît ou est dévalisé en route, leur roi l'indemnise au double de ses pertes, et si le voyageur périt par la main des Hittites, le roi paye aux parents, d'après un barème spécial, une somme correspondant à la valeur de ce que gagnait le mort.

C'est pourquoi le voyage en compagnie des envoyés du roi de Mitanni fut monotone et sans incident, car des chars de guerre hittites nous escortèrent tout le temps et les Hittites veillèrent à ce que nous eussions des victuailles et des boissons aux étapes. Les Hittites sont endurcis et ne redoutent ni le chaud ni le froid, car ils habitent des montagnes arides et doivent dès l'enfance s'habituer aux fatigues imposées par le climat. C'est pourquoi ils sont sans peur au combat et ne s'épargnent pas et méprisent les peuples amollis en les soumettant, mais ils respectent les braves et les courageux et recherchent leur amitié.

Leur peuple est divisé en nombreuses tribus et villages que des princes gouvernent souverainement, mais ces princes sont soumis à leur grand roi qui habite la ville de Khattoushash au milieu des montagnes. Il est leur grand prêtre et leur chef suprême et leur grand juge, si bien qu'il cumule toute la puissance, et je ne connais pas de roi qui possède un pouvoir aussi absolu. En effet, dans les autres pays et en Egypte aussi, les prêtres et les juges déterminent les actes du roi plus que celui-ci ne le croit.

Et je vais raconter comment est leur capitale au milieu des montagnes, bien que je sache qu'on ne me croira pas, si on lit mon récit.

En traversant les régions frontières dominées par les garnisons qui pillent les pays voisins ou déplacent à leur guise les bornes pour s'assurer une solde, personne ne peut soupçonner la richesse du royaume hittite, et pas non plus en voyant leurs montagnes stériles que le soleil brûle en été, mais qui en hiver sont couvertes de plumes froides, ainsi qu'on me l'a raconté, mais que je n'ai pas vues. Ces plumes tombent du ciel et couvrent le sol, fondant en eau quand vient l'été. J'ai vu tant de choses étonnantes dans le pays des Hittites que je crois aussi ce récit, bien que je ne comprenne pas comment des plumes peuvent se changer en eau. Mais de mes yeux j'ai vu au loin des montagnes couvertes de ces plumes blanches.

Dans la plaine désolée à la frontière de Syrie ils ont la forteresse de Karchemish dont les murailles sont construites en pierres énormes et couvertes d'images effrayantes. C'est de là qu'ils prélèvent des impôts sur toutes les caravanes et sur les marchands qui traversent leur pays, et ils amassent ainsi d'abondantes richesses, car leurs impôts sont lourds et Karchemish est situé au croisement de nombreuses routes de caravanes. Quiconque a vu cette forteresse se dresser effrayante sur sa montagne dans le crépuscule matinal au milieu du plateau où les corbeaux s'abattent pour ronger des crânes et des os blanchis croira ce que je raconte sur les Hittites et ne doutera pas de mes dires. Mais ils ne permettent aux caravanes et aux marchands de traverser leur pays que par des routes déterminées, et le long de ces routes les villages sont pauvres et simples, et les voyageurs voient seulement de rares champs cultivés, et si quelqu'un s'écarte du chemin autorisé, il est emprisonné et dévalisé et conduit en esclavage dans les mines.

Car je crois que la richesse des Hittites provient des mines où des esclaves et des prisonniers extraient, outre l'or et le cuivre, un métal inconnu qui a un éclat gris et bleuté et qui est plus dur que tous les métaux et si cher qu'à Babylone on l'utilisait pour des bijoux, mais les Hittites en font des armes. J'ignore comment on arrive à forger ou à façonner ce métal, car il ne fond pas à la chaleur, comme le cuivre. Je l'ai vu moi-même. Outre les mines, les vallées entre les montagnes possèdent des champs fertiles et de clairs ruisseaux, et ils cultivent des arbres fruitiers qui couvrent les pentes des montagnes, et sur la côte ils ont aussi des vignes. Leur plus grande richesse visible à chacun est constituée par les troupeaux de bétail.

Lorsqu'on cite les grandes villes du monde, on mentionne Thèbes et Babylone, et parfois Ninive, bien que je n'y sois pas allé, mais personne ne mentionne Khattoushash, qui est la capitale des Hittites et le foyer de leur puissance, comme l'aigle possède son aire sur les montagnes au centre de son terrain de chasse. Et pourtant, par sa puissance, cette ville soutient la comparaison avec Thèbes et Babylone, et lorsqu'on pense que ses bâtiments effrayants sont construits en pierres taillées et hauts comme des montagnes, et que les murailles ne peuvent s'écrouler et sont plus solides que toutes celles que j'ai vues, j'estime que cette ville est une des plus grandes merveilles du monde, car je ne m'attendais pas à ce que je découvris. Mais le mystère de cette ville provient de ce que leur roi l'a interdite aux étrangers, si bien que seuls les envoyés des rois y

sont admis pour apporter les cadeaux, et on les
surveille étroitement pendant tout leur séjour. C'est
pourquoi les habitants ne parlent pas volontiers avec
les étrangers, même s'ils connaissent leur langue, et si
on leur pose une question, ils répondent : « Je ne
comprends pas » ou « Je ne sais pas », et regardent
autour d'eux, avec crainte, si on les a aperçus en
conversation avec des étrangers. Et pourtant ils ne sont
pas méchants, et leur nature est aimable et ils obser-
vent les vêtements des étrangers, si ceux-ci sont
superbes, et ils les suivent dans les rues.

Or les vêtements de leurs nobles et de leurs grands
sont aussi beaux que ceux des étrangers et des envoyés,
car ils aiment les étoffes bigarrées qui sont brodées d'or
et d'argent, et ces insignes sont des créneaux et une
hache double, qui sont les emblèmes de leurs dieux.
Sur leurs habits de fête, on voit aussi souvent l'image
d'un disque ailé. Ils portent des bottes en cuir souple et
peint ou des souliers dont la pointe est longue et
relevée, ils ont de hauts chapeaux pointus et leurs
manches sont amples, tombant parfois jusqu'à terre, et
ils portent des robes longues qui sont habilement
plissées. Ils diffèrent des habitants de Syrie, de
Mitanni et de Babylone en ceci qu'ils se rasent le
menton à la mode égyptienne, et quelques nobles se
rasent aussi le crâne, ne laissant sur la tête qu'une
touffe de cheveux qu'ils tressent. Ils ont le menton
épais et puissant, et leurs nez sont larges et crochus
comme ceux des oiseaux de proie. Les nobles et les
grands qui habitent en ville sont gras et leur visage est
luisant, car ils sont habitués à une nourriture abon-
dante.

Ils n'engagent pas de mercenaires, comme les peuples civilisés, mais ils sont tous soldats, et on les
répartit entre les grades d'une façon telle que les plus
élevés sont ceux qui peuvent entretenir un char de
guerre, et le rang n'est pas fixé d'après la naissance,
mais d'après l'habileté dans le maniement des armes.
C'est pourquoi tous les hommes se réunissent une fois
par an sous le commandement de leurs chefs et de leurs
princes pour des exercices militaires. Et Khattoushash
n'est pas une ville commerçante comme toutes les
autres grandes cités, mais elle est pleine d'ateliers et de
forges d'où sort sans cesse un fracas de métal, car ils y
forgent des pointes de lances et de flèches, ainsi que
des roues et des affûts de chars de guerre.

Leur justice diffère aussi de celle de tous les autres
peuples, car leurs châtiments sont étranges et ridicules.
C'est ainsi que si un prince intrigue contre le roi pour
le renverser, on ne le met pas à mort, mais on l'envoie à
la frontière pour y acquérir des mérites et améliorer sa
réputation. Et ils n'ont guère de crime qu'on ne puisse
expier par des amendes, car un homme peut en tuer un
autre sans subir de peine corporelle, et il doit simplement indemniser les parents de sa victime. Ils ne
punissent pas non plus l'adultère, car si une femme
trouve un homme qui la satisfasse mieux que son mari,
elle a le droit de quitter son foyer, mais son nouveau
mari doit dédommager le précédent. Les mariages
stériles sont annulés publiquement, car le roi exige de
ses sujets beaucoup d'enfants. Si quelqu'un tue une
personne dans un lieu désert, il n'a pas à payer autant
que si le meurtre a été commis en ville et en public, car
à leur avis un homme qui se rend seul dans un endroit

solitaire induit autrui en tentation de le tuer pour s'exercer. Il n'y a que deux crimes qui sont punis de mort, et c'est dans ce châtiment que s'observe le mieux la folie de leur système judiciaire. Les frères et sœurs ne peuvent se marier entre eux sous peine de mort, et personne ne doit excercer la magie sans permission, mais les sorciers doivent démontrer leur habileté devant les autorités et en obtenir une autorisation de se livrer à leur métier.

A mon arrivée dans le pays des Khatti, leur grand roi Shoubbilouliouma régnait depuis vingt-huit ans déjà et son nom était si redouté que les gens s'inclinaient et levaient le bras en l'entendant, et qu'ils criaient à haute voix en son honneur, car il avait ramené l'ordre dans le pays et soumis de nombreux peuples. Il habitait un palais de pierre au centre de la ville, et on racontait force légendes sur ses exploits et ses hauts faits, comme c'est le cas de tous les grands rois, mais je ne pus le voir, pas plus que les envoyés de Mitanni qui durent déposer leurs cadeaux sur le plancher de la grande salle de réception, et les soldats se moquaient d'eux et les brocardaient.

Il ne me parut pas au début qu'un médecin devait avoir bien du travail dans cette ville, car à ce que je compris, les Hittites ont honte de la maladie et la cachent tant qu'ils peuvent, et les enfants infirmes ou faibles sont mis à mort à leur naissance, et on tue aussi les esclaves malades. Leurs médecins ne me semblent pas être fort habiles, ce sont des hommes incultes qui ne savent pas lire, mais ils soignent habilement les blessures et les contusions et ils ont d'excellents remèdes contre les maladies des montagnes et contre les fièvres. Sur ce point, je m'instruisis auprès d'eux. Mais si quelqu'un tombait mortellement malade, il préférait la mort à la guérison, par peur de rester infirme ou maladif jusqu'à la fin de ses jours. En effet, les Hittites ne redoutent pas la mort, comme le font tous les peuples civilisés, mais ils craignent davantage la débilité du corps.

Mais, en somme, toutes les grandes villes sont semblables, et aussi les nobles de tous les pays. C'est ainsi que lorsque ma réputation se fut répandue, de nombreux Hittites vinrent recourir à mes soins, et je pus les guérir, mais ils venaient sous un déguisement et en cachette et de nuit, pour ne pas se déconsidérer. Et ils me remirent des présents généreux, si bien que je finis par amasser passablement d'or et d'argent à Khattoushash, alors que j'avais cru que j'en repartirais comme un mendiant. Le grand mérite en revient à Kaptah qui, selon son habitude, passait son temps dans les auberges et les tavernes et partout où les gens se réunissent, et qui chantait mes louanges et vantait mon savoir dans toutes les langues possibles, et ainsi les serviteurs parlaient de moi à leurs maîtres.

Les mœurs des Hittites sont austères et un grand ne pouvait se montrer ivre dans la rue sans se perdre de réputation, mais, comme partout dans les villes, les grands et les riches buvaient beaucoup de vin et aussi de perfides vins mélangés, et je les guéris des maux causés par le vin et les délivrai du tremblement des mains lorsqu'ils devaient se présenter devant le roi, et à certains je prescrivis des bains et des calmants, quand ils disaient que des souris leur rongeaient le corps. Je permis aussi à Minea de danser devant eux, et ils l'admirèrent beaucoup et lui firent de nombreux présents sans rien lui demander, car les Hittites étaient généreux, si quelqu'un leur plaisait. Je sus ainsi gagner leur amitié, si bien que j'osai leur poser beaucoup de questions sur des sujets que je n'aurais pas pu aborder en public. Je fus surtout renseigné par l'épistolographe royal qui parlait et écrivait plusieurs langues et qui s'occupait de la correspondance étrangère du roi et qui n'était pas lié par les coutumes. Je lui fis entendre que j'avais été chassé d'Egypte et que je ne pourrais jamais y retourner, et que je parcourais les pays pour gagner de l'or et pour accroître mon savoir, et que mes voyages n'avaient pas d'autre but. C'est pourquoi il m'accorda sa confiance et répondit à mes questions lorsque je lui offrais du bon vin et que je faisais danser Minea devant lui. C'est ainsi que je lui demandai un jour :

— Pourquoi Khattoushash est-elle fermée aux étrangers et pourquoi les caravanes et les marchands sont-ils obligés de suivre certaines routes, alors que votre pays est riche et que votre ville rivalise en curiosités avec n'importe quelle autre ? Ne vaudrait-il pas mieux que les autres peuples puissent connaître votre puissance pour vous louer entre eux, comme vous le méritez ?

Il dégusta le vin et jeta des regards admiratifs sur les membres souples de Minea et dit :

— Notre grand roi Shoubbilouliouma a dit en montant sur le trône : « Donnez-moi trente ans et je ferai du pays des Khatti l'empire le plus puissant que le monde ait jamais vu ». Ce délai est bientôt écoulé et je crois que le monde entendra parler du pays des Khatti plus qu'il ne le désirerait.

— Mais, lui dis-je, j'ai vu à Babylone soixante fois soixante soldats défiler devant le roi et le bruit de leurs pas était comme le fracas de la mer. Ici, je n'ai guère vu plus de dix fois dix soldats ensemble, et je ne comprends pas ce que vous faites des nombreux chars de guerre qu'on construit dans votre ville, car qu'en ferez-vous dans vos montagnes, puisqu'ils sont destinés aux combats en plaine ?

Il rit et dit :

— Tu es bien curieux pour un médecin, Sinouhé l'Egyptien. C'est peut-être pour gagner notre maigre pain en vendant des chars de guerre aux rois des plaines.

En disant ces mots, il cligna des yeux et prit un air malin.

— Je n'en crois rien, lui dis-je hardiment. Le loup prêterait plus volontiers ses dents et ses griffes au lièvre, si je vous connais bien.

Il rit bruyamment et se tapa les cuisses, puis il but une gorgée et dit :

— Je vais le raconter au roi, et peut-être verras-tu encore une grande chasse au lièvre, car le droit des Hittites est différent de celui des plaines. A ce que je comprends, dans vos pays, les riches gouvernent les pauvres, mais chez nous les forts gouvernent les faibles, et je crois que le monde connaîtra la nouvelle doctrine avant que tes cheveux aient grisonné, Sinouhé.

— Mais le nouveau pharaon en Egypte a aussi

découvert un nouveau dieu, dis-je en affectant la naïveté.

— Je le sais, dit-il, parce que je lis toutes les lettres de mon roi, et ce nouveau dieu aime beaucoup la paix et dit qu'il n'y a pas entre les peuples de querelles qu'on ne puisse liquider à l'amiable, et nous n'avons rien contre ce dieu, au contraire nous l'apprécions beaucoup, tant qu'il régnera en Egypte et dans les plaines. Votre pharaon a envoyé à notre grand roi une croix égyptienne qu'il appelle le signe de vie, et il jouira certainement de la paix quelques années encore, s'il nous envoie assez d'or pour que nous puissions emmagasiner plus de cuivre et de fer et de céréales et fonder de nouveaux ateliers et préparer des chars de guerre encore plus lourds, car tout cela exige beaucoup d'or, et notre roi a attiré à Khattoushash les plus habiles armuriers de tous les pays, en leur offrant des salaires abondants, mais pourquoi il l'a fait, je ne crois pas que la sagesse d'un médecin puisse répondre à pareille question.

— L'avenir que tu prédis réjouira les corbeaux et les chacals, lui dis-je, mais moi il ne me réjouit pas du tout et je n'y vois rien d'amusant. C'est que j'ai remarqué que les meules de vos moulins sont tournées par des esclaves aux yeux crevés et à Mitanni on raconte sur vos cruautés dans les régions frontières des histoires que je ne veux pas répéter pour ne pas t'offusquer, car elles sont indécentes pour un peuple civilisé.

— Qu'est-ce que la civilisation ? demanda-t-il en se reversant du vin. Nous aussi nous savons lire et écrire et nous conservons des tablettes d'argile numérotées dans nos archives. C'est par pure philanthropie que nous crevons les yeux aux esclaves condamnés à tourner les meules, car ce travail est très pénible et il leur paraîtrait encore plus pénible, s'ils voyaient le ciel et la terre et les oiseaux volant dans l'air. Cela éveillerait en eux de vaines pensées, et on devrait les mettre à mort pour des tentatives d'évasion. Si sur les frontières nos soldats coupent les mains à certains et à d'autres retroussent la peau du crâne sur les yeux, ce n'est pas par cruauté, car tu as pu remarquer que chez nous nous sommes hospitaliers et aimables, nous aimons les enfants et les petites bêtes et nous ne battons pas nos femmes. Mais notre but est d'éveiller la crainte et la terreur chez les peuples hostiles, afin qu'à la longue ils se soumettent à notre pouvoir sans combat, s'épargnant ainsi de vains dommages et des destructions. Car nous n'aimons pas du tout les ravages et les dégâts, mais nous désirons trouver les pays aussi intacts que possible et les villes épargnées. Un ennemi qui a peur est à moitié vaincu.

— Est-ce que tous les peuples sont donc vos ennemis ? lui demandai-je ironiquement. N'avez-vous aucun ami ?

— Nos amis sont tous les peuples qui se soumettent à notre autorité et qui nous versent un tribut, dit-il d'un ton didactique. Nous les laissons vivre à leur guise et nous ne blessons guère leurs traditions ou leurs dieux, pourvu que nous puissions les gouverner. Nos amis sont aussi en général tous les peuples qui ne sont pas nos voisins, en tout cas jusqu'au moment où ils le deviennent, car alors nous observons chez eux bien des traits irritants qui troublent la bonne entente et nous forcent à leur déclarer la guerre. Ce fut le cas jusqu'ici, et je crains fort qu'il en sera de même à l'avenir, pour autant que je connais notre grand roi.

— Et vos dieux n'ont rien à objecter ? lui dis-je. Car dans les autres pays ils décident souvent du juste et du faux.

— Qu'est-ce qui est juste et qu'est-ce qui est faux ? demanda-t-il à son tour. Pour nous, est juste ce que nous désirons, et faux ce que les voisins désirent. C'est une doctrine très simple qui rend la vie facile et la diplomatie aisée, et cela ne diffère guère à mon avis de la théologie des plaines, car à ce que j'ai compris, les dieux des plaines estiment juste ce que les riches désirent, et faux ce que les pauvres désirent. Mais si tu veux réellement t'informer de nos dieux, sache que nos seuls dieux sont la Terre et le Ciel, et nous les honorons chaque printemps, lorsque la première pluie du ciel fertilise la terre, comme la semence de l'homme fertilise la femme. Durant ces fêtes, nous relâchons l'austérité de nos mœurs, car le peuple doit pouvoir se détendre au moins une fois par an. C'est pourquoi on engendre alors beaucoup d'enfants, ce qui est bon, car un pays grandit par les enfants et par les mariages précoces. Le peuple possède naturellement un grand nombre de dieux mineurs, comme chaque peuple, mais tu n'as pas à en tenir compte, car ils n'ont pas d'importance politique. Dans ces conditions, je ne crois pas que tu puisses dénier à notre religion une certaine grandeur, si j'ose m'exprimer ainsi.

— Plus j'entends parler des dieux, et plus j'en suis dégoûté, lui dis-je avec abattement.

L'épistolographe se borna à ricaner et se renversa sur son siège, le nez rubicond.

— Si tu es sage et prévoyant, reprit-il, tu resteras chez nous et te mettras à honorer nos dieux, car tous les autres peuples ont dominé chacun à son tour le monde connu, et maintenant c'est à nous. Nos dieux sont très puissants et leurs noms sont Pouvoir et Peur, et nous allons leur élever de grands autels avec des crânes blanchis. Je ne te défends pas de répéter ces paroles, si tu es assez bête pour nous quitter, car personne ne te croira, parce que tout le monde sait que les Hittites n'aiment que les pâturages et qu'ils sont de pauvres bergers qui vivent dans les montagnes avec leurs chèvres et leurs moutons. Mais je me suis déjà trop attardé chez toi, et il me faut aller surveiller mes scribes et imprimer les coins sur l'argile tendre, pour assurer tous les peuples de nos bonnes intentions, ainsi qu'il appartient à mes fonctions.

Il partit, et le même soir je dis à Minea :

— J'en sais assez sur le pays des Khatti et j'ai trouvé ce que je cherchais. C'est pourquoi je suis prêt à quitter ce pays avec toi, si les dieux le permettent, car ici tout empeste le cadavre et une odeur de mort me serre la gorge. Vraiment, la mort planera sur moi comme une ombre pesante, tant que nous resterons ici, et je ne doute pas que leur roi me ferait empaler, s'il savait tout ce que j'ai appris. Car ceux qu'ils veulent tuer, ils ne les pendent pas aux murs, comme chez les peuples civilisés, mais ils les empalent. C'est pourquoi, tant que je serai à l'intérieur de ces frontières, je serai inquiet. Après tout ce que j'ai entendu, je préférerais être né corbeau.

Grâce à mes malades influents, j'obtins un sauf-conduit qui m'autorisait à suivre une route fixée jusqu'à la côte et à y prendre un bateau pour quitter le pays, bien que mes clients regrettassent vivement mon départ, insistant pour que je reste et assurant qu'en quelques années j'aurais amassé une fortune. Mais personne ne s'opposa à mon départ, et je souriais et riais et je leur racontais des histoires qu'ils aimaient, si bien que nous nous séparâmes en bonne amitié et que j'emportai de riches cadeaux. C'est ainsi que nous nous éloignâmes des murailles horribles de Khattoushash derrière lesquelles se préparait le monde futur, et nous passâmes à dos d'âne près des moulins bruyants mus par les esclaves aveugles, et nous aperçûmes au bord du chemin les corps empalés des sorciers, car on condamnait comme sorciers tous ceux qui enseignaient des doctrines non reconnues par l'Etat, et l'Etat n'en reconnaissait qu'une. J'accélérai l'allure le plus possible, et le vingtième jour nous arrivâmes au port.

4

A ce port abordaient des navires de Syrie et de toutes les îles de la mer, et il était pareil à tous les autres ports, bien que les Hittites le surveillassent de près pour percevoir un impôt sur les navires et pour vérifier les tablettes de tous ceux qui quittaient le pays. Mais personne ne débarquait pour gagner l'intérieur, et les capitaines, les seconds et les marins ne connaissaient du pays des Khatti que ce port et, dans ce port, les mêmes tavernes, les mêmes maisons de joie, les mêmes

filles et la même musique syrienne que dans tous les
autres ports du monde. C'est pourquoi ils s'y sentaient
à l'aise et s'y plaisaient, et pour toute sûreté ils
sacrifiaient aussi aux dieux des Hittites, au Ciel et à la
Terre, sans pour cela oublier leurs propres dieux que
les capitaines gardaient enfermés dans leurs cabines.

Nous séjournâmes un certain temps dans cette ville,
bien qu'elle fût bruyante et pleine de vices et de
crimes, car chaque fois que nous voyions un bateau en
partance pour la Crète, Minea disait :

— Il est trop petit et pourrait faire naufrage, et je ne
veux pas repasser par là.

Si le navire était plus grand, elle disait :

— C'est un navire syrien, et je ne veux pas voyager
avec lui.

Et d'un troisième, elle disait :

— Le capitaine a un méchant regard, et je crains
qu'il ne vende ses passagers comme esclaves à
l'étranger.

Ainsi notre séjour se prolongeait, et je n'en étais pas
fâché, car j'étais fort occupé à recoudre et à nettoyer les
blessures et à trépaner les crânes fracturés. Le chef des
gardes du port recourut aussi à moi, parce qu'il
souffrait d'une maladie des ports et qu'il ne pouvait
toucher aux filles sans en éprouver de vives douleurs.
Or, je connaissais cette maladie depuis mon séjour à
Simyra et je pus la guérir avec les remèdes des
médecins syriens, et la gratitude du chef envers moi
n'eut pas de limite, puisqu'il pouvait de nouveau se
divertir sans encombre avec les filles du port. C'était en
effet une de ses prérogatives, et chaque fille qui voulait
exercer sa profession dans le port devait se donner

gratuitement à lui et à ses secrétaires. C'est pourquoi il avait été désolé de devoir renoncer à ce privilège.

Sitôt guéri, il me dit :

— Quel cadeau puis-je te faire pour ton habileté, Sinouhé ? Dois-je peser ce que tu as guéri et t'en donner le poids en or ?

Mais je répondis :

— Je n'ai cure de ton or. Mais donne-moi le poignard de ta ceinture, je t'en serai reconnaissant, et j'aurai ainsi un souvenir de toi.

Il se récria en disant :

— Ce poignard est commun, et aucun loup ne court le long de sa lame et le manche n'est pas argenté.

Mais il parlait ainsi, parce que cette arme était en métal hittite et qu'il était interdit d'en donner ou d'en vendre à des étrangers, de sorte qu'à Khattoushash je n'avais pu en acquérir, n'osant pas trop insister de peur d'éveiller les soupçons. On ne voyait de ces poignards qu'aux grands seigneurs de Mitanni, et leur prix était dix fois celui de leur poids en or et quatorze fois celui de l'argent, et leurs possesseurs ne voulaient pas s'en défaire, parce qu'il n'y en avait que très peu dans le monde connu. Mais pour un Hittite, cette arme n'avait pas grande valeur, puisqu'il n'avait pas le droit de la vendre.

Mais le chef des gardes savait que je quitterais bientôt le pays et il se dit qu'il pourrait utiliser son or à de meilleures fins qu'à payer un médecin. C'est pourquoi il finit par me donner le poignard, qui était si tranchant qu'il coupait mieux les poils de barbe que le meilleur rasoir de silex et il pouvait sans dommage entailler une lame de cuivre. Ce cadeau me fit un très grand plaisir et je décidai de l'argenter et de le dorer comme le faisaient les nobles de Mitanni quand ils arrivaient à s'en procurer un. Le chef des gardes, loin de m'en vouloir, devint mon ami, parce que je l'avais radicalement guéri. Mais je lui conseillai de chasser du port la fille qui l'avait infecté, et il me dit qu'il l'avait déjà fait empaler, parce que cette maladie résultait certainement d'une sorcellerie.

Le port possédait aussi une prairie où l'on gardait des taureaux sauvages comme dans la plupart des ports, et les jeunes gens éprouvaient leur souplesse et leur courage en se battant avec ces bêtes, en leur plantant des banderilles dans la nuque et en sautant par-dessus. Minea fut ravie de voir ces taureaux et désira s'entraîner avec eux. C'est ainsi que je la vis pour la première fois danser devant les taureaux, et jamais je n'avais vu pareil spectacle, et mon cœur frémissait d'angoisse pour elle. Car un taureau sauvage est le plus redoutable de tous les fauves, pire même qu'un éléphant qui est tranquille si on ne le dérange pas, et ses cornes sont longues et pointues, et il transperce facilement un homme et le lance en l'air et le foule sous ses sabots.

Mais Minea dansa devant les taureaux, légèrement vêtue, et elle évitait habilement les cornes quand la bête baissait la tête et attaquait en mugissant. Son visage s'excitait, et elle s'animait et jetait le filet d'or de ses cheveux qui flottaient au vent, et sa danse était si rapide que l'œil ne pouvait en discerner les mouvements, lorsqu'elle sautait entre les cornes du taureau et, se tenant aux cornes, posait le pied sur le front velu pour s'élancer en l'air et retomber sur le dos du taureau. J'admirais son art et elle en était consciente, car elle accomplit des prouesses que j'aurais jugées impossibles au corps humain, si on me les avait racontées. C'est pourquoi je la regardais, le corps baigné de sueur, incapable de rester assis à ma place, malgré les protestations des spectateurs placés derrière moi qui me tiraient par les pans de ma tunique.

A son retour du champ, elle fut abondamment fêtée, et on lui mit des couronnes de fleurs sur la tête et au cou, et les jeunes gens lui donnèrent une coupe superbe sur laquelle étaient peintes en rouge et en noir des images de taureau. Tous disaient :

— C'est le plus beau spectacle que nous ayons vu.

Et les capitaines qui étaient allés en Crète, disaient :

— On trouverait difficilement dans toute la Crète une pareille danseuse.

Mais elle s'approcha de moi et s'appuya contre moi, toute couverte de sueur. Elle appuya contre moi son jeune corps mince et souple, chaque muscle tremblant de fatigue et de fierté, et je lui dis :

— Je n'ai jamais vu personne qui te ressemble.

Mais mon cœur était gros de mélancolie, car après l'avoir vue danser devant les taureaux, je savais que les taureaux la séparaient de moi comme une funeste magie.

Peu après arriva dans le port un navire de Crète, qui n'était ni trop petit, ni trop grand, et dont le capitaine n'avait pas le mauvais œil et parlait la langue de Minea. C'est pourquoi elle dit :

— Ce navire m'emmènera en sécurité vers le dieu de ma patrie, si bien que tu pourras me quitter en te réjouissant d'être enfin débarrassé de moi, puisque je t'ai causé tant d'ennuis et de dommages.

Mais je lui dis :

— Tu sais bien, Minea, que je te suivrai en Crète.

Elle me regarda et ses yeux étaient comme la mer au clair de lune ; elle s'était peint les lèvres et ses sourcils étaient de minces lignes noires sous son front, et elle dit :

— Je ne comprends vraiment pas pourquoi tu désires me suivre, Sinouhé, puisque ce navire m'emmènera directement dans mon pays et qu'il ne pourra m'arriver aucun malheur en route.

Je lui dis :

— Tu le sais aussi bien que moi, Minea.

Alors elle mit ses longs doigts robustes dans mes mains et soupira et dit :

— J'ai eu bien des épreuves en ta compagnie, Sinouhé, et j'ai vu bien des peuples, de sorte que dans mon esprit ma patrie s'est estompée comme un beau rêve et que je n'aspire plus comme avant à revoir mon dieu. C'est pourquoi j'ai différé mon départ, comme tu t'en es aperçu, mais en dansant devant les taureaux j'ai senti de nouveau que je devrais mourir si tu portais la main sur moi.

Je lui dis :

— Oui, oui, oui, nous en avons déjà parlé bien souvent, et je ne porterai pas la main sur toi, car il serait vain d'irriter ton dieu pour une bagatelle que n'importe quelle fille peut me donner, comme le dit Kaptah.

Alors ses yeux flamboyèrent comme ceux d'un chat

sauvage dans l'obscurité et elle enfonça ses ongles dans mes paumes et s'écria :

— Cours chez tes filles, car ta présence me dégoûte. Cours chez les sales filles du port, puisque tu en as envie, mais sache qu'ensuite je ne te connaîtrai plus, mais que je te saignerai peut-être avec mon poignard. Tu peux fort bien te passer de ce dont je me passe aussi.

Je lui souris et lui dis :

— Aucun dieu ne me l'a interdit.

Mais elle reprit :

— C'est moi qui te l'interdis, et essaye de t'approcher de moi après l'avoir fait.

Je lui dis :

— Sois sans souci, Minea, car je suis profondément dégoûté de la chose dont tu parles, et il n'y a rien de plus fastidieux que de se divertir avec une femme, si bien qu'après en avoir tâté, je ne veux plus renouveler l'expérience.

Mais elle s'emporta de nouveau et dit :

— Tes paroles offensent gravement la femme en moi, et je suis sûre que tu ne te lasserais pas de moi.

Ainsi, il m'était impossible de la contenter, malgré tous mes efforts, et cette nuit elle ne vint pas à côté de moi, comme d'habitude, mais elle emporta son tapis et alla dans une autre chambre et se couvrit la tête pour dormir.

Alors je l'appelai et lui dis :

— Minea, pourquoi ne réchauffes-tu plus mon flanc, comme naguère, puisque tu es plus jeune que moi, et la nuit est froide et je grelotte sur mon tapis.

— Tu ne dis pas la vérité, car mon corps est

brûlant, comme si j'étais malade, et je ne peux pas respirer dans cette chaleur étouffante. C'est pourquoi je préfère dormir seule, et si tu as froid, demande une chaufferette ou prends un chat à côté de toi et ne me dérange plus.

J'allai vers elle et je lui tâtai le front et son corps était vraiment fiévreux et tremblait sous la couverture, si bien que je lui dis :

— Tu es peut-être malade, permets que je te soigne.

Mais elle repoussa du pied la couverture et dit avec colère :

— Va-t'en, je ne doute pas que mon dieu ne guérisse ma maladie.

Mais au bout d'un moment, elle dit :

— Donne-moi tout de même un remède, Sinouhé, car j'étouffe et j'ai envie de pleurer.

Je lui donnai un calmant, et elle finit par s'endormir, mais moi je veillai sur elle jusqu'à l'aube, lorsque les chiens commencèrent à aboyer dans le crépuscule livide.

Puis ce fut le jour du départ, et je dis à Kaptah :

— Rassemble nos effets, car nous nous embarquons pour l'île de Keftiou qui est la patrie de Minea.

Mais Kaptah dit :

— Je m'en doutais, et je ne déchirerai pas mes vêtements, puisque je devrais les recoudre, et ta perfidie ne mérite pas que je répande de la cendre sur mes cheveux, car à notre départ de Mitanni, n'as-tu pas promis que nous ne prendrions plus jamais de navire ? Cette maudite Minea finira par nous conduire au trépas, ainsi que je l'ai senti dès notre première rencontre. Mais je me suis endurci le cœur, et je ne proteste plus et je ne hurle pas, pour ne pas perdre la vue de mon seul œil, car j'ai déjà trop pleuré à cause de toi dans tous les pays où ta sacrée folie nous a entraînés. Je te dis simplement que je sais à l'avance que ce sera mon dernier voyage, et je renonce même à te couvrir de reproches. J'ai déjà préparé nos effets et je suis prêt pour le départ et je n'ai pas d'autre consolation que de savoir que tu as déjà écrit tout cela sur mon dos à coups de canne le jour même où tu m'as acheté au marché des esclaves à Thèbes.

La docilité de Kaptah me surprit fort, mais je constatai bientôt qu'il avait questionné de nombreux marins et qu'il leur avait acheté très cher divers remèdes contre le mal de mer. Avant notre départ, il se mit au cou une amulette et jeûna et serra fortement sa ceinture et but une potion calmante, si bien qu'il monta à bord avec des yeux de poisson cuit et demanda d'une voix pâteuse de la viande de porc grasse qui, selon les affirmations des marins, était le meilleur remède contre le mal de mer. Puis il s'étendit et s'endormit, une épaule de porc dans une main et le scarabée dans l'autre. Le chef des gardes prit ma tablette et me souhaita bon voyage, puis les rameurs sortirent les avirons et le bateau gagna le large. Ainsi commença le voyage vers la Crète, et devant le port le capitaine offrit un sacrifice au dieu de la mer et aux dieux secrets de sa cabine, il fit hisser les voiles et le bateau pencha et fendit les flots et l'estomac me remonta à la gorge, car la mer immense était très agitée et on ne voyait plus du tout la côte.

LIVRE VIII

La maison obscure

1

Bien des jours, la mer ondoya devant nous, immense et sans rivage, mais je n'avais pas peur, car Minea était avec nous et en respirant l'air marin elle reflorissait et l'éclat de la lune illuminait ses yeux quand, penchée à l'avant, près de l'image de poupe, elle respirait à pleins poumons, comme si elle désirait accélérer la course du navire. Le ciel était bleu sur nos têtes, le soleil brillait et un vent modéré gonflait les voiles. Le capitaine assurait que nous naviguions dans la bonne direction, et je le croyais. Une fois habitué aux mouvements du navire, je ne fus plus malade, bien que l'angoisse devant l'inconnu me poignît le cœur, lorsque les derniers oiseaux de mer abandonnèrent le navire le deuxième jour et s'éloignèrent vers la côte. Mais alors ce furent les attelages du dieu de la mer et les marsouins qui nous escortèrent de leurs dos brillants, et Minea les salua de ses cris de joie, car ils lui apportaient un salut de son dieu.

Bientôt nous aperçûmes un bateau de guerre crétois dont les flancs étaient ornés de boucliers en cuivre et qui nous salua du pavillon, après avoir constaté que

nous n'étions pas des pirates. Kaptah sortit de sa
cabine et, tout fier de pouvoir se promener sur le pont,
se mit à raconter aux matelots ses voyages. Il se vanta
de sa traversée, par une terrible tempête, d'Egypte à
Simyra, toutes voiles déchirées, et seuls le capitaine et
lui étaient en état de manger, tandis que les autres
gémissaient et vomissaient. Il parla aussi des monstres
marins qui gardent le delta du Nil et qui engloutissent
toute barque de pêche assez imprudente pour s'aventurer au large. Les marins lui répondirent du tac au tac
en lui parlant des colonnes qui supportent le ciel à
l'autre bout de la mer et des sirènes à queue de poisson
qui guettent les marins pour les ensorceler et pour se
divertir avec eux, et quant aux monstres marins, ils
débitèrent sur eux des histoires si horrifiques que
Kaptah se réfugia vers moi, tout gris de peur, et me
tint par la tunique.

Minea s'animait de plus en plus, et ses cheveux
flottaient dans le vent et ses yeux étaient comme un
clair de lune sur la mer, et elle était vive et belle à voir,
si bien que mon cœur se fondait en pensant que bientôt
je la perdrais. A quoi bon retourner à Simyra et en
Egypte sans elle ? La vie n'était plus que de la cendre
dans ma bouche, quand je me disais que bientôt je ne la
verrais plus et que je ne tiendrais plus sa main dans la
mienne et que son flanc ne me réchaufferait plus. Mais
le capitaine et les matelots la respectaient hautement,
car ils savaient qu'elle dansait devant les taureaux et
qu'elle avait tiré au sort le droit d'entrer dans la maison
du dieu à la pleine lune, bien qu'elle en eût été
empêchée par un naufrage. Lorsque je tentai de les
interroger sur leur dieu, ils me répondirent évasive-

ment qu'ils ne savaient rien. Et quelques-uns ajoutè-
rent :

— Nous ne comprenons pas ta langue, étranger.

Mais j'ai appris que le dieu de la Crète régnait sur la
mer et que les îles tributaires envoyaient des jeunes
gens et des jeunes filles danser devant ses taureaux.

Vint le jour où la Crète émergea des flots comme un
nuage bleu, et les matelots poussèrent des cris de joie et
le capitaine sacrifia au dieu de la mer qui nous avait
octroyé une heureuse traversée. Les montagnes de la
Crète et les rivages abrupts avec leurs oliviers se
dressèrent devant mes yeux, et je les regardai comme
une terre étrangère dont je ne savais rien, bien que je
dusse y enterrer mon cœur. Mais Minea la considérait
comme sa patrie, et elle pleura de joie devant les
montagnes sauvages et la douce verdure des vallées,
lorsque les marins carguèrent les voiles et sortirent les
avirons pour aborder à quai en longeant les navires
ancrés, dont beaucoup étaient des croiseurs. En effet,
le port de la Crète abritait mille navires, et en les
voyant Kaptah dit que jamais il n'aurait cru qu'il y
avait tant de navires dans le monde. Et dans le port
n'existaient ni tours ni remparts ni fortifications, mais
la ville commençait au rivage même. Telle était la
suprématie de la Crète sur la mer et telle était la
puissance de son dieu.

2

Je vais parler de la Crète et raconter ce que j'ai vu de mes propres yeux, mais je ne dirai pas ce que je pense de la Crète et de son dieu, et je ferme mon cœur à ce que mes yeux raconteront. C'est pourquoi je dois dire que je n'ai rien vu de si beau et de si étrange que la Crète au cours de tous mes voyages dans le monde connu. De même que la mer pousse sur la côte son écume étincelante et que les bulles resplendissent des cinq couleurs de l'arc-en-ciel et que les coquilles marines brillent d'une clarté nacrée, de même la Crète brilla et étincela comme de l'écume sous mes yeux. Car la joie de vivre et le plaisir ne sont nulle part aussi directs et capricieux qu'en Crète, et personne n'y consent à agir autrement que selon ses impulsions, si bien qu'il est difficile de conclure des accords avec eux, car chacun change d'avis d'un instant à l'autre selon ses lubies. C'est pourquoi ils disent tout ce qui peut faire plaisir, même si ce n'est pas vrai, parce que le son harmonieux des mots leur plaît, et dans leur pays on ne connaît pas la mort, je crois même que leur langue n'a pas de mot pour la désigner, car ils la cachent, et si quelqu'un meurt, on l'emporte en secret pour ne pas attrister les autres. Je crois aussi qu'ils brûlent le corps des défunts, bien que je n'en sois pas sûr, car durant mon séjour en Crète je n'ai pas vu un seul mort et pas une tombe, à part celles des anciens rois qui ont été construites jadis en pierres énormes et dont les gens se détournent, parce qu'ils ne veulent pas penser à la mort, comme si c'était un moyen d'y échapper.

Leur art aussi est merveilleux et capricieux, et chaque artiste peint selon son inspiration, sans se soucier des règles ni des canons. Leurs cruches et leurs coupes brillent de couleurs éclatantes et sur leurs flancs nagent toutes les bêtes étranges et poissons de la mer, et des fleurs s'y épanouissent et des papillons y flottent dans l'air, si bien qu'un homme habitué à un art dominé par les traditions en éprouve de l'inquiétude et croit rêver.

Leurs bâtiments ne sont pas grands et puissants comme les temples et les palais des autres pays, mais en les construisant on recherche le confort et le luxe, sans s'inquiéter de l'extérieur. Ils aiment l'air et la propreté, et leurs fenêtres sont larges, et dans les maisons il y a de nombreuses salles de bains dans les clairs bassins desquelles jaillit de l'eau froide ou de l'eau chaude, selon le robinet qu'on tourne. Dans leurs toilettes aussi l'eau coule à gros bouillons, nettoyant tous les bassins, si bien que nulle part je n'ai trouvé autant de luxe qu'en Crète. Et ce n'est pas le cas seulement pour les nobles et les riches, mais pour tous ceux qui n'habitent pas dans le port où résident les étrangers et les ouvriers.

Leurs femmes consacrent un temps infini à se laver et à s'épiler et à se farder et à se soigner le visage, si bien qu'elles ne sont jamais prêtes à temps, mais qu'elles arrivent en retard aux invitations. Même aux réceptions de leur roi, elles manquent d'exactitude, et personne ne s'en offusque. Mais leurs vêtements sont tout ce qu'il y a de plus étonnant, car elles s'habillent de robes collantes et brodées d'or et d'argent qui leur couvrent tout le corps sauf les bras et la poitrine qui sont nus, car elles sont fières de leur belle poitrine. Elles ont aussi des robes qui sont composées de centaines de paillettes d'or, de pieuvres, de papillons et de palmes, et leur peau apparaît entre elles. Les cheveux sont artistement frisés en hautes coiffures qui exigent des journées de soin, et les femmes les ornent de petits chapeaux légers fixés par des aiguilles d'or et qui semblent flotter sur leur tête comme des papillons prenant leur vol. Leur taille est élégante et souple, et leurs hanches sont fines comme celles des garçons, si bien que les accouchements sont pénibles et qu'elles font tout pour les éviter et que ce n'est point une honte de n'avoir qu'un ou deux enfants ou pas du tout.

Les hommes portent des bottes décorées qui montent jusqu'aux genoux, mais en revanche leur pagne est simple et leur taille est serrée, car ils sont fiers de la minceur de leurs hanches et de la carrure de leurs épaules. Leurs têtes sont petites et fines, les membres et les poignets délicats, et à l'instar des femmes ils ne tolèrent pas un poil sur leur corps. Seuls quelques-uns parlent des langues étrangères, car ils se plaisent dans leur pays et n'aspirent point à le quitter pour d'autres qui ne leur offrent pas le même confort et les mêmes agréments. Bien qu'ils tirent toute leur richesse du port et du commerce, j'ai rencontré parmi eux des gens qui refusaient de descendre au port, parce qu'on y sentait mauvais, et qui ne savaient pas faire les calculs les plus simples, mais se fiaient entièrement à leurs comptables. C'est pourquoi les étrangers débrouillards s'enrichissent vite en Crète, s'ils acceptent de vivre dans le port.

Ils ont aussi des instruments de musique qui jouent même quand il n'y a pas de musiciens dans la maison, et ils prétendent savoir noter la musique par écrit, de sorte qu'en lisant ces textes on apprend à jouer un air même si on ne l'a jamais entendu. Les musiciens de Babylone affirmaient aussi qu'ils connaissaient cet art, et je ne veux pas en discuter avec eux ni avec les Crétois, parce que je ne suis pas musicien et que les instruments des différents pays m'ont brouillé l'oreille. Mais tout cela m'aide à comprendre pourquoi ailleurs dans le monde on dit : « Mentir comme un Crétois. »

Ils n'ont pas non plus de temples visibles et ils ne s'occupent guère des dieux, et ils se contentent d'adorer les taureaux. Mais ils le font avec une ardeur d'autant plus grande, et il ne se passe guère de jour qu'on ne les voie dans l'arène des taureaux. Je ne crois toutefois pas que ce soit tant par respect pour les dieux que pour le passionnant plaisir procuré par le spectacle des danses devant les taureaux.

Je ne saurais dire non plus qu'ils témoignent un respect particulier à leur roi, qui est un de leurs semblables, bien qu'il habite un palais beaucoup plus grand que ceux de ses sujets. Ils se comportent avec lui comme avec un égal et ils le blaguent et racontent des anecdotes sur lui et ils viennent à ses réceptions et s'en vont à leur guise. Ils boivent du vin avec modération pour se réjouir, et leurs mœurs sont très libres, mais ils ne s'enivrent jamais, car c'est grossier à leurs yeux et je n'ai jamais vu personne vomir pour avoir trop bu dans les fêtes, comme cela arrive souvent en Egypte et dans

les autres pays. En revanche, ils s'enflamment les uns
pour les autres, sans se soucier de savoir s'ils sont
mariés ou non, et il se divertissent ensemble quand et
comme bon leur semble. Les jeunes gens dansant
devant les taureaux sont en grande faveur chez les
femmes, de sorte que beaucoup de jeunes nobles
s'exercent à cet art, bien qu'ils ne soient pas initiés,
pour s'amuser, et souvent ils acquièrent autant d'habileté que les professionnels qui ne devraient pas toucher
aux femmes, tout comme les initiées ne devraient pas
toucher aux hommes.

Je raconte tout cela pour montrer que bien souvent
je fus déconcerté par les coutumes crétoises avec
lesquelles je ne me familiarisai du reste jamais, car ils
mettent leur fierté à trouver sans cesse du nouveau et
du surprenant, de sorte qu'avec eux on ne sait jamais
ce qu'apportera le moment suivant. Mais je dois parler
de Minea, bien que mon cœur soit gros à son sujet.

Arrivés dans le port, nous descendîmes dans l'hôtellerie des étrangers dont le confort dépasse tout ce que
j'ai vu, bien qu'elle ne fût pas très grande, si bien que
le « Pavillon d'Ishtar », avec tout son luxe poussiéreux
et ses esclaves ignares, me parut désormais barbare.
Après nous être lavés et habillés, Minea se fit friser et
s'acheta des vêtements pour pouvoir se montrer à ses
amis, si bien que je fus surpris de la revoir avec un petit
chapeau qui ressemblait à une lampe, et elle avait des
souliers à talons hauts et marchait avec peine. Mais je
ne voulus pas la fâcher en critiquant son accoutrement,
et je lui donnai des boucles d'oreilles et un collier
composé de pierres bigarrées, car le marchand m'avait
affirmé que c'était actuellement la mode en Crète, mais

qu'il n'était point sûr de celle de demain. Je regardai aussi avec surprise ses seins nus qui jaillissaient de la robe argentée et dont elle avait peint les mamelons en rouge, si bien qu'elle évita mon regard et dit d'un ton de bravade qu'elle n'avait pas à rougir de sa poitrine qui pouvait rivaliser avec celle de n'importe quelle Crétoise. Après l'avoir bien regardée, je ne protestai pas, car sur ce point elle avait certainement raison.

Après quoi une litière nous porta du port sur le plateau où la ville, avec ses bâtiments légers et ses jardins, était comme un autre monde après l'encombrement, le vacarme et l'odeur de poisson du port. Minea me conduisit chez un vieillard noble qui avait été son protecteur spécial et son ami, si bien qu'elle avait habité chez lui et usait de sa maison comme de la sienne. Il était en train d'étudier les catalogues de taureaux et de prendre des notes pour les paris du lendemain. Mais en voyant Minea il oublia ses papiers et se réjouit vivement et embrassa Minea en disant :

— Où donc t'es-tu cachée si longtemps ? Je te croyais déjà disparue à ton tour dans la maison du dieu. Mais je ne me suis pas encore procuré une nouvelle protégée, si bien que ta chambre reste à ta disposition, à moins que les esclaves aient oublié de l'entretenir ou que ma femme ne l'ait fait démolir pour y construire un bassin, car elle s'est mise à élever des poissons rares et ne pense plus qu'à ça.

— Helea élève des poissons dans un bassin ? demanda Minea tout étonnée.

— Ce n'est plus Helea, dit le vieillard avec un peu d'impatience. J'ai une nouvelle femme et elle reçoit en cet instant un jeune toréador non initié pour lui

montrer ses poissons, et je crois qu'elle se fâcherait
d'être dérangée. Mais présente-moi ton ami, afin qu'il
soit aussi mon ami, et que cette maison soit la sienne.

— Mon ami est Sinouhé l'Egyptien, Celui qui est
solitaire, et il est médecin, dit Minea.

— Je me demande s'il restera longtemps solitaire
ici, dit le vieillard d'un ton badin. Mais serais-tu
malade, Minea, puisque tu emmènes un médecin avec
toi ? Ce serait bien ennuyeux, parce que j'espérais que
demain tu pourrais danser devant les taureaux et me
ramener un peu de chance. En effet, mon intendant
dans le port se plaint que mes revenus ne suffisent plus
à couvrir mes dépenses, ou vice versa, peu importe,
car je ne comprends rien aux comptes compliqués qu'il
me fourre sans cesse sous le nez, ce qui m'énerve.

— Je ne suis pas du tout malade, dit Minea. Mais
cet ami m'a sauvé de nombreux dangers et nous avons
traversé maint pays pour revenir ici, car j'ai subi un
naufrage en allant danser devant les taureaux en Syrie.

— Vraiment ? dit le vieillard soudain inquiet. J'espère cependant que cette amitié ne t'a pas empêchée de
garder ta virginité, sinon on te refusera l'accès aux
concours et tu auras toutes sortes d'ennuis, comme tu
le sais. J'en suis vraiment fâché, car je vois que ta
poitrine s'est développée d'une manière suspecte et tes
yeux ont un éclat humide. Minea, Minea, te serais-tu
laissée séduire ?

— Non, répondit rageusement Minea. Et quand je
dis non, tu peux m'en croire, et personne ne doit
m'examiner, comme on l'a fait au marché des esclaves
à Babylone. Tu as de la peine à croire que c'est
seulement grâce à cet ami que j'ai pu échapper à tous

les dangers et regagner ma patrie, et je croyais que mes amis se réjouiraient de me revoir, mais tu penses seulement à tes taureaux et à tes paris.

Elle se mit à pleurer de dépit, et les larmes brouillaient le fard de ses joues.

Le vieillard perdit contenance et regretta ses paroles et dit :

— Je ne doute pas que tu sois fort éprouvée par tes voyages, car à l'étranger tu n'as certainement pas pu te baigner chaque jour, n'est-ce pas ? Et je ne crois pas que les taureaux de Babylonie valent les nôtres. Mais cela me fait penser que je devrais être depuis longtemps chez Minos, bien que j'aie oublié cette invitation, et je vais m'y rendre, sans changer de vêtement. Car personne ne prendra garde à ma tenue, il y a toujours tellement de monde. C'est pourquoi, mes amis, restaurez-vous bien, et tâche de te calmer, Minea, et si ma femme vient, dis-lui que je suis déjà parti, parce que je ne voulais pas la déranger avec son jeune homme. En somme, je pourrais tout aussi bien aller dormir, car on ne remarquera probablement pas chez Minos si je suis présent ou absent, mais j'y pense, je vais passer par les écuries pour demander l'état du nouveau taureau qui porte une tache au côté, c'est pourquoi il vaut mieux que j'aille. C'est qu'il s'agit d'un taureau tout à fait remarquable.

Il nous sourit d'un air distrait, et Minea lui dit :

— Nous t'accompagnerons chez Minos, où je pourrai revoir mes amis et leur présenter Sinouhé.

C'est ainsi que nous allâmes dans le palais de Minos, à pied, car le vieil homme n'était pas arrivé à décider s'il valait la peine ou non de prendre une litière pour un si court trajet. C'est seulement en entrant que je compris que Minos était leur roi, et j'appris qu'il s'appelait toujours Minos, mais je ne saurais dire quel numéro d'ordre il avait, car personne ne se souciait de ce détail. Un Minos disparaissait et était remplacé par un autre.

Le palais comprenait d'innombrables pièces, et sur les murs de la salle de réception ondulaient des algues, et des pieuvres et des méduses nageaient dans une eau transparente. La grande salle était pleine de gens habillés plus étrangement et luxueusement les uns que les autres, et ils circulaient et s'entretenaient entre eux avec vivacité et ils riaient fort et ils buvaient dans de petites coupes des boissons fraîches, des vins ou des jus de fruits, et les femmes comparaient entre elles leurs toilettes. Minea me présenta à ses amis qui étaient tous également polis et distraits, et le roi Minos m'adressa dans ma langue quelques paroles aimables et me remercia d'avoir sauvé Minea et de l'avoir ramenée vers son dieu, si bien qu'à la première occasion elle pourrait entrer dans la maison obscure, bien que son tour fût déjà passé.

Minea circulait dans le palais comme chez elle, et elle me conduisit d'une chambre à l'autre, en criant d'admiration devant les objets familiers et en saluant les esclaves qui s'inclinaient devant elle, tout comme si elle n'avait jamais été absente. Elle me dit que n'importe quel noble pouvait à son gré se retirer dans son domaine ou partir en voyage, sans en avertir ses amis, et personne ne s'en formalisait, et à son retour il reprenait sa place, comme si rien ne s'était passé entre-temps. C'est aussi ce qui leur rendait la mort facile, car si quelqu'un disparaissait, personne ne s'en informait jusqu'à ce qu'il fût oublié, et si par hasard on notait une absence à l'occasion d'une visite convenue ou d'un rendez-vous ou d'une réunion, personne n'en était surpris, car on se disait que cette personne avait fort bien pu s'absenter brusquement par caprice.

Minea m'introduisit dans une belle chambre située plus haut que les autres au flanc de la colline, de sorte que la vue portait au loin sur les prairies souriantes, les champs, les forêts d'oliviers et les plantations en dehors de la ville. Elle me dit que c'était sa chambre, et tout y était à sa place, comme si elle l'avait quittée hier, bien que les costumes et les bijoux dans ses coffres et écrins fussent déjà démodés au point qu'elle ne pouvait plus les porter. C'est alors seulement que je sus qu'elle appartenait à la famille des Minos, et pourtant j'aurais dû le deviner à son nom. C'est pourquoi l'or et l'argent ou les cadeaux précieux n'avaient aucun effet sur elle, puisque dès son enfance elle avait été habituée à avoir tout ce qu'elle désirait. Mais dès son enfance aussi elle avait été consacrée au dieu, et c'est pourquoi elle avait été élevée dans la maison des taureaux où elle habitait, lorsqu'elle n'était pas dans sa chambre du palais ou chez son vieil ami, car les Crétois sont aussi capricieux sur ce point que sur les autres.

J'étais curieux de voir les arènes, et nous rentrâmes saluer le protecteur de Minea qui fut fort étonné de me voir et me demanda poliment si nous nous étions déjà rencontrés, parce que mon visage ne lui était point inconnu. Minea me conduisit ensuite dans la maison des taureaux qui formait toute une ville, avec ses écuries, ses champs, ses estrades, ses pistes, ses

bâtiments d'école et les maisons des prêtres. Nous
passâmes d'une écurie à l'autre, dans l'odeur écœu-
rante des taureaux, et Minea ne se lassait pas de leur
adresser des compliments et de les appeler de jolis
noms, bien qu'ils essayassent à travers la clôture de la
percer de leurs cornes, en mugissant et en creusant le
sol de leurs sabots pointus, les yeux flamboyants.

Elle rencontra aussi des jeunes gens et des jeunes
filles qu'elle connaissait, bien que les danseurs ne
fussent en général pas très cordiaux entre eux, parce
qu'ils se jalousaient les uns les autres et refusaient de se
révéler leurs tours. Mais les prêtres qui entraînaient les
taureaux et instruisaient les danseurs, nous accueillirent aimablement et, ayant appris que j'étais médecin,
ils me posèrent une foule de questions sur des problèmes concernant la digestion chez les taureaux, les
mélanges de fourrage et le luisant du poil, et pourtant
ils en savaient certainement plus que moi sur ces
sujets. Minea était bien notée chez eux, car elle obtint
tout de suite un taureau et un numéro pour les courses
du lendemain. Elle brûlait d'impatience de me montrer
son habileté devant les meilleurs taureaux.

Pour finir, elle me conduisit dans un petit bâtiment
où habitait solitaire le grand prêtre du dieu de la Crète
et des taureaux. De même que le roi était toujours un
Minos, le grand prêtre était toujours appelé le Minotaure, et il était l'homme le plus redouté et le plus
respecté dans toute l'île, si bien qu'on évitait de
prononcer son nom à haute voix et qu'on l'appelait
l'homme de la petite maison des taureaux. Minea aussi
redoutait d'aller le voir, bien qu'elle ne m'en dît rien,

mais je le lus dans ses yeux dont aucune expression ne m'était inconnue.

Le prêtre nous reçut dans une chambre obscure et, à première vue, je crus apercevoir un dieu, car j'étais devant un homme qui ressemblait à un être humain, mais avec une tête de taureau dorée. Après s'être incliné devant nous, il enleva cette tête dorée et nous montra son visage. Mais bien qu'il nous sourît poliment, il ne me plut pas, car son visage inexpressif avait quelque chose de dur et de cruel, et je ne peux expliquer cette impression, car il était un bel homme, au teint très foncé et né pour commander. Minea n'eut pas besoin de lui donner des explications, car il connaissait déjà son naufrage et ses aventures, et il ne posa pas de questions oiseuses, mais il me remercia de la bonté que j'avais témoignée à Minea et, partant, à la Crète et à son dieu, et il dit que de nombreux cadeaux m'attendaient à mon auberge et que j'en serais certainement content.

— Je ne me préoccupe guère des cadeaux, lui dis-je, car pour moi le savoir est plus précieux que l'or, et c'est pourquoi j'ai voyagé dans de nombreux pays pour augmenter mes connaissances, et je me suis familiarisé avec les coutumes de Babylonie et des Hittites. C'est pourquoi j'espère connaître aussi le dieu de la Crète dont j'ai entendu bien des récits merveilleux et qui aime les vierges et les jeunes gens irréprochables, au contraire des dieux de la Syrie dont les temples sont des maisons de joie et que servent des prêtres châtrés.

— Nous avons de nombreux dieux que le peuple adore, dit-il. Il existe en outre dans le port des temples aux dieux des différents pays, si bien que tu pourras

sacrifier ici à Amon ou au Baal du port, si tu le veux.
Mais je ne veux pas t'induire en erreur. C'est pourquoi
je reconnais que la puissance de la Crète dépend du
dieu adoré en secret de tout temps. Seuls les initiés le
connaissent, et ils le connaissent seulement en le
rencontrant, mais personne encore n'est revenu pour
décrire son apparence.

— Les dieux des Hittites sont le Ciel et la Terre et la
Pluie qui, descendue du ciel, fertilise la terre, lui dis-
je. Je comprends que la mer soit le dieu des Crétois,
puisque la puissance et la richesse de la Crète dépendent de la mer.

— Tu as peut-être raison, Sinouhé, dit-il avec un
étrange sourire. Sache cependant que nous autres
Crétois nous adorons un dieu vivant, ce qui nous
distingue des peuples du continent qui adorent des
dieux morts et des images en bois. Notre dieu n'est pas
un simulacre, bien que les taureaux soient son symbole, mais tant que vivra notre dieu, la suprématie
crétoise se maintiendra sur les mers. C'est ce qui a été
prédit, et nous le savons, bien que nous comptions
aussi beaucoup sur nos navires de guerre avec lesquels
aucun autre peuple maritime ne peut rivaliser.

— J'ai entendu dire que votre dieu habite dans les
méandres d'une maison obscure, insistai-je. Je voudrais volontiers voir cette maison à labyrinthe, mais je
ne comprends pas pourquoi les initiés n'en reviennent
jamais, bien qu'ils en aient la possibilité après y être
restés une lunaison.

— Le plus grand honneur et le bonheur le plus
merveilleux qui puissent échoir aux jeunes Crétois est
d'entrer dans la maison du dieu, dit le Minotaure en

répétant les paroles qu'il avait déjà prononcées d'innombrables fois. C'est pourquoi même les îles de la mer rivalisent en nous envoyant leurs plus belles vierges et leurs meilleurs adolescents danser devant nos taureaux. Dans les demeures du dieu de la mer, la vie est si merveilleuse que personne, une fois qu'il la connaît, ne désire retrouver les douleurs et les peines terrestres. Craindrais-tu, Minea, d'entrer dans la maison du dieu ?

Mais Minea ne répondit rien, et je dis :

— Sur la côte de Simyra, j'ai vu des cadavres de marins noyés, et leur tête était boursouflée et leur ventre gonflé et leur expression ne reflétait aucune joie. C'est tout ce que je sais des demeures du dieu de la mer, mais je ne mets nullement en doute tes paroles et je souhaite bonne chance à Minea.

Le Minotaure dit froidement :

— Tu verras le labyrinthe, car la pleine lune approche, et cette nuit-là Minea entrera dans la demeure du dieu.

— Et si Minea refusait ? dis-je avec vivacité, car ses paroles me surprenaient et me glaçaient le cœur.

— Cela n'est encore jamais arrivé, dit-il. Sois sans souci, Sinouhé l'Egyptien. Après avoir dansé devant nos taureaux, Minea entrera de son plein gré dans la maison du dieu.

Il remit sa tête de taureau dorée, pour montrer que l'entrevue était terminée, et nous ne vîmes plus son visage. Minea me prit la main et m'entraîna, et elle n'était plus du tout joyeuse.

3

Kaptah nous attendait à l'auberge, et il avait abondamment goûté les vins du port, et il me dit :

— O mon maître, ce pays est le royaume du Couchant pour les serviteurs, car personne ne les frappe de son bâton et personne ne se rappelle combien il a d'or dans sa bourse ou quels bijoux il a achetés. Vraiment, ô mon maître, c'est un paradis terrestre pour les serviteurs, car si un maître se fâche contre un esclave et le chasse de sa maison, ce qui est le pire châtiment, le serviteur n'a qu'à se cacher et à revenir le lendemain, et son maître a déjà tout oublié. Mais pour les marins et les esclaves du port, c'est un pays très dur, car les intendants ont des cannes souples et ils sont avares et les marchands trompent un Simyrien aussi facilement qu'un Simyrien roule un Egyptien. Ils ont pourtant de petits poissons conservés dans l'huile et qu'il est agréable de manger en buvant. La finesse de ces poissons fait que je leur pardonne beaucoup.

Il débita tout cela à sa manière habituelle, comme s'il était ivre, mais ensuite il ferma la porte et s'assura que personne ne nous entendait, et il me dit :

— O mon maître, il se passe d'étranges choses dans ce pays, car dans les tavernes les marins racontent que le dieu de la Crète est mort et que les prêtres affolés en cherchent un autre. Mais ces paroles sont dangereuses, et quelques marins ont été jetés aux pieuvres du haut des rochers pour les avoir répétées. En effet, il a été

prédit que la puissance de la Crète s'effondrera le jour
où leur dieu mourra.

Alors un espoir insensé enflamma mon cœur et je dis
à Kaptah :

— La nuit de la pleine lune, Minea doit entrer dans
la maison du dieu, mais si ce dieu est vraiment mort, ce
qui est fort possible car le peuple est le premier à tout
savoir, bien qu'on ne lui raconte rien, alors Minea
pourra nous revenir de cette maison d'où jusqu'ici
personne n'est ressorti.

Le lendemain, grâce à Minea, j'obtins une bonne
place sur l'estrade en pente légère. J'admirai vivement
l'ingénieuse disposition des bancs en gradins, de sorte
que chacun pouvait voir le spectacle. Les taureaux
furent introduits un par un dans l'arène et chaque
danseur exécuta son programme qui était compliqué,
car il comprenait différentes passes qui devaient s'accomplir sans fautes et dans l'ordre prescrit, mais le
plus difficile était de sauter par-dessus les taureaux
entre les cornes et de rebondir en l'air pour retomber
debout sur le dos de la bête. Même le plus habile ne
pouvait s'en tirer sans reproche, car beaucoup dépendait aussi du taureau, de la manière dont il s'arrêtait ou
courait ou ployait la nuque. Les nobles et les riches
crétois pariaient entre eux pour leurs protégés, mais je
n'arrivais pas à comprendre leur passion et leur excitation, car pour moi tous les taureaux se ressemblaient et
je n'arrivais pas à distinguer les différents exercices.

Minea aussi dansa devant les taureaux et mon
inquiétude fut grande, jusqu'au moment où sa merveilleuse aisance et la souplesse de son corps m'eurent
envoûté au point de me faire oublier les risques qu'elle

courait, et je m'associai aux clameurs d'enthousiasme
soulevées par elle. Ici, les filles dansent nues devant les
taureaux, comme les jeunes gens aussi, car leur jeu est
si délicat que le moindre vêtement pourrait gêner leurs
mouvements et mettre leur vie en danger. Mais Minea
était à mon avis la plus belle de toutes, tandis qu'elle
dansait, le corps luisant d'huile, et pourtant je dois
avouer que beaucoup de ses camarades étaient également
belles et obtinrent un vif succès. Mais je n'avais
d'yeux que pour Minea. Elle était moins bien entraînée
que les autres, après sa longue absence, et elle ne gagna
pas une seule couronne. Son vieux protecteur, qui
avait parié sur elle, en fut très déçu et marri, mais il
oublia bientôt ses pertes et se rendit dans les écuries
choisir un autre taureau, comme il en avait le droit,
puisque Minea était sa protégée.

Mais quand je revis Minea après le spectacle, elle me
dit froidement :

— Sinouhé, je ne puis plus te rencontrer, car mes
amis m'ont invitée à une fête, et je dois me préparer
pour le dieu, car c'est déjà après-demain la pleine lune.
C'est pourquoi nous ne nous reverrons probablement
pas avant que je parte pour la maison du dieu, si tu
éprouves le désir de m'accompagner avec mes autres
amis.

— Comme tu voudras, lui dis-je. Certes, j'ai bien
des choses à voir en Crète et les coutumes du pays et les
vêtements des femmes m'amusent énormément. Pendant le spectacle, plusieurs de tes amies·m'ont invité à
aller les voir, et leur visage et leurs seins sont agréables
à regarder, parce qu'elles sont un peu plus grasses et
plus délurées que toi.

Alors elle me prit vivement le bras et ses yeux brillèrent et elle respira avec agitation en disant :

— Je ne te permets pas d'aller t'amuser avec mes amies quand je ne suis pas avec toi. Tu pourrais au moins attendre que je sois partie, Sinouhé. Si même je suis trop maigre à ton goût, ce dont je ne me doutais pas, tu pourrais le faire par amitié pour moi.

— Je plaisantais, lui dis-je, et je ne veux nullement te déranger, car tu es naturellement très occupée avant d'entrer dans la maison du dieu. Je vais rentrer chez moi et y soigner les malades, car dans le port bien des gens ont besoin de mes soins.

Je la quittai et longtemps encore l'odeur des taureaux me resta dans le nez, et dès lors elle m'obsède, et la simple vue d'un troupeau de bœufs me donne la nausée et je ne peux manger, et mon cœur est lourd. Je la quittai cependant et je reçus des malades dans mon auberge et je les soignai jusqu'à la tombée de la nuit, quand les lumières s'allumèrent dans les maisons de joie du port. A travers les murs j'entendais la musique et les rires et tous les bruits de l'insouciance humaine, car les esclaves et les serviteurs crétois suivaient aussi sur ce point les habitudes de leurs maîtres, et chacun vivait comme s'il ne devait jamais mourir et qu'il n'y eût au monde ni douleur, ni chagrin, ni ennui.

La nuit vint, j'étais assis dans ma chambre et Kaptah avait déjà étendu les tapis pour dormir, et je ne désirais pas de lumière. La lune se leva, et elle était ronde et brillante, bien qu'elle ne fût pas encore pleine, et je la haïssais, parce qu'elle allait me séparer de la seule femme que je considérais comme ma sœur, et je me haïssais aussi moi-même, parce que j'étais faible et

lâche et que je ne savais pas agir. Soudain la porte
s'ouvrit et Minea entra prudemment, en regardant
autour d'elle, et elle n'était pas vêtue à la crétoise, mais
elle portait le simple costume dans lequel elle avait
dansé devant grands et petits dans maint pays, et ses
cheveux étaient retenus par un ruban en or.

— Minea, dis-je tout étonné. Te voici, alors que je
croyais que tu te préparais pour ton dieu ?

Mais elle dit :

— Parle plus bas, je ne veux pas qu'on nous
entende.

Elle s'assit à côté de moi et regarda la lune et dit
capricieusement :

— Je déteste mon lit dans la maison des taureaux et
je n'ai plus avec mes amis le même plaisir qu'avant.
Mais pourquoi je suis venue vers toi dans cette
auberge, ce qui n'est pas du tout convenable, je
l'ignore moi-même. Si tu désires te reposer, je partirai,
mais comme je ne pouvais dormir, j'ai désiré te revoir
pour sentir l'odeur des remèdes et des simples autour
de toi et pour tirer l'oreille et les cheveux de Kaptah à
cause de ses discours stupides. Car les voyages et les
peuples étrangers m'ont certainement brouillé les
idées, puisque je ne me sens plus chez moi dans la
maison des taureaux et que je ne jouis plus des
acclamations dans l'arène et que je n'aspire plus
comme avant à entrer dans la maison du dieu, mais les
paroles des gens autour de moi sont comme le bavardage d'enfants déraisonnables et leur joie est comme
l'écume sur le rivage et je ne m'amuse plus de leurs
jeux. Et j'ai un grand trou à la place du cœur, et ma
tête est creuse et je n'ai pas une seule pensée à moi,

mais tout me choque et mon esprit n'a jamais été aussi mélancolique. C'est pourquoi je te demande de me tenir les mains comme naguère, car je ne crains rien, pas même la mort, quand mes mains sont dans les tiennes, Sinouhé, bien que je sache que tu préfères les femmes plus grasses et plus délurées que moi.

Je lui dis :

— Minea, ma sœur, mon enfance et ma jeunesse ont été limpides comme un ruisseau, mais ma virilité fut comme un fleuve qui se répand au loin et qui recouvre bien des terres, mais ses eaux sont basses et stagnent et se corrompent. Mais lorsque tu vins vers moi, Minea, les eaux remontèrent et se précipitèrent joyeusement dans un cours profond et tout en moi se purifia et le monde me sourit de nouveau et tout le mal était pour moi comme une toile d'araignée que la main écarte sans peine. Pour toi je voulais être bon et guérir les gens sans m'occuper des cadeaux qu'ils pouvaient me faire, et les dieux maléfiques n'avaient plus de prise sur moi. C'était ainsi, mais à présent que tu me quittes, tout s'assombrit autour de moi et mon cœur est comme un corbeau solitaire dans le désert et je ne veux plus secourir mon prochain, mais je le hais et je hais aussi les dieux et je ne veux plus en entendre parler. Et c'est pourquoi, Minea, je te dis : Dans le monde existent bien des pays, mais un seul fleuve. Laisse-moi t'emmener avec moi dans les terres noires au bord du fleuve où les canards chantent dans les joncs et le soleil vogue chaque jour à travers le ciel dans une barque dorée. Pars avec moi, Minea, nous casserons ensemble une cruche et nous serons mari et femme et jamais nous ne nous séparerons, mais la vie nous sera facile et à notre

mort nos corps seront embaumés pour se retrouver
dans le pays du Coùchant et pour y vivre éternellement.

Mais elle me serra les mains et me caressa des doigts
les yeux et la bouche et le cou, en me disant :

— Sinouhé, je ne peux te suivre, malgré tout mon
désir, car aucun navire ne pourrait nous emmener de
Crète et aucun capitaine n'oserait nous cacher dans son
bateau. C'est que déjà on me surveille et je ne voudrais
pas causer ta mort. Même si je le voulais, je ne pourrais
partir avec toi, car depuis que j'ai dansé devant les
taureaux, leur volonté est plus forte que la mienne, et
tu ne peux le comprendre. C'est pourquoi je dois
pénétrer dans la maison du dieu la nuit de la pleine
lune, et ni moi, ni toi, ni aucune puissance au monde
n'y peut rien changer.

Mon cœur était vide comme une tombe dans ma
poitrine et je dis :

— De demain nul n'est certain, et je ne crois pas
que tu reviendras d'où personne n'est revenu. Peut-
être que dans les salles dorées du dieu de la mer tu
boiras la vie éternelle à la coupe divine et tu oublieras
tout ce monde et moi aussi. Et pourtant je n'en crois
rien, car tout cela n'est que légende et rien de ce que
j'ai vu jusqu'ici dans tous les pays n'est propre à
renforcer ma croyance aux légendes divines. Sache
donc que si tu ne reviens pas bientôt, je pénétrerai dans
la maison du dieu pour t'emmener. Je t'emmènerai,
même si tu refuses. C'est ce que je ferai, Minea, même
si cela doit être mon dernier acte sur cette terre.

Mais, tout effrayée, elle mit sa main sur ma bouche
et regarda autour d'elle en disant :

— Tais-toi, Sinouhé ! Cesse de nourrir de telles pensées, car la maison du dieu est obscure et aucun étranger ne peut s'y retrouver, et tout profane qui y pénètre périt d'une mort affreuse. Mais crois-moi, je reviendrai de ma propre volonté, car mon dieu ne peut pas être cruel au point de me retenir contre mon gré. Il est en effet un dieu merveilleusement beau, qui veille sur la puissance de la Crète et sur sa prospérité, si bien que les oliviers fleurissent et que le blé mûrit et que les navires voguent de port en port. Il rend les vents favorables et guide les bateaux dans le brouillard, et rien de mal n'arrive à ceux qui sont sous sa protection. Pourquoi voudrait-il mon malheur ?

Dès son enfance elle avait grandi à l'ombre du dieu et ses yeux étaient aveugles et je ne pouvais les guérir avec une aiguille. C'est pourquoi dans la rage de mon impuissance, je la serrai violemment contre moi et je l'embrassai et je lui caressai les membres et ses membres étaient lisses comme le verre et elle était dans mes bras comme une source pour un voyageur dans le désert. Et elle ne résistait pas, elle pressait son visage contre moi et elle frémissait et ses larmes coulaient chaudes sur mon cou, tandis qu'elle me parlait :

— Sinouhé, mon ami, si tu doutes de mon retour, je ne veux plus rien te refuser, mais fais-moi ce que tu veux, si cela peut te faire plaisir, même si je dois en mourir, car dans tes bras je ne crains pas la mort et tout m'est égal en pensant que mon dieu pourrait me séparer de toi.

Je lui demandai.

— En aurais-tu du plaisir ?

Elle hésita et dit :

— Je ne sais pas. Tout ce que je sais, c'est que mon corps est inquiet et inconsolable quand je ne suis pas près de toi. Je sais seulement qu'un brouillard m'envahit les yeux et que mes genoux faiblissent lorsque tu me touches. Naguère je me détestais pour cela et je redoutais ton contact, car alors tout était limpide en moi et rien ne troublait ma joie, mais j'étais fière de mon habileté et de la souplesse immaculée de mon corps. Maintenant je sais que tes attouchements sont délicieux, même s'ils doivent me faire mal, et pourtant j'ignore si j'éprouverais du plaisir en exauçant tes désirs, peut-être serais-je triste après coup. Mais si c'est un plaisir pour toi, n'hésite pas, car ta joie est ma joie et je ne désire rien tant que de te rendre heureux.

Alors je desserrai mon étreinte et je lui caressai les cheveux et le cou en lui disant :

— Il me suffit que tu sois venue chez moi telle que tu étais durant nos courses sur les routes de Babylonie. Donne-moi le ruban d'or de tes cheveux, je ne te demande rien de plus.

Mais elle me regarda avec méfiance et se tâta les hanches et dit :

— Je suis peut-être trop maigre à ton goût et tu crois que mon corps ne te donnerait aucun plaisir, et tu me préfères probablement les femmes délurées. Mais si tu le veux, je tâcherai d'être aussi délurée que possible et de te complaire en tout, afin que tu ne sois pas déçu, car je veux te donner autant de joie que je peux.

Je lui souris en caressant ses épaules lisses et je lui dis :

— Minea, aucune femme n'est plus belle que toi à mes yeux et aucune ne pourrait me donner plus de joie que toi, mais je ne veux pas te prendre pour mon seul plaisir, car tu n'en aurais aucun, puisque tu es inquiète à cause de ton dieu. Mais je sais une chose que nous pourrons faire et qui nous plaira à tous les deux. Nous allons prendre une cruche et la casser selon la coutume de mon pays. Et alors nous serons mari et femme, même s'il n'y a pas ici de prêtres pour attester le fait et inscrire nos noms dans le registre du temple.

Ses yeux s'agrandirent et brillèrent au clair de lune, et elle tapa des mains et rit de joie. Je sortis chercher Kaptah, que je trouvai assis devant ma porte et qui pleurait amèrement. Il s'essuya le visage du revers de la main et se remit à pleurer en me voyant.

— Qu'est-ce qui te prend, Kaptah ? lui dis-je. Pourquoi pleures-tu ?

Il me répondit effrontément :

— O mon maître, j'ai le cœur sensible et je n'ai pu retenir mes larmes en écoutant ta conversation avec cette fille aux flancs minces, car jamais je n'ai rien entendu de si émouvant.

Je lui décochai un coup de pied en disant :

— Ainsi, tu as écouté tout ce que nous avons dit ?

Mais il répondit d'un air innocent :

— Mais oui, car d'autres écouteurs venaient devant ta porte, et ils n'avaient rien à faire avec toi, mais ils espionnaient Minea. Je les ai chassés en les menaçant de ma canne, et je me suis installé devant ta porte pour veiller sur ta tranquillité, car je me disais que tu ne serais guère content si on venait te déranger au cours de cet important entretien. Et c'est ainsi que je n'ai pu m'empêcher d'entendre ce que vous disiez, et c'était si touchant, bien que si enfantin, que j'en ai pleuré.

Je ne pouvais plus me fâcher contre lui, aussi lui dis-
je :

— Puisque tu as tout entendu, tu sais ce que je
désire. Va vite chercher une cruche.

Mais il tergiversa et dit :

— Quelle sorte de cruche veux-tu ? En argile ou en
grès, peinte ou unie, haute ou basse, large ou mince ?

Je lui donnai un coup de canne, mais pas fort, car
mon cœur débordait de bonté pour autrui, et je lui dis :

— Tu sais ce que je veux, et tu sais que toute cruche
est bonne pour cela. Dépêche-toi et apporte la première que tu trouveras.

— J'y vais, j'y cours, j'y vole, mais j'ai parlé
seulement pour te laisser le temps de réfléchir, car
rompre une cruche avec une femme est un événement
grave dans la vie d'un homme et il ne faut pas y
procéder trop à la hâte. Mais naturellement, j'irai la
chercher, puisque tu le veux et que je n'y peux rien
changer.

C'est ainsi que Kaptah apporta un vieux vase qui
empestait le poisson, et je le cassai avec Minea. Kaptah
fut notre témoin, et il plaça le pied de Minea sur sa
nuque en disant :

— Désormais tu es ma maîtresse et tu me donneras
des ordres aussi souvent ou même plus que mon
maître, mais j'espère cependant que tu ne me lanceras
pas de l'eau chaude dans les jambes quand tu seras
fâchée, et j'espère aussi que tu porteras des babouches
tendres, sans talons, car je déteste les talons qui
laissent des marques et des bosses sur ma tête. En tout
cas je te servirai aussi fidèlement que mon maître, car
pour quelque cause bizarre mon cœur s'est attaché à

toi, bien que tu sois maigre et que ta poitrine soit petite, et je ne comprends pas ce que mon maître voit en toi. Mais tout ira mieux, lorsque tu auras ton premier fils. Je te volerai aussi consciencieusement que mon maître jusqu'ici, en tenant compte plus de ton propre intérêt que du mien.

Ayant ainsi parlé, Kaptah fut si ému qu'il se remit à pleurer à haute voix. Minea lui frotta le dos de sa main et toucha ses joues épaisses et le consola, si bien qu'il se calma. Après quoi je lui fis ramasser les tessons du vase et le renvoyai.

Cette nuit, nous dormîmes ensemble, Minea et moi, comme naguère, et elle reposait dans mes bras et respirait contre mon cou et ses cheveux me caressaient les joues. Mais je n'abusai pas d'elle, car une joie qui n'aurait pas été partagée par elle n'en aurait pas été une pour moi non plus. Je crois cependant que ma joie fut plus profonde et plus grande de la tenir ainsi dans mes bras sans la prendre. Je ne puis l'affirmer avec certitude, mais ce que je sais, c'est que cette nuit je voulais être bon pour tout le monde et que mon cœur ne recevait pas une seule mauvaise pensée, et chaque homme était mon frère et chaque femme était ma mère et chaque jeune fille était ma sœur, aussi bien dans les terres noires que dans tous les pays rouges baignés dans le même clair de lune.

4

Le lendemain Minea dansa de nouveau devant les taureaux et mon cœur trembla pour elle, mais il ne lui arriva aucun accident. Par contre, un jeune homme glissa du front d'un taureau et tomba, et l'animal le perça de ses cornes et le foula aux pieds, si bien que les spectateurs se levèrent et crièrent de crainte et d'enthousiasme. On chassa le taureau et on emporta le cadavre du jeune homme, et les femmes coururent le voir et touchèrent ses membres ensanglantés, en respirant avec excitation et en se disant : « Quel spectacle ! » Et les hommes disaient : « Depuis longtemps nous n'avons pas eu une course aussi réussie. » Et ils ne geignaient pas en payant les paris et en pesant l'or et l'argent, mais ils allèrent boire et s'amuser dans leurs maisons, si bien que les lumières brûlèrent tard dans la ville et que les femmes se séparèrent de leurs maris et s'égarèrent dans des lits étrangers, mais personne ne s'en formalisait, car c'était la coutume.

Mais moi je reposais seul sur mon tapis, car cette nuit Minea n'avait pu me rejoindre, et le matin je louai dans le port une litière pour l'accompagner à la maison du dieu. Elle s'y rendait dans un char doré tiré par des chevaux empanachés, et ses amis la suivaient dans des litières ou à pied, chantant et riant et lançant des fleurs et s'arrêtant au bord du chemin pour boire du vin. La course était longue, mais chacun avait emporté des provisions, et ils cassaient des branches aux oliviers pour s'en éventer et ils effrayaient les moutons des pauvres paysans et se livraient à toutes sortes de farces. Mais la maison du dieu se dressait dans un endroit solitaire au pied de la montagne, près du rivage, et en s'en approchant les gens se calmèrent et se mirent à chuchoter entre eux, et personne ne riait plus.

Mais il m'est difficile de décrire la maison du dieu, car elle était pareille à une colline basse couverte de gazon et de fleurs, et elle touchait à la montagne. L'entrée en était fermée par des portes de bronze hautes comme des montagnes et devant elles se dressait un temple où l'on procédait aux initiations et où habitaient les gardiens. Le cortège y arriva dans la soirée et les amis de Minea descendirent de leurs litières et campèrent sur le gazon et mangèrent et burent et s'amusèrent, sans même observer la retenue imposée par la proximité du temple, car les Crétois oublient vite. A la tombée de la nuit, ils allumèrent des torches et jouèrent dans les buissons, et dans l'obscurité éclataient les cris des femmes et les rires des hommes. Mais Minea était seule dans le temple et personne ne pouvait s'approcher d'elle.

Je la regardais assise dans le temple. Elle était vêtue d'or comme une idole et elle portait une énorme coiffure et elle cherchait à me sourire de loin, mais aucune joie ne se lisait sur son visage. Au lever de la lune, on lui ôta vêtements et bijoux et on lui passa une mince tunique et ses cheveux furent noués dans un filet d'argent. Puis les gardes tirèrent les verrous des portes et les ouvrirent. Les portes s'écartèrent avec un bruit sourd et il fallait dix hommes pour les mouvoir, et derrière elles béait l'obscurité et personne ne parlait, chacun retenait son souffle. Le Minotaure se ceignit de son épée dorée et mit sa tête de taureau, si bien qu'il n'avait plus l'apparence humaine. On donna une torche enflammée à Minea et le Minotaure la précéda dans le sombre palais et bientôt la lumière de la torche disparut. Alors les portes se refermèrent lentement, on poussa les gros verrous, et je ne vis plus Minea.

Ce spectacle m'inspira un désespoir si profond que mon cœur était comme une plaie ouverte par laquelle fuyait tout mon sang, et mes forces se dissipaient, si bien que je tombai à genoux et me cachai le visage dans l'herbe. Car en cet instant j'avais la certitude que je ne reverrais jamais Minea, bien qu'elle m'eût promis de revenir pour me suivre et pour vivre sa vie avec moi. Je savais qu'elle ne reviendrait pas, et pourtant jusqu'ici j'avais espéré et craint, je m'étais dit que le dieu de la Crète n'était pas semblable aux autres et qu'il relâcherait Minea à cause de l'amour qui la liait à moi. Mais je n'espérais plus, je restais prostré et Kaptah assis près de moi secouait la tête et gémissait. Les nobles et les grands crétois avaient allumé des torches et ils couraient autour de moi en exécutant des danses compliquées et en chantant des hymnes dont je ne comprenais pas les paroles. Une fois les portes du palais refermées ils furent saisis d'une frénétique excitation et dansèrent et sautèrent jusqu'à épuisement, et leurs cris me parvenaient comme un croassement de corbeaux sur les murs.

Mais au bout d'un moment Kaptah cessa de gémir et dit :

— Si mon œil ne me trompe pas, et je ne le crois pas, parce que je n'ai pas encore bu la moitié du vin que je supporte sans voir double, le bonhomme cornu est revenu de la montagne, mais j'ignore comment, car personne n'a ouvert les portes de bronze.

Il disait vrai, car le Minotaure était réellement sorti de la maison du dieu et sa tête dorée luisait d'un éclat effrayant au clair de lune, tandis qu'il exécutait avec les autres une danse rituelle, en frappant alternativement le sol de ses talons. En le voyant, je ne pus me retenir, je me levai et courus vers lui et je lui saisis le bras en disant :

— Où est Minea ?

Il se dégagea et secoua sa tête de taureau, mais comme je ne m'éloignais pas, il se découvrit le visage et dit avec colère :

— Il est indécent de troubler les cérémonies sacrées, mais tu l'ignores probablement, parce que tu es un étranger, et c'est pourquoi je te pardonne, à condition que tu ne me touches plus.

— Où est Minea ?

Devant mon insistance, il dit :

— Je l'ai laissée dans les ténèbres de la maison du dieu, comme il est prescrit, et je suis revenu danser la danse sacrée en l'honneur de notre dieu. Mais que veux-tu encore de Minea, puisque tu as déjà reçu des cadeaux pour nous l'avoir ramenée ?

— Comment es-tu revenu, alors qu'elle est restée ? lui dis-je en me plaçant devant lui.

Mais il me repoussa et les danseurs nous séparèrent. Kaptah me prit par le bras et m'emmena de force, et il eut raison, car je ne sais ce que j'aurais inventé. Il me dit :

— Tu es bête et stupide d'attirer ainsi l'attention, et il vaudrait mieux danser avec les autres et rire et t'amuser comme eux, sinon tu risques d'éveiller des soupçons. Je peux te dire que le Minotaure est ressorti par une petite porte latérale, et il n'y a rien là d'étonnant, car j'y suis allé et j'ai vu le garde refermer cette petite porte et emporter la clef. Mais je voudrais te voir boire du vin, ô mon maître, pour que tu te calmes, car ton visage est tordu comme celui d'un enragé et tu roules les yeux comme un hibou.

Il me fit boire du vin et je dormis sur le gazon au clair de lune, tandis que les torches s'agitaient devant mes yeux, car Kaptah avait perfidement versé du suc de pavot dans mon vin. C'est ainsi qu'il se vengea du traitement que je lui avais infligé à Babylone pour lui sauver la vie, mais il ne m'enferma pas dans une jarre, il me couvrit et empêcha les danseurs de me fouler aux pieds. Il me sauva probablement la vie, car dans mon désespoir j'aurais été capable de poignarder le Minotaure. Il veilla toute la nuit à mes côtés, tant qu'il eut du vin dans sa cruche, puis il s'endormit et me souffla son haleine avinée au visage.

Je me réveillai tard le lendemain, et la drogue avait été si forte que je me demandais où j'étais. Mais je me sentais calme et l'esprit clair, grâce au soporifique. Beaucoup des participants à la fête avaient déjà regagné la ville, mais d'autres dormaient sous les buissons, hommes et femmes pêle-mêle, le corps impudiquement dévoilé, car ils avaient bu du vin et dansé et festoyé jusqu'à l'aube. A leur réveil, ils se rhabillèrent et les femmes arrangèrent leur coiffure et se sentirent gênées de ne pouvoir se baigner, car l'eau des ruisseaux était trop froide pour elles, habituées qu'elles étaient à l'eau chaude coulant des robinets d'argent.

Mais elles se rincèrent la bouche et se fardèrent et se peignirent les lèvres et les sourcils, et elles bâillaient en disant :

— Qui reste pour attendre Minea et qui rentre en ville ?

Les divertissements sur l'herbe et sous les buissons ayant cessé de leur plaire, beaucoup regagnèrent la ville, et seuls les plus jeunes et les plus ardents des amis de Minea restèrent près du temple sous prétexte d'attendre son retour, mais en réalité chacun savait que personne encore n'était revenu de la maison du dieu. Ils restaient, parce que durant la nuit ils avaient trouvé une âme sœur, et les femmes profitaient de l'occasion pour renvoyer leurs maris en ville afin de s'en débarrasser. C'est ce qui me fit comprendre pourquoi, dans toute la ville, il n'y avait pas une seule maison de joie, mais seulement dans le port. Après avoir vu leurs jeux durant la nuit et la journée suivante, je compris aussi que les professionnelles de l'amour auraient eu de la peine à rivaliser avec les femmes crétoises.

Mais je dis au Minotaure avant son départ :

— Puis-je rester pour attendre le retour de Minea avec ses amies, bien que je sois un étranger ?

Il me jeta un regard mauvais et dit :

— Personne ne t'en empêche, mais je crois qu'il y a en ce moment dans le port un navire qui pourrait t'emmener en Egypte, car ton attente est vaine. Aucune initiée n'est encore ressortie de la maison du dieu.

Mais j'affectai un air stupide et je dis pour lui plaire :

— C'est vrai que cette Minea me plaisait beaucoup,

bien qu'il fût interdit de se divertir avec elle à cause de son dieu. A dire la vérité, je n'attends pas qu'elle revienne, mais je fais comme les autres, parce qu'il y a ici bien des femmes charmantes qui me regardent dans les yeux et me mettent sous le nez des poitrines appétissantes, et je n'ai encore rien vu de pareil. Et puis, Minea était diablement jalouse et pénible, et elle m'empêchait de me divertir avec d'autres. Je tiens aussi à te demander pardon pour t'avoir involontairement dérangé la nuit dernière, dans mon ivresse, bien que mes souvenirs soient fort troubles. Mais je crois t'avoir pris par le cou en te priant de m'enseigner les pas de la danse que tu exécutes si bien et si solennellement. Si je t'ai offensé, je t'en demande humblement pardon, car je suis un étranger qui ignore encore vos coutumes, et je ne savais pas qu'il était interdit de te toucher, parce que tu es un personnage très sacré.

Je lui débitai ces sornettes en clignant de l'œil et en me tenant la tête, si bien qu'il finit par sourire et me prendre pour un imbécile, et il me dit :

— S'il en est ainsi, je ne veux pas t'empêcher de t'amuser, mais tâche de n'engrosser personne, car ce serait indécent, puisque tu es étranger. Nous ne sommes pas des gens bornés et étroits d'idées. Reste donc à attendre Minea aussi longtemps que tu le voudras.

Je lui assurai que je serais prudent et je lui racontai encore ce que j'avais vu en Syrie et à Babylone avec les vierges du temple, et il me prit vraiment pour un simple d'esprit et il me tapa sur l'épaule, puis il me quitta pour rentrer en ville. Mais je crois qu'il invita les gardes à me surveiller et je crois aussi qu'il dit aux

Crétoises de s'amuser à mes dépens, car peu après son départ quelques femmes s'approchèrent de moi pour me nouer des couronnes au cou en appuyant leur poitrine nue contre mes bras. Elles m'entraînèrent dans les buissons de lauriers pour y boire et y manger avec elles. C'est ainsi que je connus leurs mœurs et leur légèreté, et elles ne se gênaient pas pour moi, mais je bus et feignis d'être ivre, si bien qu'elles ne tirèrent aucun plaisir de moi et m'abandonnèrent en me traitant de pourceau et de barbare. Kaptah survint et m'emmena en me tenant sous les bras et en pestant contre mon ivrognerie et il s'offrit à me remplacer. Elles rirent et pouffèrent en le regardant, et les jeunes gens le moquaient et montraient du doigt son gros ventre et sa tête chauve. Mais il était étranger, et cela attire toujours les femmes dans tous les pays, si bien qu'après avoir pouffé tout à leur guise, elles l'emmenèrent et lui offrirent du vin et lui mirent des fruits dans la bouche en se pressant contre lui et en l'appelant petit bouc.

Ainsi passa la journée, et je me lassai de leurs joies et de leur insouciance et de leurs mœurs libres, et je me disais qu'il ne saurait y avoir de vie plus excédante, car un caprice qui ne suit aucune loi finit par lasser bien plus qu'une vie ordonnée. Ils passèrent cette nuit comme la précédente, et tout le temps mon sommeil fut dérangé par les cris des femmes qui fuyaient dans les fourrés et que les jeunes gens poursuivaient pour leur arracher leurs vêtements et se divertir avec elles. Mais à l'aube tout le monde était fatigué et dégoûté de n'avoir pu prendre un bain, et la plupart rentrèrent en ville, seuls les plus ardents restèrent près des portes de bronze.

Mais le troisième jour les derniers partirent enfin et je leur prêtai même ma litière qui m'avait attendu, car ceux qui étaient venus à pied n'avaient plus la force de marcher, mais ils chancelaient par excès de plaisir et de veille, et il me convenait de me débarrasser de ma litière, afin que personne ne m'attendît ici. Chaque jour j'avais offert du vin aux gardes et ils ne furent point surpris quand le soir je leur apportai une grande cruche de vin, mais ils l'acceptèrent volontiers, car ils avaient peu de divertissement dans leur solitude qui durait tout un long mois, jusqu'à l'arrivée d'une nouvelle initiée. Leur seul étonnement pouvait provenir de ce que je persistais à attendre Minea, car ce n'était encore jamais arrivé, mais j'étais étranger, et ils me tenaient pour un peu toqué. C'est pourquoi ils se mirent à boire et ayant vu le prêtre se joindre à eux, je dis à Kaptah :

— Les dieux ont fixé que nous nous séparions maintenant, car Minea n'est pas revenue et je crois qu'elle ne reviendra que si je vais la chercher. Mais aucune personne entrée dans cette maison n'en est ressortie, et c'est pourquoi il est probable que j'y resterai moi aussi. Dans ces conditions, il vaut mieux que tu te caches dans la forêt, et si je ne suis pas revenu à l'aube, tu rentreras seul en ville. Si on te questionne à mon sujet, dis que je suis tombé des rochers dans la mer ou invente ce que tu veux, car tu es plus habile que moi dans cet art. Mais je suis certain de ne pas revenir, c'est pourquoi tu peux partir tout de suite, si tu le veux. Je t'ai écrit une tablette d'argile et l'ai munie de mon sceau syrien, pour que tu puisses aller à Simyra et toucher mon argent dans les maisons de commerce. Tu peux aussi vendre ma maison, si tu veux. Et alors tu seras libre d'aller où tu voudras, et si tu crains qu'on ne t'inquiète en Egypte comme esclave marron, reste à Simyra et habite chez moi et vis à ta guise de mes revenus. Et tu n'auras pas à t'inquiéter de la conservation de mon corps, car si je ne trouve pas Minea, il m'est indifférent que mon corps soit conservé ou non. Tu as été un serviteur fidèle, bien que souvent tu m'aies lassé de tes sempiternels bavardages, et c'est pourquoi je regrette les coups que je t'ai donnés, mais je crois que ce fut tout de même pour ton plus grand bien, et je l'ai fait dans de bonnes intentions, si bien que je compte que tu ne m'en garderas pas rancune. Que notre scarabée te porte chance, car je te le donne, puisque tu y crois plus que moi. En effet, je ne pense pas avoir besoin du scarabée là où je vais.

Kaptah resta longtemps silencieux et ne me regarda pas, puis il parla ainsi :

— O mon maître, je ne te garde aucune rancune, bien que parfois tes coups aient été un peu trop forts, car tu l'as fait dans de bonnes intentions et selon ta jugeotte. Mais le plus souvent tu as écouté mes conseils et tu m'as parlé plutôt comme à un ami qu'à un serviteur, si bien que parfois j'ai été inquiet pour ton prestige, jusqu'au moment où le bâton rétablissait entre nous la distance fixée par les dieux. Or, maintenant, il se trouve que cette Minea est aussi ma maîtresse, puisque j'ai posé son petit pied béni sur ma nuque, et je dois répondre d'elle aussi, puisque je suis son serviteur. Du reste, je refuse de te laisser partir

seul dans cette maison obscure, pour bien des raisons
qu'il serait vain d'énumérer ici, de sorte que puisque je
ne peux te suivre en qualité de serviteur, maintenant
que tu m'as renvoyé et que je dois obéir à tes ordres,
même quand ils sont stupides, je t'accompagnerai en
ami, parce que je ne veux pas t'abandonner seul et
surtout pas sans le scarabée, bien que je pense, tout
comme toi, que dans cette affaire il ne nous sera pas
d'une bien grande utilité.

Il parlait avec tant de bon sens et de réflexion que je
ne le reconnaissais plus, et il ne geignait pas comme
d'habitude. Mais je trouvais insensé de l'envoyer ainsi
à la mort, puisqu'un seul suffisait, et je le lui dis et je
lui ordonnai de s'en aller et de ne pas dire des bêtises.
Mais il était buté et dit :

— Si tu ne me permets pas de t'accompagner, je te
suivrai et tu ne peux m'en empêcher, mais je préfère
aller avec toi, car j'ai peur dans l'obscurité. Du reste,
cette sombre maison m'effraye à un tel point que mes
os se fondent rien que d'y penser, et c'est pourquoi
j'espère que tu me permettras d'emporter une cruche
de vin pour me restaurer en cours de route, car sans
cela je risquerais de hurler de peur et ainsi de te
déranger. Il est inutile que je prenne une arme, parce
que j'ai le cœur tendre et ai horreur de voir couler le
sang, et j'ai toujours eu plus confiance dans mes
jambes que dans les armes, c'est pourquoi si tu veux
lutter avec le dieu, c'est ton affaire, moi je regarderai et
t'assisterai de mes conseils.

Mais je l'interrompis :

— Cesse de bavarder et prends une cruche, si tu
veux, mais partons, car je pense que les gardes

dorment sous l'empire du soporifique que je leur ai donné avec le vin.

En effet, les gardes dormaient profondément, et le prêtre aussi dormait, si bien que je pus prendre la clef de la petite porte. Nous emportâmes aussi une lampe et des torches. Au clair de lune, il nous fut facile d'ouvrir la porte et d'entrer dans la maison du dieu, et dans les ténèbres j'entendais les dents de Kaptah claquer contre le bord de la cruche.

5

Après s'être ragaillardi en buvant, Kaptah dit d'une voix éteinte :

— O mon maître, allume une torche, car d'ici la lumière ne sort pas et cette ombre est pire que l'obscurité des enfers que personne ne peut éviter, mais ici nous sommes de notre plein gré.

Je soufflai sur les braises et allumai la torche et je vis que nous étions dans une caverne fermée par les portes de bronze. De cette caverne partaient dans des directions différentes dix couloirs aux parois de briques. Je n'en fus pas surpris, ayant entendu dire que le dieu de la Crète habitait dans un labyrinthe, et les prêtres de Babylone m'avaient appris que les labyrinthes se construisaient sur le modèle des intestins des victimes animales. C'est pourquoi je comptais bien trouver la bonne voie, car dans les sacrifices j'avais très souvent vu des intestins de taureau. C'est pourquoi je montrai à Kaptah le couloir le plus écarté et je lui dis :

— Passons par là.

Mais Kaptah dit :

— Nous ne sommes pas pressés et la prudence est la mère des vertus. C'est pourquoi il serait sage de s'assurer de pouvoir revenir ici, si nous le pouvons, ce dont je doute fort.

A ces mots il sortit de sa besace un peloton de fil et en fixa un bout à une cheville de bois qu'il inséra solidement entre deux briques. Dans toute sa simplicité cette idée était si sage que jamais je ne l'aurais trouvée, mais je ne lui en dis rien, afin de ne pas perdre mon prestige à ses yeux. C'est pourquoi je lui ordonnai rageusement de se dépêcher. Je m'avançai dans le couloir, en gardant à l'esprit l'image des intestins d'un taureau, et Kaptah déroulait la pelote au fur et à mesure de notre marche.

Nous errâmes sans fin par des couloirs obscurs, et de nouveaux couloirs s'ouvraient devant nous et parfois nous revenions sur nos pas, lorsqu'une paroi nous barrait le passage, et nous nous engagions dans un autre couloir, mais soudain Kaptah s'arrêta et flaira l'air et ses dents se mirent à trembler et la torche se balança dans sa main, puis il me dit :

— O mon maître, ne sens-tu pas l'odeur des taureaux ?

Je perçus en effet une odeur fade qui rappelait celle des taureaux, mais plus affreuse encore, et qui semblait suinter des murs entre lesquels nous marchions, comme si tout le labyrinthe avait été une immense écurie. Mais j'ordonnai à Kaptah d'avancer sans flairer

l'air, et quand il eut avalé une bonne rasade, nous
repartîmes rapidement, jusqu'au moment où mon pied
heurta un objet et je vis en me baissant que c'était une
tête de femme en putréfaction, et on voyait encore les
cheveux. C'est alors que je sus que je ne retrouverais
pas Minea vivante, mais une soif insensée de connaître
toute la vérité me poussa en avant, et je bousculai
Kaptah et lui interdis de geindre, et le fil se déroulait à
mesure que nous avancions. Mais bientôt une paroi se
dressa devant nous, et il fallut revenir sur nos pas.

Soudain Kaptah s'arrêta et ses rares cheveux se
dressèrent sur sa tête et son visage devint gris. Je
regardai aussi et je vis dans le couloir une bouse sèche,
mais elle était de la grosseur d'un corps humain, et si
elle provenait d'un taureau, cette bête devait être de
dimensions si prodigieuses qu'on ne pouvait se les
figurer. Kaptah devina mes pensées et dit :

— Ce ne peut pas être une bouse de taureau, car un
tel taureau ne pourrait passer par ces couloirs. Je crois
que c'est la fiente d'un serpent géant.

A ces mots il but une grosse gorgée, les dents
claquant contre le bord de la cruche, et je me dis que
ces méandres semblaient vraiment avoir été disposés
pour suivre les ondulations d'un gigantesque serpent,
et un instant je décidai de rebrousser chemin. Mais je
pensai de nouveau à Minea, un affreux désespoir
s'empara de moi et j'entraînai Kaptah, serrant dans
mes mains moites un poignard que je savais inutile.

Mais à mesure que nous avancions, l'odeur devenait
plus violente, et elle semblait provenir d'une immense
fosse commune et nous en avions la respiration coupée.
Mais mon esprit se réjouissait, car je savais que bientôt

nous serions au but. Brusquement, une lointaine lueur emplit le couloir de grisaille et nous entrâmes dans la montagne où les parois n'étaient plus en brique, mais taillées dans la pierre tendre. Le couloir était en pente douce, et nous trébuchions sur des ossements humains et sur des bouses, comme si nous nous étions trouvés dans l'antre d'un énorme fauve, et finalement s'ouvrit devant nous une grande grotte et nous nous arrêtâmes sur le bord du rocher pour contempler les ondes, au milieu d'une puanteur effroyable.

Cette grotte était éclairée par la mer, car nous pouvions y voir sans torche par une affreuse lumière verdâtre et nous entendions le bruit des vagues contre les rochers quelque part au loin. Mais devant nous, sur la surface de la mer, flottait une lignée de gigantesques outres de cuir, et bientôt l'œil discerna que c'était le cadavre d'un animal énorme, plus épouvantable que toute imagination, et en pleine putréfaction. La tête était plongée sous l'eau, mais elle ressemblait à celle d'un taureau, et le corps était celui d'un immense serpent, à la croupe aux replis tortueux. Je compris que je contemplais le dieu de la Crète, mais je vis aussi que ce monstre terrifiant était mort depuis des mois. Où donc était Minea ?

En pensant à elle, je songeais aussi à tous ceux qui, avant elle, consacrés au dieu, avaient pénétré dans cet antre, après avoir appris à danser devant les taureaux. Je pensais aux jeunes gens qui avaient dû s'abstenir de toucher à des femmes, et aux jeunes filles qui avaient dû préserver leur virginité pour pouvoir se présenter devant leur dieu de lumière et de joie, et je pensais à leurs crânes et à leurs ossements qui gisaient dans la maison obscure, et je pensais au monstre qui les traquait dans les couloirs sinueux et qui leur barrait la route de son corps affreux, si bien que leur habileté et leurs sauts devant les taureaux ne leur servaient à rien. Ce monstre vivait de chair humaine, et un repas par mois lui suffisait, et pour ce repas les maîtres de la Crète lui sacrifiaient la fleur de leur belle jeunesse, dans l'espoir de conserver ainsi la suprématie maritime. Ce monstre était certainement sorti jadis des gouffres affreux de la mer et une tempête l'avait poussé dans cette grotte, et on lui avait barré la sortie et construit un labyrinthe pour y courir et on l'avait nourri d'offrandes humaines jusqu'au jour où il était mort, et on ne pouvait le remplacer. Mais où était Minea ?

Affolé par le désespoir, je l'appelai par son nom, et toute la grotte résonnait, mais Kaptah me montra le sol et des taches de sang séché sur les dalles. Je suivis ces traces du regard et dans l'eau je vis le corps de Minea ou plutôt ce qui en restait, car elle reposait sur le sable où les crabes la rongeaient, et elle n'avait plus de visage, mais je la reconnus au filet d'argent de ses cheveux. Et je n'eus pas besoin de voir le coup d'épée dans son flanc, car je savais déjà que le Minotaure l'avait amenée jusqu'ici pour la transpercer par derrière et la précipiter dans les flots, afin que personne ne sache que le dieu de la Crète était mort. Tel avait certainement été le sort de maint initié avant Minea.

Maintenant que je voyais et comprenais et savais tout, un cri affreux s'échappa de mon gosier et je tombai à genoux et perdis connaissance, et je serais certainement allé rejoindre Minea, si Kaptah ne m'avait pris par le bras et tiré en arrière, ainsi qu'il me l'exposa plus tard. En effet, dès ce moment, je ne me rappelle plus rien, sauf ce que Kaptah me raconta. Profonde et miséricordieuse, l'inconscience m'avait ravi à mes douleurs et à mon désespoir.

Kaptah me raconta qu'il avait longtemps gémi près de mon corps, car il m'avait cru mort, et il pleurait aussi sur Minea. Puis il reprit ses esprits et me tâta et s'assura que je vivais, et il se dit qu'il devait me sauver, puisqu'il ne pouvait rien faire pour Minea. Il avait vu d'autres corps entièrement rongés par les crabes, et dont les os reposaient blancs et lisses au fond de la mer. En tout cas, la puanteur commença à l'incommoder, et ayant constaté qu'il ne pouvait porter ensemble mon corps et la cruche de vin, il vida résolument la cruche et la lança dans l'eau, et le vin lui donna tellement de force qu'il arriva à me ramener vers les portes de bronze, en suivant le fil déroulé. Après avoir bien réfléchi, il enroula le fil, afin de ne pas laisser trace de notre passage dans le labyrinthe, et il m'affirma avoir aperçu sur les parois et aux croisements des signes secrets que le Minotaure avait certainement marqués pour se reconnaître dans le dédale des couloirs. Quant à la cruche, il l'avait lancée dans l'eau pour causer au Minotaure une bonne surprise lors de sa prochaine visite d'égorgeur.

Le jour se levait au moment où il me sortit du labyrinthe, et il alla remettre la clef à sa place dans la maison du prêtre, car les gardes et le prêtre dormaient encore sous l'effet de la drogue. Puis il me porta au bord d'un ruisseau et me cacha dans les buissons et me lava le visage avec de l'eau et me massa les bras, jusqu'à ce que j'eusse repris connaissance. Mais je n'en ai gardé aucun souvenir, car je ne retrouvai mes esprits que beaucoup plus tard, quand nous approchions de la ville, et Kaptah me soutenait sous les bras. Dès lors je me souviens de tout.

Je ne me rappelle pas avoir ressenti alors une violente douleur, et je ne pensais pas beaucoup à Minea qui était comme une ombre lointaine dans ma mémoire, une femme rencontrée jadis dans une autre existence. En revanche je me disais que le dieu de la Crète était mort et que la puissance crétoise allait s'écrouler conformément aux prédictions, et je n'en étais pas fâché, bien que les Crétois eussent été aimables pour moi et que leur existence insouciante fût comme une écume étincelante au bord de la mer. En approchant de la ville, je ressentis de la joie en me disant que ces belles maisons légères se tordraient dans les flammes et que les cris des femmes en chaleur se mueraient en hurlements d'agonie et que la tête dorée du Minotaure serait aplatie à coups de massue et mise en pièce lors du partage du butin, et que rien ne subsisterait de la puissance crétoise, mais que leur île sombrerait dans les flots d'où elle avait émergé avec le monstre.

Je pensais aussi au Minotaure et pas seulement avec colère, car la mort de Minea avait été douce et elle n'avait pas dû fuir devant le monstre en bandant toutes ses forces, mais elle avait péri sans trop savoir ce qui lui arrivait. Je pensais au Minotaure comme au seul homme qui savait que leur dieu était mort et que la Crète allait s'effondrer, et je comprenais que ce secret était dur à porter. Non, je ne nourrissais aucune haine

pour le Minotaure, mais je fredonnais et riais bêtement
avec Kaptah qui me soutenait, si bien qu'il pouvait
tout naturellement expliquer aux gens que nous croi-
sions que j'étais encore ivre d'avoir trop attendu
Minea, ce qui était compréhensible, puisque j'étais un
étranger et que je ne connaissais pas bien les coutumes
du pays et que j'ignorais que c'était indécent de se
montrer ivre en plein jour. Kaptah finit par trouver
une litière et me ramena à l'auberge où je bus beaucoup
de vin à ma guise et dormis ensuite longtemps et
profondément.

Mais à mon réveil j'étais de nouveau frais et dispos et
éloigné de tout le passé, si bien que je songeai au
Minotaure et que je me dis que je pourrais aller le tuer,
mais je réfléchis que cela ne me vaudrait ni joie ni
profit. Je pourrais aussi révéler au peuple du port que
le dieu de la Crète était mort, afin que les gens boutent
le feu partout et que le sang coule dans la ville, mais
cela non plus ne m'aurait donné ni profit ni joie.
Certes, en racontant la vérité, j'aurais pu sauver la vie
de tous ceux que le sort avait désignés ou désignerait
pour entrer dans la maison du dieu, mais je savais que
la vérité est un poignard nu dans la main d'un enfant et
qu'il se retourne contre son porteur.

Je me disais que le dieu de la Crète ne me concernait
pas, puisque j'étais étranger et que rien ne me rendrait
Minea, mais que les crabes et les écrevisses dénudaient
ses os fins qui reposaient sur le sable marin pour
l'éternité. Je me disais que tout cela avait été écrit dans
les étoiles dès avant ma naissance. Cette pensée me
procura du réconfort et je m'en ouvris à Kaptah, mais

il répliqua que j'étais malade et que j'avais besoin de repos, et il ne permit à personne de venir me voir.

En général j'étais fort mécontent de Kaptah qui m'apportait sans cesse à manger, bien que je n'eusse pas faim et que je me fusse contenté de vin. En effet j'avais une soif continuelle que seul le vin pouvait étancher, car j'étais le plus calme durant les instants où le vin me faisait tout voir double. Je savais alors que rien n'est pareil à son apparence, puisqu'un buveur voit double lorsqu'il a bu, et qu'il le croit vrai, alors qu'il sait parfaitement que ce n'est pas vrai. C'était à mon avis l'essence de toute vérité, mais quand j'essayais patiemment de l'expliquer à Kaptah, il ne m'écoutait pas et m'ordonnait de m'étendre et de fermer les yeux pour me calmer. Et pourtant je me sentais calme et de sang-froid comme un poisson mort dans un pot et je ne tenais pas à garder les yeux fermés, parce que je voyais alors des objets désagréables, comme des ossements humains blanchis dans une eau croupissante ou une certaine Minea que j'avais connue jadis, tandis qu'elle exécutait une danse compliquée devant un serpent à tête de taureau. C'est pourquoi je refusais de fermer les yeux et je cherchais ma canne pour rosser Kaptah dont j'étais dégoûté. Mais il l'avait cachée, ainsi que le poignard si précieux que j'avais reçu en présent du commandant des gardes hittites du port, et je ne le trouvais pas quand j'aurais aimé voir couler le sang de mon artère.

Et Kaptah fut assez effronté pour refuser d'appeler chez moi le Minotaure, en dépit de mes instances, car j'aurais voulu discuter avec lui et il me paraissait être le seul homme au monde capable de me comprendre et

d'apprécier mes vues profondes sur les dieux et sur la
vérité et sur l'imagination. Et Kaptah refusa même de
m'apporter une tête de bœuf saignante pour que je
puisse m'entretenir avec elle des taureaux et de la mer
et des danses devant les taureaux. Il repoussait même
mes demandes les plus modestes, si bien que j'étais
sérieusement irrité contre lui.

Après coup je comprends bien qu'à ce moment
j'étais malade et je ne cherche plus à retrouver toutes
mes pensées d'alors, parce que le vin me troublait
l'esprit et m'affaiblissait la mémoire. Mais je crois
cependant que le bon vin me sauva la raison et m'aida à
passer le plus mauvais moment, une fois que j'eus
perdu à jamais Minea, avec ma foi dans les dieux et la
bonté humaine.

Le fleuve de ma vie s'arrêta dans son cours et s'étala
en un vaste étang qui était beau à voir et qui reflétait les
étoiles et le ciel, mais si tu y plongeais un bâton, l'eau
était basse et le fond plein de vase et de charognes.

Puis vint le jour où je me réveillai de nouveau dans
l'auberge et vis Kaptah assis au coin de la chambre, en
train de pleurer doucement en balançant la tête.
J'inclinai la cruche de vin de mes mains tremblantes, et
après avoir bu je dis avec irritation :

— Pourquoi pleures-tu, chien ?

C'était la première fois depuis longtemps que je lui
adressais la parole, tant j'étais las de ses soins et de sa
bêtise. Il leva la tête et dit :

— Dans le port un bateau est en partance pour la
Syrie, et ce sera probablement le dernier avant les
grandes tempêtes de l'hiver. Voilà pourquoi je pleure.

Je lui dis :

— Cours vite t'embarquer, avant que je te rosse, et débarrasse-moi de ta présence odieuse et de tes incessantes lamentations.

Mais j'eus honte de ces paroles, et je posai la cruche et j'éprouvai une douce consolation à l'idée qu'il existait au monde un être qui était dépendant de moi, bien que ce ne fût qu'un esclave fugitif.

Mais Kaptah dit :

— En vérité, ô mon maître, moi aussi je suis las de voir ton ivrognerie et ta vie de pourceau, au point que le vin a perdu son goût dans ma bouche, ce que je n'aurais jamais cru possible, et j'ai même renoncé à boire de la bière au chalumeau. Ce qui est mort est mort et ne revient pas, si bien qu'à mon avis nous ferions sagement de déguerpir d'ici, tant que nous le pouvons. En effet, tu as déjà jeté par les fenêtres tout l'or et l'argent que tu as gagné pendant tes voyages, et je ne crois pas qu'avec tes mains tremblantes tu puisses soigner qui que ce soit, puisque tu arrives à peine à porter une cruche à tes lèvres. Je dois avouer qu'au début j'ai vu avec plaisir comment tu buvais du vin pour te calmer, et je t'ai poussé à boire et je décachetais pour toi de nouvelles jarres, et je buvais aussi. Et je me vantais aux autres : Regardez quel maître j'ai ! Il boit comme un hippopotame et noie sans barguigner son or et son argent dans les jarres de vin, en menant joyeuse vie. Mais je ne me vante plus, car j'ai honte de mon maître, parce qu'il y a des limites à tout, et toi tu vas toujours aux extrêmes. Je ne blâme pas un homme qui a un verre dans le nez et qui se bat aux carrefours et reçoit des bosses et se réveille dans une maison de joie, car c'est une habitude raisonnable et cela soulage merveilleusement l'esprit dans maint chagrin et j'ai longtemps pratiqué cette recette. Mais on remédie sagement à cette ivresse avec de la bière et du poisson salé, et on retourne au travail, comme les dieux l'ont prescrit et comme l'exigent les convenances. Mais toi, tu bois comme si chaque jour était ton dernier, et je crains que tu boives pour mourir, mais si tu veux le faire, noie-toi de préférence dans une cuve de vin, car cette méthode est plus rapide et plus agréable et elle ne te fait pas honte.

Je réfléchis à ces paroles et je regardai mes mains qui avaient été celles d'un guérisseur, mais qui tremblaient maintenant, comme si elles avaient eu leur volonté à elles, et je ne pouvais plus les dominer. Je pensai aussi à tout le savoir que j'avais amassé dans maint pays, et je compris que l'exagération était une folie et qu'il était tout aussi insensé d'exagérer dans le boire et le manger que dans le chagrin et la joie. C'est pourquoi je dis à Kaptah :

— Il en sera comme tu le désires, mais tu dois savoir que je suis moi-même parfaitement au clair de tout ce que tu viens de dire, et que tes paroles n'exercent aucune influence sur mes décisions, mais qu'elles sont comme le bourdonnement de mouches importunes à mes oreilles. Mais je vais cesser de boire pour cette fois et pendant un certain temps je n'ouvrirai plus une seule cruche de vin. Je suis en effet parvenu à voir clair en moi et je veux quitter la Crète et retourner à Simyra.

A ces mots, Kaptah bondit de joie à travers la chambre en riant et sautant d'un pied sur l'autre, à la façon des esclaves.

Puis il sortit préparer notre départ, et le même jour

nous nous embarquâmes. Les rameurs mirent les avirons à l'eau et sortirent le bateau du port en longeant des dizaines et des centaines de navires et des vaisseaux de guerre crétois aux bords couverts de boucliers de cuivre. Mais en dehors du port les rameurs retirèrent leurs rames de l'eau et le capitaine fit un sacrifice au dieu de la mer et à ceux de sa cabine, et on hissa les voiles. Le bateau pencha et les vagues heurtèrent les flancs en bruissant. Nous mîmes le cap sur le rivage de la Syrie, puis la Crète disparut à l'horizon comme un nuage bleu ou une ombre ou un songe, et autour de nous ne restait plus que l'immensité agitée de la mer.

LIVRE IX

La Queue de Crocodile

1

C'est ainsi que je devins un homme et je n'étais plus jeune en revenant à Simyra après trois ans d'absence. Le vent marin dissipa les fumées de l'ivresse et rendit mes yeux clairs et restaura la force de mes membres, si bien que je mangeais et buvais et me comportais comme les autres, bien que je ne parlasse plus autant, car j'étais encore plus solitaire qu'avant. Et pourtant la solitude est l'apanage de l'âge adulte, s'il en a été ainsi fixé, mais moi j'avais été solitaire dès mon enfance et étranger dans le monde depuis que j'avais abordé sur la rive du Nil, et je n'avais pas eu à m'habituer à la solitude, comme tant d'autres, mais la solitude était pour moi un foyer et un refuge dans les ténèbres.

Debout à la proue, face aux vagues vertes et battu par le vent qui chassait toutes les vaines pensées, je voyais au loin des yeux semblables au clair de lune sur la mer et j'entendais le rire capricieux de Minea et je la voyais danser sur les aires argileuses de Babylonie, avec une tunique légère, et jeune et souple comme un roseau. Et cette image ne me causait plus de douleur ni de peine, elle était un tourment délicieux comme on en

éprouve au réveil en évoquant un rêve nocturne plus
beau que la réalité. C'est pourquoi je me réjouissais de
l'avoir rencontrée sur ma route et je n'aurais renoncé à
aucun des instants vécus avec elle, car je savais que
sans elle ma mesure n'aurait point été comble. L'image
de proue était en bois peint, mais elle avait un visage de
femme, et je sentais près d'elle que ma virilité était
encore forte et que je me réjouirais encore avec bien
des femmes, car les nuits sont froides pour le solitaire.
Mais j'étais sûr que ces autres femmes ne seraient pour
moi que du bois peint et insensible et qu'en les
étreignant dans l'obscurité je chercherais en elles
seulement Minea, seulement l'éclat d'un œil de clair de
lune, la chaleur d'un flanc étroit, l'odeur de cyprès de
la peau. C'est ainsi que je pris congé de Minea près de
cette image de proue.

A Simyra, ma maison était en place, bien que les
voleurs en eussent forcé les volets et emporté tout ce
qui en valait la peine et que j'avais négligé de déposer
dans les greniers de la maison de commerce. Mon
absence se prolongeant, les voisins avaient utilisé la
cour pour y jeter leurs ordures et y faire leurs besoins,
si bien que l'odeur était effrayante et que les rats
régnaient dans les chambres pleines de toiles d'arai-
gnées. Les voisins ne furent nullement ravis de me
revoir, mais ils se détournèrent de moi et me fermèrent
leurs portes en disant : « Il est Egyptien et tout le mal
vient d'Egypte. » C'est pourquoi je descendis à l'auberge, pendant que Kaptah remettait la maison en
ordre, et je passai dans les maisons de commerce où
j'avais placé mes fonds. C'est qu'après trois ans de
voyages je rentrais plus pauvre qu'au départ, car outre

tout ce que j'avais gagné par mon art, j'avais perdu le reste de l'or de Horemheb qui était resté entre les mains des prêtres de Babylone à cause de Minea.

Les riches armateurs furent grandement surpris de me revoir et leur nez s'allongea, ils se grattèrent la barbe, car ils pensaient déjà avoir hérité de ma part. Mais ils réglèrent honnêtement mes affaires, et alors même que quelques bateaux avaient fait naufrage, d'autres avaient rapporté de beaux bénéfices, si bien qu'en somme j'étais beaucoup plus riche à mon retour qu'à mon départ, et je n'avais pas à me faire du souci pour ma vie à Simyra.

Puis mes amis les armateurs m'invitèrent chez eux et m'offrirent du vin et des biscuits au miel et ils me dirent d'un air gêné :

— Sinouhé, notre médecin, tu es vraiment notre ami, mais tu es Egyptien, et si nous commerçons volontiers avec l'Egypte, nous ne voyons pas sans déplaisir des Egyptiens s'installer chez nous, car le peuple gronde et est excédé des impôts qu'il doit payer au pharaon. Nous ignorons comment cela a commencé, mais il est déjà arrivé qu'on a lapidé des Egyptiens dans les rues et jeté des charognes dans leurs temples et les gens ne tiennent pas à se montrer en public avec des Egyptiens. Toi, Sinouhé, tu es notre ami et nous te respectons à cause de tes guérisons. C'est pourquoi nous tenons à t'avertir, pour que tu sois sur tes gardes.

Ces paroles me causèrent une forte stupéfaction, car avant mon départ les Syriens rivalisaient pour l'amitié des Egyptiens et les invitaient chez eux, et de même qu'à Thèbes on imitait les mœurs syriennes, à Simyra

on copiait les modes d'Egypte. Et pourtant Kaptah
confirma ces déclarations et me dit tout excité :

— Quelque méchant diable a certainement pénétré
dans l'anus des Simyriens, car ils se comportent
comme des chiens fous et feignent de ne plus parler
égyptien, et ils m'ont jeté hors de la taverne où j'étais
entré parce que mon gosier était sec comme la poussière après toutes les épreuves subies à cause de toi, ô
mon maître. Ils m'ont jeté à la porte quand ils eurent
constaté que j'étais égyptien, et ils m'ont crié des
injures et les enfants m'ont lancé des crottes d'âne.
C'est pourquoi je me suis glissé dans une autre taverne,
car vraiment ma gorge était sèche comme un sac de
bale et j'avais une furieuse envie de forte bière
syrienne, mais je ne dis pas un mot, ce qui me fut très
difficile, comme tu peux le penser, car ma langue est
comme un animal agile qui ne tient pas en place. Quoi
qu'il en soit, sans piper mot, j'enfilai mon chalumeau
dans la cruche de bière et je prêtai l'oreille aux propos
des autres buveurs. Ils disaient que jadis Simyra avait
été une ville libre qui ne payait pas d'impôts, et ils ne
veulent plus que leurs enfants soient dès leur naissance
des esclaves du pharaon. Les autres villes syriennes ont
aussi été libres, et c'est pourquoi il faudrait casser la
tête à tous les Egyptiens et les chasser de la Syrie, et
c'est ce que doivent faire tous ceux qui aiment la liberté
et sont las de l'esclavage du pharaon. Voilà les
stupidités qu'ils débitaient, et pourtant chacun sait que
l'Egypte occupe la Syrie pour le bien de celle-ci, sans
en retirer un grand profit, et qu'elle se borne à protéger
les Syriens les uns des autres, car laissées à elles-mêmes
les villes de Syrie sont entre elles comme des chats

sauvages dans un sac et elles se querellent et se battent et se déchirent, de sorte que l'agriculture et l'élevage du bétail et le commerce périclitent. C'est ce que sait chaque Egyptien, mais les Syriens se vantaient de leur force et parlaient d'une alliance de toutes les villes syriennes, et leurs propos finirent par me dégoûter à un tel point que je me suis éclipsé, pendant que le patron tournait le dos, sans payer mon écot.

Je n'eus pas besoin de circuler longtemps en ville pour constater la véracité de Kaptah. Certes, personne ne m'inquiéta, parce que je portais des vêtements syriens, mais les gens qui me connaissaient bien détournaient la tête en me croisant, et les Egyptiens étaient escortés par des gardes. Malgré cela on les brocardait et on leur jetait des fruits pourris et des poissons crevés. Mais je ne pensais pas que ce fût très dangereux, les Simyriens étaient manifestement furieux contre les nouveaux impôts, mais cette excitation se dissiperait assez vite, car la Syrie profitait de l'Egypte autant que l'Egypte de la Syrie, et je ne pensais pas que les villes côtières pussent subsister longtemps sans le blé d'Egypte.

C'est pourquoi je fis installer ma maison pour y recevoir les malades, et j'en guéris beaucoup et bien des clients revinrent, car la maladie et la douleur ne s'informent pas de la nationalité du médecin, mais seulement de son habileté. Mais souvent mes clients discutaient avec moi et disaient :

— Toi qui es égyptien, dis-nous s'il n'est pas injuste que l'Egypte prélève des impôts sur nous et profite de nous et s'engraisse de notre pauvreté comme une sangsue. La garnison égyptienne dans notre ville est une offense pour nous, car nous sommes parfaitement capables de maintenir l'ordre dans nos villes et de nous défendre contre nos ennemis. Il est aussi injuste que nous ne puissions pas reconstruire nos murailles et réparer nos tours, si nous le désirons et si nous consentons à en supporter les frais. Nos propres autorités sont tout à fait aptes à nous gouverner sans que les Egyptiens interviennent dans le couronnement de nos princes et dans notre juridiction. Par Baal, sans les Egyptiens nous serions prospères et heureux, mais les Egyptiens s'abattent sur nous comme des sauterelles et votre pharaon veut nous imposer un nouveau dieu, si bien que nous perdrons la faveur des nôtres.

Je n'avais guère envie de discuter avec eux, mais je répondais quand même :

— Contre qui construire des murailles et des tours, si ce n'est contre l'Egypte ? Il est certes vrai que du temps des grands-pères de vos pères votre cité était libre dans ses murailles, mais vous versiez du sang et vous vous appauvrissiez dans des guerres innombrables avec vos voisins que vous continuez à détester, et vos princes pratiquaient l'arbitraire, si bien que riches ou pauvres étaient exposés à leurs caprices. Maintenant, les boucliers et les lances des Egyptiens vous protègent de vos ennemis et la loi de l'Egypte garantit les droits des riches et des pauvres.

Mais ils s'emportaient et leurs yeux s'injectaient et ils disaient d'une voix frémissante :

— Toutes les lois de l'Egypte sont du fumier, et les dieux de l'Egypte sont une abomination pour nous. Si nos princes usaient d'injustice et de violence, ce que nous ne croyons pas, parce que c'est un mensonge des

Egyptiens pour nous faire oublier notre liberté, ils étaient tout de même des nôtres, et notre cœur nous dit que l'injustice dans un pays libre est préférable à la justice dans un pays asservi.

Je leur répliquais :

— Je ne vois pas sur vous les marques de l'esclavage, au contraire vous engraissez et vous vous vantez de vous enrichir par la bêtise des Egyptiens. Mais si vous étiez libres, vous vous voleriez vos navires et vous couperiez vos arbres fruitiers et votre vie ne serait plus en sûreté durant les voyages à l'intérieur du pays.

Mais ils refusaient de m'écouter, ils lançaient leur cadeau devant moi et sortaient en disant :

— Au fond de ton cœur tu es égyptien, bien que tu portes des vêtements syriens. Chaque Egyptien est un oppresseur et un malfaiteur, et le seul bon Egyptien est un Egyptien mort.

Pour toutes ces raisons, je ne me plaisais plus à Simyra, et je me mis à faire rentrer mes créances et à préparer le départ, car selon ma promesse je devais présenter mon rapport à Horemheb. Il me fallait rentrer en Egypte. Mais je ne me pressais pas, car mon cœur était saisi d'un étrange tremblement à l'idée que de nouveau je boirais l'eau du Nil. Le temps passa, et les esprits se calmèrent un peu en ville, car un matin on trouva dans le port un soldat égyptien égorgé, et les gens en furent si effrayés qu'ils s'enfermèrent chez eux, et la tranquillité revint en ville. Mais les autorités ne réussirent pas à découvrir le meurtrier et rien ne se passa, si bien que les citadins rouvrirent leurs portes et se comportèrent avec une morgue accrue et ils ne cédaient plus le pas aux Egyptiens dans la rue, mais les Egyptiens devaient s'écarter et circuler armés.

Un soir, en revenant du temple d'Ishtar où j'allais parfois, comme un homme altéré étanche sa soif sans regarder dans quel puits il boit, je rencontrai des Syriens près de l'enceinte, et ils dirent :

— N'est-ce pas un Egyptien ? Permettrons-nous à ce circoncis de coucher avec nos vierges et de profaner notre temple ?

Je leur dis :

— Vos vierges, qu'on pourrait plus justement appeler d'un autre nom, ne regardent pas à l'aspect ni à la nationalité de l'homme, mais elles pèsent leur joie au poids de l'or que l'homme a dans sa bourse, ce dont je ne les blâme point, puisque je vais me divertir avec elles et que je compte le faire chaque fois que j'en aurai envie.

Alors ils tirèrent leur manteau sur leur visage et se jetèrent sur moi et me renversèrent et me frappèrent la tête contre les pavés, au point que je crus ma dernière heure venue. Mais tandis qu'ils me dépouillaient et me déshabillaient pour lancer mon corps dans le port, l'un d'eux vit mon visage et s'écria :

— N'est-ce pas Sinouhé, le médecin égyptien et l'ami du roi Aziru ?

Ils s'arrêtèrent et je criai que je les ferais tuer et jeter aux chiens, car j'avais mal et j'étais si furieux que je ne songeais pas à avoir peur. Alors ils me laissèrent et me rendirent mes vêtements et s'enfuirent en se cachant le visage, et je ne compris pas du tout pourquoi ils agissaient ainsi, puisqu'ils n'avaient pas à redouter les vaines menaces d'un homme seul.

2

Quelques jours plus tard, un messager arrêta son cheval devant ma porte, et c'était un spectacle rare, car un Egyptien ne monte jamais à cheval et un Syrien seulement en de rares occasions, et seuls les rudes brigands du désert utilisent cette monture. C'est que cet animal est grand et violent et il rue et mord si on essaye de le monter, et il fait tomber son cavalier, tandis qu'un âne s'habitue à tout. Même attelé à un char, c'est une bête redoutable, et seuls des soldats entraînés peuvent les maîtriser en mettant les poings dans leurs naseaux. Quoi qu'il en soit, cet homme se présenta à cheval chez moi, et le cheval était couvert d'écume et le sang lui coulait de la bouche et il s'ébrouait terriblement. Je vis aux vêtements de l'homme qu'il venait des montagnes des bergers, et je lus sur son visage qu'il était très inquiet.

Il se précipita si brusquement vers moi qu'il prit à peine le temps de s'incliner et de se toucher le front de la main, et il me cria tout plein d'angoisse :

— Fais préparer ta litière, médecin Sinouhé, et suis-moi d'urgence, car je viens du pays d'Amourrou et le roi Aziru m'envoie te chercher. Son fils est malade et personne ne sait ce qu'il a, et le roi est déchaîné comme un lion dans le désert et rompt les membres à quiconque s'approche de lui. Prends ta boîte de médecin et suis-moi vite, sinon je te trancherai la gorge avec ce poignard et ta tête roulera dans la rue.

— Ton roi n'aura que faire de ma tête, car sans mains elle ne peut guérir personne, lui dis-je. Mais je te pardonne tes paroles impatientes et je te suivrai. Pas à cause de tes menaces qui ne m'effrayent point, mais parce que le roi Aziru est mon ami et que je veux l'aider.

J'envoyai Kaptah chercher une litière et je suivis le messager, et je me réjouissais dans mon cœur, car j'étais si solitaire que ce serait un plaisir de rencontrer même un simple Aziru dont j'avais aurifié les dents. Mais je cessai de me réjouir, lorsque nous fûmes parvenus au bas d'un col où l'on m'installa avec ma boîte dans un char de guerre que des chevaux sauvages emportèrent à travers les rochers et les montagnes, de sorte que je m'attendais à me briser les membres à chaque instant, et je poussai des hurlements de peur et mon guide restait en arrière sur son cheval fourbu et j'espérais qu'il se romprait la nuque.

Derrière les montagnes, on me jeta avec ma boîte dans un autre char attelé de chevaux frais, et je ne savais plus si j'étais sur mes pieds ou sur ma tête, et je ne savais que crier au conducteur : « Brigand, bandit, vaurien ! » et lui donner des coups de poing dans le dos, dès que la route était plate et que j'osais lâcher le bord du char. Mais il ne s'inquiétait pas de moi, il tirait les rênes et faisait claquer son fouet, si bien que le char sautait sur les pierres et je craignais que les roues ne se détachassent.

De cette manière, le voyage ne fut pas long, et avant le coucher du soleil nous parvenions à la ville entourée de murailles toutes neuves. Des soldats armés y veillaient, mais la porte s'ouvrit pour nous et nous traversâmes la ville aux braiments des ânes, aux cris des femmes et aux piaillements des enfants, en renver-

sant les corbeilles de fruits et en fracassant d'innombrables cruches, car le conducteur ne regardait pas sur
quoi il passait. Mais lorsqu'on me descendit du char, je
ne pouvais marcher, je chancelais comme un homme
ivre, et les gardes me conduisirent dans le palais
d'Aziru en me tenant sous les bras, et des esclaves
couraient avec ma boîte. A peine parvenu dans le
vestibule, qui était plein d'armures et de boucliers, de
plumes et de queues de lion à la pointe des lances, je vis
Aziru se précipiter au-devant de moi en hurlant comme
un éléphant blessé. Il avait lacéré ses vêtements et il
avait des cendres sur la tête et il s'était déchiré le visage
avec ses ongles.

— Pourquoi avez-vous tant tardé, bandits, vau-
riens, limaces ? rugit-il en froissant sa barbe frisée, si
bien que les rubans d'or dont elle était nouée volaient
en l'air comme des éclairs.

Il frappa du poing les conducteurs qui me soutenaient, et il braillait comme un fauve :

— Où avez-vous flâné, mauvais serviteurs, pendant
que mon fils se meurt ?

Mais les conducteurs se défendirent en disant :

— Nous avons couru si vite que plusieurs chevaux
sont fourbus et nous avons traversé les montagnes plus
rapidement que les oiseaux. Le grand mérite en revient
à ce médecin, car il brûlait du désir d'arriver pour
guérir ton fils, et il nous encourageait de ses cris,
quand nous étions fatigués, et il nous frappait du
poing, quand la vitesse diminuait, et c'est incroyable
de la part d'un Egyptien, et jamais, tu peux nous en
croire, on n'est venu si vite de Simyra à Amourrou.

Alors Aziru m'embrassa chaleureusement et pleura et dit :

— Tu guériras mon fils, tu le guériras, et tout ce que j'ai sera à toi.

Mais je lui dis :

— Permets-moi d'abord de voir ton fils, pour que je sache si je puis le guérir.

Il m'entraîna rapidement dans une grande chambre où une chaufferette répandait une forte chaleur, bien que ce fût l'été. Au milieu se dressait un berceau dans lequel criait un petit enfant à peine âgé d'un an, emmailloté de laine. Il criait si fort que son visage en était violacé, et la sueur perlait à son front, et il avait l'épaisse chevelure noire de son père, bien qu'il fût encore si petit. Je l'examinai et je constatai qu'il n'avait rien de grave, car s'il avait été sur le point de mourir, il n'aurait pas pu hurler si fort. Je regardai autour de moi et je vis, étendue près du berceau, Keftiou, la femme que j'avais donnée à Aziru, et elle était plus grasse et plus blanche que jamais, et ses chairs plantureuses tremblotaient, tandis que dans son chagrin elle battait le plancher de son front en geignant. Dans tous les coins de la chambre, des esclaves et des nourrices gémissaient aussi, et elles étaient couvertes de bleus et de bosses, tant Aziru les avait rossées parce qu'elles étaient impuissantes à soulager son fils.

— Sois sans souci, Aziru, lui dis-je. Ton fils ne mourra pas, mais je désire d'abord me nettoyer avant de l'ausculter, et emportez ce maudit réchaud, car on étouffe ici.

Alors Keftiou leva brusquement la tête et dit tout effrayée :

— L'enfant va prendre froid.

Puis elle me regarda longuement et sourit, elle se leva et répara le désordre de ses cheveux et de ses vêtements, puis elle me sourit de nouveau, en disant :

— Sinouhé, c'est toi ?

Mais Aziru se tordait les mains et criait :

— Mon fils ne mange pas, il rend tout ce qu'il a pris, et son corps est brûlant et depuis trois jours il n'a rien mangé, mais il pleure tout le temps, si bien que mon cœur se brise à l'entendre gémir ainsi.

Je lui demandai de chasser les nourrices et les esclaves et il m'obéit humblement, oubliant tout à fait sa dignité royale. Après m'être lavé, je déshabillai l'enfant de tous ses lainages, et je fis ouvrir les fenêtres, pour changer l'air. L'enfant se calma tout de suite et se mit à gigoter de ses jambes potelées. Je lui tâtai le corps et le ventre, puis un doute me vint et je lui mis le doigt dans la bouche et j'avais bien deviné : La première dent avait percé à son menton comme une perle blanche.

Alors je dis vivement :

— Aziru, Aziru ! C'est pour cette vétille que tu as amené ici avec des chevaux sauvages le meilleur médecin de la Syrie ? Car sans me vanter je puis dire que j'ai appris bien des choses au cours de mes voyages dans différents pays. Ton fils ne court aucun danger, mais il est aussi impatient et rageur que son père, et peut-être a-t-il eu un peu de fièvre, mais elle a disparu, et s'il a vomi, il a sagement agi pour rester en vie, parce que vous l'avez trop bourré de lait gras. Keftiou doit le sevrer sans tarder, sinon il va bientôt lui mordre les seins, ce qui, je le pense, ne te ferait aucun plaisir, parce que tu tiens encore à jouir de ta femme. Sache en effet que ton fils a tout simplement hurlé d'impatience en attendant sa première dent, et si tu ne me crois pas, regarde toi-même.

J'ouvris la bouche de l'enfant et Aziru fut rempli d'allégresse et se frappa les mains et dansa autour de la chambre en tapant le plancher. Je montrai aussi la dent à Keftiou, et elle me dit que jamais encore elle n'avait vu plus belle dent à un enfant. Mais lorsqu'elle voulut remmailloter l'enfant dans ses lainages, je le lui interdis et n'autorisai qu'une tunique de lin.

Aziru tapait du pied et dansait et chantait d'une voix éraillée et il n'éprouvait pas la moindre honte de m'avoir dérangé pour rien, mais il voulait faire admirer la dent aux nobles et aux chefs, et il invita les gardes à venir la voir, et ils se pressaient autour du berceau et s'exclamaient en entrechoquant leurs lances et leurs boucliers, et ils cherchaient à fourrer leurs pouces sales dans la bouche du petit prince, mais je les chassai tous et priai Aziru de penser à sa dignité et de se montrer raisonnable.

Aziru fut confus et dit :

— J'ai vraiment peut-être oublié ma dignité, mais j'ai veillé plusieurs nuits près du berceau, le cœur angoissé, et tu dois comprendre que c'est mon fils et mon premier enfant, mon prince, la prunelle de mes yeux, le joyau de ma couronne, mon petit lion qui portera la couronne d'Amourrou après moi et qui gouvernera de nombreux peuples, car vraiment je veux agrandir mon royaume, pour que mon fils ait un bel héritage et qu'il loue le nom de son père. Sinouhé, Sinouhé, tu ne sais pas combien je te suis reconnaissant d'avoir ôté cette pierre de mon cœur, car tu dois reconnaître que jamais encore tu n'as vu un enfant aussi vigoureux, bien que tu aies voyagé dans de nombreux pays. Regarde un peu ses cheveux, cette noire crinière de lion sur sa tête, et dis-moi si tu as vu une pareille chevelure à quelque autre enfant de cet âge. Tu as vu aussi que sa dent est comme une perle, claire et parfaite, et regarde ses membres et son ventre qui est comme un petit tonneau.

Ce bavardage m'excéda au point que je dis au roi de filer au diable avec son fils et que mes membres étaient rompus après mon effrayant voyage et que je ne savais pas encore si j'étais sur ma tête ou sur mes pieds. Mais il me caressa et me prit par l'épaule et m'offrit des mets variés sur des plats d'argent et du mouton rôti et du gruau cuit dans la graisse et du vin dans une coupe en or, de sorte que je me remis et que je lui pardonnai.

Je restai plusieurs jours chez lui et il me donna des cadeaux abondants, aussi de l'or et de l'argent, car il s'était beaucoup enrichi depuis notre dernière rencontre, mais il ne voulut pas me dire comment son pays pauvre avait réussi lui aussi à s'enrichir, il se borna à sourire dans sa barbe frisée en disant que la femme que je lui avais cédée lui avait porté chance. Keftiou se montra aussi aimable pour moi, et elle me respectait sûrement en souvenir de la canne avec laquelle j'avais bien souvent éprouvé la solidité de sa peau, et elle me suivait en agitant ses chairs plantureuses, et elle me souriait gentiment. La blancheur de son teint et sa corpulence avaient ébloui tous les chefs d'Aziru, car les Syriens aiment les femmes énormes, au contraire des Egyptiens qui diffèrent d'eux sur ce point aussi. C'est

pourquoi les poètes amorrites ont écrit des poèmes en
son honneur et on les chante d'une voix langoureuse et
en répétant toujours les mêmes paroles, et il n'est pas
jusqu'aux gardiens sur les murs qui ne célèbrent ses
charmes, si bien qu'Aziru était fier d'elle et l'aimait si
passionnément qu'il n'allait que rarement chez ses
autres épouses et seulement par politesse, parce qu'il
avait pris pour femmes les filles des chefs amorrites,
afin de s'attacher ainsi les pères.

J'avais tellement voyagé et vu tant de pays qu'il
éprouva le besoin de se vanter de sa royauté et qu'il me
révéla bien des choses qu'il se repentît sûrement plus
tard de m'avoir racontées. C'est ainsi que j'appris que
c'étaient précisément ses émissaires qui m'avaient
assailli à Simyra pour me jeter à l'eau, et c'est de cette
manière qu'il avait connu mon retour en Syrie. Il
déplora vivement l'incident et dit :

— Il faudra encore assommer bien des Egyptiens et
lancer dans le port bien des cadavres de soldats
égyptiens avant que Simyra et Byblos et Sidon et
Ghaza comprennent que l'Egyptien n'est pas invulné-
rable et inviolable. C'est que les marchands syriens
sont diantrement prudents et leurs princes sont des
lâches et les peuples lents comme des bœufs. C'est
pourquoi les plus agiles doivent prendre la tête du
mouvement et montrer l'exemple.

Je lui demandai :

— Pourquoi agir ainsi et pourquoi détestes-tu tellement les Egyptiens, Aziru ?

Il caressa sa barbe frisée en me jetant un regard rusé
et dit :

— Qui prétend que je déteste les Egyptiens,

Sinouhé ? Je ne te déteste pas non plus, bien que tu sois égyptien. Moi aussi j'ai vécu mon enfance dans le palais doré du pharaon, comme mon père avant moi et comme tous les princes syriens. C'est pourquoi je connais les mœurs égyptiennes et je sais lire et écrire, bien que mes maîtres m'aient tiré les cheveux et tapé sur les doigts plus qu'aux autres élèves, parce que j'étais syrien. Mais malgré cela je ne hais pas les Egyptiens, car en grandissant j'ai appris chez eux bien des choses que je pourrai retourner contre eux à l'occasion. Tu devrais le savoir : Un seigneur et un souverain ne hait personne et ne voit pas de différences entre les peuples, mais la haine est un puissant levier entre ses mains, plus puissant que les armes, car sans la haine les bras n'ont pas la force de lever les armes. Je suis né pour commander, car dans mes veines coule le sang des rois d'Amourrou et avec les Hyksos mon peuple domina jadis tous les pays d'une mer à l'autre. C'est pourquoi je m'efforce de semer la haine entre la Syrie et l'Egypte et de souffler sur les braises qui rougeoient bien lentement, mais une fois enflammées elles détruiront la puissance égyptienne en Syrie. C'est pourquoi toutes les villes et tribus de Syrie doivent apprendre et connaître que l'Egyptien est plus misérable, plus poltron, plus cruel, plus infâme, plus cupide et plus ingrat que le Syrien. Chacun doit apprendre à cracher de mépris en entendant prononcer le nom d'Egyptien et à voir dans les Egyptiens des oppresseurs iniques, des sangsues avides et des bourreaux de femmes et d'enfants, afin que sa haine soit assez puissante pour déplacer des montagnes.

— Mais tout cela est faux, comme tu le dis, fis-je observer.

Il étendit les mains, la paume en haut, et dit :

— Qu'est-ce que la vérité, Sinouhé ? Après s'être bien imprégnés de la vérité que je leur sers, ils seront prêts à jurer par tous les dieux que c'est bien vrai, et si quelqu'un veut leur prouver le contraire, ils l'assommeront comme un blasphémateur. Ils doivent penser qu'ils sont les plus forts, les plus braves et les plus justes au monde, et qu'ils aiment la liberté plus que la mort et la faim et les épreuves, pour qu'ils soient prêts à payer leur liberté de n'importe quel prix. Voilà ce que je leur enseigne, et bien des gens croient déjà à ma vérité, et chaque croyant convertit d'autres personnes, et bientôt le feu couvera dans toute la Syrie. C'est aussi une vérité que jadis l'Egypte a apporté le feu et le sang en Syrie, et c'est par le sang et le feu qu'elle en sera chassée.

— Quelle est la liberté dont tu leur parles ? lui demandai-je, car ses paroles m'emplissaient de crainte pour l'Egypte et pour toutes les colonies.

Il me montra de nouveau les paumes de ses mains en disant avec bienveillance :

— La liberté est un mot compliqué, et chacun lui donne le sens qu'il veut, mais cela importe peu, tant que la liberté n'est pas acquise. Pour parvenir à la liberté, il faut être nombreux, mais une fois qu'elle est atteinte, il vaut mieux ne pas la partager avec trop de gens et la garder pour soi. C'est pourquoi je crois que le pays d'Amourrou aura un jour l'honneur d'être appelé le berceau de l'indépendance syrienne. Je puis aussi te dire qu'un peuple qui croit tout ce qu'on lui raconte est comme un troupeau de bœufs poussé à coups de piques ou comme un troupeau de moutons qui suit le bélier sans se demander où il le conduit. Peut-être que je suis aussi bien la pique que le bélier.

— Je crois vraiment que tu es un vrai bélier, lui dis-je, puisque tu parles ainsi, car ces paroles sont dangereuses et en les apprenant le pharaon pourrait envoyer ses chars de guerre et ses lanciers contre toi pour détruire tes murailles et pour te pendre avec ton fils à la proue de son navire rentrant à Thèbes.

Mais Aziru se borna à sourire et il dit :

— Je crois n'avoir rien à redouter du pharaon, car j'ai accepté de sa main la croix de vie et élevé un temple à son dieu. C'est pourquoi il a toute confiance en moi, plus qu'en aucun de ses envoyés et commandants de garnisons qui croient encore à Amon. Je vais te montrer quelque chose qui t'amusera beaucoup.

Il m'entraîna près du mur et me montra un corps pendu la tête en bas, et des mouches y grouillaient.

— Si tu regardes bien, dit-il, tu verras que cet homme est circoncis, et c'est vrai que c'est un Egyptien. Il était même percepteur du pharaon, et il eut le front de venir dans mon palais demander pourquoi mon tribut était en retard de quelques années. Mes soldats se sont bien amusés avec lui avant de le pendre au mur pour son effronterie. Par cet acte, j'ai obtenu que désormais les Egyptiens évitent de traverser mon pays, et les marchands préfèrent payer les droits à moi plutôt qu'à eux... Tu comprendras ce que cela veut dire, quand je te dirai que Megiddo est en mon pouvoir et obéit à moi et non plus à sa garnison égyptienne qui se cache dans le fort sans oser se montrer dans les rues de la ville.

— Le sang de ce malheureux te retombera sur la tête, lui dis-je tout effrayé. Ton châtiment sera terrible, car en Egypte on peut plaisanter de tout, mais pas des percepteurs du pharaon.

— J'ai simplement exposé la vérité sur cette muraille, dit Aziru d'un air satisfait. Naturellement, l'affaire a été l'objet de longues enquêtes et j'ai volontiers consenti à rédiger des lettres et des tablettes, et j'en ai reçu aussi un grand nombre que je conserve soigneusement numérotées dans mes archives pour pouvoir m'y référer en écrivant de nouvelles épîtres, jusqu'à ce qu'on puisse en édifier tout un rempart pour me protéger. Par le Baal d'Amourrou, j'ai déjà réussi à embrouiller l'affaire à un tel point que le gouverneur de Megiddo maudit le jour de sa naissance, depuis que je le harcèle de tablettes pour qu'il me lave de l'offense que m'a infligée ce percepteur. A l'aide de nombreux témoins, j'ai en outre prouvé que cet homme était un meurtrier, un voleur et un prévaricateur. J'ai prouvé qu'il violait les femmes dans tous les villages et qu'il avait blasphémé les dieux de Syrie et même qu'il avait compissé l'autel d'Aton dans ma propre ville, ce qui suffira à emporter la décision du pharaon. Vois-tu, Sinouhé, la justice et la loi écrites sur les tablettes d'argile sont lentes et compliquées, et les affaires s'embrouillent au fur et à mesure que les tablettes d'argile s'amoncellent devant les juges, et pour finir le diable lui-même n'arriverait pas à découvrir la vérité. En cette matière, je suis plus fort que les Egyptiens, et bientôt je serai plus fort qu'eux dans d'autres domaines aussi.

Mais plus il me parlait, et plus je pensais à Horem-heb, car ces deux hommes se ressemblaient et étaient nés soldats, Aziru étant plus âgé et corrompu par la politique syrienne. Je ne le croyais pas capable de gouverner de grands peuples, et je me disais que ses projets dataient du temps de son père, quand la Syrie était un nid grouillant de serpents, tandis que les innombrables roitelets se disputaient le pouvoir et s'assassinaient, avant que l'Egypte eût pacifié le pays et donné aux fils des rois une bonne éducation dans la maison dorée du pharaon, pour les civiliser. J'essayai aussi de lui exposer qu'il n'avait pas une idée exacte de la puissance de l'Egypte et de ses richesses, et je le mis en garde contre un excès de confiance, car un sac peut se gonfler d'air, mais si on y perce un trou, il s'affaisse et perd sa grosseur. Mais Aziru rit de ses dents dorées, et il me fit apporter du mouton rôti dans de lourds plats d'argent, pour étaler sa richesse.

Sa chambre de travail était vraiment pleine de tablettes d'argile, et des messagers lui apportaient des lettres de toutes les villes de Syrie. Il recevait aussi des messages du roi des Hittites et de Babylone, mais il ne me permit pas de les lire, ce qui ne l'empêcha pas de s'en vanter. Il me questionna sur le pays des Hittites et sur Khattoushash, mais je constatai qu'il en savait autant que moi. Des envoyés hittites venaient le voir et s'entretenaient avec ses chefs et ses soldats, et en voyant tout cela, je lui dis :

— Le lion et le chacal peuvent fort bien s'entendre

pour chasser en commun, mais as-tu jamais vu un
chacal recevoir les meilleurs morceaux du butin ?

Il rit de ses dents dorées et dit :

— J'ai un vif désir de m'instruire, comme toi, bien
que je n'aie pas pu voyager comme toi qui n'as pas de
soucis administratifs, mais qui es libre comme l'oiseau.
Il n'y a rien de mal à ce que les officiers hittites
enseignent l'art militaire à mes chefs, car ils ont des
armes nouvelles et une grande expérience. Ce ne peut
qu'être utile pour le pharaon, car s'il éclate une guerre,
la Syrie sera de nouveau le bouclier de l'Egypte dans le
nord, et ce bouclier a souvent été ensanglanté, ce dont
on se souviendra en réglant les comptes entre l'Egypte
et la Syrie.

Tandis qu'il parlait de guerre, je songeai de nouveau
à Horemheb et je lui dis :

— Voici trop longtemps que j'abuse de ton hospita-
lité, et je désire rentrer à Simyra, si tu mets une litière à
ma disposition, car je ne monterai plus jamais dans tes
terribles chars de guerre. Mais Simyra ne me plaît plus
et j'ai peut-être déjà trop sucé de sang dans la pauvre
Syrie, si bien que je me propose de retourner en
Egypte à la première occasion. C'est pourquoi nous ne
nous reverrons peut-être pas de longtemps, car le
souvenir de l'eau du Nil dans ma bouche est délicieux,
et je me contenterai d'en boire durant le reste de mes
jours, après avoir vu assez de mal dans le monde et en
avoir reçu une leçon de toi aussi.

Aziru dit :

— De demain nul n'est certain, et la pierre qui roule
n'amasse pas mousse, et l'inquiétude qui couve dans
tes yeux ne te permettra de rester longtemps nulle part.

Mais prends une femme, n'importe laquelle, dans mon pays, je te ferai construire une maison dans ma ville, et tu n'auras pas à te repentir de pratiquer la médecine ici.

En plaisantant je lui dis :

— Le pays d'Amourrou est le plus inique et le plus haïssable sur la terre, et son Baal m'est une horreur et ses femmes puent la chèvre à mes narines. C'est pourquoi je sème la haine entre moi et Amourrou et je trépanerai quiconque dit du bien d'Amourrou, et je ferai encore bien d'autres choses que je ne peux énumérer ici, parce que je ne m'en souviens plus, mais je compte écrire sur de nombreuses tablettes des récits variés prouvant que tu as violé ma femme et volé les bœufs que je n'ai jamais possédés, et que tu t'es livré à la magie, afin qu'on te pende aux murs la tête en bas, et je pillerai ta maison et emporterai ton or pour acheter cent fois cent cruches de vin, afin de boire à ta santé.

Le palais retentit de ses éclats de rire et ses dents dorées étincelèrent dans sa barbe frisée. C'est sous cet aspect qu'il me revint à l'esprit lors des mauvais jours, mais nous nous séparâmes en amis et il me donna une litière et de nombreux cadeaux, et ses soldats m'escortèrent jusqu'à Simyra, pour m'éviter tout incident en cours de route.

Près de la porte de Simyra, une hirondelle passa à tire-d'aile sur ma tête et mon cœur en fut inquiet et la rue me brûla les pieds. C'est pourquoi, aussitôt rentré, je dis à Kaptah :

— Vends cette maison et prépare nos bagages, car nous allons rentrer en Egypte.

3

Je ne m'étendrai pas sur le voyage de retour, car il fut comme une ombre ou un rêve inquiet. En effet, une fois à bord pour regagner le pays des terres noires et revoir Thèbes, la ville de mon enfance, je fus saisi d'une impatience si fébrile que je ne pouvais tenir en place, mais je me promenais sur le pont en contournant les bagages et les tas de marchandises, poursuivi par l'odeur de la Syrie, attendant plus ardemment de jour en jour de voir à la place de la rive montagneuse les vertes plaines basses bordées de roseaux. Pendant les longues escales dans les villes côtières, je n'eus pas la patience de les étudier ni de recueillir des renseignements.

Le printemps renaissait dans les vallées syriennes, et les montagnes vues de la mer rougeoyaient comme les vignes, le soir, le printemps peignait en vert pâle l'eau bouillonnante sur le rivage, les prêtres de Baal hurlaient dans les ruelles étroites en s'égratignant le visage, et les femmes aux yeux étincelants et aux cheveux défaits tiraient des chars de bois derrière les prêtres. Mais ces spectacles m'étaient familiers, et ces coutumes grossières et cette excitation brutale me répugnaient, à présent que j'entrevoyais presque ma patrie. Je croyais mon cœur endurci, habitué à toutes les mœurs et croyances, je pensais comprendre tous les gens, quelle que fût leur couleur, sans mépriser personne, car mon seul but était d'acquérir du savoir, mais le simple sentiment d'être en route vers les terres noires effaçait d'un coup toute cette indifférence froide. Tels des vêtements étrangers, les pensées étrangères tombaient de mon esprit et j'étais de nouveau, de tout mon cœur, un Egyptien, je m'impatientais de sentir à nouveau l'odeur du poisson frit dans les rues de Thèbes, à la tombée de la nuit, quand les femmes allument les feux devant leurs cabanes de pisé, j'aspirais au goût du vin égyptien sur ma langue, à l'eau du Nil avec son arome de limon fertile. Je voulais entendre bruire les papyrus sous le vent printanier, revoir le lotus éclore au bord du fleuve, admirer les colonnes polychromes avec leurs images éternelles et les hiéroglyphes des temples, tandis que la fumée de l'encens monte entre les piliers de pierre. Telle était la folie de mon cœur.

Je rentrais chez moi, et pourtant je n'avais plus de domicile et j'étais un étranger sur la terre. Je rentrais chez moi, et les souvenirs n'étaient plus douloureux, mais le temps et le savoir les avaient recouverts du sable de l'oubli. Je n'éprouvais plus ni chagrin ni honte, mais le mal du pays me remplissait le cœur.

Nous quittions la riche et fertile Syrie, toute bruissante de haine et de passion. Notre bateau longeait les rivages rouges du Sinaï, et le vent du désert passait sec et brûlant sur nos visages, bien que ce fût le printemps. Puis vint le jour où la mer se teignit en jaune, et derrière elle apparaissait une mince ligne verte, et les marins plongèrent dans la mer une cruche qui ramena de l'eau presque douce, car c'était l'eau du Nil éternel qui sentait le limon d'Egypte. Et jamais vin ne fut aussi délicieux à mon palais que cette eau limoneuse sortie de la mer loin de la terre. Mais Kaptah dit :

— L'eau reste de l'eau même dans le Nil. Attends, ô mon maître, que nous soyons dans une taverne convenable où la bière est mousseuse et claire, et on n'a pas à la filtrer pour en sortir les grains. Alors seulement je me sentirai en Egypte.

Ces paroles impies et offensantes me blessèrent vivement, et je lui dis :

— Un esclave reste un esclave, même sous les vêtements les plus précieux. Attends que j'aie retrouvé une souple canne de jonc, comme on n'en trouve que dans les roselaies du Nil, et alors tu te sentiras vraiment à la maison.

Mais Kaptah ne s'offusqua pas, ses yeux se mouillèrent d'émotion, son menton trembla et il s'inclina devant moi, les mains à la hauteur des genoux, en disant :

— Vraiment, ô mon maître, tu as le talent de trouver le mot juste au bon moment, car j'avais déjà oublié la douceur d'un coup appliqué avec une fine canne de roseau sur les fesses et sur les cuisses. Ah, mon maître, c'est une jouissance que je voudrais que tu connaisses, car mieux que l'eau et la bière, mieux que l'encens dans les temples et les canards dans les roseaux, elle rappelle la vie en Egypte où chacun est mis à sa juste place, et rien ne change au cours des âges, mais tout reste immuable. Ne t'étonne donc pas si je pleure d'émotion, car maintenant, je sens vraiment que je rentre dans mon pays après avoir vu bien des choses étranges et incompréhensibles et méprisables. O, sois bénie, canne de jonc qui remets tout à sa place et qui résous tous les problèmes, rien ne t'est pareil !

Il pleura d'émotion un bon moment, puis il alla oindre le scarabée, mais j'observai qu'il n'utilisait plus pour cela une huile aussi précieuse qu'avant, car la rive était proche et en Egypte il comptait manifestement se débrouiller par ses propres moyens.

C'est seulement en abordant dans le grand port du bas pays que je compris à quel point j'étais las de voir d'amples vêtements bigarrés, des barbes frisées et des corps obèses. Les flancs minces des porteurs, leurs pagnes, leur menton rasé, leur dialecte du bas pays, l'odeur de leur transpiration, l'arôme du limon, celui du roseau, celui du port, tout était différent de la Syrie, tout était familier, et mes habits syriens commençaient à me gêner. Après m'être débarrassé des scribes du port et avoir inscrit mon nom dans une foule de papiers, j'allai immédiatement m'acheter de nouveaux vêtements, et après la laine le lin le plus fin fut de nouveau un délice sur ma peau. Mais Kaptah décida de se présenter comme Syrien, car il redoutait que son nom figurât dans la liste des esclaves marrons, bien que je lui eusse procuré une tablette d'argile par laquelle les autorités de Simyra attestaient qu'il était né esclave en Syrie et que je l'y avais également acheté.

Après cela, nous montâmes à bord d'un bateau du fleuve pour remonter le courant. Les journées passèrent, et nous nous réhabituions à l'Egypte, et les champs séchaient de chaque côté du fleuve et les bœufs lents tiraient les socs en bois et les paysans marchaient dans les sillons, la tête baissée, pour ensemencer le limon tendre. Les hirondelles volaient au-dessus du bateau et des flots lents en criant avec inquiétude, pour plonger vers le sol et s'enfouir dans la vase pendant l'époque la plus chaude de l'année. Les palmiers élevaient leurs dômes sur les rives, les cabanes basses des villages s'abritaient à l'ombre des grands sycomores, le bateau s'arrêtait aux débarcadères des petites et grandes villes, et il n'y avait pas de taverne où Kaptah ne se précipitât pour étancher sa soif avec la bière égyptienne, pour se vanter de ses voyages et pour épater les ouvriers du port qui l'écoutaient en riant et en invoquant les dieux.

Et je revis à l'est du fleuve les trois montagnes se dresser vers le ciel, les trois éternels gardiens de Thèbes. La population était plus dense, les villages des pauvres, aux cabanes de pisé, alternaient avec les quartiers riches des villes, puis les murailles apparurent, puissantes comme des montagnes, et je vis le toit du grand temple et les colonnes et les innombrables bâtiments du temple et le lac sacré. A l'est s'étendait sans fin jusqu'aux collines la Ville des défunts, et les temples mortuaires des pharaons étincelaient de blancheur contre les montagnes jaunes, et les portiques du temple de la grande reine supportaient la mer des arbres en fleurs. Derrière les montagnes apparaissait la vallée interdite avec ses serpents et ses scorpions, et c'est dans ce sable, près de la tombe d'un grand pharaon, que reposaient mon père Senmout et ma mère Kipa, emballés dans une peau de bœuf pour vivre éternellement. Mais plus loin au sud, au bord du fleuve, se dressait, léger et bleuâtre avec ses jardins et ses remparts, le palais doré du pharaon. Je me demandais si mon ami Horemheb y habitait.

Le bateau aborda au quai de pierre familier, tout était pareil à jadis, et je n'étais pas loin de l'endroit où j'avais vécu ma jeunesse, sans me douter que plus tard j'anéantirais la vie de mes parents. Le sable du temps sur mes amers souvenirs commença à se mouvoir à cette évocation, et j'eus envie de me cacher et de me couvrir le visage, et je n'éprouvais aucune joie, bien que la cohue du grand port m'entourât de nouveau, et je sentais dans les regards des gens, dans leurs gestes inquiets et dans leur hâte la vieille passion de Thèbes. Je n'avais rien prévu pour mon arrivée, car tout dépendait de ma rencontre avec Horemheb et de sa situation à la cour. Mais dès que mes pieds touchèrent les pavés du port, je sus ce que je ferais, et cela ne me prédisait ni gloire médicale, ni richesse, ni grands cadeaux pour mon savoir péniblement acquis, comme je me l'étais figuré auparavant, car cela impliquait une vie simple, l'obscurité et des malades indigents. Et pourtant une étrange paix m'emplissait le cœur à la perspective de cet avenir modeste, et cela montre une fois de plus combien l'homme connaît peu son cœur, et pourtant je croyais connaître le mien à fond. Jamais encore un pareil projet ne m'avait effleuré l'esprit, mais il avait probablement mûri à mon insu, comme fruit de toutes mes expériences. Après avoir perçu le bruissement de Thèbes autour de moi et touché du pied les pierres échauffées par le soleil, je me sentais de nouveau enfant, et j'observais d'un œil curieux et sérieux mon père Senmout en train de recevoir ses malades. C'est pourquoi je repoussai les porteurs qui s'empressaient autour de moi, et je dis à Kaptah :

— Laisse nos bagages à bord et va vite m'acheter une maison, n'importe laquelle, près du port, dans le quartier des pauvres, si possible près de celle où habita mon père, jusqu'à ce qu'elle fût démolie. Fais vite, afin qu'aujourd'hui encore je puisse m'y installer et commencer demain à pratiquer mon art.

Le menton de Kaptah s'affaissa et son visage s'allongea, car il avait cru que nous descendrions dans la meilleure hôtellerie où des esclaves nous serviraient. Mais pour une fois il ne protesta pas, il me regarda attentivement et referma la bouche et s'en alla tête basse. Le même soir j'entrai dans la maison d'un ancien fondeur de cuivre, dans le quartier des pauvres, et on y apporta mes effets et j'étendis mon tapis sur le sol de terre battue. Devant les cabanes des ruelles pauvres brûlaient les feux de cuisine et l'odeur du poisson frit dans la graisse planait sur tout le quartier pauvre, sale et misérable, puis les lumières s'allumèrent aux portes des maisons de joie, la musique syrienne éclata dans la nuit en se mêlant aux cris des marins ivres, et au-dessus de Thèbes le ciel rougeoyait aux innombrables lumières du centre de la ville. J'étais de nouveau à la maison, après avoir suivi jusqu'au bout des routes décevantes et après m'être fui dans bien des pays à la recherche du savoir.

4

Le lendemain matin, je dis à Kaptah :

— Place une plaque de médecin sur ma porte, mais simple, sans peinture ni ornement. Et si quelqu'un me demande, ne parle pas de ma réputation et de mon savoir, mais dis simplement que le médecin Sinouhé reçoit des malades, les pauvres aussi, et chacun donnera un cadeau selon ses ressources.

— Aussi les pauvres ? s'exclama Kaptah avec un effroi innocent. Hélas, ô mon maître, ne serais-tu pas malade ? As-tu bu de l'eau de marais, ou un scorpion t'a-t-il mordu ?

— Exécute mes ordres, si tu veux rester chez moi, dis-je. Mais si cette maison modeste ne te plaît pas et si l'odeur des pauvres incommode ton nez affiné en Syrie, je te permets d'aller et de venir à ta guise. Je pense que tu m'as volé assez pour t'acheter une maison et prendre femme, si tu le désires. Je ne te retiens pas.

— Une femme ? protesta Kaptah encore plus effrayé. Vraiment, tu es malade, ô mon maître, et tu as la fièvre. Pourquoi prendrais-je une femme qui m'opprimerait et me flairerait l'haleine à mon retour, et le matin, quand je me réveillerais la tête lourde, prendrait la canne et m'abreuverait de méchantes paroles ? En vérité, à quoi bon se marier, alors que la moindre esclave rend le même service, comme je te l'ai déjà exposé. Sans aucun doute, les dieux t'ont frappé de folie, et cela ne m'étonne point, car je sais tes idées sur eux, mais tu es mon maître et ton chemin est le mien et ton châtiment est aussi le mien, et pourtant j'espérais enfin être parvenu au port après toutes les terribles épreuves que tu m'as imposées, sans parler des traversées que je veux oublier. Si une natte de roseau te suffit pour dormir, elle me suffira à moi aussi, et cette misère aura au moins le bon côté que les tavernes et les maisons de joie seront à portée, et la « Queue de Crocodile », dont je t'ai parlé, n'est pas éloignée d'ici.

J'espère que tu me pardonneras si j'y vais aujourd'hui et si je m'y enivre, car je me sens fort ébranlé et je dois me remonter un peu. Vraiment, en te regardant, je pressens toujours un malheur et je ne sais jamais à l'avance ce que tu vas dire ou faire, parce que tu parles et agis toujours à rebours du sens commun, mais tout de même, je ne m'attendais pas à cela. Seul un fou cache un bijou dans un tas de fumier, et toi, tu enterres ton savoir et ton habileté sous les ordures.

— Kaptah, lui dis-je, chaque homme naît nu dans ce monde, et dans la maladie il n'existe pas de différence entre pauvres et riches, Egyptiens ou Syriens.

— Peut-être bien, mais il existe une grande diffé-rence entre les cadeaux, dit Kaptah très raisonnable-ment. Cependant, ton idée est belle, et je n'aurais rien à y objecter, si un autre la réalisait, et non pas toi, juste au moment où après toutes nos peines nous aurions pu nous balancer sur une branche dorée. Ton idée conviendrait mieux à un esclave de naissance, elle serait compréhensible, et dans ma jeunesse j'en ai souvent eu de semblables, jusqu'à ce qu'on me les ait extirpées à coups de canne.

— Pour que tu saches tout, lui dis-je, j'ajouterai que, dans quelque temps, si je découvre un enfant abandonné, je me propose de l'adopter et de l'élever comme un fils.

— A quoi bon ? dit-il d'un air étonné. Il existe dans les temples des foyers pour les enfants abandonnés, et certains deviennent des prêtres du degré inférieur, et d'autres sont châtrés et mènent dans les gynécées du pharaon et des nobles une vie bien plus brillante que celle que leur mère pouvait espérer pour eux. D'autre part, si tu désires un enfant, ce qui est fort compréhensible, rien n'est plus simple, pourvu que tu ne commettes pas la bêtise de casser une cruche avec une femme qui ne nous causerait que des ennuis. Si tu ne veux pas acheter une esclave, tu pourrais séduire une fille pauvre et elle serait heureuse et reconnaissante que tu la débarrasses de son enfant et lui épargnes ainsi la honte. Mais les enfants causent bien des tracas et des difficultés, et on exagère certainement le plaisir qu'ils procurent, bien que je ne sois pas compétent en cette matière, puisque je n'ai jamais vu les miens, bien que j'aie tout lieu d'admettre qu'il en grandit une bonne bande aux quatre vents des cieux. Tu ferais sagement de t'acheter dès aujourd'hui une jeune esclave, qui pourrait me seconder, car mes membres sont roides et mes mains tremblent après toutes les épreuves subies, surtout le matin, et il y a trop de travail pour moi ici à soigner ton ménage et à entretenir ta maison, sans compter que je dois m'occuper de placer mes fonds.

— Je n'avais pas pensé à cela, lui dis-je. Mais je ne tiens pas à acheter une esclave. C'est pourquoi engage à mes frais un serviteur, car tu l'as bien mérité. Si tu restes chez moi, tu seras libre d'aller et de venir à ta guise, à cause de ta fidélité, et je pense que tu pourras me fournir bien des renseignements utiles grâce à ta soif. Fais comme je te le dis, et cesse de regimber, car ma décision a été prise par une force qui m'est supérieure, et elle est irrévocable.

Sur ces paroles, je sortis pour m'enquérir de mes amis. Je demandai Thotmès au « Vase syrien », mais le patron avait changé et il ignorait tout du pauvre artiste

qui gagnait sa vie en dessinant des chats dans les livres
d'images des enfants riches. Pour trouver Horemheb,
je me rendis à la maison des soldats, mais elle était
vide. Il n'y avait pas de lutteurs dans la cour, et les
soldats ne perçaient plus de leurs lances des sacs de
roseaux, comme jadis, et les grosses marmites ne
fumaient plus dans les soupentes, mais tout était
désert. Un sous-officier shardane renfrogné me regardait en creusant le sable de ses orteils, son visage brun
foncé était osseux et sans huile, mais il s'inclina au nom
de Horemheb, le chef militaire qui avait dirigé une
campagne contre les Khabiri en Syrie quelques années
auparavant. Horemheb était encore commandant
royal, me dit-il en un égyptien dialectal, mais il se
trouvait depuis des mois dans le pays de Koush pour y
supprimer les garnisons et licencier les troupes, et on
ne savait quand il reviendrait. Je lui donnai une pièce
d'argent parce qu'il était mélancolique, et il en fut
tellement ravi qu'il oublia sa dignité de shardane et me
sourit en jurant d'étonnement par le nom d'un dieu
inconnu. J'allais partir, mais il me retint par la manche
et me montra la cour déserte :

— Horemheb est un grand capitaine, il comprend
les soldats, il est soldat lui-même, il n'a pas peur, dit-il.
Horemheb est un lion, le pharaon un bouc écorné. La
caserne est vide, pas de solde, pas de nourriture. Mes
camarades vont mendier par les campagnes. Je ne sais
ce que cela donnera. Qu'Amon te bénisse pour ta
générosité. Depuis des mois, je n'ai pas bu convenablement. Je suis tout triste. Par de belles promesses, on
nous attire de notre pays. Les recruteurs égyptiens
vont de tente en tente, ils promettent beaucoup

d'argent, beaucoup de femmes, beaucoup de beuveries. Et maintenant ? Ni argent, ni femmes, ni beuveries !

Il cracha de mépris et écrasa son crachat de son pied à la peau cornée. C'était un shardane très triste, et il me fit pitié, car je comprenais à ses paroles que le pharaon avait abandonné ses soldats et licencié les troupes recrutées à grands frais par son père. Cela me rappela le vieux Ptahor et, pour savoir où il habitait, je m'armai de courage et me rendis au temple d'Amon pour demander son adresse à la Maison de la Vie. Mais le teneur du registre me dit que le vieux trépanateur était mort et enterré depuis deux ans dans la Ville des défunts. C'est ainsi que je ne retrouvai pas un seul ami à Thèbes.

Puisque j'étais dans le temple, je pénétrai dans la grande salle des colonnes et je reconnus l'ombre sacrée d'Amon autour de moi et l'odeur de l'encens près des piliers bigarrés tout couverts d'inscriptions sacrées, et les hirondelles allaient et venaient par les hautes fenêtres à croisillons de pierre. Mais le temple était vide, et la cour était vide, et dans les innombrables boutiques et ateliers ne régnait plus l'ancienne animation. Les prêtres en blanc, avec leurs têtes rasées et luisantes d'huile, me jetaient des regards inquiets, et les gens dans la cour parlaient à voix basse et regardaient autour d'eux avec crainte. Je n'aimais nullement Amon, mais une étrange mélancolie s'empara de mon cœur, comme lorsqu'on évoque sa jeunesse enfuie à jamais, que cette jeunesse ait été heureuse ou pénible.

En passant entre les statues géantes des pharaons, je m'aperçus que tout près du grand temple avait été

érigé un sanctuaire nouveau, puissant et de forme
étrange, comme je n'en avais encore jamais vu. Il
n'était pas entouré de murs, et en y pénétrant, je vis
que les colonnes entouraient une cour ouverte sur les
autels de laquelle s'entassaient, en guise d'offrandes,
du blé, des fleurs et des fruits. Sur un grand bas-relief,
un disque d'Aton étendait d'innombrables rayons sur
le pharaon sacrifiant, et chaque rayon se terminait par
une main bénissante et chaque main tenait une croix de
vie. Les prêtres vêtus de blanc ne s'étaient pas rasé les
cheveux, ils étaient de tout jeunes gens, et leur visage
exprimait l'extase, tandis qu'ils chantaient un hymne
sacré dont je me rappelais avoir entendu les paroles à
Jérusalem en Syrie. Mais ce qui m'impressionna plus
que les prêtres et les images, ce furent quarante
énormes piliers de chacun desquels le nouveau pharaon, sculpté plus grand que nature, les bras croisés
sur la poitrine et tenant le sceptre et le fouet royal,
regardait fixement les spectateurs.

Ces sculptures représentaient le pharaon, je le
savais, car je reconnaissais ce visage effrayant de
passion et ce corps frêle avec les hanches larges et les
bras et les jambes minces. Un frisson me parcourut le
dos, en pensant à l'artiste qui avait osé sculpter ces
statues, car si mon ami Thotmès avait naguère rêvé
d'un art libre, il en aurait vu ici un exemple sous une
forme terrible et caricaturale. En effet, le sculpteur
avait souligné contre nature tous les défauts du corps
du pharaon, ses cuisses gonflées, ses chevilles minces
et son cou maigre, comme s'ils avaient eu un sens divin
secret. Mais le plus terrible de tout était le visage du
pharaon, ce visage affreusement allongé avec ses angles

aigus et ses pommettes saillantes, le sourire mystérieux
du rêveur et du railleur autour des lèvres bouffies. De
chaque côté du pylone du temple d'Amon, les pharaons se dressaient majestueux et semblables à des
dieux dans leurs statues en pierre. Ici, un homme
bouffi et chétif contemplait du haut de quarante piliers
les autels d'Aton. C'était un être humain qui voyait
plus loin que les autres, et une passion tendue, une
ironie extatique s'exhalaient de son être figé dans la
pierre.

Je frémissais et tremblais de tout mon être en
regardant ces statues, car pour la première fois je
voyais Amenhotep IV tel que probablement il se voyait
lui-même. Je l'avais rencontré une fois, dans sa
jeunesse, malade, faible, tourmenté par le haut mal, et
dans ma sagesse trop précoce je l'avais observé froidement avec des yeux de médecin, ne voyant dans ses
paroles que des divagations de malade. Maintenant, je
le voyais tel que l'artiste l'avait vu, l'aimant et le
détestant à la fois, un artiste comme jamais encore il
n'en avait existé en Egypte, car si quelqu'un avant lui
avait osé sculpter du pharaon une image pareille, il
aurait été abattu et pendu aux murs comme un
blasphémateur.

Il n'y avait pas non plus beaucoup de monde dans ce
temple. Quelques hommes et quelques femmes étaient
manifestement des courtisans et des grands, à en juger
par le lin royal de leurs vêtements, par leurs lourds
collets et par leurs bijoux en or. Les gens ordinaires
écoutaient le chant des prêtres, et leur visage exprimait
une incompréhension totale, car les prêtres chantaient
des hymnes nouveaux dont le sens était difficile à

deviner. Ce n'était pas comme les anciens textes datant
du temps des pyramides, voici près de deux mille ans,
et auxquels l'oreille pieuse est habituée dès l'enfance, si
bien qu'on les reconnaît dans son cœur sans même en
comprendre le sens, pour autant qu'ils en aient encore
un, depuis le temps qu'ils ont été modifiés et fausse-
ment reproduits au cours des générations.

Quoi qu'il en soit, après le chant, un vieillard que je
reconnus à son costume pour un campagnard, alla
respectueusement parler aux prêtres et leur demanda
un talisman approprié ou un œil protecteur ou un
grimoire, si on en vendait à un prix raisonnable. Les
prêtres lui répondirent qu'on n'en vendait pas dans ce
temple, parce qu'Aton n'avait pas besoin de talismans
et de textes magiques, mais qu'il s'approchait de
chaque homme qui croyait en lui, sans sacrifices ni
présents. A ces mots, le vieillard se rembrunit et il
s'éloigna en bougonnant contre les doctrines menson-
gères et se rendit tout droit dans le vieux temple
d'Amon.

Une poissarde s'approcha des prêtres et les regarda
de ses yeux pleins de dévotion en disant :

— Est-ce que personne ne sacrifie à Aton des béliers
ou des bœufs, afin que vous ayez un peu de viande à
manger, puisque vous êtes si maigres, pauvres
enfants ? Si votre dieu est puissant et fort, à ce qu'on
dit, et même plus puissant qu'Amon, bien que je ne le
croie pas, ses prêtres devraient engraisser et resplendir
d'embonpoint. Je ne suis qu'une femme simple, mais
je vous souhaite de tout mon cœur beaucoup de viande
et de graisse.

Les prêtres rirent et plaisantèrent entre eux, comme

des enfants joyeux, mais le plus âgé reprit vite son
sérieux et dit à la femme :

— Aton ne veut pas d'offrandes sanglantes, et tu ne
dois pas parler d'Amon dans son temple, car Amon est
un faux dieu et bientôt son trône s'écroulera et son
temple sera détruit.

La femme se retira vite et cracha par terre et fit les
signes sacrés d'Amon, en disant :

— C'est toi qui l'as dit, et pas moi, et la malédiction
retombera sur toi.

Elle sortit rapidement, suivie d'autres personnes qui
jetèrent des regards inquiets aux prêtres. Mais ceux-ci
riaient bruyamment en leur criant :

— Partez, gens de peu de foi, mais Amon est un
faux dieu ! Amon est un faux dieu, et sa puissance
tombera comme l'herbe sous la faucille.

Alors un des hommes ramassa une pierre et la lança
contre les prêtres, et l'un d'eux fut blessé au visage et
se mit à gémir, et ses collègues appelèrent les gardes,
mais l'homme s'était déjà éclipsé dans la foule devant le
pylone d'Amon.

Cet incident me donna à réfléchir, et je m'approchai
des prêtres et je leur dis :

— Je suis Egyptien, mais j'ai vécu longtemps en
Syrie et je ne connais pas ce nouveau dieu que vous
appelez Aton. Auriez-vous l'obligeance de dissiper
mon ignorance et de m'expliquer qui il est, ce qu'il
demande et comment on l'adore ?

Ils hésitèrent et cherchèrent en vain de l'ironie sur
mon visage, et enfin l'un d'eux parla :

— Aton est le seul vrai dieu. Il a créé la terre et le
fleuve, les hommes et les animaux et tout ce qui existe

et bouge sur la terre. Il a toujours existé et les hommes l'ont adoré comme Râ dans ses anciennes manifestations, mais de notre temps il est apparu comme Aton à son fils le pharaon qui vit seulement de la vérité. Dès lors il est le seul dieu, et tous les autres dieux sont faux. Il ne repousse aucun de ceux qui s'adressent à lui, et les riches et les pauvres sont égaux devant lui, et chaque matin nous le saluons comme le disque du soleil qui de ses rayons bénit la terre, aussi bien les bons que les méchants, tendant à chacun la croix de vie. Si tu la prends, tu es son serviteur, car son être est amour, et il est éternel et impérissable et partout présent, si bien que rien ne se passe sans sa volonté.

Je leur dis :

— Tout ceci est bel et bon, mais est-ce aussi par sa volonté qu'une pierre vient d'ensanglanter le visage de ce jeune homme ?

Les prêtres perdirent contenance et se regardèrent et dirent :

— Tu te moques de nous.

Mais celui qui avait été blessé s'écria :

— Il a permis que cela arrive, parce que je ne suis pas digne de lui, pour que je m'instruise. C'est qu'en effet je me suis glorifié dans mon cœur de la faveur du pharaon, car je suis de naissance modeste et mon père paissait les troupeaux et ma mère portait l'eau du fleuve, lorsque le pharaon m'accorda sa faveur, parce que j'avais une belle voix pour célébrer son dieu.

Je lui dis avec un feint respect :

— Vraiment, ce dieu doit être fort puissant puisqu'il arrive à hausser un homme de la fange à la maison dorée du pharaon.

Ils répondirent d'une seule voix :

— Tu as raison, car le pharaon ne s'occupe ni de l'aspect ni de la richesse ni de la naissance d'un homme, mais seulement de son cœur, et grâce à la force d'Aton il plonge son regard jusqu'au cœur des hommes et il lit leurs pensées les plus secrètes.

Je protestai :

— Alors il n'est pas un homme, car il n'est pas au pouvoir d'un homme de voir dans le cœur d'autrui, mais seul Osiris peut peser le cœur des hommes.

Ils discutèrent entre eux et me dirent :

— Osiris n'est qu'un mythe populaire dont l'homme n'a plus besoin en croyant à Aton. Alors même que le pharaon aspire ardemment à n'être qu'un homme, nous ne doutons pas que son essence ne soit divine, et c'est ce que prouvent ses visions pendant lesquelles il vit en quelques instants plusieurs existences. Mais seuls le savent ceux qu'il aime. C'est pourquoi l'artiste qui a sculpté les statues du temple l'a représenté à la fois comme un homme et comme une femme, parce qu'Aton est la force vivante qui anime la semence de l'homme et procrée l'enfant dans le sein maternel.

Alors je levai ironiquement le bras et me pris la tête à deux mains en disant :

— Je ne suis qu'un homme simple, comme la femme simple de tout à l'heure, et je n'arrive pas à saisir votre doctrine. Il me semble du reste que votre sagesse est bien confuse pour vous aussi, puisque vous devez discuter entre vous avant de me répondre.

Ils protestèrent vivement et dirent :

— Aton est parfait, comme le disque du soleil est

parfait, et tout ce qui est et vit et respire en lui est parfait, mais la pensée humaine est imparfaite et elle est semblable à une brume et c'est pourquoi nous ne pouvons tout t'expliquer, parce que nous ne savons pas encore tout, mais nous apprenons chaque jour par sa volonté, et sa volonté est connue du seul pharaon qui est son fils et qui vit dans la vérité.

Ces paroles me frappèrent, car elles me prouvaient qu'ils étaient sincères, bien qu'ils fussent vêtus de lin fin, et en chantant ils jouissaient des regards admiratifs des femmes et riaient des gens simples. Leurs paroles éveillèrent en moi un écho, et pour la première fois je me dis que la pensée humaine était peut-être imparfaite et qu'en dehors de cette pensée pouvait exister quelque chose d'autre que l'œil n'apercevait pas et que l'oreille n'entendait pas et que la main ne pouvait toucher. Peut-être que le pharaon et ses prêtres avaient découvert cette vérité et qu'ils appelaient Aton cet inconnu au delà de la pensée humaine.

5

Je rentrai chez moi à la tombée de la nuit, et au-dessus de ma porte se trouvait une simple plaque de médecin, et quelques malades crasseux attendaient dans la cour. Kaptah était assis dans la véranda, l'air mécontent, et il s'éventait avec une branche de palmier et chassait les mouches amenées par les malades, mais pour se consoler il disposait d'une cruche de bière à peine entamée.

Je fis d'abord entrer une mère qui tenait un enfant décharné, car pour la guérir il suffisait d'un morceau de cuivre, afin qu'elle pût s'acheter assez de nourriture pour pouvoir allaiter son enfant. Puis je pansai un esclave qui avait eu le doigt écrasé par une meule à blé, et je lui donnai un remède à prendre dans du vin pour diminuer la douleur. Je soignai aussi un vieux scribe qui avait au cou une tumeur grosse comme une tête d'enfant, si bien qu'il avait peine à respirer. Je lui donnai un remède à base d'algues marines que j'avais appris à connaître en Syrie, bien qu'à mon avis il ne pût plus guère agir sur un goitre si gros. Il tira d'un chiffon propre deux morceaux de cuivre et me les tendit avec un regard implorant, car il avait honte de sa pauvreté, mais je ne les acceptai pas et je lui dis que je le ferais appeler quand j'aurais besoin de ses talents, et il partit tout content d'avoir économisé son cuivre.

Je reçus aussi une fille de la maison de joie voisine, dont les yeux étaient couverts de croûtes au point qu'elle en était gênée dans sa profession. Je la soignai et lui donnai une pommade à étendre sur ses yeux, et elle se dévoila timidement pour me payer de la seule manière qui lui était possible. Pour ne pas l'offenser, je lui dis que je devais m'abstenir des femmes à cause d'une opération importante, et elle me crut, parce qu'elle ne comprenait rien au métier de médecin, et elle me respecta beaucoup à cause de ma retenue. Pour que sa complaisance ne fût pas entièrement perdue pour elle, je lui ôtai deux verrues qui enlaidissaient son flanc et son ventre, après les avoir ointes avec une

pommade anesthésiante, si bien que l'opération se fit
presque sans douleur, et elle s'éloigna tout heureuse.

C'est ainsi qu'en cette première journée je n'avais
pas même gagné du sel pour mon pain, et Kaptah se
moqua de moi en me servant une oie grasse préparée à
la mode de Thèbes, mets comme on n'en offre nulle
part ailleurs. Il l'avait achetée dans un élégant restau-
rant du centre de la ville et gardée chaude dans le four,
et il me versa le meilleur vin des vignobles d'Amon
dans une coupe de verre bigarrée. Mais mon cœur était
léger et j'étais content de ma journée, plus que si j'avais
guéri un riche marchand et reçu une chaîne d'or. Je
dois rapporter à ce propos que lorsque l'esclave vint
quelques jours plus tard me montrer son doigt en
bonne voie de guérison, il me remit un pot de semoule
qu'il avait volé au moulin, si bien que j'eus tout de
même un cadeau pour cette première journée.

Mais Kaptah me consola et dit :

— Je crois qu'après cette journée ta réputation se
répandra dans tout le quartier et ta cour sera pleine de
clients dès l'aube, car déjà j'entends les pauvres se dire
à l'oreille : Va vite au coin de la ruelle du port, dans la
maison de l'ancien fondeur de cuivre, car le médecin
qui s'y est établi soigne les malades gratuitement et
sans douleur et avec beaucoup d'habileté, et il donne
du cuivre aux mères pauvres et opère gratuitement les
filles de joie pour leur refaire une beauté. Va vite le
trouver, car celui qui arrive le premier reçoit le plus, et
bientôt il sera si pauvre qu'il devra vendre sa maison et
déménager, à moins qu'on ne l'enferme dans une
chambre obscure pour lui mettre des sangsues sous les
genoux. Mais sur ce point ces idiots se trompent, car

heureusement pour toi tu as de l'or que je vais faire travailler pour toi, si bien que tu ne connaîtras jamais le besoin, mais que, si tu le désires, tu pourras manger chaque jour une oie et boire le meilleur vin et pourtant t'enrichir, si tu te contentes de cette simple maison. Mais tu ne fais jamais rien comme les autres, et je ne serais pas étonné si un beau jour tu avais jeté tout ton or dans un puits et vendu ta maison et moi avec, à cause de ta maudite inquiétude. C'est pourquoi tu ferais sagement de déposer aux archives un papier attestant que je suis libre d'aller et de venir à ma guise, car les paroles volent et disparaissent, mais un écrit dure éternellement s'il est muni d'un sceau. J'ai mes raisons pour te demander cela, mais je ne veux pas abuser de ton temps et de ta patience pour te les exposer maintenant.

C'était une chaude soirée de printemps, et les feux de bouse brûlaient lentement devant les cabanes et le vent apportait du port l'odeur des cargaisons de cèdres et de parfums syriens. Les acacias embaumaient, et toutes ces senteurs se fondaient délicieusement dans mes narines à l'odeur des poissons frits dans l'huile rance, si particulière le soir au quartier des pauvres. J'avais mangé une oie préparée à la mode de Thèbes et bu du vin exquis, et je me sentais heureux, débarrassé de tout souci. C'est pourquoi je permis à Kaptah de se verser du vin dans une coupe d'argile et je lui dis :

— Tu es libre, Kaptah, et tu l'es depuis longtemps, comme tu le sais, car malgré ton effronterie tu as été pour moi un ami plutôt qu'un esclave depuis le jour où tu m'as remis ton modeste pécule, en pensant que tu ne le reverrais jamais. Tu es libre, Kaptah, et sois heureux, et demain nous ferons rédiger les papiers nécessaires que je munirai de mon cachet égyptien et aussi du syrien. Mais raconte-moi comment tu as placé mon or et mes biens, puisque tu dis que l'or travaillera pour moi, même si je ne gagnais rien. N'as-tu pas déposé mon or dans la caisse du temple, comme je te l'avais dit ?

— Non, ô mon maître, dit gravement Kaptah en me regardant franchement de son œil unique. Je n'ai pas exécuté ton ordre, car il était stupide et jamais je n'exécute des ordres stupides, mais j'ai agi à ma tête, et je peux te le dire, maintenant que je suis libre et que tu as bu du vin modérément et que tu ne te fâcheras pas. Mais comme je connais ta nature emportée et irréfléchie, j'ai caché ta canne, pour toute sûreté. Je te le dis, pour que tu ne perdes pas ton temps à la chercher, pendant que je parlerai. Seuls les imbéciles confient leur argent au temple, car le temple ne paye rien pour l'argent déposé, mais il demande un cadeau pour le garder dans ses caves contre les voleurs. Et c'est bête déjà pour cette raison qu'ainsi le fisc connaît le montant de ta fortune, et il en résulte que ton or maigrit sans cesse en reposant, jusqu'à ce qu'il n'y en ait plus. La seule raison raisonnable d'amasser de l'or, c'est de le faire travailler, pendant qu'on reste assis les bras croisés en croquant des graines salées de lotus grillé pour se procurer une soif agréable. C'est pourquoi, toute la journée j'ai trotté avec mes pattes raides dans toute la ville à la recherche des meilleurs placements, pendant que tu visitais les temples et admirais les paysages. Grâce à ma soif, j'ai entendu bien des choses. Entre autres, j'ai appris que les riches ne

placent plus leur argent dans les caves du temple parce
qu'on dit qu'il n'y est plus en sûreté, et si c'est le cas, il
ne sera nulle part en sûreté en Egypte. Et j'ai aussi
appris que le temple d'Amon vend ses terres.

— Tu mens, lui dis-je vivement en me levant, car
cette seule idée était insensée. Amon ne vend pas de
terre, il en achète. De tout temps Amon a acheté des
terres, si bien qu'il possède déjà le quart des terres
noires, et Amon n'abandonne jamais ce qu'il a acquis.

— Naturellement, naturellement, dit calmement
Kaptah en me versant du vin et sans oublier sa propre
coupe. Chaque personne raisonnable sait que la terre
est le seul bien qui conserve toujours sa valeur, à
condition qu'on sache rester en bons termes avec les
géomètres en leur donnant des cadeaux chaque année
après la crue. Mais c'est cependant un fait qu'Amon
vend secrètement des terres à n'importe lequel de ses
fidèles qui a de l'or. J'ai été très effrayé en l'apprenant,
et je me suis informé, et vraiment Amon vend des
terres à bon marché, mais en se réservant le droit de
racheter au même prix s'il le désire plus tard. Mais
malgré cela ce marché est avantageux, car il englobe
aussi les bâtiments, les instruments agricoles, le bétail
et les esclaves, de sorte que l'acquéreur en retire
chaque année un coquet bénéfice en cultivant bien la
terre. Tu sais toi-même qu'Amon possède les terres les
plus fertiles de l'Egypte. Si tout était comme jadis, rien
ne serait plus séduisant que cette affaire, car le bénéfice
est certain et rapide. Aussi Amon a-t-il vendu en peu
de temps une quantité énorme de terres et amassé dans
ses caves tout l'or liquide en Egypte, si bien qu'il y a
disette d'or et que le prix des immeubles a subi une

forte baisse. Mais tout cela est secret et on ne doit pas
en parler, et je n'en saurais rien, si ma soif utile ne
m'avait mis en contact justement avec les gens bien
informés.

— Tu n'as pourtant pas acheté des terres ? lui
demandai-je tout inquiet.

Mais Kaptah m'apaisa en disant :

— Je ne suis pas aussi fou, ô mon maître, car tu
devrais savoir que je ne suis pas né avec du fumier
entre les orteils , bien que je sois un esclave, mais dans
des rues pavées et dans de hautes maisons. Je ne
comprends rien à la terre, et si j'achetais des terres
pour ton compte, chaque intendant et berger et esclave
et servante me volerait à tour de bras, tandis qu'à
Thèbes personne ne peut rien me voler, mais c'est moi
qui roule les autres. Le grand avantage des affaires
d'Amon est si évident que même un imbécile le
constate, et c'est pourquoi je devine que dans ces
affaires il y a un chacal sous roche, et c'est ce
qu'indique aussi la méfiance des riches envers la
sécurité des caves du temple. Je crois que tout cela est
causé par le nouveau dieu du pharaon. Il arrivera bien
des choses, ô mon maître, bien des choses étranges,
avant que nous voyions et comprenions où tout cela
finira. Mais moi, qui ne vois que ton intérêt, je t'ai
acheté avec ton or quelques immeubles avantageux,
des maisons de commerce et des locatives, qui rapportent chaque année un bénéfice raisonnable, et ces
achats sont si avancés qu'on n'a plus besoin que de ta
signature et de ton cachet. Crois-moi, j'ai acheté bon
marché, et si les vendeurs me remettent un cadeau,
quand l'affaire sera conclue, cela ne te regarde pas,

mais c'est une affaire entre eux et moi, et c'est leur
propre bêtise, et dans ces affaires je ne te vole rien.
Mais je n'ai rien à objecter si, de ta propre initiative, tu
tiens à me faire aussi un présent, puisque je t'ai fait
conclure des affaires aussi avantageuses pour toi.

Je réfléchis un instant et je lui dis :

— Non, Kaptah, je ne songe pas à te donner un
cadeau, parce que manifestement tu as calculé que tu
pourras me voler en encaissant les loyers et en conve-
nant des réparations annuelles avec les entrepreneurs.

Kaptah ne montra pas la moindre déception, mais il
dit :

— Tu as raison, car ta richesse est la mienne, et
c'est pourquoi ton intérêt est le mien, et je dois en tout
défendre tes intérêts. Mais je dois avouer qu'après
avoir entendu parler des ventes d'Amon, l'agriculture a
commencé à m'intéresser vivement et je suis allé à la
bourse des marchands de céréales et j'y ai rôdé de
taverne en cabaret à cause de ma soif et j'ai tendu
l'oreille, apprenant ainsi bien des choses utiles. Avec
ton or et ta permission, ô mon maître, je me propose
d'acheter du blé, de la prochaine récolte naturellement, car les prix sont encore très modérés. Il est vrai
que le blé est plus périssable que la pierre et les
maisons, et les rats en mangent et les esclaves en
volent, mais il faut risquer quelque chose pour gagner.
En tout cas l'agriculture et la récolte dépendent de la
crue et des sauterelles, des mulots et des canaux
d'irrigation, ainsi que de mainte autre circonstance que
j'ignore. Je veux seulement dire que le paysan a une
responsabilité plus grande que la mienne, et je sais
qu'en achetant maintenant je recevrai cet automne le

blé au prix convenu. Je compte le garder en dépôt et le surveiller soigneusement, car j'ai dans l'idée que le prix du blé va monter avec le temps. C'est ce que je déduis avec mon bon sens des ventes d'Amon, car si n'importe quel idiot se met à l'agriculture, la récolte sera forcément plus petite que naguère. C'est pourquoi j'ai aussi acheté des magasins, secs et munis de solides enceintes, pour y conserver le blé, car lorsque nous n'en aurons pas besoin, nous pourrons les louer à des marchands et en retirer un profit.

A mon avis Kaptah se donnait une peine inutile et se chargeait de trop de soucis avec ces projets, mais cela l'amusait certainement et je n'avais rien à objecter à ses placements, pourvu que je n'eusse pas à me mêler de leur gestion. C'est ce que je lui dis, et il dissimula soigneusement sa vive satisfaction et me dit d'un air dépité :

— J'ai encore un projet très avantageux que je voudrais bien réaliser pour ton compte. Une des plus importantes maisons d'esclaves de la place est à vendre, et je crois pouvoir prétendre que je connais à fond tout ce qu'on doit savoir des esclaves, si bien que ce commerce t'enrichirait rapidement. Je sais comment on cache les défauts et les vices des esclaves, et je sais manier la canne comme il faut, ce que tu ne sais pas, ô mon maître, si tu me permets de te le dire maintenant que j'ai caché ta canne. Mais je suis bien ennuyé, car je crois que cette occasion propice va nous échapper et que tu la refuseras, n'est-ce pas ?

— Tu as tout à fait raison, Kaptah, lui dis-je. Nous ne serons pas des marchands d'esclaves, car c'est un métier sale et méprisable, mais je ne saurais dire

pourquoi, puisque chacun achète des esclaves, emploie
des esclaves et a besoin d'esclaves. Il en fut ainsi, il en
sera toujours ainsi, mais je ne veux pas être un
marchand d'esclaves et je ne veux pas que tu le
deviennes.

Kaptah soupira de soulagement et dit :

— Ainsi, ô mon maître, je connais bien ton cœur, et
nous avons évité un malheur, car en y pensant bien, il
se peut que j'aurais voué trop d'attention aux jolies
esclaves et gaspillé mes forces, ce dont je n'ai plus le
moyen, car je commence à vieillir et mes membres sont
roides et mes doigts tremblent, surtout le matin à mon
réveil, avant que j'aie touché à ma cruche de bière. Eh
bien, je me hâte de te dire que toutes les maisons que
j'ai achetées pour toi sont respectables, et le gain sera
modeste, mais sûr. Je n'ai pas acheté une seule maison
de joie et pas non plus de ruelles de pauvres qui, avec
leurs misérables masures, rapportent cependant davantage que les maisons solides des familles aisées. Certes,
j'ai dû mener une rude bataille avec moi-même en
agissant ainsi, car pourquoi ne nous enrichirions-nous
pas comme tous les autres ? Mais mon cœur me dit que
tu ne serais pas d'accord, et c'est pourquoi j'ai renoncé
à grand-peine à mes chères espérances. Mais j'ai encore
une demande à t'adresser.

Kaptah perdit brusquement son assurance et m'ob-
serva de son seul œil pour constater ma bienveillance.
Je lui versai du vin dans sa coupe et je l'encourageai à
parler, car jamais encore je ne l'avais vu si incertain, et
cela aiguisait ma curiosité. Il finit par parler :

— Ma demande est effrontée et impudente, mais
puisque tu m'assures que je suis libre, j'ose te l'expo-

ser, dans l'espoir que tu ne te fâcheras pas, et pour
toute sécurité j'ai caché ta canne. Je voudrais en effet
que tu m'accompagnes dans la taverne du port dont je
t'ai souvent parlé et qui s'appelle la « Queue de
Crocodile », afin que nous y buvions ensemble une
queue et que tu voies comment est cet endroit dont je
rêvais les yeux ouverts en suçant au chalumeau la bière
épaisse de Syrie et de Babylone.

J'éclatai de rire et ne me fâchai pas du tout, car le vin
me rendait tendre. Le crépuscule était mélancolique,
et j'étais très solitaire. Bien qu'il fût inouï et au-dessous
de ma dignité de sortir avec mon serviteur pour aller
boire dans une gargote du port une boisson appelée
queue de crocodile à cause de sa force, je me rappelai
que naguère Kaptah m'avait accompagné de sa propre
volonté dans une maison ténébreuse, en sachant que
personne encore n'en était ressorti vivant. C'est pourquoi je lui touchai l'épaule en disant :

— Mon cœur me dit qu'en cet instant précis une
queue de crocodile convient pour terminer cette journée. Partons.

Kaptah dansa de joie à la manière des esclaves, en
oubliant sa raideur. Il m'apporta ma canne et me passa
mon manteau. Puis nous partîmes pour le port et
entrâmes dans la « Queue de Crocodile », et le vent y
répandait l'odeur du bois de cèdre et de la glèbe fertile.

6

La taverne de la « Queue de Crocodile » était au centre du quartier du port dans une ruelle tranquille, écrasée entre deux grands magasins. Elle était en brique, et les murs en étaient très épais, de sorte qu'en été elle était fraîche et qu'en hiver elle gardait la chaleur. Au-dessus de la porte se balançait, outre une cruche à vin et une à bière, un gros crocodile sec dont les yeux de verre luisaient et la gueule montrait de nombreuses rangées de dents. Kaptah me fit entrer, appela le patron et nous réserva des sièges rembourrés. Il était connu dans la maison et s'y comportait comme chez lui, si bien que les autres clients se calmèrent et reprirent leurs conversations, après m'avoir jeté des regards soupçonneux. Je remarquai à ma grande surprise que le plancher était en bois et que les murs étaient revêtus de planches et ornés de nombreux souvenirs de voyages lointains, lances de nègres et aigrettes de plumes, coquillages des îles de la mer et vases crétois peints. Kaptah suivait mon regard avec ravissement, et il dit :

— Tu t'étonnes certainement que les murs soient revêtus de bois, comme dans les maisons des riches. Sache donc que chaque planche provient de vieux navires démolis, et bien que je n'évoque pas volontiers mes voyages en mer, je dois mentionner que cette planche jaune et rongée par l'eau a jadis navigué à Pount et que cette planche brune s'est frottée aux quais des îles de la mer. Mais si tu le permets, nous allons prendre une queue que le patron a préparée de ses propres mains.

Je reçus une belle coupe en forme de coquillage et qu'on tenait sur sa paume, mais mon attention fut accaparée par la femme qui me la remit. Elle n'était plus très jeune, comme les servantes habituelles des cabarets, et elle ne se promenait pas à moitié nue pour séduire les clients, mais elle était décemment vêtue et elle avait un anneau d'argent à l'oreille et des bracelets d'argent à ses fins poignets. Elle répondit à mon regard et le soutint sans effronterie et sans détourner les yeux à la manière des femmes. Ses sourcils étaient minces et ses yeux exprimaient une mélancolie souriante. Ils étaient d'un brun chaud, vivant, et leur regard réchauffait le cœur. Je pris la coupe de ses mains et Kaptah en reçut aussi une, et sans y réfléchir je demandai à la servante :

— Quel est ton nom, ma belle ?

Elle me répondit d'une voix basse :

— Mon nom est Merit, et on ne me dit pas ma belle, comme le font les enfants timides pour se donner le courage de toucher pour la première fois les flancs d'une servante. J'espère que tu t'en souviendras, si tu veux bien nous honorer de nouveau de ta visite, médecin Sinouhé, toi qui es solitaire.

J'en fus offensé et je lui dis :

— Je n'ai pas la moindre envie de te tâter les hanches, belle Merit. Mais comment sais-tu mon nom ?

Elle sourit, et son sourire était beau sur son visage brun et lisse, tandis qu'elle me disait d'un ton malicieux :

— Ta réputation t'a précédé, ô Fils de l'onagre, et en te voyant je sais que ta réputation n'est pas surfaite, mais que tout ce que la renommée a dit de toi est exact.

Au fond de ses yeux planait une lointaine tristesse et à travers son sourire mon cœur perçut du chagrin, et je ne pus me fâcher contre elle, mais je lui dis :

— Si tu entends par la renommée le Kaptah ici présent, mon ancien esclave dont j'ai fait un homme libre aujourd'hui, tu sais probablement qu'on ne peut se fier à ses paroles. En effet, depuis sa naissance, sa langue a le défaut inné de ne pouvoir distinguer le mensonge de la vérité, mais elle aime tous les deux d'un amour égal, et parfois le mensonge plus que la vérité. Ce défaut n'a pu être corrigé ni par mon art de médecin, ni par les coups de bâton.

Elle dit :

— Le mensonge est peut-être plus délicieux parfois que la vérité, lorsqu'on est solitaire et que le premier printemps est passé. C'est pourquoi je te crois volontiers, quand tu me dis : belle Merit, et je crois tout ce que ton visage me raconte. Mais ne veux-tu pas goûter la queue de crocodile que je t'ai apportée, car je suis curieuse d'entendre si elle supporte la comparaison avec les merveilleuses boissons des pays où tu es allé.

Sans la quitter des yeux, je levai la coupe sur ma paume et j'y bus, mais ensuite je cessai de la regarder, car le sang me monta à la tête, et je me mis à tousser et ma gorge était en feu. Lorsque j'eus repris mon souffle, je dis :

— Vraiment, je retire tout ce que je viens de dire de Kaptah, car sur ce point il n'a pas menti. Ta boisson est vraiment plus forte qu'aucune de celles que j'ai

goûtées, et plus ardente que le pétrole que les Babyloniens brûlent dans leurs lampes, et je ne doute pas
qu'elle ne renverse un homme solide, comme le coup
de queue d'un crocodile.

Tout mon corps semblait embrasé et dans ma
bouche brûlée s'attardait un arome de plantes et de
baume. Mon cœur eut des ailes comme une hirondelle,
et je dis :

— Par Seth et tous les démons, je ne peux comprendre comment cette boisson se mélange, et je ne sais si
c'est elle ou ta présence, Merit, qui m'enchante, car
l'enchantement coule dans mes membres et mon cœur
rajeunit, et ne sois point étonnée si je pose la main sur
ta hanche, car ce sera la faute de cette queue et non pas
la mienne.

Elle recula un peu et leva les bras malicieusement, et
elle était grande et svelte, et elle me dit en souriant :

— Tu ne dois pas jurer, car c'est une taverne
convenable et je ne suis pas encore très vieille, bien que
tes yeux ne le croient peut-être pas. Quant à cette
boisson, je puis te dire que ce sera la seule dot que me
donnera mon père, et c'est pourquoi ton esclave
Kaptah m'a fait une cour assidue pour en connaître
gratuitement la recette, mais il est borgne et obèse et
vieux et je ne crois pas qu'une femme mûre puisse en
retirer du plaisir. C'est pourquoi il a dû acheter cette
taverne avec de l'or, et il compte aussi acheter ma
recette, mais il devra peser beaucoup d'or avant que
l'affaire soit conclue.

Kaptah lui adressait des gestes énergiques pour la
faire taire, mais je goûtai de nouveau à la coupe et le
feu se répandit de nouveau dans mon corps et je dis :

— Je crois que Kaptah serait tout disposé à casser une cruche avec toi pour cette boisson, même en sachant qu'aussitôt après le mariage tu lui lancerais de l'eau chaude dans les jambes. Mais je le comprends, quand je te regarde dans les yeux, et souviens-toi que maintenant c'est la queue de crocodile qui parle par ma bouche et que demain je ne répondrai peut-être pas de mes paroles. Mais est-ce vrai que Kaptah possède cette taverne ?

— Va au diable, sacrée femelle ! s'écria Kaptah qui proféra ensuite toute une kyrielle de noms de dieux qu'il avait appris en Syrie. O mon maître, dit-il en se tournant humblement vers moi, c'est arrivé trop vite, car je voulais te préparer insensiblement et demander ton consentement, puisque tu es encore mon maître. Il est exact que j'ai déjà acheté ce cabaret au patron et je veux chercher à obtenir de sa fille la recette du mélange, car la queue de crocodile a rendu cet endroit célèbre tout le long du fleuve, partout où se réunissent les gens joyeux, et j'y ai pensé chaque jour pendant notre absence. Comme tu le sais, pendant ces années, je t'ai volé de mon mieux et habilement, et c'est pourquoi j'ai aussi eu des difficultés à placer mon or et mon argent, car je dois penser à mes vieux jours. Dès mon enfance, la profession de cabaretier me paraissait la plus désirable et la plus enviable de toutes. Certes, à cette époque, je me disais surtout qu'il pouvait boire gratuitement toute la bière qu'il voulait. Maintenant, je sais fort bien qu'un patron doit boire modérément et ne jamais s'enivrer, et ce sera excellent pour ma santé, car l'excès de bière me fait parfois voir des hippopotames et des monstres affreux. Mais un cabaretier

rencontre sans cesse des gens qui lui sont utiles, et il
entend et apprend tout ce qui arrive, et c'est un grand
plaisir pour moi, car je suis très curieux de tout. Ma
langue bien pendue m'est aussi fort utile dans ce métier
et je crois que mes récits sauront charmer mes clients et
les inciter à vider coupe sur coupe, sans y prendre
garde pour ne s'étonner qu'au moment de régler
l'addition. Oui, en y pensant bien, je crois que les
dieux m'ont destiné à cette profession de cabaretier, et
que c'est par erreur que je suis né esclave. Mais ce fut
utile pour moi, car il n'existe pas de mensonge, de ruse
et de prétexte utilisés pour filer sans payer son écot,
que je ne connaisse pour les avoir pratiqués. Sans me
vanter, je crois connaître les hommes, et mon flair me
dit à qui je peux donner à boire à crédit, et c'est
essentiel pour un cabaretier, car la nature humaine est
si étrange qu'un homme boit sans souci à crédit sans
penser à l'échéance, mais qu'il économise mesquine-
ment son argent quand il doit payer comptant.

Kaptah vida sa coupe et mit sa tête entre ses mains,
avec un sourire mélancolique, puis il dit :

— A mon avis, le métier de cabaretier est aussi le
plus sûr de tous, car la soif de l'homme reste immuable, quoi qu'il arrive, et si même la puissance des
pharaons chancelait et si les dieux tombaient de leurs
trônes, les tavernes et les auberges n'en seraient pas
plus vides qu'avant. Car l'homme boit du vin pour sa
joie et il en boit pour sa tristesse, dans le succès il se
réjouit le cœur avec du vin et dans la déception il se
console avec le vin. Il boit quand il est amoureux, et il
boit quand sa femme le rosse. Il recourt au vin quand
ses affaires vont mal, et il arrose ses gains avec du vin.

Et la pauvreté elle-même n'empêche pas l'homme de
boire du vin. Et il en est de même pour la bière, bien
que j'aie parlé du vin qui est plus poétique et qui
suscite l'éloquence, puisque, chose curieuse, les poètes
n'ont pas encore composé d'hymnes en l'honneur de la
bière, ce qui ne serait que justice, car la bière peut
aussi, en cas de nécessité, provoquer une bonne ivresse
et un mal aux cheveux encore meilleur. Mais je ne veux
pas t'importuner par un éloge de la bière et je reviens à
nos moutons et c'est pourquoi j'ai placé dans ce cabaret
mes économies d'or et d'argent. Vraiment, je ne peux
imaginer de métier plus avantageux et plus agréable,
sauf peut-être celui de fille de joie, puisqu'elle n'a pas
besoin de capitaux d'établissement, qu'elle porte son
magasin sur elle et que, si elle est avisée, elle passe sa
vieillesse dans une maison à elle, construite à la force
de ses flancs. Mais excuse-moi de m'égarer de nouveau, car je n'ai pas encore pu m'habituer à cette queue
de crocodile qui me déchaîne la langue. Oui, ce cabaret
est à moi, et l'ancien patron le gère avec l'aide de la
magicienne Merit, et nous partageons le bénéfice.
Nous avons signé un contrat que nous avons juré de
respecter par les mille dieux de l'Egypte, si bien que je
ne crois pas qu'il me volera plus qu'il n'est raisonnable,
car c'est un homme pieux qui va sacrifier dans les
temples, mais il agit ainsi parce qu'il a des prêtres
parmi ses clients, et ce sont de bons clients, car il faut
plus d'une ou deux queues pour renverser des hommes
qui sont habitués aux vins capiteux de leurs vignobles
et qui en boivent par cruches. En outre, il est bon de
combiner ses intérêts commerciaux à la pratique de la
piété, oui, diantre, je ne me rappelle plus ce que je

voulais dire, car c'est pour moi une grande journée de joie, et je suis surtout réjoui de ce que tu n'es pas fâché contre moi et que tu ne me reproches rien, mais que tu me considères toujours comme ton serviteur, bien que je sois cabaretier, métier que certains jugent déshonorant.

Après ce long discours, Kaptah se mit à marmonner et à pleurer, et il se cacha le visage sur mes genoux et m'embrassa les genoux en proie à une vive émotion et manifestement ivre. Je le relevai de force et lui dis :

— En vérité je crois que tu aurais pu choisir un métier plus convenable pour assurer tes vieux jours, mais il y a une chose que je ne comprends pas : Puisque le patron sait que son cabaret est si avantageux et qu'il possède le secret de la queue de crocodile, pourquoi a-t-il consenti à te le vendre ?

Kaptah me jeta un regard de reproche, les larmes aux yeux, et il dit :

— Ne t'ai-je pas dit mille fois que tu as un talent merveilleux pour empoisonner toutes mes joies avec ta raison qui est plus amère que l'absinthe ? Suffira-t-il que je te dise comme lui que nous sommes des amis d'enfance et que nous nous aimons comme des frères et que nous voulons partager nos joies et nos bénéfices ? Mais je lis dans tes yeux que cela ne suffit pas pour toi, comme cela ne suffit du reste pas pour moi, et c'est pourquoi j'avoue que dans cette affaire il y a un chacal sous roche. On parle de grands troubles qui surgiront dans la lutte entre Amon et le dieu du pharaon, et comme tu le sais, pendant les troubles les tavernes sont les premières à souffrir, et on enfonce leurs portes et on bat les patrons et on les jette dans le fleuve et on renverse les jarres et on casse le mobilier et parfois on met le feu à la maison après avoir vidé les cruches. C'est ce qui arrive sûrement si le propriétaire n'est pas du bon bord, et le patron est un fidèle d'Amon et tout le monde le sait, si bien qu'il ne peut changer de peau. C'est qu'il commence à se méfier de la cause d'Amon depuis qu'il a appris qu'Amon vend des terres, et j'ai naturellement soufflé sur ses doutes, bien qu'un homme qui craigne l'avenir puisse tout aussi bien glisser sur une pelure de fruit ou recevoir une tuile sur la tête ou se faire écraser par un char à bœufs. Tu oublies, ô mon maître, que nous avons notre scarabée, et je ne doute pas qu'il ne protège la « Queue de Crocodile », bien qu'il ait déjà fort à faire à veiller sur tes nombreux intérêts.

Je réfléchis et finis par lui dire :

— Quoi qu'il arrive, Kaptah, je dois reconnaître que tu as réalisé bien des choses en une journée.

Mais il déclina mon éloge et dit :

— Tu oublies, ô mon maître, que nous avons débarqué hier déjà. Je dois dire que l'herbe ne m'a pas poussé sous les pieds et, si incroyable que cela puisse te paraître, il me faut avouer que ma langue est fatiguée, puisqu'une seule queue arrive à la paralyser ainsi.

Nous nous levâmes pour partir et prîmes congé du patron et Merit nous accompagna jusqu'à la porte, faisant tinter les anneaux de ses poignets et de ses chevilles. Dans l'obscurité de l'entrée, je lui posai la main sur la hanche et la tirai contre moi, mais elle se dégagea et me repoussa en disant :

— Ton contact pourrait m'être agréable, mais je ne

le désire pas, parce que c'est la queue de crocodile qui
s'exprime dans tes mains.

Tout confus, je levai les mains et je les regardai, et
vraiment elles ressemblaient à des pattes de crocodile.
Nous rentrâmes à la maison et nous étendîmes sur les
tapis, et nous dormîmes profondément toute la nuit.

7

C'est ainsi que commença ma vie dans le quartier des
pauvres, dans la maison du fondeur de cuivre. J'eus
beaucoup de malades, comme Kaptah l'avait prédit, et
je perdais plus que je ne gagnais, car pour guérir il me
fallait souvent des remèdes chers, et il ne servait à rien
de soigner des affamés sans leur assurer de quoi se
procurer des aliments solides. Les cadeaux que je
recevais n'avaient guère de valeur, mais ils me causaient du plaisir, et je me réjouissais d'entendre que les
pauvres commençaient à bénir mon nom. Chaque soir
une lueur ardente s'allumait au-dessus de Thèbes, mais
j'étais épuisé par le travail, et je pensais même le soir
aux maladies de mes pauvres, et je pensais aussi à
Aton, le nouveau Dieu du pharaon.

Kaptah engagea pour notre ménage une vieille
femme qui ne me dérangeait pas et qui était dégoûtée
de la vie et des hommes, ce qui se lisait sur son visage.
Mais elle préparait une bonne nourriture et était
discrète et elle ne pestait pas contre l'odeur des pauvres
et ne les repoussait pas avec des paroles méchantes. Je

m'habituai rapidement à elle, et sa présence était comme une ombre qu'on ne remarquait pas. Elle s'appelait Muti.

C'est ainsi que passèrent les mois, et l'inquiétude augmentait à Thèbes et Horemheb ne revenait pas. Le soleil jaunissait les cours et l'été était à son apogée. Parfois, j'aspirais à du changement et j'accompagnais Kaptah à la « Queue de Crocodile », et je plaisantais avec Merit et je la regardais dans les yeux, bien qu'elle me fût encore étrangère et que mon cœur se serrât en la regardant. Mais je ne prenais plus la boisson violente qui avait donné son nom au cabaret, je me contentais par les chaleurs d'une bière fraîche qui désaltérait sans enivrer et qui rendait l'esprit léger entre les murs frais. J'écoutai les conversations des clients, et je constatai bientôt que n'importe qui n'était pas reçu et servi dans ce cabaret, mais les clients étaient triés, et alors même que certains avaient probablement amassé une fortune en pillant les tombeaux, ou pratiquaient l'usure, dans cette taverne ils oubliaient leur profession et se comportaient correctement. Je croyais Kaptah, quand il me disait qu'ici ne se rencontraient que des gens qui avaient besoin les uns des autres. Moi seul je faisais exception, car personne ne tirait profit de moi, et j'étais un étranger ici aussi, mais on y tolérait ma présence, puisque j'étais l'ami de Kaptah.

J'appris ainsi bien des choses, et j'entendis maudire et louer le pharaon, mais on se moquait de son nouveau dieu. Un beau soir arriva un marchand d'encens qui avait déchiré ses vêtements et répandu de la cendre sur sa tête. Il venait alléger sa douleur avec une queue de crocodile, et il criait et disait :

— En vérité, que ce faux pharaon soit maudit jusque dans l'éternité, car ce bâtard ne se laisse plus guider et n'en fait qu'à sa tête et ruine mon honorable profession. Jusqu'ici je gagnais surtout sur les encens qui viennent du pays de Pount, et ces voyages sur la mer orientale n'étaient point dangereux, car chaque été on armait des navires pour cette expédition commerciale et, l'année suivante, sur dix navires il en revenait au moins deux et ils n'avaient pas plus de retard qu'une horloge à eau, et je pouvais calculer à l'avance mes bénéfices et mes placements. Mais attendez un peu ! Alors que la flotte allait appareiller, le pharaon passa dans le port. Par Seth, on se demande pourquoi il fourre son nez partout comme une hyène. N'a-t-il pas pour cela des scribes et des conseillers qui doivent veiller à ce que tout se passe selon la loi et la coutume, comme jusqu'ici ? Le pharaon entendit les marins hurler sur les bateaux et il vit leurs femmes et enfants pleurer sur la vie en s'égratignant le visage selon la coutume, car chacun sait que beaucoup de gens partent en mer que peu en reviennent. Tout cela fait partie du départ de la flotte pour Pount, depuis les jours de la grande reine, mais imaginez ce qui se passa ! Ce jeune gamin, ce maudit pharaon interdit à la flotte de partir et ordonna de ne plus armer de navires pour le pays de Pount. Par Amon, chaque commerçant sait ce que cela signifie, c'est la ruine et la faillite pour d'innombrables personnes, et c'est la famine et la pauvreté pour les familles des marins. Par Seth, personne ne part en mer s'il n'a pas mérité ce sort par ses méfaits, et on le condamne à ce service sur mer en présence des juges, et sur des preuves légales. Pensez aussi aux sommes placées sur les navires et sur les dépôts, sur les perles de verre et sur les vases d'argile. Pensez aux commerçants égyptiens condamnés à rester éternellement dans les masures de paille de Pount, abandonnés de leurs dieux. Mon cœur saigne en pensant à eux et à leurs femmes éplorées et aux enfants qui ne reverront jamais leur père, bien qu'à la vérité beaucoup de ces pères aient fondé de nouvelles familles et procréé des enfants à la peau tachetée, à ce qu'on dit.

C'est seulement à la troisième queue que le commerçant d'encens se calma et se tut, et il s'excusa d'avoir prononcé des paroles outrageantes pour le pharaon dans le paroxysme de sa douleur.

— Mais, dit-il, je croyais que la reine Tii, qui est une femme sage et habile, saurait guider son fils, et je prenais le prêtre Aï pour un homme avisé, mais ils veulent seulement abattre Amon et laissent le pharaon sévir avec ses caprices insensés. Pauvre Amon ! Un homme revient le plus souvent à la raison après avoir cassé un vase avec une femme, mais Nefertiti, la grande épouse royale, ne songe qu'à ses habits et à ses modes lascives. Vous ne me croirez peut-être pas, mais actuellement les femmes de la cour se peignent en vert tout le tour des yeux et elles portent des robes ouvertes vers le bas, montrant leur nombril aux hommes.

Kaptah intervint :

— Je n'ai vu cette mode dans aucun pays, bien que j'aie observé beaucoup de bizarreries dans les costumes féminins. Mais tu es bien sûr qu'elles montrent leur ventre à nu, la reine aussi ?

Le marchand d'encens s'offensa et dit :

— Je suis un homme pieux et j'ai femme et enfants.

C'est pourquoi je n'ai pas porté mes yeux plus bas que le nombril, et je ne te conseillerai pas de commettre un acte aussi indécent.

Merit prit la parole et dit d'un ton ironique :

— C'est ta bouche qui est dévergondée et non pas cette mode estivale qui est très plaisante et qui fait bien ressortir la beauté de la femme, à condition qu'elle ait le ventre joli et bien formé et qu'une sage-femme maladroite ne lui ait pas abîmé le nombril. Tu aurais fort bien pu abaisser un peu ton regard, car sous la robe se trouve au bon endroit une mince bande d'étoffe de lin fin, de sorte que l'œil le plus pieux n'y trouverait rien à reprendre, si l'on se fait soigneusement épiler, ainsi qu'il convient à toute femme qui se respecte.

Le marchand d'encens aurait volontiers répliqué, mais il en fut incapable, car la troisième queue fut plus forte que sa langue. C'est pourquoi il laissa tomber sa tête entre ses mains et versa des larmes amères sur les costumes des femmes de la cour et sur le triste sort des Egyptiens abandonnés dans le pays de Pount. Mais un vieux prêtre d'Amon, dont le visage gras et le crâne rasé luisaient d'huile parfumée, intervint dans la discussion. Excité par une queue il frappa du poing sur la table et se mit à crier :

— Cela va trop loin ! Je ne parle pas du costume des femmes, car Amon approuve toutes les modes, pourvu que les jours de fête les fidèles se vêtent de blanc, et chacun aime à voir un nombril bien fait et un ventre arrondi. Mais c'est trop, si le pharaon se propose vraiment, en invoquant le sort pitoyable des marins, d'interdire l'importation de tous les aromates de Pount, car Amon est habitué à leurs parfums exquis, et nous n'allons pas brûler nos offrandes avec du fumier. C'est une brimade irritante et une provocation et je ne serai point étonné si désormais tous les gens respectables crachent au visage des hommes qui portent brodée sur leurs habits une croix de vie comme symbole de ce maudit dieu dont je ne veux pas prononcer le nom, pour ne pas me souiller la bouche. Vraiment, j'offrirais bien des queues à l'homme qui irait cette nuit dans un certain temple faire ses besoins sur l'autel, car le temple est ouvert et il n'y a pas de murailles, et je crois qu'un homme agile pourrait facilement échapper aux gardiens. Vraiment, je le ferais moi-même, si ma dignité ne me l'interdisait pas, et la réputation d'Amon en souffrirait si j'étais découvert.

Il jeta autour de lui un regard hautain, et bientôt s'approcha de lui un homme au visage tout vérolé. Ils se mirent à chuchoter, et le prêtre commanda deux queues, puis le vérolé devint bavard et dit :

— Vraiment, je le ferai, et pas pour l'or que tu me promets, mais pour mon kâ et mon bâ, car bien que j'aie commis des actes coupables et que je n'hésite pas à tailler la gorge d'un homme d'une oreille à l'autre, si c'est nécessaire, je crois encore ce que m'a enseigné ma mère, et Amon est mon Dieu et je veux mériter sa faveur avant de mourir, car chaque fois que j'ai le ventre malade, je me souviens des méfaits que j'ai commis.

— Vraiment, dit le prêtre de plus en plus ivre, ton acte sera méritoire et il te sera beaucoup pardonné, et si tu succombes à cause d'Amon, sache que tu iras directement dans le royaume du Couchant, même si ton corps pourrit sur les murs. C'est ainsi que vont tout droit dans le pays du Couchant, sans ramper dans les marécages de l'enfer, les marins qui périssent au service d'Amon en allant chercher pour lui des bois précieux et des aromates. C'est pourquoi le pharaon est un criminel en leur refusant la possibilité de se noyer pour Amon.

Il tapa sur la table et se tourna vers tous les clients du cabaret et cria :

— Comme prêtre du quatrième degré, j'ai le pouvoir de lier et de libérer vos kâ et vos bâ. En vérité je vous le dis, tout acte commis pour Amon vous sera pardonné, même si c'est un meurtre, des sévices, un vol ou un viol, car Amon voit dans le cœur des hommes et il apprécie leurs actes d'après les intentions du cœur. Allez et prenez des armes sous vos manteaux et...

Il cessa brusquement de parler, car le patron s'était approché de lui et lui avait asséné sur le crâne un solide coup de gourdin, et il s'affaissa. Les clients sursautèrent et le vérolé sortit son poignard, mais le patron lui dit calmement :

— J'ai agi ainsi pour Amon, et je suis pardonné à l'avance, et le prêtre sera le premier à me donner raison, dès qu'il sera revenu à lui. Car s'il disait la vérité au nom d'Amon, la queue de crocodile parlait aussi par sa bouche, parce qu'il criait trop fort, et dans cette maison personne ne doit crier et tempêter, sauf moi. Je crois que vous comprendrez tous ce que je veux dire, si vous êtes sages.

Tous reconnurent que le cabaretier avait raison. Le vérolé se mit à ranimer le prêtre, et quelques clients s'éclipsèrent prudemment. Kaptah et moi, nous partîmes aussi, et sur le seuil je dis à Merit :

— Tu sais que je suis solitaire et tes yeux m'ont révélé que toi tu es aussi solitaire. J'ai beaucoup réfléchi à ce que tu m'as dit, et je crois que vraiment le mensonge est parfois plus délicieux pour un solitaire, lorsque son premier printemps s'est éteint. C'est pourquoi je voudrais que tu revêtes un de ces nouveaux costumes d'été, dont tu as parlé, car tu es bien faite et tes membres sont sveltes et je ne pense pas que tu aurais à rougir de ton ventre, en te promenant à côté de moi dans l'allée des Béliers.

Elle ne repoussa pas ma main posée sur sa hanche, mais elle la pressa doucement en disant :

— Je suivrai peut-être ton conseil.

Mais cette promesse ne me causa aucune joie, alors que je sortais dans l'air chaud du port, et la mélancolie m'envahit l'esprit et quelque part au loin, dans la soirée silencieuse, retentissait la voix solitaire d'une flûte de roseau à deux branches.

Le lendemain, Horemheb rentra à Thèbes et il revenait avec une armée. Mais pour parler de lui et de tout ce qui arriva, je dois commencer un nouveau livre. Je tiens cependant à mentionner ici qu'en soignant les pauvres, j'eus par deux fois à pratiquer une trépanation, et l'un des malades était un homme robuste et le second une pauvre femme qui croyait être la grande reine Hatshepsout. Ils guérirent tous les deux complètement, ce qui me causa une vive satisfaction, mais je crois que la femme était plus heureuse en s'imaginant être une grande reine qu'après sa guérison.

COLLECTION FOLIO

Dernières parutions

Impression Maury-Eurolivres S.A.
45300 Manchecourt
le 1er mars 1994
Dépôt légal : mars 1994
1er dépôt légal dans la collection : juin 1981.
Numéro d'imprimeur : 94/02/M 3386

ISBN 2-07-037297-9 / Imprimé en France.
Précédemment publié aux Éditions Olivier Orban.
ISBN 2-855-65061-5.

My dear Valerie:

I pass my time thinking on you.
I do not have eyes for other people & women
but for you. Sorry for my bad
character sometimes. I love the time
we spend together and the way you are.
You are the one I've been waiting
for years. ~~After~~ It is hard to show
you how much I love you but
here ~~I am~~ I am. I'm all yours.

— Celso

N.B. I love sleeping with you.
Thank you for your comprehension
and your sweetness.

P.S. + I don't really like
going back and forth myself
maybe you are using your
mother as an excuse because
you like your environment and
your home but you so desperately
went to be with him can
you have both?

Sweet Dreams

Every one that is important to me has managed to make me feel very guilty today. I wish I could just hide and be alone for a bit to breathe a little. My mother doesn't like me going in and out of the house, my father doesn't like me sleeping anywhere but home, my sister I forgot to say bye to; Celso for telling him about above, my bird my baby kiwi tweets differently I think seeking my attention. My grandmother left me a sweet message on my answering machine and I didn't call her back and myself for not thinking about myself and what I want. I don't know what to think — Tomorrow will be better stop thinking about it.